海棠花开的时候

野莽 主编

中国华侨出版社
·北京·

图书在版编目（CIP）数据

海棠花开的时候 / 野莽主编. -- 北京：中国华侨
出版社，2024.8
ISBN 978-7-5113-8947-3

Ⅰ.①海… Ⅱ.①野… Ⅲ.①散文集－中国－当代
Ⅳ.①I267

中国国家版本馆CIP数据核字（2024）第107897号

海棠花开的时候

主　　编：野　莽
出 版 人：杨伯勋
责任编辑：肖贵平
封面设计：鸿儒文轩・末末美书
经　　销：新华书店
开　　本：880毫米×1230毫米　　1/32开　　印张：12　　字数：288千字
印　　刷：三河市华东印刷有限公司
版　　次：2024年8月第1版
印　　次：2024年8月第1次印刷
书　　号：ISBN 978-7-5113-8947-3
定　　价：78.00元

中国华侨出版社　　北京市朝阳区西坝河东里77号楼底商5号　　邮编：100028
发行部：（010）64443051　　传　真：（010）64439708
网　　址：www.oveaschin.com　　E-mail：oveaschin@sina.com

如发现印装质量问题，影响阅读，请与印刷厂联系调换。

只恐夜深花睡去

——《海棠花开的时候》序

野 莽

　　这本书与我有着多重关系，依序说来，起先是满东先生请我代邀一批好的作家，到他坐镇的营盘山去看万亩海棠，若有兴致，撰下美文，可结集一书留作纪念。我遵他的意愿做了，不料作家虽然是好作家，文章虽然是好文章，虽然也都发表在好文学期刊上，有的还获了好奖以及被选入全国全年的好选本，只可惜倾其所有，仍不足一本书的容量。此间有人提及，满东先生还曾发起过一次以营盘山为主题的征文，可以从中选出一些增补入书，然而补入之后犹觉不足。

　　接着又有人提议，20世纪80年代以降，历次受邀而来和应召而归的作家所写此类文章另有很多，同样发表在国内重要期刊和被选入佳作集，它们涉猎的领域比营盘山更加广泛，景物也比海棠花更加丰富，从中再选一些，即可供一本之需。此议成立，便又有了更多的作家和更多的作品，我也因多次参与采风，遂以两栖身份，奉献了三篇文章。

再接着是出版社依照体例，需要我写一个序。

离乡39年，自忖所报甚微，既然至今仍在写着文字，这也是我义不容辞的事。

唯有最后一件，让我坚辞而不领受。策划和组织本次采风活动的单位领导因人事变迁，新老交替之际，各自谦让不能做本书的主编。后与出版方反复商讨，于本书付梓前临时强加于我名下，以热爱家乡的雄词逼我就范。

在我任职期间，主编的中、英、法及双语对照大型图书卷以千计，字以亿数，但受命任家乡的图书主编，是为首举。为了此书的顺利出版，最终我居然不认为贪功窃名，反以荣幸自慰。

为此我歇下自己的写作通读全稿，从漏选的作品中打捞遗珠，以使公平无憾。同时，本书的合作发行方也以另外的标准，在此基础上略有删减。

关于书名，经反复斟酌定为《海棠花开》。又因一波三折，出版社已上报待批，却见网上晒出新著，书名与此重合，作者更是我的朋友。编辑说还得撤回再报，我说不折腾了，加三个字便是，全名叫《海棠花开的时候》。

庶几比《海棠花开》更好，前者只是花开，后者是花开时发生的许多故事。

这本书的野蛮规定，是作者务必亲自去那个海棠花开的地方，实在登不上营盘山，至少得去山下的竹溪。若想偷懒，花儿写得再好也不行，大文豪如苏轼者亦然。"只恐夜深花睡去，故烧高烛照红妆"，是他贬官黄州任团练副使时深夜吟下的句子。这个黄冈民兵大队的副队长，手持红缨枪去向正队长请创作假，未得批准，转而便在月下秉烛，出门看花，朦胧夜色之中，烛光所照的花是否海棠不得而知，但地方肯定不是营盘山。

苏先生不死心，白发老友张先娶 18 岁小妾，他竟犯了鲁迅批评的错误，由短袖子想到白胳膊，想到性交，戏谑老新郎"一树梨花压海棠"，那海棠仍不是真的。真海棠自然也有，但要它们成群结伙，在海拔 2375 米的高山上排列出万亩方阵，蓬蓬勃勃，疯疯癫癫，铺天盖地，漫山遍野，独霸于人世间不许万芳争妍，大抵非竹溪营盘山而不能。

这是一款笑傲江湖，天马行空，目中无人也无政府主义的野海棠，苏先生在黄州提灯夜照的东风崇光，香雾月廊，与其相比真是滴水之与沧海。宇宙之大，唯营盘山可建立她们的女儿国。这里是她们的母腹，她们的深闺，她们长大后行集体婚礼的欢乐广场。凡这一日远赴盛宴者，履霜沾彩，饮露为酒，蘸了这红色妖姬 360 天修得的精气与花魂，文章无不风流，诗歌无不灿烂。聪明与才华盖世千年的苏先生，怎能让他也来？

他读的书多，状张先娇妾为海棠，是学唐明皇的，"只恐夜深花睡去"，也是学唐明皇的。唐明皇是真有一点文学细胞的皇上，若是索性不装，弯下腰身向李翰林学诗，学成一个唐朝的鸳鸯蝴蝶派亦未可知。北宋和尚释惠洪的《冷斋夜话》载："唐明皇登香亭，召太真妃，于时卯醉未醒，命高力士使侍儿扶掖而至。妃子醉颜残妆，鬓乱钗横，不能再拜。明皇笑曰：'岂妃子醉，直海棠睡未足耳！'"听听，这个古代的现代派，他不说杨玉环醉了，他说海棠还没睡醒，有文化真的可怕。苏子瞻听了这话，方才打着灯笼去看海棠，竹子也不看了，直撅撅的东西，写诗打打比方，哄哄读者，真看有个什么看头！

国人最买牡丹的账，称她天姿国色，花中的娘娘，据说民主竞选国花，梅、菊、荷各得五票，牡丹独占98%。《全唐诗》载，武则天登基之日作五言诗一首，名《腊日宣诏幸上苑》："明朝游上苑，火速报春知。花须连夜发，莫待晓风吹。"腊时腊月的，下旨一夜间百花齐放。众花吓得屁滚尿流，连夜全都开了，只有牡丹不吃那一套，武皇一怒将其贬到洛阳。

出于对家乡的热爱，我经常怀疑《全唐诗》印掉了一句话，"花须连夜发，莫待晓风吹"的那天夜里，海棠也违令未开，武则天怒而把牡丹贬到洛阳的同时，也把海棠贬到了竹溪的营盘山。另外，海棠没有竞选国花，原因是路途遥远，交通不便，而且海棠与牡丹不同，要成片地开才好看，挑一两苞到大赛现场，连芍药都比不上。那就不做国花也罢，做营盘山的山花也挺好的。

再说从头，寅卯年暮春，营盘山主刘满东请我带中国作家12人赴营盘山赏海棠花，历史上每年四月中，山下海棠先红，四月底至山腰，五月初漫及山顶，此时登山俯瞰万亩花山，可见红得汪洋通透，如李可染以朱砂画就的《万山红遍》图，于是定五月五日聚会营盘山麓。孰知寅卯年闰二月，四月乃是五月，有朋自远方来时，苦苦等着要见一面的花儿们实在坚持不住了，不久前已凋零成泥，变为明年的护花使。乘兴而来的远方客人并未因此败兴，乃以更大的兴致去看这花的背景，花的四邻，花的脚下扎根的领土，花的前世今生以至明年再生的地方。

万亩海棠的山顶是商代闻太师的营盘，山麓是周室姜太公的兵寨，山中有李白的"瀑布挂前川"，山间有王维的"清泉石上流"，环绕山底的有白居易的"湖上春来似画图"。虽则那一线蜿蜒的白练并不是湖，那只是一条从历史的纵深处走来，涓涓流水之下，青青石板之上，疏疏竹柳之间，清清楚楚印满美丽画图的河，从从容容春来夏往，秋去冬回，它讲述的古老故事一万遍也不会变。

那是海棠花会须一饮的水，野海棠花要饮旷野的清泉。

它四邻相望，八面来风，周边有楚军护卫的长城，庄周看守的漆园，裴侍郎率十万人夫砍伐的神树，徐成楚妙计赦免远征之苦的异谷，则天武后御饮的香茗。呵呵，海棠花历经千百年耳濡目染，业已得道，且近人者斯文风雅，也学会了伴日月松风，以深谷清泉煮茶。诗与酒，茶与花，缘与期，明年该不会又是闰二月吧，待到明年五月再来，她将不再有今年的匆忙。

芳邻中还有依山而建的蜂房，造型方正、简约、朴拙，让人想到古老的城堡、岩屋和竹木搭就的吊脚楼。一幢幢单门独院，有弓弩手守卫着国王的宫室，每当海棠花开，不计其数的无人机从这里出发，横空起舞，降落在那一片春风摇曳的粉红和洁白的云层之上。它们比人类更爱海棠，也更记得海棠花开的时候。

这本书由两支队伍里应外合，携手而成，希望成为一本营盘山上舍我其谁的书、海棠花中史无前例的书，作者不羞于摆在几案和读者乐于放置床头的书。这本书是好看的，如营盘山上的海棠花；这本妙手合著的书是非常好看的，如营盘山上云锦织成的万亩海棠花。

打开目录可以看到，它由三个板块组成，犹如营盘山的山头、山腰和山底。第一部分是应邀赏花的 12 位域外作家的倾情奉献，作品在国内各大文学杂志和报纸发表过；第二部分是营盘山征文获奖者的佳作，其中有两位是诗歌获奖，因本书要保持散文的纯粹，故请作者补写了同一题材的散文；第三部分是多少年来外域作家为这山，为这山郊的城镇村野、景色风光、人情乡俗踩下的鸿爪雪泥。

全都是好文章，这里仅说一篇。在中国现当代散文史上留下一抹绿意的碧野先生，42年前以66岁壮龄，行千里路自江城行至山城，遍览了竹溪的竹与溪而写下的《竹溪》，在他辞世15年后也收在了这本书中。

是追思，也是铭记。

遵命为序，写罢已是今年的最后一日。待到《海棠花开的时候》盛装出台，明年的海棠花一定又开了吧。

2023年12月30日写于北京听风楼

目　录

故乡明月

雁过留痕

有凤来栖

醉营盘

韩小蕙

一　我不喝酒，但却醉了——醉诸绿

曾经沧海难为水。跟营盘山的绿相比，北京初春那些绽放在枝头、草尖的绿叶，简直就是大河里的点点浪花了。湖北省竹溪县这里，一座山连着一座山，一个岭裹着一个岭，一匹峰掩着一匹峰，鹅卵石一样密密麻麻，沙漠一样柔软起伏，星辰一样闪闪烁烁，远在天边又近在眼前。每座山都像一大颗丰盈的西蓝花，每个岭都是一个可爱的贝贝南瓜，每座峰都是一根青竹笋，宛如被一座天大地大的绿帐幔掩映的蔬菜大棚，热烈生长，壮硕成熟，喜悦大丰收。

然而这还不是关键词。这里天地间的落点在于绝色，是谓一个大大的"绿"字。

绿树都站在头顶上，站得笔笔直直。在春风的指挥下，忽而吟咏古诗，忽而清诵散文。不管是老年树、中青年树还是幼儿树，每一株都努力张开绿膊，用尽全身的热血和力气，进行着灵魂级的表达。

你听：

> 清晨振策上山巅，仰首飞云过马前。
> 才向岩巅攀老树，又从井底望青天。
> 身行乱石奔流里，衣为藤梢橘刺牵。
> 步步迍邅防失足，可知蜀道是平川。
>
> （知县翁乔年《郧阳道中杂咏》）

> 山光水色助徘徊，一种吟情马上催。
> 常日梦中犹着句，况从峰外探春回。
>
> （拔贡谢思谦《春日游五峰山》）

时令已至深春——我一直不解，为什么仅有"深秋"，只说"初春""仲春"和"暮春"，却没有"深春"？其实深春就在那里，自信满满地站在森森的浓绿里。在春夏之交的时节，木林已没有了初春那些个深深浅浅的嫩绿、青绿、翠绿、碧绿、鹅黄绿、海蓝绿、苍绿……那是在大自然蓬勃轮转之时，生命急急忙忙地在路上奔走，有先有后，有强壮有孱弱，但谁也没有放弃，都拼出了自身最热的血，从而绘就出一幅浓妆淡抹的《竞春图》。而现在，深春已至，所有的生命都已成熟了，故统而一者，共同呈现出一色的墨玉般的成熟。

营盘山上也是同样，绿色大军已列好方阵，铆足精神，正昂扬地迎接夏天的葳蕤，期待秋天金灿灿的丰收。已经迫不及待迎来的，是一群群慕名而来的游客，他们叽叽喳喳、嘻嘻哈哈、呼呼喝喝、惊惊怪怪地行走在山间的绿意中，不停地向着青藤、老枝、苔藓、阔叶、水痕、雾气、花鸟鱼虫、负氧离子……一遍又一遍地大喊："我来晚了！"

情同此心，我想跟他们说：我也遗憾来晚了。这哪儿是绿树站在大山上，而是它们齐心协力把大山抬了起来，把营盘山的绿，送给了整个世界。

二　我不喝酒，但却醉了——醉诸水

"山高水长"，从前初识这个词时，我就喜欢上了，眼前仿佛立刻出现了一幅水墨画似的大美。但当时仅仅是囫囵吞枣，不甚了解其真正的含义，肤浅理解之下就抄起来乱用，这真要检讨。后来经人讲解，才知晓它实质的解释，应该是"山有多高，水有多长"。可这又是什么意思呢？

在营盘山夜宿，居然听到窗外"哗——哗！哗！"的溪水声，交响乐似的演奏了一夜，充满着淘尽千古风流人物那般的激情。第二天清早，果见雪瀑似的白练从高处奔来，仿若一队队腾龙，源源不断地飞下，张牙舞爪朝山下扑去。这是哪儿来的大水呢？难道头顶的山上有大河吗？

没有。营盘山绵延数百平方千米，莽莽苍苍，云蒸霞蔚，全是高山，全是绿树，全是鸟语花香，全是飞禽走兽；还有满山的故事；还有商朝闻太师在此安营扎寨并战死山中的传说，却唯独没有大河。那么这气势如蛟龙的大水，究竟是从哪儿来的呢？

有山中老者呵呵一笑，曰："树大根深，每棵树都是一股水啊。或者，你说它们是一座座水库也可以的……"

这话说得真冲，在我的人生词典中，还是第一次载入。原来营盘山上的每株树，竟然是被看作一座座水库的，比之范公仲淹"浩浩汤汤"的洞庭湖想象，也不差多少吧？

果然我们就在幽绿深邃的大山里，看到多条白练。高者达数百米，裂天而下，惊涛拍岸；纤者推山而出，如拨珠洒玉，哗啦啦唱着自己的歌谣。还有极为稀罕的群体瀑布，呈"品"字形，呈"器"字形，呈"山"字形，呈扇面形，呈三角形……把一爿山都"霸屏"了，真好似神话中的花果山水帘洞。

有人傻问这山上有多少条瀑布？这简直是哥德巴赫猜想，无解。但见大瀑小瀑的水汇成一股股山泉，急忙忙向着山下狂奔，那清亮亮的水流在阳光、云雾、绿荫、鸟鸣织成的晴空下，闪着晶晶莹莹的光，忽而像飒然的白雪，忽而像惊飞的白鸽，忽而像疾射的箭镞，忽而像跳涧的山羊……不，最形象的还是一队又一队由天门鱼贯而出的天龙，奔向人间，何其快意。

这是名副其实的天水啊，按中国传统文化的说法，天水即仙水。果然没错，这"仙水"早在 2015 年就被挪威的芙丝（VOSS）集团看中，成为这款享誉国际高端矿泉水的水源地，在全世界，VOSS 的水源地只有两处，一处是位于斯堪的纳维亚半岛上的拉沃兰德（Lveland）小镇，另一处就是与营盘山下石板河相向而流的山泉——谁说中国的水质不好？谁敢说营盘山的水不是人间极品？

另外更重要的、最重要的是，面对着珠玉飞腾的营盘山，我恨不能双膝跪下，行三叩九拜之礼，因为排序是这样的硬核：湖北省—十堰市—竹溪县—综合农场—营盘山。凡有良知的北方人，都知道十堰是中国南水北调的重要水源地，为了干渴的我们能喝上洁净的水，湖北和十堰的上上下下，有多少山峰在发力，有多少树木在发力，有多少人民在发力？正是他们把自己家乡的青山绿水割了一大块馈赠给我们，才使我们嘶哑的喉咙唱出了深厚的《鄂乡情》！

情同此心，我想跟你们说：世上最高贵的不是蓝天、白云、朝阳、晚霞；不是山川、江海、花草、树木；不是粮食、布帛、吃喝、活着；不是男人、女人，官员、庶民；不是互联网、电脑、手机、微信；不是文学、艺术、哲学、宗教；也不是意志、信念、勇气、纪律……而是从史前茹毛饮血的时代起就像花儿一样绽开的爱心，还有标志着人类文明高度的人性。

三　我不喝酒，但却醉了——醉诸木

> 荏染柔木，君子树之。
>
> （《诗经·小雅·节南山之什·巧言》）

自古以来，我国南方的五大名木，有樟木、檀木、泡桐、檫木和金丝楠。樟木不陌生，过去的年代，即使普通人家，也会有几只樟木箱，其特有的幽香味儿就像是天生为人类而生的，而且它还会令蛀虫却步，故被赞为"香樟"。这对它当然也有不利的一面，就是遭到了人类的恩将仇报，被过度滥伐之后濒临绝境。好在近年来，樟树被通令一律在禁伐之列。我一闺密好多年前就心心念念地想购一对樟木箱，至今都还止步在憋憋的梦想中，瞧着她那一次又一次黯然的眼神，我窃喜并给予无情的揶揄和打击。当然，我们前面的路还很长很艰难，就在 2021 年，贵州还发生过一起盗砍古楠树的大案，连同一株春秋时代的 2600 岁的古楠王在内，一共有 30 多棵古楠木被盗毁。看着那些成百上千年都蓊蓊郁郁挺立在大地上的祖宗树，竟然死亡在我们这个年代，真让人捶胸顿足，对盗伐者痛恨到极点，无颜见先人！

檀木又称"青龙木"，仅看这名字就要多霸气有多霸气。它们面临的危局也与樟树差不多，让我印象深刻的是曾读到一篇文章，称有人冒艰险去东南亚砍伐紫檀，这是在中国已伐不成之后的疯狂。我想，世上绝大多数人都会旗帜鲜明地告诉他们，这是不义之举。

要详说的是金丝楠，在我的意识中这一直是"神木"。离我距离最近的故事，是在20世纪初，清王朝呼啦啦地倾倒，然而许多遗老遗少依然过着挥金如土的奢靡日子，只三四年光景就穷了，不得不靠变卖为生。1917年，位于北京王府井东边的豫王府，以20万两白银卖给了美国石油大亨洛克菲勒，在那里建起了协和医院建筑群。那可称得上是穿着中式外衣的洋为中用的楷模，其绿色琉璃瓦大屋顶下，铺着锃亮可照人的地面，上置当时世界上最先进的西洋医疗设备。不少清朝的遗老闻之，窝在家里哭天抢地地哭骂："不肖子孙啊，单是王府大殿那八根金丝楠木的柱子，也不止20万两雪花银啊！"

这些哀号，早已和前清的辫子、小脚、大裤裆一起，被时代的洪流碾压，其齑粉都不知被冲到哪里去了，不提。但金丝楠木的价格却比他们哭号时还要升得高之又高，甚至已是按斤来卖了。在血与火的历史中，这种中国特有的珍材，只有皇家才有资格用，专用于宫殿、坛庙、陵墓等处的高大建筑，起扛鼎作用，据说能支撑千秋万代，倘若普通人偷偷使用了金丝楠，则是大的僭越行为，是要被处以极刑的。

数十年前，我见过一次金丝楠，不是在故宫，不是在天坛，也不是在南孔庙北孔庙。印象中是在一座荒废的大院落里，汉白玉的雕栏玉砌尚在，琉璃黄瓦大屋顶的大殿也在，但早就没了气象，屋顶上甚至有荒草在风中摇曳。只有那几根大柱子依然气壮山河地挺立着，身躯刚直，虽苍老但腰不弯背不驼，廉颇老将军的英雄气不减。近前，手抚柱身，道道竖纹像佛陀的掌心纹，在阳光的照射下闪出一<u>丝</u>一<u>丝</u>的金光，恍然明白了这一定就是传说中的金丝楠木，一时像遇到了一位学问高深的大师，肃然起敬。

以上说了这么多，其实全是铺垫，算是大餐前的开胃小菜。那日在湖北省竹溪县，拐过营盘山的一个路口，突然撞见一块三米多高的巨型牌子，华表一般威风八面，上书"皇木谷"三个大字。起初并没在意，慢慢踱过去，惊讶地发现上面还有说明文字。原来，在距离营盘山不远的一个山谷里，还保存有一大片原始森林，雄雄壮壮地挺立着一大片金丝楠木群。这是当年一群有血性的营盘山汉子和女子，用自己滚烫的胸膛保护下来的。

> 采采皇木，入此幽谷，求之未得，于焉踯躅。
> 采采皇木，入此幽谷，求之既得，奉之如玉。
> 木既得矣，材既美矣，皇堂成矣，皇图巩矣。

这如《诗经》风格的诗篇，其实不是出于那动辄歌吟心中事的春秋时期，而写作于修缮故宫与圆明园的晚清。那时，经过明清两代皇室的大量采伐，曾经盛产楠木的湖北竹溪一带，已经像垂垂老妇一样秃了头皮，所剩的古楠无几。后来，又经过百多年来一场接一场的狼奔豕突，全中国已见不到几株古树。

> 木有何辜，人有何能，世可有德？
> 厚德载物，秀木成林，世其恍惚。

神迹啊！天门开了，天兵天将涌出来，披着阳光织成的金铠甲，化作一株株金丝楠，深扎在巍巍营盘山。大山被它们发力抬起，王母娘娘亲自捧来浇灌蟠桃的圣水，化作袅袅白云，终年环罩在楠木林周围，铸成了它们的不坏金身。

情同此心，我想说，这一片千难万难保存下来的楠木，是为21世纪的信念和意志筑起的绿色长城。它们已经在大地上站立了千百年，这一回，任是谁，也不准再伤及这片林地，一枝一叶都不行，一纤一毫都不行！

中华民族从发轫之初，就立下了尊敬树木的传统规矩。华夏民族的人文始祖伏羲，以木德王天下，被称为"木德之帝"。木有何德？孔子曰："五行用事，先起于木。木，东方，万物之初皆出焉。是故王者则之，而首以木德王天下，其次则以所生之行转相承也。"树木有生长、生发、伸展、舒展、扩展之意，人类的发展亦同。人类离不开树木，地球离不开树木，世界离不开树木。大地上郁郁葱葱的绿树，是荫庇我们千秋万代的自然始祖。

四　我不喝酒，但却醉了——醉诸人

天兵天将是谁？就是营盘山人。

1952年中华人民共和国成立之初，在朝鲜战场上的隆隆炮声中，营盘山综合农场开始创业。一队队梳着大辫子的姑娘，一队队顶着光脑袋瓜的小伙子，激情澎湃地上了营盘山，一边与荒草野蔓缠斗，一边击退毒蛇、老虎、豺狼……的凶狠攻击。叫作"信念"的茅草房还没竣工，黑熊瞎子先进去参观了。唤作"意志"的办公室还没启用，花斑豹先进去兜圈了。老天爷也不友好，时不时兜头浇来一盆大雨，动不动就砸下一阵冰雹。最恨人的是野猪，它们一门心思认定自己的尊严被冒犯了，无时无刻不想着阴谋着夺回霸主地位。还有不单是姑娘们怕，小伙子们也怕，大小领导们也都怕，无人不怕的毒蛇，整天吐着毒汁满嘴的蛇芯子，咝咝着要把这群"天兵天将"赶回老家去……

郁郁葱葱的山绿，清清凌凌的溪水，煌煌茂茂的神木，你以为全是大自然所赐？

公路像舞女的绸带一样在山间旋啊，绕啊，飘呀飘，倏忽间就与白色雾岚舞在一起，倏忽间又投向阳光的怀抱。转得我们头都晕了，下车休息。一排七八成新的农家小楼站在蜿蜒的公路旁，二层，四五栋连在一起，光滑墙壁白得耀眼，配上木本色的柱子、木梁和窗棂，既端庄大方又简洁干净。各家门前还有一个连廊，可遮风挡雨，也可坐在那里看风景。不知怎的让我想起1998年，我随中国新闻代表团去马来西亚，当地媒体老总找了一位经商的富翁朋友招待我们品尝榴梿。不是在富翁家里，而是在他住宅前面的街边。富翁四十多岁，脸色黑黝黝的，头发有点卷曲，高颧骨，浓眉毛，一看就是马来人血统。他住的是一幢有两个楼门的楼房，四五层高，一门住一户，他介绍说这叫"连楼"楼，自家住着一半。富翁的语气中充满夸耀感，我们尽管脸上都装得风和日丽，内心可是刮起了大风雨，真心羡慕得眼红，以为跟天上人间也差不多了。哪里想得到，只过了一眨巴眼的20多年，现在连中国大山里的农民也住上了这样的楼房。况且湖北还不是经济大省，竹溪县也仅仅脱贫才没几年光景。抚今追昔，我的脑子嗡嗡作响，心里乱得翻肠搅肚，真是感慨万千啊。

无巧不成书。一辆电动摩托车轻声停在楼前，下来一位50岁出头的大嫂，原来是女主人回来了。她殷切地请我们进屋坐坐，张罗着沏茶。

生活变得家趁人值了，山里人的朴素本性仍未改变，对我们这些素不相识的几个男女并无防范之心。她的家堪称"豪华"，一层有客厅、卫生间、厨房、女儿房、储藏室，二层是几个卧室、卫生间、储衣间。客厅里有大布艺沙发、大茶几、大屏幕彩电、立柜式空调，女儿房间里还有一架雅马哈电子琴。她说这是二女儿的，她正在师范学院读儿童教育专业。大女儿已从北京的大学毕业，留在首都安家了。丈夫是农场职工，前几年在外打工，现在综合农场发展得好，就回来干了。她自己在农场种蘑菇的车间里上班。我夸她的家"比我家还阔气"，她温和地笑笑，遗憾地说盖这房子时正值俩女儿都上学，当时手头紧，要是现在还能盖得高级些。

她长相普普通通，圆脸，眼睛不大，头发开始呈现出灰色，就是一位普普通通的农妇。但说着一口纯正的普通话，待人接物有板有眼，既不夸张也不扭捏，让人觉出一种平等的舒服。

我们告别时，她也随手带上门，跨上电动车疾驰而去，挥手之间就闪进了云雾飘飘的绸带里。我大声道了一句"辛苦"，伴着"哗哗哗"的溪水声，整个绿意盎然的山谷里，响彻着她的回音："我不算辛苦。农场那边还有一位第一代垦荒的老奶奶，103岁了，还在自己动手种菜呢……"

我的眼眶瞬间湿润了，这就是营盘山人，这就是竹溪农民，这就是中国的劳动大众。他们是这个星球上最勤劳的人，从没有板凳高的稚子干到白发苍苍，每天从早到晚，不给自己休息日，不放弃任何一个生存、挣钱、养活家人的机会。他们甚至比老辈人还玩命，农耕时代是"日出而作，日落而息"，现在他们借助人类自己发明的"太阳"，白天黑夜都不再停歇——就这样干出了今天的光彩，干出了世界第二大经济奇迹，把营盘山、三山五岳、喜马拉雅、神州大地上的每一座山峰，都稳稳抬了起来，还高高举过了头顶。

情同此心呀，我想向全世界呼喊："这就是中国人！"

五　我不喝酒，但却醉了

——醉诸满山苍绿挺拔的翠竹林。

——醉诸满谷融霜染雪的海棠花。

——醉诸满地铺金镶银的野草小卉。

——醉诸满天绽放爆燃的朝霞晚霞。

——醉诸天空中欢乐鸣叫的飞鸟。

——醉诸大地上自由奔跑的走兽。

——醉诸70多年创业、守业、发展、创新的代代农场建设者。

——醉诸他们上大学、读博士的孩儿孩孙。

——醉诸改革开放的洪流奔腾向前。

——醉诸我的祖国更加奋进前行在人类文明的队列中。

……

情同此心，我真挚地向读者们说：我愿举杯邀明月，共做竹溪营盘人。

2023 年 5 月 14 日初稿，5 月 18 日定稿

于北京燕草堂

发表于《广州文艺》2023 年第 12 期

竹溪三魅

梅　洁

一　走不出的"水世界"

从竹溪归来很久了，但我仿佛一直沉浸在巴山深处那一条条、一湾湾河流织就的"水网"中不能自拔，那奔腾的、欢笑的、宁静的、咆哮的，那一泻千尺的、一卧如镜的、无处不在的竹溪的水啊……

应邀从哈尔滨、北京、郑州、武汉、湖南、江西、海口等地前来参加采风活动的 12 名作家来到了竹溪国营综合农场营盘山下。站在农场白墙黑瓦、紫红廊柱的房前远眺，巴山在视野里层峦叠嶂，四月的茶园如凝固的绿色波涛，摇曳的青竹、灿然的海棠花，万千的林木、藤草覆盖了一座座山的巍峨，染绿了营盘山四月的春光。

屋前的营盘溪奔流不息。我每每驻足在溪边，默默注视那奔腾的溪水撞击卵石的欢乐，静静谛听如歌如吟的水声。我是对水特别敏感的人，几十年里我都在牵挂这世间的水，我用20年时间书写三千里汉水北送的事情，我知道鄂西北故乡的水在怎样解救中原、华北、京津的水困境，我知道故乡的水是北方2亿人的"大水井"，我更知道这水里的苦难与奉献、水里的命运与故事。站在营盘溪的石桥上，看河水奔腾而去，我总在想，千古不息、清澈如琼的营盘溪水，你从哪儿流来？又流到哪儿去？是流入汉水吗？若是流入汉水，那你肯定也已经三千里北上了啊！？

我们一行下榻在海拔1000米的综合农场杨家机分场。到达的第二天上午，农场年轻俊朗的书记刘满东和竹溪的朋友便带领我们攀登海拔2375米的营盘山。沿石砌栈道登山，只见石栈道两旁茫茫林海、绿涛滚滚，树荫下阳光摇曳着斑驳，似一朵朵跳跃的精灵；落在花萼、枝叶上的露珠，在阳光下闪烁着钻石般的光芒；草木弥漫着清香，树干上毛茸茸的青苔忍不住要轻轻去抚摩；有鸟儿"咕咕、吱吱"的鸣唱从林深处传来，有不知名的虫吟在脚前响着……此刻，站在营盘山栈道廊桥，我伸展双臂，尽情感受浓浓的负氧离子环绕的万般清新舒爽。

石栈道两旁，两溪山水欢跳着奔涌而下，跌出无数银色水花。我问随行的竹溪作协主席杨怀玉，这山水从哪儿流来，流到哪儿去？怀玉说，这水发源于营盘山，流入山下的石板河。我问营盘溪的水流向哪里？怀玉说，竹溪有几百条大小河溪，最终大部分都流入堵河。堵河是汉水最大的支流……

此后，在走过竹溪的路上，每看到一湾河、一条溪，怀玉都给予我关于竹溪河流的释义。怀玉带给我启蒙般的惊喜：奔流不息的营盘溪，你终归流入汉水。布满竹溪大地的水啊，你们都已随三千里汉水北上京津，流入我的家！在此之前，我并未关注到竹溪水，不知道你们的来路与归处，不知道你们也肩负了如此重大的使命，抱愧了竹溪！

连日来，我们走过竹溪数个乡镇，无论是阡陌、田畴抑或山川、景地，我的目光从未忽略对竹溪河流的深情注视。在泉溪镇石板河，我看到整个河道在一整块青石之上，独特的河床之上天然生成瑰丽的大自然艺术，弥足珍贵。长约 2 千米的石板河床上，布满了各种各样天然的石画，栩栩如生。驻足细看，还有如生生刻在石板上的大小龙虾，版画一般。

在龙坝镇肖家边村，沿老阴山汇聚的溪水潺潺流入竹溪河。错落有致的巴庸农家房舍倒映河中，如一幅幅山水画卷。

在苍古峻峻的合欢峰下，我看到静如处子的泉河；在皇木谷，我看到"一卧如镜"的汇湾河；在鄂坪乡黄花沟，我看到"飞流直下三千尺"的女儿瀑，如珍珠银练般飞落悬崖；在竹溪小城，河水岸边的夯土小镇呈现着"古民居"的魅力。

竹溪县古称武陵，华中科技大学教授张良皋考证，晋陶渊明笔下《桃花源记》所描述的正是竹溪乡村风貌。今日的夯土小镇，正是在古武陵县城遗址的旁边筑造而成，竹溪人的母亲河——竹溪河，静静环绕着河中的"桃花岛"……

我们在竹溪大地上行走，水与我们如影随形，三天没走出这个"水世界"。

据悉，竹溪县境内水资源充沛，水系发达，5 平方千米以上流域面积的河流就有 197 条，大部分汇入竹溪河、汇湾河、泉河，再汇入堵河。蜿蜒千里的堵河每年向汉水注入约 62 亿吨水量。

据水务部门报道：三千里北上的汉水，从 2014 年 12 月迄今，已向北方四省市输水 625 亿吨，80% 的北京、天津、河南、河北人，都喝上了甘甜洁净的二类水质的汉江水。这其中，有多少是来自竹溪的水啊！我在想，当北方人端起一杯三千里迢迢流来的幽蓝时，感恩的目光里是否看到了竹溪那一片苍茫林海？是这苍茫林海造就了竹溪的"水世界"啊。

水资源占十堰市总量 23.6% 的竹溪，从 20 世纪 90 年代起，以几十年不竭的"竹溪人精神"，换来了今天一片绿色生态。

地处鄂西北高山区的郧阳地区（包括竹溪县），为建设丹江口水库、中国第二汽车制造厂、襄渝铁路等，长达几十年造成对森林的严重消耗，使百万亩森林在这片土地上消失殆尽，砍伐的木头按平均长 2 米、直径 20 厘米成材木计算，接起来能绕地球两圈。郧阳从历史上森林覆盖率高达 60% 锐减到 32%，致使郧阳水土流失面积达 5344 平方千米，相当于一年失掉 6346 公顷耕地上 30 厘米厚的土层。

1991 年，少小离乡、31 年后重返故乡的我，听到了郧阳人到处在传颂"竹溪人精神"。他们说，竹溪十几万人在进行"让荒山还林"的"兴山"大战，说那里的人们住岩洞，战风寒，渴了喝口山泉水，饿了啃块浆粑儿馍，完不成种植任务不下山；说农民黄立富为了绿化承包的荒山，连续三年卖掉过年的猪，卖掉仅有的十几只鸡，卖掉妻子带来的嫁妆，卖掉准备建房的木材；说 72 岁的老农民周思文，夏季挂锄期间，带着儿子背着干粮、铁锅和铺盖到 50 里地外治山工地，搭草棚挖地植树 7.7 亩；说年逾古稀的彭明清，把瘫痪的老伴托付给邻居照顾，在荒山野岭一气挖山植树 19 天，直到完成自己承包的任务……

竹溪全体干部工人过紧日子，每月的工资分几次发，先发离退休干部，后发工人，再发一般干部，最后才是各局领导。他们用这种办法，挖潜集资，四年筹资 423 万元投入林业生产。

四年，竹溪植树造林投工 1200 万个！

四年，竹溪县每天以 200 亩的速度发展林、茶、果、药商品基地，发展基地面积达 30.59 万亩，成活率和保存率分别达到 85% 和 90% 以上，连续三年被评为湖北省绿化先进单位，两次获得全省绿化金杯奖。

1991 年 11 月，在我回乡的日子，我看到了《湖北日报》的报道：湖北省委书记关广富率领各地市州委书记、省直有关部门负责人和省、地两级林业厅局长奔赴郧阳，进行林业考察。

当关广富看到郧阳人民在海拔 1000 多米的高山、在红岩石缝里植树造林；当他了解到竹溪人无钱也要苦干、四年消灭 30 万亩荒山时，欣然命笔，为竹溪题写了"绿化湖北'马前卒'"的屏幅。

今天，当我走过竹溪，回忆当年我写故乡的第一部书《山苍苍，水茫茫》里，关于"竹溪人精神"的一节，无不感动，摘录几行，以飨岁月。

> 眼下，竹溪境内的森林覆盖率和植被覆盖率分别达到 82.6% 和 87.3%，常年优质天气 360 天以上，负氧离子每立方厘米 25000 个，成为不折不扣的天然氧吧。仅我们到访的竹溪综合农场，所属的 14 万亩区域内就有 13 万亩是森林植被区。竹溪区域内生长着 3300 多种植物，318 种脊椎动物，堪称动植物的基因库，是生物的百科全书。
>
> 一望无际的森林绿海，养护了竹溪丰饶的"水世界"。得天独厚的自然气候，是竹溪人的最高幸福指数，也使竹溪人可以骄傲地向外面的世界大声喊："来竹溪，我'氧'你！"

二 美文里的真人秀

营盘山下，采风的作家们接到了一项别开生面的工作：为竹溪综合农场举办的"竹溪营盘山征文大赛"作品评奖。竹溪县作协和综合农场从收到的 600 余篇征文中，先初审出 50 篇作品，又从 50 篇中再审读选出 26 篇作品，然后隐去作者姓名，以编号形式呈现给我们。要求作家们从这 26 篇作品中评出一等奖 1 名，二等奖 3 名，三等奖 10 名，其余为优秀奖。

这些来自全国各地的著作等身的作家、这些获过鲁奖和全国各种文学奖项的作家、编辑，面对这最基层作者的作品，无不躬下身来，严谨认真、一丝不苟地开始阅读，生怕误评，生怕漏掉一篇好作品，生怕对不起竹溪、对不起作者、对不起自己的文学良知和声誉。

我非常惊讶，这 20 多篇征文作品质量如此之好、如此整齐！除少数几篇外，几乎篇篇都是严谨用心之作，其内容的丰富扎实、行文的欢畅流利、词语的审美品质、情感的纯朴真实，无不令人惊喜、钦佩。我在心底暗暗惊叹：一个县级农场征文，居然收获了这么多上乘作品，这是竹溪营盘山的魅力，还是鄂西北儿女文学的优秀潜质？我因右膝盖做过手术无法攀登到营盘山高处，更无法抵达海拔 2300 多米的峰顶，但我从这些征文作品中生生读到了营盘山壮美的自然山水、神秘的历史传说，以及营盘山峰顶万亩海棠迷人的精灵……

你看，3 号作者在《寻幽记》中这样写营盘山的瀑布——

　　　　更令人惊叹的还数营盘山的瀑布。不是一个，是一群，是成百上千，大大小小，连绵不断，千瀑千面，万种风姿，绝不雷同，若有雷同，纯属眼花。贵州的黄果树瀑布和北美洲的尼亚加拉大瀑布胜在壮美，而营盘山的瀑布胜在抒情。

营盘山成百上千的瀑布群在作者的笔下做万千风姿的抒情。

4 号作者在《探寻》中写道：

竹溪大营盘，民间传说商朝时，闻太师大军在此山驻扎而得名。闻太师是明朝神魔小说《封神演义》里的人物，也是民间信仰中的"雷神"或"雷祖"。传说与史实混杂，互为印证。不仅是竹溪，大营盘周边的巫溪、镇平，都流传着这样的说法，说是早在三千多年前，大营盘一带是古战场，至今有石车毂和车马古道可寻。距离大营盘二十多公里的丰溪"泗水关"，史载商纣王曾派兵镇守。商纣王是历史人物，而闻太师是传说中辅佐纣王的托孤大臣。

有人批判闻太师的愚忠，有人赞叹闻太师的忠诚和勇武。君为臣纲的朝代，忠为第一。君为人事，事靠臣做。凡岳飞之列，为后人敬重，源于精忠报国。

作者平和理性的书写，告知了我一个三千多年前的传说。行文的老练和对历史的客观评说，透视着作者的学识和思考。

7号作品的作者是一位14岁的少年，我是从行文里发现的。他在《会当凌绝顶》中写道：

> 越往高处走植物越稀疏，品类也从多样变得单一，树林一下变得敞亮起来，一片连着一片开着各色矮小艳丽的野花，阳光穿透森林将斑驳的光影洒在森林下的花海中，我想童话故事中的王子、公主、绿发女巫应该就是住在这里的吧！
>
> ……
>
> 竹林外是一望无际的古老海棠林，树冠如一把把撑开的

巨伞，树枝上挂着长长的绿色胡须随风轻轻摇摆，向我诉说着营盘山金戈铁马的过往，我被这奇幻的景象震撼了，我想这每棵海棠树上都应该住着精灵吧！

少年的文字如此纯洁、活泼，如他欢腾的青春。我从他真切、纯粹的文字里感受到营盘山顶万亩海棠花的无比神丽。

15号作品《一方水土》以另一种迷人的审美挪移、比喻，写出了营盘山万亩海棠花的曼妙与神奇，请看下面的文字——

> 每当东风轻舒纤指，拨响春的琵琶曲，营盘山就渐次催动海棠花潮。那时节，秦岭与巴山指掌间的那块翡翠仿若凭空生出暖烟，一缕一缕袅娜在石隙崖畔，结出一团一团浅浅的粉与柔柔的白，就像九天仙子抛下的纱幔，笼住峰峰岭岭，自是风情四溢……

如此用心用情与大自然神交之后写出的诗质之美的文字，我按捺不住地惊喜，之后便深深一叹：这样的文字不是我这样的匆匆过客能够写出来的！游记散文最忌表面化处理大自然万种风姿而不见作者心。对于营盘山、营盘山海棠花，我只有亏欠了！只有陶醉、欣赏这些美文的份了！

征文作品里还有不少写得很好的诗词作品，仅举两例。

请看20号组诗《海棠与红豆杉的书简》最后一组：

> 山势越陡峭，流水越静深
> 在梯级瀑布群上，能够看到珠玉落满了营盘山

自然流韵，让每一棵海棠和红豆杉，都拉满了琴弦

此地回音，都是绝唱。在奇峰和峡谷里

每一朵花，都在绽放时噙了一颗太阳

每一株草，都在弯腰时行过了脱帽礼

它们不着一字，却是最深刻的生态书简

　　诗的本质是隐喻，是抽象，是暗示，是含蓄。作者是相当熟稔这一真谛的。瞧，瀑布坠落时形成的壮美音韵，"让每一棵海棠和红豆杉，都拉满了琴弦"；瀑布溅飞的水珠如玉，落在花草上，"每一朵花，都在绽放时噙了一颗太阳"。这是多么具有美质的想象和比喻啊。短短几行，写出了一部营盘山"深刻的生态书简"。

　　还有，我和哈尔滨的秋月、北京的贵平一起喜欢上了 26 号作者的一首词《西江月·赞营盘山海棠》——

雨霁胭脂着色，风回香露沾襟。幽居山涧作长吟，自是花中上品。

前世已签盟誓，今生来鉴初心。玲珑小朵弄清音，蝶梦斑斓依枕。

　　记得贵平拿这首词给我和秋月看时，我们同时喜欢得心里生津，如看到宋时清照抑或红楼黛玉。我相信，无论这首词能否获奖，它都应该是营盘山海棠花永远的惠存。

　　我们就这样专心专意为营盘山征文评奖，但毕竟名额有限，遗漏之美在所难免。这不，两天后颁奖时，晚到一天报到的著名诗词作家卓然，因没能参加评委评奖便为遗漏的一首好词拍案而起。主持人已

经宣布名单，颁奖已经开始，老作家卓然先生突然从坐着的桌前站了起来，大声地说着什么。因为他讲浓厚的晋地本土语言，开始我没听懂他在说什么，后来，只见他夺过主持人手中的话筒，展开那本印刷有 26 篇征文的作品集，不由分说地开始大声朗诵作品集中的一首词。参加颁奖会的一位朋友迅速找到了卓然先生正在激昂朗诵的作品，这是 23 号作品《行香子·营盘山》——

　　　　绿草如茵，飞瀑如银。慢行来、空气清新。密林栈道，一路无尘。近营盘山，绝龙岭，太师魂。

　　　　杜鹃花艳，古树开春。喜山中、岁月无痕。犹思归去，作个西邻。对一溪诗，一溪水，一溪云。

　　天呀，绝美之词！因慢行，灵魂与营盘山渐次抵近。归来了，心思仍留在那里，与营盘山之魂做个邻居，然后"对一溪诗，一溪水，一溪云"。浪漫的心境，绝妙的表达。优秀的词人看到遗漏了如此好的诗词，能不拍案？能不激动？能不遗憾？这便是一个老作家的艺术良知啊！

　　看着卓然的举动，全场由惊讶到赞佩，只听作家野莽情不自禁地喊出一声："英雄愤怒了！"

　　但评奖结果已出，遗珠之憾难免。好在这样好的诗词从此属于营盘山，在历史的长河里，它会成为营盘山永远的一个妩媚。

　　其实，在 26 篇征文中，我真正想说的是 1 号作者，1 号作者的作品题目为《营盘山的童年》。作者在作品中回忆了 8 岁以前随父母在营盘山生活的记忆。作者用童年的一双眼睛观察父亲和叔叔们在营盘山的劳作，叙述的视角伸入一个孩童能够全部感知的世界——

有一天晚上我们刚刚睡着，就被母亲推醒了。母亲让我跟弟弟裹上被子不要出声，父亲轻轻地把上阁楼的木梯子抽到楼上来。不一会儿，一头大黑熊砰砰两下就把土屋的木栅栏门撞开了，满屋子找吃的，锅碗瓢盆乒乓作响摔了一地，过了很久黑熊不小心一脚踩在留着火种的火坑里，才嗷嗷地叫着冲到树林里去了，父亲放下楼梯找到一些木板和原木把门顶上，接着我们就睡着了。第二天早上没有碗吃饭，父亲去溪边找到几个石片，我们把饭盛在石片上吃。

作者就是用这种极为平朴的、不慌不忙的叙述让文字努力接近自然生存的真实。

尤其是写到父亲和叔叔们砍来毛栗树制作漆钉，然后上山割漆，大人们如何把漆钉钉入漆树、如何用一种叫"大红袍"的漆叶卷成一只小茧子插进漆树接漆，作者在不动声色中把漆农割漆的过程传达给对此一片陌生的读者。对漆农劳作的艰辛作者同样在毫无华丽辞藻和修辞技巧中完成了朴实平凡的魅力叙事——

立夏以后的早晨，父亲跟叔叔们每天天麻麻亮就起床，我总是会被母亲的油炒饭的香味诱惑得睡不着，因为只有割漆的人才可以吃油炒饭，母亲说他们一上山就是一天，油炒饭抗饿。每个漆匠上山时都穿着斑驳的漆衣，背着竹篓，竹篓上插着一把明晃晃的漆刀，拎着几个小木桶。看着父亲在漆树上灵巧地攀爬总让我想起神雕侠。

盛夏，太阳大得晃眼睛，父亲穿着厚厚的漆衣没几天就浑身长满了痱子，加上漆的腐蚀，父亲的手摸起来就像老漆树皮。一季的漆割下来，漆匠们都要承受八九次老嫩皮更替的蜕皮之痛，可他们毫不惧怕。每天晚上收漆回来他们就用一杆小秤把自己小漆桶的漆称出斤两，记在账簿上，再把小漆桶的漆倒在大木桶里，如果谁割的多几两就很开心，被漆腐蚀得皮肉紧绷的脸上掠过得意。……割漆每九天一茬，一年一棵树割九茬，历经81天割完，割完后父亲跟叔叔们就会把大木桶挑到山下供销社去卖，换回来细米、白面，还有糖果和新衣服，简直跟过年一样。

作者就是这样以质朴的语言把人在地老天荒的环境里生存、劳作的境况叙述出来，让读到的人内心充满震撼。

作者还细心叙写了父亲母亲挖黄连、制黄连的劳作；李叔叔设置的陷阱里掉进了好几只山鸡、野兔带来的兴奋；看到掉进陷阱被网住的黑豹眼里的泪水，心里难过；在营盘山顶捡到铜剑、古钱币的高兴；天天背着背篓寻找野果、挖甜草根吃的满足……大人们的勤劳与刚强、生存的艰难与童年的天真快乐交融在生活里，作者就这样把无数琐碎、藤蔓般缠绕的营盘山童年，叙述得洗尽铅华，文字仿佛用营盘山的瀑布水洗过一样干净、纯粹。

看完作品我就不由得在想：有这样丰富阅历的童年，长大后必会撑起一片天！

《营盘山的童年》得到10位作家一致好评，最终获得唯一的一等奖，主持人和作家野莽让我为她颁发了获奖证书。

我注意到我喜欢的那个14岁少年写的《会当凌绝顶》获得了三等奖，我特为他高兴。就在此刻，站在颁奖会场后面的一位竹溪中年女子走到我身边，悄悄对我说："梅老师，我是1号作者张晓莲的老师。那个《会当凌绝顶》的作者是晓莲的儿子！"我听后低声惊叫了一声："是吗？母子一起获奖？！"我想把这个惊喜当场宣布出来，但稍作思忖，我没有宣布，只在心里为他们母子高兴。

《营盘山的童年》作者叫张晓莲，一个身材高挑、脸庞被阳光与风吹晒成黝黑的新型职业农民，一个时代的创业者。晓莲是竹溪"金漆世家"的第四代传人。其实，在我们去石板河参观整块石板河床上的天然艺术时，同时参观了张晓莲创办的榫卯木工坊、漆工坊及漆器制品展厅。琳琅满目的漆艺品让我们惊羡不已！那时，真不知道这个会做漆艺的女子还会写文章！

据史书记载："漆树人多种之，……以金州者为佳。故世称金漆。"当时金漆主产地即今湖北竹溪一带。

晓莲告诉我，清末民初，她的曾祖父张立武就已在竹溪山野种植漆树4万亩，年产生漆2500担，由民国竹溪政府组织护卫队，用马车运往郧县的木瓜沟，再转木船由汉江运往老河口，再转运至汉口销售。

晓莲的祖父张克帝传承了张立武的割漆制漆手艺，成为十里八乡家喻户晓的漆匠。根据西安生漆研究所供销台账记载，1954—1957年竹溪县年出口生漆达到63吨，被列为全国出口生漆基地县，享有"优质漆先进县"和"中国生漆之乡"的美誉。1976年4月，全国生漆会议在竹溪召开，竹溪生漆在中国农业展览馆被标为中国"国漆"。

2000年，晓莲的父亲张昌喜经过长期无性繁殖选育和人工栽培，种植漆树986亩，探索出在漆树林下套种魔芋，既实现了以短养长，科学合理利用林地的有效方法，又传承了生漆采割及应用技艺，被竹溪县人民政府申报为"漆艺非物质文化遗产传承人"。

张晓莲于2018年注册了"金漆世家"商标，申报了6项生漆采割、加工、工具改进方面的技术专利。2021 年通过了中华全国供销合作总社职业技能鉴定指导中心的专业资格审核，拿到了三级漆艺师证书，成为"金漆世家"第四代传承人。

张晓莲童年跟随父辈上山采漆，看父辈在家具器物上髹涂生漆，耳濡目染对生漆髹涂技法产生了无比的热爱。2000 年，张晓莲参与父辈生漆育苗的优选优培，通过无性繁殖选育优质大木漆苗 6 万株，满足了竹溪县 1000 亩漆树种植基地的用苗需求。2019 年 3 月又建设生漆育苗基地 50 亩，满足了竹溪县 6500 亩漆树种植基地的用苗需求。

当晓莲驾车兴致勃勃地拉着我和秋月、贵平去参观她的漆树林和位于营盘山山坳里的家时，我就想：那个童年在营盘山随父亲割漆就认识 30 多种中草药，就懂得其功效，小伙伴割伤她扯一棵草在嘴里嚼嚼敷上就能止血的小晓莲，如今已获得"全国农村科技致富女能手""全国乡村工匠""全国乡村文化和旅游能人""湖北省女性科技创新人才""十堰市最美巾帼奋斗者"的 40 岁的晓莲，一个把文章写得不比专业文学写作者差、有很好文学潜质的晓莲，人生长长的路上，她还要怎样秀一个女子的壮美人生？

三 舌尖上的移民文化

"竹溪美食"在鄂西北十堰享有盛誉，尤其是"竹溪蒸盆"，自上了央视《舌尖上的中国》栏目之后，几乎家喻户晓。竹溪人在十堰开的大酒店、小饭馆，都有竹溪风味菜肴，到竹溪酒店、饭馆不点一道"竹溪蒸盆"，等于没有吃饭。

记得有一年回乡，朋友请我在十堰阳光栖谷一家竹溪人开的饭店吃饭，席间，上来一大盆汤菜，那盆大得直径足有 30 厘米开外，盆里漂着一片红的、白的、绿的、黄的……各色菜食。朋友说这就是"竹溪蒸盆"。我说，这不就是用水煮一锅菜吗？老板听此，急忙上来解释，这可不是一般的煮菜，你看，这菜里要有半腊的猪蹄，新鲜猪蹄有腥味，老腊肉猪蹄鲜味又缺失，必须用半腊猪蹄。你再看，这盆里还有整只鸡呢！你不知道，这盆里的佐料都是中药材配制的。把这些备好的菜品放在盆子里，用柴火慢蒸五六个小时，再加上香菇、土豆、黄花、鸡蛋合子等续蒸，最后再加青菜略蒸，熟后上桌。这道菜，火候不同，火源不同，选料不同，加料顺序不同，味道会大不相同……

第一次听到"竹溪蒸盆"要用这么多珍贵食料，要蒸五六个小时，我惊呆了。遂问老板，蒸五六个小时，需要多大耐心呀！还不得把水都蒸干了？

老板说，所以要点"竹溪蒸盆"这道菜必须提前预订，我们连夜蒸，这盆里可不是一般的自来水，都是蒸菜过程中的蒸馏水！

天呀，做这道菜真是不容易呢。我是真的在感叹向世间贡献这道美味的竹溪人的耐性与精细。

这次在营盘山竹溪综合农场，无论是中餐、晚餐，都有一大盆"竹溪蒸盆"上桌，坐在我旁边的农场书记刘满东总是热情地为我一碗一碗地盛这道菜，一边盛菜一边说："这是竹溪最具历史文化和饮食文化的菜，你要多多享用啊！"

"最具历史文化和饮食文化的菜"，满东的这句话重重地搁在我心里。我想请教满东，但终归匆匆来去，没再提起。

后来，我注意到竹溪县志系列丛书里的"竹溪饮食文化辑录"，辑录对竹溪饮食包括"竹溪蒸盆"，做了精彩的文化阐释。

辑录里说"竹溪蒸盆"最早是懒人饮食。就是各家出份子，把食材并入一锅蒸，大家凑在一起吃，这种朴实的民风，与《桃花源记》文中描述的"便要还家，设酒杀鸡作食。村中闻有此人，咸来问讯……余人各复延至其家，皆出酒食"有相似之处。竹溪原本就是陶氏《桃花源记》的创作地，看来，这种有客从远方来、各人回家拿酒食一起吃的快乐，是有历史渊源的。

但我更愿意相信这种美食属移民文化。

竹溪地处鄂、渝、陕三省通衢之地，是"一脚踏三省"和"朝秦暮楚"之地，西周属古庸国。明成化十二年（1476年）建制湖广郧阳府时分竹山设竹溪，以境内竹溪河而定县名。

秦巴山纵横交错的鄂西北山地，山高林深，道路不通，在漫长的历史年代里，成为各类战争的避难所，成为全国各地逃命、逃债、逃难、逃荒、逃税者的栖息地。当然，也不免有败兵、盗匪。我查了相关历史资料，在元朝至正年间，就有大量流民逃至鄂西北深山密林。残酷的宋元之战、元明之战，蒙古军队横扫天下，在灭宋过程中铁蹄践血，人头滚滚。蒙古人的屠杀空前绝后，全国直接死于屠城的人数多达6700万。连年的战争使百姓亡散，十室九空，庐舍为墟。鄂西北深山峻岭成为战争的避难所，同时是灾旱之年流民的谋生地。明成化六年，荆襄大旱，饿殍遍野，流民入秦巴深山逃荒谋生者多达90万！洪武年间，朱元璋命令从江西迁往湖广移民约69万。事实上不只是江西，安徽、山西、陕西、四川等省也不断有移民络绎不绝流入湖广。尤其是朝廷允许"插标占地"，移民们便如过江之鲫，迁徙长江南北、汉水两岸、秦岭巴山。

至今，问及竹溪人祖籍，大多来自江西、湖南、河南、四川、黄州。天南海北的人逃到深山密林中生存、栖息，过年时，大家聚在一起，王家拿块豆腐、李家拿个萝卜、赵家拿块腊肉、宋家拿颗鸡蛋……或垒石架盆，或绳梁吊锅，柴烧炭蒸，一起做菜、煮菜，一起喝个过年小酒。百年、千年走过，深山里一道最普通的百家菜、杂烩菜成了竹溪名菜，成为舌尖上的中国魅力味道菜。

综观竹溪"美食五绝"，除了"竹溪蒸盆"，其余四绝"腌腊肉、煮懒豆腐、酿豆腐乳、泡辣椒豇豆"也都携带着浓浓的移民文化。先说腌制腊肉。腌制腊肉在鄂西北成为家家户户腊月的忙事，每到腊月，母亲忙着腌腊肉的情景，至今历历在目。但把腊肉做到极致的还是竹溪。

竹溪人每逢腊月，即"小雪"至"立春"前，家家户户杀猪宰羊，除留够过年用的鲜肉外，其余用食盐，配以一定比例的花椒、茴香、八角、桂皮、丁香等香料腌制后，用棕叶绳索串挂起来，滴干水，进行熏制，选用柏树枝、椿树皮、艾蒿或柴草火慢慢熏烤。或挂于烧柴火的灶头顶上，或吊于烧柴火的烤火炉上空，利用烟火慢慢熏干。

我们参观了位于国营竹溪综合农场杨家杌分场的湖北亲家母食品股份有限公司，公司以"亲家母"牌高山腊肉为主打产品，专注于生猪腊肉、腊肠、腊排、腊肉干、卤肉制品、腊肉酱等腊味休闲食品，开发已长达20年。公司年轻的总裁王碧海告诉我们，自2007年以来，"亲家母"牌腊肉连续三届被评为"湖北名牌"产品。特别是以公司高山腊蹄为原料，聚合开发的"竹溪蒸盆"制作技艺被列入湖北省非物质文化遗产保护名录。

刚刚走进厂区大门，王碧海一眼看到作家野莽，便兴奋地说："野莽老师，我读过你好几部小说！"又转过脸来对我说："我读师专时，你发在《十月》杂志上的《山苍苍，水茫茫》是我们的教材……"

看来，眼前的年轻人是一位读书人。在厂区参观时，王碧海说，他从小就有一个心愿：把大山沟里那些看起来不值钱的东西变成钱，让更多的人富起来。

王碧海的心愿源于母亲的一句问话，母亲曾问："儿子，为什么别人那里什么东西都值钱，而我们这里什么东西都不值钱？"这是一个普通农村妇女的简单问题，却让王碧海思索了很久。他想告诉母亲，不是山里东西不值钱，是没有人能把山里不值钱的东西变成钱。但他没有说，他决心以行动来回答妈妈的问题。于是，他从商以后，就选择农产品加工业，首先从不值钱的腊肉做起。经过近20年的打拼，历经风雨挫折，王碧海的"亲家母"腊肉品牌做得风生水起。

　　韩国有宗家府，中国有亲家母！

　　香港有李锦记，内地有亲家母！

　　贵州有老干妈，湖北有亲家母！

　　入夜，在农场会议厅，作家野莽用如画的莽体书法，挥笔写下我编、作家阿成修改的顺口溜送给王碧海。顺口溜如下：

　　　　吃了老腊肉，健康又长寿；每天要见亲家母，人生有活头。

　　王碧海接过书法，笑得满脸通红，然后，一定要与我和野莽合个影。

　　竹溪的腊肉应该是移民竹溪的先辈们在没有现代冰箱的年代，在深山峻岭里为生存发明的一种肉制品保鲜法，世世代代传承，到今天成为餐桌上的一种别样美食。

　　竹溪"懒豆腐""煮臭豆渣"，更应是移民文化的产物。"懒豆腐"就是用大米与豆腐脑混合煮成的。"煮臭豆渣"就是用豆腐的豆渣，小火炒干水汽后捏成团，在簸箩里垫上松针或稻草，将豆渣团放在上面"臭"半个月以上，待到豆渣团子表面变稀软且长出绿霉，再拿到太阳下晾晒干水汽即可。勤劳俭朴的先辈们，在艰难的生存环境里，他们变着法把能吃的东西都充分利用起来，不浪费一粒一粟。

竹溪豆腐乳质地细滑松软，表面橙黄透明，味道微辣、鲜美奇香，是竹溪餐桌常备食品，又是烹饪特定菜肴不可替代的佐料，如做扣肉、红烧肉等，用此作配料，香味四溢。竹溪人说，用土鸡蛋炒饭，用豆腐乳做菜，吃起来美滋滋、飘乎乎。路过竹溪土特产展馆，我忍不住买了一大罐香辣豆腐乳，才15元人民币。

还有竹溪豆豉、竹溪泡菜，都是竹溪人餐桌上一年四季的美食。

饮食文化具有鲜明的地域特征，这是地理环境、自然条件、历史传统等多种因素共同影响的结果。

独居匠心的竹溪美食是历史上大批的移民涌入，与竹溪本土的饮食传统长期互相交融渗透，从而形成竹溪特有的饮食文化，植根于巴山密林深处，生生不息。今日的竹溪菜吸纳川菜、湘菜的精华，以蒸、腊、煮、酿、泡"五绝"技艺，形成独具竹溪地方特色的酸辣、咸鲜的风味特点。

竹溪人会"吃"，"吃"得讲究，由此而衍生出的竹溪饮食文化已成为竹溪文化不可或缺的重要组成部分。

到竹溪去，爽吃几餐竹溪美食，应该是竹溪文旅事业蓬勃发展的另一种魅力！

2023 年 6 月 15 日于北京完稿

发表于 2023 年 7 月 21 日、22 日、24 日《十堰日报》

营盘山洗肺

聂鑫森

　　癸卯暮春，野莽老友应竹溪综合农场之托，热情邀约文朋诗侣前来营盘山采风，正是我甲流感染虽愈却被后遗症折磨了二十余日之时，频频喘气、咳嗽，到夜里尤烈，无法入睡；又全身乏力，不思茶饭，舌尖上的味觉变得麻木迟钝。更令人气恼的是活到七十六岁的我，最爱的杯中物再不能随意享用了，小饮几口，便会导致通宵咳嗽不止。我用两句诗来自嘲："曾因病肺猿鸣急，每恐壶杯禁酒难。"拖着这样的身体，从湘中到鄂西北的竹溪，再上营盘山，真怕给东道主和同行的旧雨新知平添麻烦。

　　野莽说："你十五年前来过竹溪，触摸过关垭楚长城的砖石，听过向坝优美的民歌，巡游过风光独异的十八里长峡，但你没上过营盘山。这里到处是奇花异树、飞瀑流泉、药草山果，清风清气正好为君洗肺，岂可不来！"

于是，我忐忑不安地奔向营盘山。

中巴车载着我们从竹溪县城出发，驰入叠翠飞红的秦巴山中，然后驰上营盘山的水泥山道。我因害怕咳嗽一直戴着口罩，还不时地摘下口罩喝保温杯里泡着的中药茶。尽管山道盘旋，司机却把车开得稳稳当当。云团追着车轮跑，雾气把玻璃窗涂了一层又一层，车窗外的淙淙泉流声、啁啾鸟啼声，又稠又密，车厢里盈满了爽心的清凉。野莽对我说："你摘下口罩吧，竹溪宣传文旅的抖音词是：'来竹溪，我"氧"你！'营盘山负氧离子含量高达每立方厘米25000个，润喉润肺，口罩这劳什子妨碍吸氧哩。"我迟迟疑疑摘了口罩，顿觉风清气爽，精神为之一振。自肺病以来，好久没有写诗的兴致了，忽然灵感来袭，心头便有了《车上营盘山》七绝一首："云恋车轮雾恋窗，泉声鸟韵系襟裳。营盘山道盘旋急，犹似春情百转肠。"

车到半山腰的农场场部所在地，也是营盘山生态旅游服务中心。四面峰峦起伏，云来雾往；身边的瀑、泉、涧、池，流波飞雪；鸟鸣之声，在高枝低杈间此起彼伏，呈现一幅黄昏"宿鸟归飞急"的图卷。花树边，泉瀑畔，一栋栋朴质而古典的建筑物或隐或现。我记着野莽所称的洗肺之事，便悠长地吐故纳新，我吸入的清风清气中，有纯净的花木之气、药草之气、茗茶之气、水石之气、云岚之气，带着色彩，带着声音，胸口的滞闷、喉管的艰涩、肺叶的惊悸忽地消泯，仿佛被认真地清洗了一遍。

我们下榻在一栋两层的砖木小楼中。

主人告诉我："今夜有月，你可去楼外走走，赏赏'明月松间照，清泉石上流'的好景，再回去安歇，保管一夜睡到天亮。"

主人殷勤，朋侣欢聚，晚餐吃得热热闹闹，都是原生态的食材，尤以竹溪传统名菜——蒸盆最让人赞不绝口。我忍不住端起酒杯，小饮二两。

夜幕落下时，果然月亮戴着朦胧的面纱升了起来，照明的路灯也齐刷刷亮了。我们步行回下榻处，虽不过二百米远，却有好几处喧响的溪涧，水流自高处泻下，撞击着溪涧中错乱突立的石头，浪花与月光便奋然飞溅，我们的脸上也就有了湿湿的吻痕。营盘山的群峰从海拔七百米到主峰的二千三百多米，月亮虽蒙着面纱，却依旧光影照人。唐诗中写月的佳句很多，"月傍九霄多"一句正是此景的最好诠释。待我回到卧室，更觉唐人沈佺期的两句诗令我钦服："山月临窗近，天河入户低。"

今夜诸友都因旅途劳顿，各自早早回房休息。我因晚餐喝了点酒，担心夜晚旧病发作咳嗽不止，乃赶忙备好带来的"小柴胡"中药冲剂，然后才熄灯躺下。半床竹影，半床月光，一屋清气，一屋溪瀑声。在城里多少个夜晚我就没睡过安稳觉，失眠成了常例。万万没想到在这里头一落枕，马上就睡着了。半夜里梦中似乎听到潇潇雨声，而且下了好一阵，雨声只是在梦边掠过，梦依旧圆满到天亮。后来问主人，才知山中气象奇幻难测，忽晴忽雨，海拔更高处在这个时节还会大雪飘飘。

第二天早晨，先是云厚雾薄，接着太阳掀开云帘雾幛，灿烂地笑着走了出来。

主人引导我们去看万亩野生的"湖北海棠"，而且是营盘山独有。

此生看过不少庭园中培植的海棠花：西府海棠、垂丝海棠、贴梗海棠……品品都红艳夺目，或如贵妇人雍容华贵，或如娇小姐袅娜含羞。也读过许多写海棠花的名诗，如陆游《花时遍游诸家园》："为爱名花抵死狂，只愁风日损红芳。绿章夜奏通明殿，乞借春阴护海棠。"他写的自然是人工培植的海棠花，怕风吹雨打，怕太阳炙灼，故乞请上苍仙班百般呵护。野生的"湖北海棠"我从未见过，能于营盘山识其真容，堪称幸事。

导游告诉我们，营盘山生态旅游景区位于综合农场杨家机分场境内，万亩野生海棠在海拔一千八百米以上的大营盘一带，海棠树干粗壮遒劲，率野而有劲道；花开五瓣，茎蕊韧长，其色洁白或粉红，就像鄂西北的村姑山妹，素面朝天，天然本色。因海拔依次递增，温差也就有了区别，依山势而生的海棠花，从阳历四月下旬可一直开到六月底，轰轰烈烈，且经久不衰，令游人大饱眼福。

车到目的地，我们下车后沿山道缓缓而上。到处是红红火火的杜鹃花，金黄而小巧的迎春花，素白如银的野李子花，粉白淡红的野杏花……还有浅碧深绿的芳草丛丛簇簇。远处近处不时地闪现一挂飞泉、一湾溪水，水上漂着风吹落的花瓣和树叶，映着日影天光，令人想起流传至今的俗语："山中如上古，尘世几人知。"

古人写春山秋山，喜欢用"山香"一词。我在花香草香树香水香杂陈的一片"山香"中，心闲气定，吐纳悠然，不咳不喘，双足也有了力气。同行的老友说："你吃了那么多药，远不如来此一番洗肺，胜过妙药仙丹。"我说："还有主人的盛情、文友的关爱，开心长寿！"

我们走进了一片开阔的坡地，从坡底直到高坡尽头，再从坡尽头弥漫到高高低低的峰峦，丰盈出一片海棠的花海，洁白与粉红抛掷出柔美的光晕，如挂在天地间的一幅巨型水彩画。着各色服装的游人，在花海中时隐时现地飘闪，仿佛在击水中流。我走近离我不过数丈的几棵海棠树，看根基处的点点青苔，看树干上深深的皱纹，看下垂枝丫上的淡红花朵，神清气爽，谨然而立，绝不敢去伸手一触。有愣头青小伙子欲去摘花，立即有人一声断喝："不得无礼，好花岂可乱采！"

这情景让我感动，回到住地，速写小诗为记："天然模样淡红妆，楚女如云莫率狂。君若有情先下订，青春结伴共飞觞。"

我出生于世称中国三大药都之一的湖南湘潭（另两处为江西樟树、河北安国），大街小巷飘袅着中药材的芬芳气味。我的亲友中，就有多位供职中药行业。父亲是一位中医，四弟鑫汉曾任过一家药店的经理，五弟鑫海至今还在一家中药制造厂工作。自小耳濡目染，我认识许多中草药，也熟悉不少治常见病的丹方。对于中草药我的嗅觉格外敏锐，它会让我想起生活在湘潭的岁月，想起家族中的许多故事。在营盘山流动的清风清气里，掺糅着许多中草药的成分，天麻、厚朴、黄连、七叶一枝花、杜衡、野姜、苦艾、青蒿、止血藤……此山堪称一个巨大的天然药库。农场又精选出黄连、厚朴等几种中草药，进行规模种植，经济效益极好。黄连属毛茛科，多年生草本，地下有长根状茎，春季开黄绿色的小花。黄连以根茎入药，泻火解毒，清热燥湿，医用范围十分广泛。站在成片的黄连前，那种苦寒的气息令人提神醒脑。厚朴为木兰科，落叶乔木，紫褐色的树皮很厚，采之入药，功效是温中、下气、燥湿，气味苦辛，很浓烈。厚朴开花在初夏，花型大，洁白如玉，可惜我们无缘一见。

《山海经》为远古典籍之一，何时何人所著，众说纷纭。但近年来，有不少专家考证其浪漫主义格调与《楚辞》相近，此中记载的药物达一百二十余种，与屈原《离骚》《九歌》中涉及的植物学及药物学知识也可互为应对。屈原是湖北楚人，故专家推断《山海经》的作者也应是湖北楚人。屈原没来过营盘山，或许写《山海经》的这位高人逸士，来过营盘山考察山形水势、矿藏药草？

小住营盘山几日，风景这边独好。

明日我们该挥手而别了。这个夜晚，又是月色朦胧。

主人邀约我们到场部会议室品尝高山"习武茶"，摆龙门阵聊天，也让我们灯下挥笔作字为纪念。

会议室的隔壁，是炒茶的工房。主人说：采茶人天刚破晓即上山采茶，日出时满载而归，送来的茶叶在竹筛中晾干水汽，下午四时，炒茶师傅上灶亮艺，炒出一锅一锅上等好茶。各位杯子里的茶叶，是今日现采现晾现炒的鲜品。

室内室外，茶香扑鼻。小饮一口，齿舌香甜，肺腑也渗入暖暖的绿意。

我们和前任农场书记刘满东，及农场的各位朋友分坐在几个桌案边，听他们谈农场几十年来的艰苦创业，谈当下和未来多种经营的宏图大业，谈他们身边平凡而伟大的普通劳动者……热热的茶，热热的话语，浸润我们的心，热出我们一头汗珠子。

采风团的各位，平日里苦心经营作文写诗，亦擅磨砚挥毫以怡情养性。阿成、野莽、刘益善、墨白、卓然诸兄轮番上阵，为热情的东道主泼洒云烟以作答谢。

茶香糅入墨香，糅入主客俱欢的笑语缤纷，醉了营盘山这个依依惜别的夜。

满东先生让我写一幅斗方，内容是先贤的联语："莫放春秋佳日过，最难风雨故人来。"我明白东道主的心意，这样好的地方，你们不可不来重访。

营盘山，后会有期！

竹溪行记

阿 成

阳春三月，赋闲在家。正在小楼上读古人的诗。当如醉如痴地读到宋人陆游的"小楼一夜听春雨，深巷明朝卖杏花"时，野莽先生的短信来了。正所谓"莫愁前路无知己""人生何处不逢春"。野莽先生短信的大意是，"大好春光，何不一游？"（古人《邀友出游帖》之语）欣欣然，即刻放下古人的诗书，心想，读万卷书终究还是要走万里路。准备行囊，来一次青年人常说的"说走就走的旅行"。

此行目的地——湖北的竹溪。

一 去竹溪

说到湖北的竹溪，曾在 15 年前（人生有几个 15 年哟），也是应野莽贤弟的邀请去过一次竹溪。那同样是一次文人的雅会。不同的是，那一次我坐的是夜行的老式火车。虽然对野莽先生谎称我得到了卧铺票，其实我坐的是硬座，且三人的硬座坐了四个人，其中还有一位约有一个半人宽的胖女人，她一路上打着西藏长号似的呼噜，似乎是在诉说着自己种种的不幸。心想，真可怜哪。但这样的小辛苦，这种别样的体验，对喜欢写作的作家来说真是妙不可言。

虽说15年过去了，然而不然，对去竹溪的山路依旧记忆犹新，还清晰地记得那条山路，不是山路18弯，也不是山路180弯，大约有1800弯而不止。这绝非寻常文士的夸张。记得一位湖北籍的女作家居然被弯弯的山路搞得呕吐不止。联想到我的一位在大学教语法的朋友曾经问我，什么叫"弯弯曲曲"？当时我觉得这非常可笑，弯曲就是弯曲。有些词语是不可以穿凿的。他说，这不行，你不能对学生这样讲。我说，先生，您给解释解释。他说，弯弯曲曲就是：弯上加弯，曲上加曲。我当时还拊掌笑他迂腐。可是那一次的山路之行，对弯弯曲曲却有了新的体验。臣本是一个晕车的人，万分奇巧的是，那一次竟然没晕，真是让人大惑不解。

苍天在上，那一盘旋的路上，真的是有诸多的感慨，车子行驶在彩虹飞舞似的山路上，如同翻阅偌大的画册，一弯一景，这3600弯就是3600景，且景景姿态各不同，山花水树亦相异。恍惚之间，疑似这条路是去往天上瑶池的仙路啊，让人有一种飘飘然羽化成仙的快感。现在回过头来想，那一次我之所以不晕，必是上天的眷顾和美景滋润的结果。当然，微臣在如此绝佳的美景之中，内心中似有一丝文人式的苦闷。我在想，这漫漫兮3600弯的山路大约要走5个小时，虽说环环相衔的绝妙山色是人人称奇的美景，说它是人间仙境，说它是天上的瑶池，说它是普天之下美景集大成者均不为过。臣更忧虑的是，这过山车似的3600弯，如何能吸引五湖四海的寻常百姓到这里一游呢？

噫吁嚱，弯道之难，难于上青天。

在十堰下了飞机，正逢春意盎然的楚天霏霏小雨，来程倒了两次航班的疲劳刹那间一扫而光。我的神哪，这就是中国文学的两大源头之《诗经》和《楚辞》的发源之域，更是荆楚文化的发祥地。我虽然不能算是一个纯粹的文人，然而，多少年来，臣对中国文学始终充满着崇高的敬意。到了这片神奇的土地应该深深地鞠上一躬。

上了接我们的车子，倏忽间，心中不免有些忐忑，心想，从这里去竹溪怕是又要走 3600 弯了吧？俗话说，人无远虑，必有近忧。在来之前愚钝的我还是做了一点准备，专门从网上购得一瓶晕车油，以备晕车时用，如此可以免得让久经弯路的竹溪人笑话。不仅如此，上车之前我还郑重嘱咐专攻散文的内人，早饭万不可以吃得太多云云。车上，我佯装不经意地问司机师傅，去竹溪的路怎么样？还是要走山路吗？师傅说，现在去竹溪一色的高速公路，两个小时就到。老天爷呀，这个竹溪人也太伟大了，仅仅 15 年，就在这群山峻岭当中架起了一条如此便捷的高速公路。

二　驱车去竹溪

伴着轻柔的春雨，车子沿着绵延起伏的大巴山脉，在高速公路悠然前行。竹溪，位于鄂、渝、陕三省市交界的秦巴山区，森林覆盖率高达 76.8%。我贴在车窗边，在这高山重嶂、山水纡曲当中，我极力地寻找曾经熟悉的山影水色。我虽然不是诗人，但是触景生情，也生诗，诗情毕竟是每一个中国人骨子里的存在，"春路雨添花，花动一山春色"。这雄奇的山，这柔情的水哟，这环峰叠嶂，山势回抱，群峰四来的春山春水哟，在高速公路两旁像阿拉伯神话里的神毯似的，不断地向前延伸着，延伸着。我记忆中的那些老旧的农舍，简陋的村寨，像是神笔马良大笔一挥，把它们全部抹掉了。在苍翠的山峦和嘉树美竹之间，在银色且高贵的汉水两岸，用他那如椽大笔描绘出一幢幢如梦如幻的漂亮农舍，俨然别墅群般的村镇。臣本布衣，但也曾去过德国的法兰克福，曾被那座异邦的森林城市打动。然而，俗话说得好啊，此一时，彼一时也。眼前这所有的一切，形象的，优美的，无可争辩地向我证明，在中国的湖北，在湖北的十堰，在十堰的竹溪，这一座座悄然矗立在森林里的，纯粹中国风格的小镇，比之德国的法兰克福更胜一筹，更妙十分。于沉醉之中，心悦诚服的我不禁感慨起来：湖北人，十堰人，竹溪人，用他们的创造力，用他们的智慧，用他们的审美和梦想，在短短的 15 年间，让山环水绕的鄂地山区再一次焕发出无限的生机。如果说"桂林山水甲天下"，那么下一句就应当是"竹溪山水甲桂林"。我之所以说竹溪甲桂林，不仅仅在于她天然去雕饰的美，更在于她雄奇博大又风情万种的妙不可言。是啊，去竹溪这一路哟，3600 弯镶嵌着 3600 景，且重重叠叠，参差错落，处处可圈可点。试问，普天之下哪里有如此之长的天然画卷呢？

人在竹溪，您就是神呵。

三　朝秦暮楚　古韵犹存

外乡人到了竹溪，俗也好，雅也好，庶民也罢，大款也行，不去看"朝秦暮楚"的古长城，胡为乎来哉？虽说长城无语，但它毕竟是千年的存在，更是一部无字的历史长卷。试问，哪一个在它面前不是匆匆的过客呢？古代的楚国，毗邻的秦邦，都是中华民族的骄傲。文化同源，语言同脉。你中有我，我中有你。绵延几千年。这情的故事，这义的传说，流传到今天就是旷古的伟大奇缘，怎一个"朝秦暮楚"的成语涵盖得了呢？然而不然，它恰恰是一个妙不可言的索引，一部历史的导言。正是这条神奇的路径，让天下千百万人到这里寻幽访古，在他们看来，人这一生无论如何要过上一段神仙似的生活，那才是完整的人生。

雨，如同轻柔的丝，还在柔柔地飘。站在朝秦暮楚的古城之下，留个影吧。在城的这边，您是楚国人，在城的那边，您便是秦国人了。而今，您不仅仅是竹溪人，更是中国人。这样的体验是何等的奇妙啊。

四　下榻营盘山

人就是这样，在怀旧当中常常伴随着小小的失落。车在平坦的高速公路悠然地行驶时，反倒让我怀念起先前那盘旋不断的山路来，仿佛去竹溪的韵味与别样的体验因此减分了许多。普客列车与高速快车，平坦的高速路和"弯上加弯，曲上加曲"的山路，一如三月桃花和四月牡丹，您说，究竟哪一个更好呢？我的一个学者朋友说过，什么叫自然？他说，自然就是自然而然。既然如此，那就顺其自然吧。然而不然。或者主人早已料到外乡人的心境，居然让车子转上了一段不长的盘山路。这迷人的盘山路哟，还是15年前的盘山路。同志哥，这可不是一条普通的盘山路，它是一条历史之路，是一条有故事的路，有传说的路，更是一条有情有义的路啊。车子在山路上行驶，如同苍鹰在天上盘旋。这样的体验在如丝如网的高速公路的今天，能有几多呢？

说到营盘山，几十年来，营盘山人一直流传着攻守盘山的古代故事。不要以为这铁血般的故事是传说。同志哥，您只要在山上掘地一尺，就极有可能发现古代兵器。

"营盘山"其名何来哉？它是以古代的兵营而得名的。那一天，同人们都去爬营盘山了，我仅仅上了一半儿，却因一个俗世的电话，干扰了我登山的行程。不免遗憾，我只好随着下山的同人们悻悻而归。

下榻的山舍就在山泉边。是夜，万籁俱寂，轰然下落的山泉声，沙沙作响的竹林曲，抚我酣然入梦。不知何故，半夜时分，有人轻轻敲门，我起身出舍，见一位戎装的古代士兵，笑容可掬地说，要引我上山。我便随着这个士兵向山上走去。空山明月，我与这位领路的士兵行走于嘉树美竹和云雾之间，忽而东，忽而西。平时老汉上楼梯都气喘吁吁，然而在这条山路上居然健步如飞，仿佛羽化成仙了似的。越往上行，山路越发的险陡，是啊，坡陡、路弯、林密，正如诗人杨万里写的，"正入万山围子里，一山放出一山拦"。心想这兵营确实易守难攻。继续前行吧。一路上到处都是翠竹、楠木、山茶、珙桐和红豆杉，尤其是白色的英莲花，浮云似的随处可见。那总夹峙在跳珠溅玉、冷入人骨的山涧两旁的是萧森的林木，千尺的翠竹，让我惊了又惊，醉了又醉。不远处的那条银链似的瀑布，呵，不仅有镜泊湖瀑布的粗犷，且兼得中国最柔美的瀑布"银链坠潭瀑布"的婀娜与柔情。难道这就是传说中的"女儿瀑"吗？山道上，时见守山的士兵向我敬礼。我倒大方，学着长官的样子向他们点头示意。可心里却是笑喷了。到了山巅之上，天气豁然开朗。但见漫天遍野的野海棠如似云涛，如同朝霞，如若锦缎一般变换着颜色。我欲进去观看个究竟，却被那个士兵拦住，说，先生，这就是"海棠阵"，外人进去，终身难出。又说，主帅听说先生白天因故没有登山，便令我领你到山上，观赏这天下绝无仅有的野海棠，以足先生心愿耳。说话间，有人献上茶来。我呷了一口，说，好茶啊。遂问，这是什么茶呢？士兵说，我们在这里屯兵习武，垦荒植茶，所以，将这茶起名为"习武剑茶"。我说好名字，花则海棠，人则武士，茗则剑茶。好！又问，习武，我可以理解，那为什么叫剑茶呢？他说，先生您看，这每一枚春芽像不像一把微型的宝剑？我仔细地观看，果不其然。士兵说，不仅如此。这营盘山漫山遍野都是珍贵的药材，黄连、重楼、天麻，数不胜数，采之不尽，用之不竭。若是哪位同袍兄弟生了病，是不愁医药的。临别时，我说，习武剑茶真是人间妙品，可否送我一点？士兵说，先生，您的客房里就有。听罢，我不禁大悦。

下山的路依然是参差而出的青篁翠柏、如烟的碧树和森然的古木，簇簇悠悠，纷至沓来，照例让人目不暇接。遗憾的是，这种种夺目的美景，微臣竟无暇记忆。归来思之，十不得一。雄鸡一声，陡然醒来，方知人在梦境中。

翌日，同这里的主人说起夜里的梦。对方笑着说，老师真有先见之明。我们现在正在实行茶旅融合，要在这里开辟一个万亩野生海棠林，并设计一个海棠镇。既然老师在梦中见到了"海棠阵"，不妨给我们一些建议。我仰天大笑道，那是梦啊，我只是站在那"海棠阵"的旁边，并未进去过。主人继续说道，我们正在策划打造一个海棠小镇，并且利用山溪水，养野生娃娃鱼，供游客欣赏，休憩。

主人的一番话听得我目瞪口呆。

五　来竹溪，我"氧"你

漫步在竹溪国营农场，渐入眼界的青山、瀑布、翠竹、山溪，常常令人产生一种虚幻的梦想。那么，是怎样的一种梦想呢？如此之梦想又为什么那样的熬人呢？为什么在微臣对这神仙般的环境，会有一种羞愧和软弱呢？思之再三，终于明白了。简而言之，微臣在下终究是一位匆匆过客，何谓过客？其中的苦涩不言而喻。设若我有能力，苍天助我，微臣定会在这里居住下来颐养天年，做一个纯粹的竹溪人。竹溪的书记不是说过这样的一句话吗？"来竹溪，我'氧'你。"是啊，人在城里生活，是为了在如网如雾的环境中拼力地苦斗与跋涉，然而，在这里的生活才是你想要的生活，梦想中的生活，滋润而健康的生活。即便是在这样的环境里劳动和工作，那也是一种超凡的享受。上天眷顾竹溪人呵，让我这个外乡人羡慕不已。

古诗上说："日高人渴漫思茶。敲门试问野人家。"这一路走来，的确有一点渴了，便就近寻了一户陌上人家。竹溪民风淳朴，主人又非常好客。他说，欢迎欢迎。我说，叨扰了，兄弟。他说，没事的，相见就是缘分。在我们这里即使素不相识，主人也会招呼说："进来歇一会儿，喝杯茶吧。"

恭敬不如从命。春水煮茶，茶汤碧绿且清澈，浅浅地呷上一口，顿觉神清气爽，从城市带来的那一腔浊气瞬间化为乌有。啊，这与梦中的品茶体验何其相似乃尔。金圣叹说，人生的三大快事之一就是闲聊。闲聊之中，主人告诉我说，山顶上有龙泉，泉水凛冽甘甜，滋润着山上的茶园。所以呀，用龙泉泡茶分外好喝。朱元璋还留下"长江三峡水，楚地梅子茶"的绝句哩。看来茶不分雅俗的话是对的，天下人都可以享用。庭院外面正是清明时节，漫山遍野的茶园里，采茶女正忙着采茶。主人说，竹溪的采茶女采1斤茶可以挣到70块钱。我问，那么，她们一天能采多少茶呢？主人说，手巧的，熟练的，一天可以采到四五斤，新手一天也可以采到两三斤。在采茶的黄金时节，农场包吃包住哩。我笑着说，看来您的女儿也是一个采茶女吧？他笑了起来，频频点头。那种满足与幸福之情溢于言表，让臣同感茶农之乐。

品呷之间，我想到人们常说的龙井茶，其中的上品，用汪曾祺先生谈到野荞贤弟的小说是不是主旋律时的话说，"那另说"。但是，那种泛滥于坊间和网购的次品却不敢恭维。前不久，我曾因羡"龙井"之名，选在清明之前网购一两所谓的"龙井新茶"，意在投石问路。须知，我年轻时曾经帮助一位老先生写过《茶人陆羽》的电影文学剧本，也算是对茶知之一二。买回来之后，迫不及待，郑重其事地泡了一碎，吸了一口，草汤者也。还是享受恪守优良品质的习武剑茶吧。可是，在品茶时也不免有点儿奇怪，明明是竹溪国营农场产的"习武剑茶"，为什么在外包装上叫"武当茶"呢？"习武剑茶"不仅品质上乘，其中还包含着丰富的历史故事和动人的民间传说。这是一个不大不小的谜呀。

喝好了茶，该告辞了。"秀才人情半张纸。"应主人之邀，提笔写下"人则武士，茶则剑茶"八个字，聊作答谢。

六　竹溪美食的羁绊

已是中午时分，尽管流连忘"饭"，但饭还是要吃的。餐桌上一大盆热气腾腾的"盆菜"夺人眼目。据说，盆菜是竹溪的一等特色美食，已经列入国家和省非物质文化遗产名录。竹溪的盆菜汇合了土鸡肉、猪蹄、香菇、蛋饺、土豆等，灿然锦色，香气袭人，味道十分鲜美，初闻便垂涎欲滴了。不料想，让我这半个美食家惊讶的是，盘菜中的土豆居然是那样的好吃。须知，咱东北是土豆的家乡啊。咱东北的土豆滋养着世世代代勤劳的、朴实的东北人哪。难不成这土豆是从我们黑龙江运来的？黑龙江的土豆经过千里的旅途，升华了，味道才更胜一筹吗？这不是咄咄怪事吗？野莽先生说，这里的土豆要比黑龙江的土豆在地里多待两个月，所以它非常好吃。我们还用土豆泥做成饼更好吃，老哥，一会儿你可以尝尝。我暗自思忖，按照古人说的，"早生必聪慧，晚生必长寿"，这分明是长寿果啊。

竹溪的美食，除了盆菜外，还有被称为"肠胃清道夫""天赐神药""东方魔粉""工业味精"之誉的竹溪魔芋粉儿，以及色泽雪白、口感软糯、味甜而不腻的竹溪碗糕。据说，这三款美食均有保胃健肠之功效。野莽先生说："除了这些，我们竹溪还有腐乳蹄花，用树叶制作的'神仙豆腐'，以及酸辣子焖仔鸡、竹溪蒸肉、竹溪小河鱼、竹溪羊肉汤、竹溪牛肉等，有机会我领你每样都尝一尝。"

是啊，每样都尝尝吧，不仅留给胃肠，也留给文字，让多姿多彩的竹溪美食成为一道甜蜜的回忆。

知无不言，言无不尽。餐桌上的另一道菜也引起了我的特别注意，它就是腊肉。这里的腊肉从表面上看像坚硬的玛瑙，可是，当你把它放到嘴里准备用力嚼的时候，它瞬间变得绵软，醇香。如此看来，从此怕是我再也走不出营盘山美食的羁绊了。那么，臣能否去参观一下竹溪的腊肉工厂呢？

竹溪的腊肉工厂在我们下榻的山居下坡处，那里的风景俨然法国的普罗旺斯。这里生产一种叫作"亲家母"的腊肉。这个品名很特别，既有普罗大众的认知，又有民间烟火的亲切。那么，工厂里面究竟是怎样的一番风景呢？我们进去参观的时候，正赶上冷冻车来送肉。这里选的肉产自营盘山上纯绿色放养的猪肉，或是国内信誉良好的猪肉。进去参观，发现这个作坊虽然不是很大，但是，这花园似的工厂到处都是盛开的海棠花，那些晾晒的腊肉就在海棠花边。环境和卫生条件一级棒。厂长介绍说，我们营盘山这个地方，海拔一千多米，和意大利帕尔玛生产的世界闻名的"帕尔玛火腿和圣丹尼火腿"腊肉工厂在同一纬度。不瞒您说，我们生产的腊肉和西班牙的伊比利亚生产的"伊比利亚火腿"腊肉有得一拼哩。我微笑着点头。厂长好奇地问我，老师，您是哪儿的人哪？我说，哈尔滨。厂长说，哦，"东方小巴黎"。他说，老师，我想问您个问题，您昨天吃的腊肉是我们这儿生产的，您觉得我们的亲家母腊肉和哈尔滨的红肠比，哪个更好一些？我笑着说，这就像人的左眼和右眼，你说哪只眼更好一些呢？同行者听了都开心地大笑起来。接着他又问，我听说哈尔滨的红肠是俄国人带来的品种，是这样的吗？我说，有一次我们省的电视台邀请了一些来自俄罗斯的青年做节目，坐在我旁边的是一个俄罗斯小女孩儿。我就向她问了你刚才问我的同样的问题。她说，我吃了哈尔滨的红肠，感觉有一点儿像莫斯科生产的。吃起来也的确是我们俄罗斯人的口味。但是，又和我们俄罗斯人的口味不同。厂长伸出了大拇指，说，是这样的。我们生产的腊肉，在品质上可以和意大利帕尔玛生产的"意大利帕尔玛火腿和圣丹尼火腿"相媲美。可以说不分彼此……厂长似乎一时找不到恰当的词来表达。我说，不分伯仲。他立刻又伸出了大拇指说，倒是有文化的人。一句话，我们的腊肉更合乎中国人的口味，所以叫亲家母腊肉。

是啊，人间最美是亲情嘛。

在亲家母腊肉工厂，我们不仅看到了用现代化工艺熏制的腊肉，还有用古老的民间方式熏的腊肉和腊肠。他们还把腊肉做成小零食，像糖果一样包装得萌而可爱。厂长介绍说，老师，我们这儿还生产一种腐乳也很好吃的。我说，比我们黑龙江克东产的腐乳怎么样呢？厂长笑着说，这就像数学和化学，你说哪个更好一些呢？我冲厂长伸出了大拇指，说，有您这样的厂长和您领导下的优秀团队，又有营盘山这天下独有的好风景、好环境，我相信你们生产的腊肉不仅享誉全国，而且一定会走向世界。

回来的途中，对于厂长说的豆腐乳不免有点小困惑。记得我念书的时候住在学校宿舍。由于出身贫寒，舍不得买炒菜吃，就经常买腐乳抹在馒头上吃。所以，腐乳一直给我留下很深的印象，如果时间一久不吃还有些挂念。厂长竟然提出了腐乳。是不是基于很多人有类似的经历呢？臣本迂腐，为此专门查了一些资料。资料上介绍说，早在公元5世纪魏代古籍中就有"豆腐加盐成熟后为腐乳"之说，《本草纲目拾遗》中还有这样的记述："豆腐又名菽乳，以豆腐腌过酒糟或酱制者，味咸甘心。"总之，豆腐乳是一种经过微生物发酵的豆制品。不仅质地细腻，醇香可口、味道鲜美，而且还富含人体所需的多种微量元素，有增进食欲、促进消化之功效。据说，还能预防老年性痴呆。我在想，竹溪人的长寿，除了环境和茶的因素，是不是也和这里的豆腐乳有关呢？

晚餐之后，竹溪的领导让我们给他们留下墨宝。可我哪里会写什么毛笔字呢？但是，写字，我是业余，我怕谁呀？便提笔写下了"宁舍三杯酒，不舍老腊肉"。写罢仍有不足，遂又提笔写了"竹高千尺，溪水流长"。

备聊一格，是为记。

发表于《宝安文学》2023 年 12 月 3 日第 725 期

古兵寨的春天

刘益善

我现在所在的地方是湖北省竹溪县国营综合农场杨家机，时令是暮春。但在这海拔千米的民宿，站在二楼的木制走廊上，望向不远处的高山，我觉得与山下的季节比，这里正是盛春。

我是为寻春而来。我跌落在春里了，我被春淹没了。

这是一个绿色的世界，远山近水，浅草深树，依山而铺的茶园，似乎透出缕缕馨香。草尖树叶上的露珠是绿的，山溪里淙淙流水是绿的，刚刚爬到山腰的云是绿的，百鸟的啼鸣是绿的，上早学的孩子，书包敲着屁股、口里哼的山歌也是绿的。而那些红的粉的紫的白的黄的蓝的花，撒放在无边的绿色里，使这绿色世界显得更加的绿，更加的灿烂。

我放开了全身的孔窍，尽情呼吸的空气更是绿的。我说空气是绿的，是因为这里空气中的负氧离子含量很高，达到了每立方厘米

25000个。我国发布的空气负氧离子保健浓度分级评价标准，其中等级最高的六级，是每立方厘米大于或等于2100个，这里竟高出10倍多。六级负氧离子区，有治疗和康复的功效。我在城里睡觉，到了一定的年龄，夜里总要醒一两次，昨晚住这里，一觉大天光。竹溪人做广告说："来竹溪，我'氧'你。"这广告一点都不虚。

杨家杌在大营盘山的山腰处，大营盘主峰海拔2375米，我只能仰面朝它眺望。山顶上一片朦胧，绿白相间。昨晚读一批写营盘山的散文稿，大家都写到营盘山顶有万亩海棠花树。此时正是海棠开花的季节，营盘山主峰万亩海棠花，那开起来的一个轰烈，那开起来的一个无边无沿，那开起来的一个自由自在，只能是天上的景色。此时，营盘山主峰戴着一顶巨大的海棠花帽子，高高地远远地接受我的致敬和向往。我年过古稀又有心脏病，肯定是爬不上去的。到接待中心吃早饭时，摄影师说营盘山主峰上那是雪花，我却坚持说那一定是海棠花，第三个人说，那是海棠花上飘落的雪花。

杨家杌周围几十千米的地方，按地理学上的分类，是二高山。三千多年前，这里的山坡上、沟渠边、山巅处，到处都是兵营和兵寨。高高的旗杆上，飘扬着写有"商"字的大旗。商朝太师闻仲，带着百万大军，在方圆几十千米的大山里扎下了营盘。西岐周武王带着姜子牙反商讨纣，与闻太师对阵绝龙岭。号角连营，旌旗猎猎，车辚辚，马萧萧，杀声震野，呼啸群山。商周交战，周胜商败，闻太师战死绝龙岭，商朝百万大军死的死降的降。周灭了商，历史改朝换代，天地变幻，沧海桑田，古兵寨留下了伴着兵士热血的土地和石头，还有掩埋兵士的无数坟场。人们说闻太师埋在营盘山，他的坟墓里有宝贝。闻太师的坟墓在哪儿？青山处处，流水潺潺，闻太师带兵驻扎的地方，叫营盘山，营盘山的每一座山头，营盘山的每一面山坡，那生长树木的地方，那盛开百花的地方，都有闻太师的气息。营盘山，古兵寨，来自一个传说，来自久远的年代，来自三千多年前的那一场战争。

历史，岁月，风雨，云烟，俱往矣，我来感受的是古兵寨当代的春天。

竹溪县国营综合农场的春天从 1952 年开始，到 2004 年春天，在一代代农场人的筚路蓝缕、前仆后继、流血流汗地奋斗下，他们创造了 52 个或艰难或平凡或丰收或辉煌的春天。农场人当了全国劳动模范，上了天安门参加中华人民共和国成立十周年的观礼。农场获得过"农业社会主义先进单位"的光荣称号。

我是 2023 年 4 月来的这里，这是散布在古兵寨营盘山中竹溪县综合农场的第 71 个春天。从 2004 年开始，全省农垦改革，竹溪综合农场划归地方管理，于是成立了竹溪县综合农场办事处。两块牌子，一套人马。办事处只有 15 个人的编制，却管理着版图面积接近 100 平方千米的山林和农场 800 多户 3000 多人。15 个人的精干班子，带着改革后的农场人一步一步创造着新的春天。

他们以"绿水青山就是金山银山""缔造高山生态富美农场"为目标，注重生态优化、环境美化，积极探索适合自身特点的发展路径，依托良好的生态资源，积极探寻绿色转型发展之路。凭借营盘山古兵寨的底蕴和万亩野生海棠资源，打造具有高山生态标识、彰显茶旅、农旅、林旅融合发展特色的美丽农场小镇。

我以杨家杺为轴心，辐射性地向四围大山寻访，去感受眼中和心中的营盘山的春天。

春天在那一面面披挂在山坡上的茶园里。竹溪的高山名茶叫"习武牌"，这"习武"二字来自古兵寨，现在的茶园山坡，是当年兵士的习武之地。据说在雄鸡图案的中国地图上，竹溪县位于雄鸡的心脏之处，"国心茶"是习武茶的地理标识。营盘山区以原生态的环境，哺育了农场4500亩茶园的独特茶叶品质。这些茶园分布在海拔900米至1200米的二高山地区，空气湿润，雨水充足，光照良好，无公害，无污染，成茶色泽深绿，周身披毫。

2022年，竹溪县综合农场茶园生产精品茶叶达10000多斤，茶叶销售收入1000余万元。"习武牌"系列有机绿茶连续三年通过了国家有机产品认证和国家可追溯产品质量认证，并于2021年加入全国农垦茶叶品牌联盟，入选中国农垦品牌目录。

我登上茶园，在那一片绿色的茶林中，轻轻地抚摩着一片片嫩绿洁净的鲜叶，像抚摩着一片片碧翠的精灵，我抚摩着的是春天的皮肤。不远的地方，采茶女如花朵般散开在由山脚到山顶的茶林里，在阳光的照射下，犹如大山里挂着一幅水灵灵的国画。我向上走近采茶女，她们头包蓝底白花的蜡染布头巾，身穿蓝底白花的蜡染布罩衣，腰系篾筐，双手如蝶翩飞，如鸡啄米，一片片绿叶纷纷入筐。她们起得早，一天可采青叶三到四斤，每采一斤青叶工资70元。

我在杨家材一个制茶车间里，看到制茶工在铁锅里用双手炒茶，他们精心制作，纯手工。在制茶车间旁边的茶室里，主人给我端上一杯杯茶，透明的玻璃杯子里，一片片碧绿的茶叶舒展开来，晶莹剔透，馨香随热气袅袅而起。喝进嘴里，经过口腔，进入喉管，滋味清香醇绵，真是一种享受。

习武茶里，蕴藏着古兵寨营盘山浓浓的春天。

农场举办了一个"竹溪县营盘山征文"活动，请我和几个作家当评委，不记名投票，几个人不约而同地把《营盘山的童年》一篇选为一等奖。我投这篇的票，一是文章写得感人，二是我的生漆情结。年轻时我到鄂西北房县当过工作队员，离开房县时，有农民卖给我一竹筒生漆，十块钱。我把生漆带回武昌县农村的家。家里正在请木匠做我准备结婚用的家具，就用这生漆涂刷了家具。这些家具式样老套，但那油漆却几十年不坏，越用越亮。《营盘山的童年》一文，以童年的视角，写了营盘山里的漆树，漆农如何割漆，深山老林，条件艰苦，那一点一点的生漆收下来真是拿生命换来的。我从这篇散文里知道割漆的艰难，我想我当年的那一竹筒生漆，漆农付出的劳动是多么大。

我在金漆世家漆器工坊和展销室里，见到"金漆世家"漆艺非物质文化遗产第四代传承人张晓莲。张晓莲的祖辈都是割漆人、制漆人和漆艺高超的工匠。

为了高超的漆艺能够后继有人，父亲劝说张晓莲放弃深圳的都市白领生活，2008年，张晓莲义无反顾地返回家乡，跟着父亲打理漆树基地，注册"金漆世家"商标，立志让祖辈打造的品牌世代传承下去。

张晓莲在营盘山石板河边创建了漆器工坊，从事榫卯漆器家具定制、漆胎制作及漆艺工匠培训。她的漆艺工作室，创新生漆采割及漆艺髹饰技法，先后获得11项技术专利。她每年培训30余名漆艺传承人，带动42户农户参与生漆产业发展，户均年增收5000元以上，成为带动乡土文化产业发展、促进农民增收致富的领头雁。2020年3月，张晓莲荣获全国乡村工匠（漆器）称号。

漆器展销室的架子上、台子上和柜子里，摆满了精巧晶莹的多种工艺品和饰品。我是开了眼界，生漆能够做出这么金碧辉煌、灿烂耀眼的物件。大珠小珠中号珠的手串，各种风格各种颜色的，品种丰富。我看那些珠子，蓝的红的粉的金的颜色，缠绕在一个圆球上，形成了各种不规则图案，美得晃眼。还有漆碗，儿童圆凳，乡村靠背椅，令人爱不释手。这是用生漆做的吗？回答是肯定的。纯手工制作完成一件漆器费时费力，通过不同的工艺技法，层层髹涂打磨，让漆器有了丰富神奇的质感，散发出深厚神秘的东方风采，仿佛山藏在云里，仿佛霞镶在水上，仿佛星撒在夜空，纯粹、简单、热烈而悠远。用生漆涂制的草碗耐磨耐用，保温隔热，还能防腐，夏天盛米饭，几天都不坏。竹溪生漆，又称大漆或国漆，与丝绸、景泰蓝、陶瓷并称中国四大手工艺品。由我的生漆刷的家具，到张晓莲的金漆世家的产品，我在营盘山里，感受到了中国生漆的灿烂春天。

我还要说一句的是，"营盘山征文"一等奖《营盘山的童年》的作者，竟然是张晓莲，她上台领奖时我才知道。这个"80后"的漆艺非物质文化遗产第四代传承人，是个文学青年，她还兼任竹溪县作家协会的副秘书长。

我在营盘山住了三天，在离开前那个晚上，主人在接待中心茶室请我们几个人写字，留下墨迹。大家在宣纸上挥毫疾书，各抒心中的感受和豪情。我给几个要字的人写了字后，给湖北亲家母食品股份有限公司写了"名牌亲家母，高山好腊肉"，一张整宣纸。

湖北亲家母食品股份有限公司是营盘山里的农业产业化重点龙头企业，也是《湖北省畜牧业发展"十二五"规划》"三八三二"工程入围企业。公司先后通过 ISO 9001：2000 版和 2008 版质量管理体系认证，注册资本 550 万元，生产基地在国营竹溪综合农场杨家机分场。

湖北亲家母食品股份有限公司以"亲家母"牌竹溪高山腊肉（腊肉干、腊肉酱）为主打产品，2007 年、2010 年和 2013 年连续三届被省质检局、省政府名牌战略推进委员会授予"湖北名牌"称号。

亲家母品牌创始人、公司总经理王碧海，一个敦厚睿智的中年汉子，听了我们一行作家的名字后，能当场说出哪位作家写了哪些作品，他都读过。这又是一个文学青年出身的企业家。

在亲家母生产基地，我们参观了腊肉、腊肠生产的各个车间，从新鲜猪肉的进入，到腌制、烘制、晾制，一条流水线，十分讲究和规范。当我们在大棚里看到一排排挂在棚顶的腊肉、腊肠，散发着浓郁的馨香，闪耀着金色的光泽，都哇哇地叫了起来。啊，这是一片金色的肉林，灼人眼睛，香熏欲醉，引人口水。这是亲家母的腊制产品吗？是的！但又是营盘山里，从远古就挂在一座大棚里的金色树枝，或者是披挂着的一片金色的花卉。

亲家母公司的产品远销省内外和港、台地区，年产值 3000 多万元，它是一家有发展前途的企业。我在亲家母公司大棚里像阳光一样灿烂的腊肉、腊肠上，感受到了营盘山的又一种春天。

营盘山的春天处处都在，营盘山的春天处处都有，营盘山的春天俯拾皆是，营盘山的人永远生活在春天里。

古兵寨营盘山里的三天，我为寻春而来，我跌落在春天里了，我被春天淹没了。

三天后，我离开营盘山，我离开竹溪，我回到武汉。我带着主人送的三样礼物：一包习武牌茶叶，一包亲家母腊肉，一只用生漆髹涂的手机挂件。我在营盘山沐浴了多样的春天，我又把营盘山的春天带回自己的城市。

古兵寨营盘山，春天永驻！

发表于 2024 年 4 月 25 日《长江日报》

竹溪的美食

墨　白

一

　　竹溪七日，我随团走了许多地方：蒋家堰镇境内的关垭楚长城；泉溪镇境内的营盘山生态旅游区与石板河村的"金漆世家"漆器作坊；鄂坪镇境内的皇木谷与黄花沟景区；龙坝镇境内的肖家边村及作家沈凯故居；水坪镇境内的夯土小镇及桃花岛上的油磨坊博物馆；等等。

　　这些主人精心安排的去处，给我留下了美好的记忆。而这记忆，又被每日三餐的竹溪美食滋养。

　　民以食为天。在竹溪，随便你到一个竹林山村，随便你进一户临溪人家，哪家的主妇不会做一手可口的饭菜呢？但通常，厨师们多隐身于一餐美食的后面，我们这些远方的食客，很难见到庐山真面目。

我常常暗自感叹：烹饪，就是一个深谙中国道家精髓的行业。

民间厨师千千万，但巧妇难为无米之炊。竹溪美食之所以能自成体系，山间溪水边散养的牛羊、鸡鸭与河塘里的鱼虾自不必说，那产自高海拔的食材，才是最主要的因素。这就像茅台酒的生产，如果没有被大娄山脉四面包裹的那个天然的酒甑，没有她独有的气候与水质，何谈茅台酒？同理，竹溪正是有产自高海拔的食材，才有了让世人念念不忘的美食。

智慧的竹溪人，当然深谙其道。这，在我们初到十堰的夜间就领略到了。

二

4月23日晚间十点多，我们一行到达十堰下榻的潮漫酒店。

竹溪县文旅局的严浩局长已等待多时，吩咐我们进了房间稍作洗漱之后下来吃夜宵。按佛家晚餐已有违养生之道，到了这个时辰还要吃夜宵，我心里还是有些抵触。可怎奈主人盛情，等到了席间落座，没想上来的竟是竹溪待客的第一道菜"竹溪蒸盆"，在蒸腾的热气里，渐渐有腊肉香味散发过来。

年轻的严浩充满活力，说县里正在做竹溪美食的推广工作。竹溪之所以被称为"中国蒸盆之乡"，指的就是这道菜。野荞是从京城回家的地主，他当然知道竹溪蒸盆，严浩主要是说给我们听。严浩起身热情地给我们加汤，说："这是土鸡加猪蹄炖的汤，配料是蛋饺、木耳、香菇、竹笋、土豆，都是我们竹溪特产。特别是这土豆，不但含有多种维生素，还有稳血糖、降血压、抗感染的功效，可以预防老年中风。因生长在海拔600米以上，我们还称土豆为'高山洋芋'。"①

野荞接过严浩递过来的汤碗说,是孕期长。

到底是小说家,野荞一个"孕"字,就把竹溪的土豆比喻得鲜活而形象。严浩笑了,他说起竹溪的特产来如数家珍,而且在说竹溪时前面必加"我们",足见他对家乡的热爱。

竹溪位于十堰市西南,地处鄂、渝、陕三省交界的大巴山脉中段北坡,虽为汉水流域,可面前这汤的口味,却和我熟悉的淮河流域的"信阳炖菜"很接近。或许是两地都在北纬32°左右的缘故,竹溪和信阳两地的生活习惯也十分接近。比如这碗里的腊肉,信阳民间也有做腊肉的习惯,虽然与竹溪的风味不同。

后来,我们在营盘山旅游区境内的湖北亲家母食品股份有限公司目睹了竹溪腊肉的生产过程。"亲家母"牌腊肉的生产基地海拔1100米,比闻名于世的意大利帕尔玛火腿的生产线还高出200米。高海拔,决定了"亲家母"腊肉品质的与众不同。引领我们参观的王厂长说,"亲家母"腊肉的制作过程十分严格:冷却、修割、上盐、搁置、清洗干燥、前期风干、后期风干等,特别是烟熏腊肉,借鉴了民间炭火熏制的方法。那天,在位于营盘溪边的熏房里,我们看到一个中年工人正在挂满腌肉的熏房里往硕大的火盆加白炭。王厂长说,熏房里恒温保持在40摄氏度,一天24小时不停火,要连熏15天。

的确,那腊肉色泽鲜亮,嗅起来有些陈年的肉香,就像眼下我

---

① 马铃薯,在竹溪民间,还称洋芋、阳芋、土豆,为种子植物门茄科茄属,一年生草本植物,为竹溪主要杂粮之一。土豆除可食用外,叶子还有清热解毒、消炎作用。(甘啟良.湖北竹溪中药资源志(下册)[M].武汉:湖北科学技术出版社,2016.)据化验,竹溪土豆含有维生素B_1、B_2、B_6和泛酸等B族维生素,维生素的含量是胡萝卜的2倍、大白菜的3倍、番茄的4倍,B族维生素的含量是苹果的4倍,维生素C是苹果的10倍。

们吃到的一样，酥嫩可口。严浩还给我们讲了竹溪人在红白喜事上的"五马踏四营""八大碗"等待客之道，他转身指着墙上的照片说：我们竹溪的"贡米""贡茶"从唐代就开始了，这里的米不但粒大个长、质白如玉，而且还含有人体需要的钙、铁、锌、硒等微量元素。

说到竹溪特产，野荞也来了兴致，当然当然，"长江三峡水，楚地梅子茶"嘛，武周时，被武则天钦定的"贡茶"，就产自我们汇湾镇的梅子垭。但这晚的席间，我们品尝的并不是梅子茶，而是杨家杌农场生产的"习武牌"高山云雾茶。

三

从竹溪县城出发，沿着S260省道一路往南，车行60千米，就到了国营竹溪综合农场杨家杌分场。在我们下榻的两层土木建筑的小楼前，就是让人难以忘怀的营盘溪。从海拔1100米的脚下逆溪水而上，攀到海拔2375米的山顶，就是万亩野生海棠。这途中，十步一景，百步一瀑，倾泻而下的溪水与长满青苔的岩石构筑的图景千变万化，再郁闷的心情都会被融解。那一刻，您当然会想起您心爱的人，也会暗生遗憾这次没让她与您同行。

这天我们到达时山色阴郁，山谷里飘浮着灰白的云雾。您看那溪水从高向低由南往北不停地欢跳，四溅的水珠化作了一股毛茸茸的气息，在梦里就吹展了您疲劳的身躯。等第二天醒来，我看到的太阳是从营盘溪流去的方向升起时，才明白这营盘溪是东西走向，昨天，我迷失了方向。我抬头往山顶看，竟然是满坡的青白。原来，山顶上夜里下了一场薄雪。在那满山的白雪下，就是未来的五月即将开放的野生海棠。

万亩野生海棠呀！想一想，您就会忍不住有几分的激动。

现在，阳光照耀着对面山坡上层层的茶田。茶垄里，点点滴滴地点绘着头戴布帽或头巾的采茶女。与我同行的刘满东书记指了一下对面山坡上的茶田说："谷雨刚过，采的是春茶。因为海拔高，我们这儿的茶要比别处晚采10天左右。"刘书记停顿了一下接着说："因季节不同，工钱也不同：明前采的，一斤鲜叶150元，雨前采的110元；现在的春茶，一斤鲜叶70元。一斤干茶需要4斤半左右的鲜叶，再除去制作、水电、营销成本，纯利润也就两百块钱。虽然利薄，我们看重的是综合价值，一是生态环境，二是富了百姓。来这采茶的都是附近山下的农民，我们包吃包住。"

中午或傍晚，您都能看到在茶场作坊的窗子前，会排起一队采茶女。她们每人的腰间，都挂着一个扁长的竹编小筐，一些筐子的色彩被岁月染得有些灰暗，盛放着刚采的绿色鲜叶。那些采茶女围在窗前，没有谁着急，静静地等待着茶场里的管理人员依次过秤。坐在窗里记账的年轻人叫李浩，每过一秤，李浩就抬头询问名字，然后在记账簿上长长的名单里寻找，等确认后再抬头看一眼，然后记账：

李桂平1.6+2.1=3.7；谢丛香1.4+1.2=2.6；田守芝1.6+1.4=3；……

鲜叶的采摘与收购是十分严格的。先有人把交来的鲜叶放在簸箕里簸一簸，要求不许带紫芽、红蒂、绿叶杆、虫芽；一芽一叶要在1.5厘米以内，一芽两叶的要在3.5～4.5厘米，鲜叶要匀整壮实，否则降级收购。李浩抓一把摊在圆形簸箩里的鲜叶对我说，新收的叶子要先晾上两个小时，然后杀青，接着是冷却回潮，接着是揉捻，再接着，是炒制、手工理条、烘焙、分拣，最后才是包装。

我看过信阳毛尖的制作过程，和"习武茶"的制作过程大致相同，从鲜叶到干茶最快也需要三个小时。刚出厂的新茶，要在自然温度下放一个星期，然后在冰箱里冷藏一个星期，去掉茶的燥气之后，口感才好。绿茶含有维生素 C、类黄酮，用来清理血管中的胆固醇、预防动脉硬化和冠心病，具有消食化痰、清热、生津止渴等功效。由于高海拔，常常被云雾包裹的"习武茶"，品质自然是没说的。因而，"饮茶"也是竹溪美食重要的组成部分。

幼时看过连环画《闻太师西征》，没想到《封神演义》里讲的西征地就是现在我脚下的营盘山。殷商太师闻仲因黄飞虎反商归周，奉商纣王之令率兵西征，就在这儿大战姜尚，最终命止绝龙岭。刘书记说，当年闻太师在山上驻军，所以称营盘，山下为军士的习武基地，所以叫习武基。你看下面的公路，桥叫习武基桥，道班叫习武基道班，我们的"习武茶"也因此得名。自然，饮茶是一件颇见修养的事情，而饭前的那杯茶，则是竹溪美食之序曲。这序曲轻柔而浪漫，常常使人为此而陶醉。然而，采茶却是十分的辛苦。

在营盘山采茶工用餐的厨房里，我见到了来自水坪镇的炊事员严大姐。严大姐年龄并不大，有 40 多岁，腰间系着粉底暗花的围裙。去年，她在水坪镇的一家农场里做大厨，今年经朋友介绍来到了营盘山。严大姐每天凌晨 3 点起床，要保证农场宿舍里的 60 多位采茶工 5 点钟用早餐。到了上午，厨房里会多一个帮工，因为中午来吃饭的采茶工会增至 100 多人。每天中午严大姐要先烧火煮两锅米，然后放在蒸笼上蒸，接着还要再烧出四个菜来。虽然劳累，但严大姐却笑声朗朗，说话间，她绕过坐在灶台边帮着择菜的老太太，用长把勺子蹚着地锅里的水米。

在和严大姐交谈时，那个因岁月缩了身材、腰背弯曲的白发老人手不使闲，问她话，也只是抬起布满皱纹的面容朝你淡然一笑，仍不置一词。年轻时，老人肯定也是一把采茶的好手。现在，她弯曲的身子已经无法采茶。那些布满山间来这里用餐的采茶工，大多在40～60岁，在她们身后，在我们端起的那杯散发着清香的绿茶的指间，往往隐藏着一些为我们所不知的艰辛。就像在席间我们不经意间夹起的那道菜，有谁想过，是在经历了怎样漫长而繁杂的生产过程，才来到我们的餐桌上？

四

4月24日早餐后，除暂时缺席的韩小蕙、卓然二位先生，来采风的作家都到齐了：野莽是这次活动的发起人自不必说，梅洁也是十堰人，我们曾在19年前一起参加过由中国文联组织的北京、天津、河北、河南、湖北五省市作家艺术家"南水北调汉江行、活水源头看东风"的采风活动；聂鑫森、阿成、刘益善诸位先生在十多年前曾受野莽之邀已来过竹溪，其余的鲍十、秋月、肖贵平、周正旺都是首次来。

我虽然没有到过竹溪，但十堰我来过。最早的一次是33年前参加《莽原》的襄樊笔会，登过武当山；最近一次是2014年8月间因创作一部反映"南水北调"工程上游蓄水区民众生活的电视剧，我逆汉水过郧阳至郧西。当然，今天随车同行的还有严浩和竹溪综合农场办公室的刘宇轩，这样我们热热闹闹地乘着一辆银灰色的中巴出了十堰，沿福银高速一路向西，而后在郧阳区鲍峡镇附近入沪蓉高速往南。一路上山峦连绵，山间青瓦白墙的村舍从我们的视线里一闪而过。在流逝的时间里，我们渐渐地接近这次行程的目的地。

虽然十堰的武当山、东风汽车与南水北调都举世闻名，但路途中，我们主要的话题还是竹溪，且多由野莽和严浩来讲述。现在的竹溪西周时属庸国，春秋时属楚国，这在野莽兄的方志小说《庸国》①里有着详细的描述。"竹溪县"初设于1476年的明宪宗成化年间，隶属郧阳府，归属十堰则是1994年10月郧阳与十堰合并以后的事儿。在严浩的话语里，则是我们将要参观的关垭楚长城。关垭楚长城的遗址位于竹溪县蒋家堰镇和陕西省平利县交界处，现在还存有战国末期楚国为防御秦国入侵而修筑的土夯城墙。等这些讲述成为事实之后，我们便驱车来到了蒋家堰镇政府。

等中巴车停稳，众人鱼贯而出，只见走在前面的野莽"哎呀呀"地喊了一声，就快步往前，与一位迎上来的头发花白的老者相互拥抱。那是他的老同学，当地的一位植物学专家。席间，我和野莽兄的老同学相邻而坐。老者那双卧蚕眉下的鼻梁上，架着一副茶色老花镜，从花白的胡荏子看上去他虽然有些不修边幅，可他的言谈举止，却给我留下了深刻的印象。老者的口语有些信阳光山口音，这让我听上去感到亲切。席间凡有关竹溪的历史，或者植物特产，他都侃侃而谈，就连餐桌上食物所用的食材，他也能一一道来出处，让人暗暗敬佩。

竹溪美食，有"蒸、煮、腊、泡、酿"五绝之说，这其中的"蒸、煮"自然说的是烹饪技术，而"腊、泡、酿"则是竹溪美食中独特的食材。"腊"就是我们上面说的腊肉。"泡"说的是泡菜。在口味上，竹溪人不免会融合毗邻的重庆、陕西人的生活习惯，特别是泡菜。竹溪的泡菜是以青辣椒为主，山地里能见到的大蒜、萝卜、黄瓜、白菜、豇豆、芹菜等蔬菜，包括柿子这样的果实都可制成泡菜，泡制的方法与别处也略有不同，味重酸：酸豇豆、酸白菜、酸萝卜、酸辣椒等。

---

① 野莽.庸国（全5卷）[M].北京：中国工人出版社，2009.

泡菜不但是竹溪人烹调中最重要的辅料，席间也可当作开胃的小味碟，佐酒下饭。竹溪美食"五绝"中的"酿"，则大有讲究，不说酒、酱、醋，这人人皆知，还有一酿，往往会被我们忽视，那就是土蜂蜜。

<h1 style="text-align:center">五</h1>

在营盘溪一边的山道上，我有幸结识了头戴纱罩的养蜂人老伍。这天下午我如约来到老伍家的门口时，他正在房前的空地上修蜂桶。

老伍停下手里的活，从兜里掏出烟来让我抽，我说不会。老伍笑了笑，老伍笑容如菊。老伍把烟叼在嘴上，用打火机点燃了。老伍吸了一气对我说，他父亲是林场1963年的老工人；1996年场里改制人员分流时，他辞了农场的工作去了武汉。老伍说着拿起家伙在蜂桶里捣弄。老伍名叫伍齐华，看上去50多岁的样子，但出于礼貌我还是喊他老伍。老伍说，他这也算是子承父业，父母去世后，就把养蜂的事儿接了下来。这房子是场里房改时买下的，其实，他也不常在这儿住，就春天里住两个月，别的时候隔三岔五地回来看看，住个两三天，给屋里通通风，房前屋后收拾一下，看看蜂桶。

老伍说，蜂对庄稼、果树都很重要，要传送花粉。蜂这个东西不怕冻，就怕饿，别的地方冬天喂白糖，怕扛不过去。蜂的种类很多，意大利蜂、东北黑蜂、中华小蜜蜂，现在意蜂已经绝种，这是本地野蜂、飞行敏捷、习性灵活、虽然清巢性弱、产卵力差，可分蜂性强。所以到了春天繁殖的季节，他都待在山上。

蜂分家时，老蜂王会带着一部分蜂重新创业，把老家留给下一代。分家的时候，老蜂王会在蜂桶上晃晃晃，飞一圈又一圈。就像开会一样，说哪一部分蜂留下来，哪一部分蜂跟我走。蜂有自己的语言。

完了，就带着一部分蜂飞走了，去它事先选好的地方。其实，新家是老伍给它安的，一只新蜂桶。新的蜂桶前放上一盆清水，如果那蜂王不喜欢这个地方要飞走，你得一瓢水把它浇下来，不能让它飞走。然后用树叶把它托回到蜂桶里，直到它慢慢地喜欢上这个地方。这土蜂不好养，你要知道它的脾性。

以往我在别处，还有在安哲罗普洛斯的电影《养蜂人》里看到的，都是方形的蜂箱，老伍这里养蜂用的是圆形木桶，蜂要从蜂桶下端的小洞进出。老伍说，他这土蜂跟别处的不一样，什么都不喂，是自生自灭，他从来不管它，不像别处喂白糖。每年10月份切过蜜，一打扫，放在这儿就不动了。等到春天，能扛过来就扛过来。这蜂很分散，不像外边的，蜂箱一放一片。油菜花开了，切的是菜蜜；槐花开了，切的是槐花蜜；枣花开了，切的是枣花蜜。他们一个月切一次，所以蜜的纯度不够，水分大，不能过六月。一过六月就发酵，一发酵就发酸。

老伍说到兴头上，就让身边的爱人去屋里取一盒蜂蜜来，送到我的面前说，你看这蜂蜜的颜色，淡黄色，沙沙的，就上面结一指头厚，下面就不会再冻。为啥？这是百花蜜，每年过了白露切蜜，一年只切一次。你看这个蜂桶下面有水汽往外冒，说明这桶蜂蜜很好，是纯蜂蜜，味道纯正。老伍说，他一共养了30多桶土蜂，平均每桶能切15斤蜂蜜，按一斤100元算，他一年养蜂的收入在5万元左右。老伍说到这儿，我就动了心。我扫了他微信，又相互留下电话号码，我是想着，一定要尝尝他今年过了白露切下来的第一刀蜂蜜。

营盘山的土蜂"百花蜜"酿蜜周期长，被誉为"蜜之珍品"。土蜂蜜中所含的葡萄糖、维生素、牛磺酸以及镁、磷、钙等物质，能调节人体神经，同时提高血液的含氧量。中医认为蜂蜜有消除疲劳、安神益智、改善睡眠的作用。土蜂蜜在进入胃肠后，所含有益菌和活性酶能合成并释放各种转化酶，促进胃肠蠕动，恢复胃肠内菌群平衡，有改善便秘，调节、润滑肠胃的功能，对慢性肠胃炎、结肠炎有良好疗效。土蜂蜜中还含有大量的单糖、多种氨基酸、维生素、酶和有机酸，这些物质可以不经过肝脏的加工与合成，直接进入血液而被人体吸收利用，营养并保护肝脏，特别适合高血压患者、便秘患者和老年群体。

土蜂蜜为典型的药膳食材，竹溪席面上的青柠蜂蜜翅、薯蜂蜜拌黄瓜、鸡丝肉松、蜂蜜蘸热馒头等，均口感极好；要是炖鸡汤，起锅时加点土蜂蜜，那是色味俱佳。在竹溪美食中，土蜂蜜虽然很难让人察觉，但细心而有经验的食客，往往会通过土蜂蜜特别的甘甜口感，得以分辨。

六

八山一水一分田，是对竹溪地理概貌的准确描述。山多水就多：竹溪、泉溪、坝溪、丰溪、营盘溪，溪溪顺着山势汇入汉江之流的堵河。山多树也多：樟树、银杏、黄檀、冷杉、桦树、枫杨、漆树、雪松、侧柏等，数不胜数。

在杨家桫分场的茶室里，有一棵直径约一米身长三丈的巨树，有人告诉我说，那是竹溪著名的"贡木"金丝楠木。我向满东书记请教，他说那不是楠木，是窝栎。这棵窝栎是修公路时从河床下面挖出来的。几十年前，这棵窝栎倒了，从山上冲到下面的沟里，被埋在河床下，成了阴沉木。如果再久些，能上百年，炭化了，那就更珍贵了。

为扫除植物学上的盲区，在下榻营盘山的当天夜间，我在网上购买了甘啟良先生编著的《竹溪植物志》《竹溪植物志（补编）》和《湖北竹溪中药资源志》①，还有一本 1995 年内部版的《竹溪县志》。等回到郑州，网购的书就到了。甘啟良先生所著的几册书重达 30 斤，我抱着那砖头块一样的书籍，扎扎实实地补了几天植物课。

1952 年出生的甘啟良先生，被称为秦巴深处的草根植物学专家。他在普查竹溪植物的过程中有许多传奇动人的故事，他在野外首次发现"陕西羽叶报春"，刷新了竹溪的物种纪录；他首次在十八里长峡自然保护区发现了"竹溪雪胆"，竹溪雪胆为被子植物亚门双子叶植物纲葫芦科属的一个新品种，并以标本采集地竹溪命名，弥补、丰富了世界植物标本图谱。

2005 年，甘啟良先生编著的《竹溪植物志》出版，为中国第一部县级植物志；2011 年，《竹溪植物志（补编）》出版，共收入植物 197 科 1046 属 3293 种，竹溪可谓植物王国。

栎树为被子植物亚门双子叶植物纲，壳斗科栎属，约 300 种，我国约有 51 种，《竹溪植物志》《竹溪植物志（补编）》中共收录蔓稠、青稠、铁稠、多脉青冈栎、刺叶栎、匙叶栎、尖齿高山栎、栓皮栎、麻栎、白栎、西南槲树、枹树、槲栎、短柄枹栎等 15 种 ②，可就是没有刘书记说的窝栎。不同的栎树在民间也有不同的叫法，比如青稠又被称为苦槠、青栲、细叶青栎、小叶稠树；麻栎又称橡子树、青冈栎、花栎树等；还有栓皮栎、麻栎、白栎、枹树都被称作青冈栎等。刘书记说的窝栎，是不是民间的叫法？

在出版了《竹溪植物志（补编）》之后，甘啟良先生的植物普查

① 甘啟良. 竹溪植物志 [M]. 武汉：湖北科学技术出版社，2005.
　甘啟良. 竹溪植物志（补编）[M]. 武汉：湖北科学技术出版社，2011.
　甘啟良. 湖北竹溪中药资源志（上下册）[M]. 武汉：湖北科学技术出版社，2016.
② 甘啟良. 竹溪植物志（补编）[M]. 武汉：湖北科学技术出版社，2011.

工作并没有停止，在《竹溪植物志（补编）》出版之后的 10 年间，在他的努力下，竹溪境内的植物普查总数从 3293 种增加到 3800 多种，成为大巴山脉已知植物最多的县。更可贵的是，在 2016 年他又出版了《湖北竹溪中药资源志》，共收录植物、动物、矿物及其药材 3293 种，生物中药资源隶属 354 科、1230 属。其中植物类 219 科，1017 属，3007 种。由此证明，竹溪是名副其实的"中药之乡"。

竹溪的植物，同时多是中草药，比如上面我们说的栎属植物①。读《湖北竹溪中药资源志》你会发现，其实，我们生活里的许多食材，都是植物或植物的种子与根茎，且多具有药用价值。就像"离开茅台镇，产不出好酱酒"一样，竹溪美食里的一个重要特征是"寓医于食"，在竹溪美食里，药膳食材相当普遍。

在营盘山景区服务中心，我见到有两个服务员正在用水管冲洗一块石灰岩石，在那块硕大长方形的岩石边上，放着一筐她们刚刚用热水搓过的马齿苋，她们准备把筐里的菜放到冲干净的石头上晾晒。在民间，稍有常识的人都会知道马齿苋的食用方法：新鲜的马齿苋焯水后加蒜泥、香油凉拌，极为可口。竹溪人也把马齿苋用热水焯后，晾成干菜。

在竹溪美食里，常常能见到不同的干菜：辣椒干、薇菜干、萝卜干、洋芋干、笋子干等，且多有药用。马齿苋为种子植物门马齿苋科，叶面光滑、杆粗肉多、肥厚多汁，具有清热解毒、散血消肿、利尿的

---

① 栎树的种子多含淀粉，可酿酒，可食用，培育香菌，可做建筑、家具用材，比如麻栎，麻栎的果实食油量达 15% ~ 20%，同时可药用：栎树皮治泻痢、消瘰疬、除恶疮；果实可止血、固涩、解毒，治痢疾（痢疾初起有湿热者忌用）、脱肛、痔疮、痔血、肠风下血、崩中带下。其药用价值在《南京民间药草》《怪病奇方》《仁斋直指方》《千金方》《中药大辞典》里都有记载；而竹溪民间验方有治愈痔血的记载。（甘启良. 湖北竹溪中药资源志（上册）[M]. 武汉：湖北科学技术出版社，2016：211.）

功效，可医治热痢脓血、热淋、血淋、带下、痈肿恶疮、丹毒、瘰疬等疾病[1]，对糖尿病有一定辅助治疗作用；能降低心血管病的发生概率，是罕见的天然高钾食物，进食马齿苋，可保持血钾和细胞内的钾处于正常水平。

竹溪被称为"中国魔芋之乡"，竹溪的魔芋，也是典型的药食两用植物。在餐桌上常见的魔芋茎块与肉类同炖，或焖，或蒸，或与蔬菜类同食；也可以做成魔芋凉粉，也可以将魔芋煮熟，晾凉后切成丝拌芹菜，十分可口。魔芋为种子植物门天南星科多年生草本植物，竹溪魔芋也是功能奇特的药品，主治化痰散积、行瘀消肿、解毒、抗癌；可治疗瘰疬、痰嗽、积滞、疟疾、经闭、跌打损伤、烫伤、毒蜂蜇伤、眼镜蛇咬伤等疾症[2]，被称为"肠胃清道夫"，被誉为"天赐神药"。

在竹溪美食中，食助药用、药借食力，二者相辅相成，相得益彰，形成了独特的竹溪饮食文化。

在网上，我看到那个身穿迷彩服、手拿放大镜正在研究植物的甘启良先生，怎么看都有些面熟。难道我在哪里见过他？回忆我在竹溪的经历，突然想到了野荞兄那位不修边幅的老同学。我的天呀……我急忙起身给严浩局长打电话，从他那里我得到了证实：那天，2023年4月24日，在竹溪蒋家堰镇政府的餐桌前，那个坐在我身边的野荞的老同学，那个不修边幅的老者，就是我敬仰的《竹溪植物志》编著者甘启良先生！太出人意料！这意外，给了我无限的喜悦。

---

① 甘启良.湖北竹溪中药资源志（上册）[M].武汉：湖北科学技术出版社，2016：336.
② 甘启良.湖北竹溪中药资源志（下册）[M].武汉：湖北科学技术出版社，2016：656.

七

　　自然，农作物和植物的生长环境决定了竹溪美食的品质，但这里，还有一个重要的因素被我们忽略：那就是竹溪的水。以营盘山为例，其主峰海拔 2375 米，丰富的植被储存了大量的天然水分，门前那四季不歇、昼夜不停的营盘溪水，使这里的空气清新、气候凉爽，丰富的植被产生了高浓度的负氧离子。在夏季，这里不用电扇，也没有空调，夜间睡觉还要盖被子。这里不但是避暑的好地方，而且溪里的水质也十分特别。

　　满东书记告诉我，去年夏天他们请武汉的专家来测过水温，13 摄氏度，而且溪水含锌。锌对人体有好处，这在别的地方几乎测不到。满东书记说："我们正在招商，开发矿泉水。此外，我们还计划用营盘溪里的水，发展冷水养鱼。"

　　冷水鱼？是，冷水鱼！这将是竹溪美食的新看点。

　　竹溪为国家南水北调中线工程的核心水源区，这里的水仿佛大地的血脉，养育了万物；又仿佛是我们生命中流去的时间，一路向前，告知世界。由水而养育的竹溪美食，是一个新鲜而诱人的存在。虽然没有谁强求您来竹溪吃一顿美食，但您可以用从竹溪通过南水北调流过来的水，加上从网上购得的竹溪特有的食材，做一顿在意味上与竹溪接近的美餐。

　　这，就像在我得知《竹溪植物志》的编著者甘启良先生，就是那个我见过的不修边幅的老者一样，将会给您的生活带来难以言表的喜悦。

2023 年 5 月 16 日写完。

原载《躬耕》2023 年第 7 期。

半日闲游营盘山

鲍　十

2023 年 4 月 24 日，应野莽先生邀约，随一众师友来到了湖北省竹溪县。这是我第一次到竹溪县来，自是满眼的好奇。不意当日阴雨，气温也随之下降，最高温度只有 8 摄氏度。就在这似有似无的霏霏细雨中，汽车驶入了竹溪县的县境。

通过百度得知，竹溪县位于鄂、渝、陕三省交界的秦巴山区，地处大巴山脉东段北坡，县域西部与陕西省的平利县、镇坪县和旬阳市相连，县域南部与重庆市的巫溪县相接。县内多大山大岭，多川谷，多河流，山清水秀，植物繁茂，四季葱郁。

竹溪是野莽先生的家乡。现在说来，应该是 30 年前了，我曾经读过他的几篇以"乌山"作为地域背景的短篇小说，《乌山人物》《乌山风景》等，至今还有深深的印象，而且当时就想过，这个"乌山"，会不会就是他的家乡？

在我们车行公路的两侧，几乎尽是高耸的大山，一座连着一座，山峰高高低低，由此形成了一道起起伏伏的天际线。山峰静静地挺立着，每一座都郁郁葱葱。张眼望着迎面而来又不断退去的一座座大山时，我心里在暗想：在这大山深处，藏着多少人生故事、多少悲欢离合啊！

此时，野莽先生正在车内讲述一件往事或称逸事。在40多年前，他携新婚的爱人第一次回竹溪，在十堰下火车后，开始坐长途汽车，当时没有高速公路，汽车只能在盘山路上行驶，而路况凶险，某些路段的下面就是悬崖峭壁，爱人被吓坏了，他只好紧紧地抱住她，并捂住了她的眼睛，不让她往外边看……

今天，我们行程的终点是营盘山。

听介绍，关于营盘山，有一个传说：早在3000多年前，殷太师闻仲曾率大军在营盘山一带驻扎，伐周保殷，并留有石车毂、车马古道和闻太师墓为佐证。早些年，有人还在山上捡到过古铜剑、古钱币。闻太师因被神魔小说《封神演义》所记述而大名鼎鼎。传说中，他曾是辅助商纣王的托孤大臣。

如今的营盘山，是一处农场，叫国营竹溪综合农场，也是湖北省内唯一的高山农场。

农场始建于1952年6月。

我曾读过一篇本地作者所写的散文（可惜不知道作者姓名），在他（她）的描述中，彼时的营盘山，还是另外一番景象。当其时，大家住土屋、睡通铺，铺上铺着玉米皮。因男女有别，便分住两屋，男屋和女屋之间隔着一道山墙。住处还偶被山上的黑熊打扰。夜深人静之时，会有饥饿难耐的黑熊溜到厨房来找吃的，东寻寻，西嗅嗅。黑熊之外还有猫豹，猫豹凶猛，常常猎食人们在山上放养的山羊。至于野猪（以及小猪崽）、野兔、山鸡等，就更常见了，有时候，还能捉到一只野兔或一只山鸡，做下酒菜。

粮食都要人工背上山来。

傍晚坐在大山深处的院子里吸烟、聊天。

种黄连。

采野果……

似乎平添了一种传奇的色彩。

下午到达了营盘山上综合农场的办公地点。据悉，营盘山的最高海拔为 2375 米，办公地点的海拔没有那么高，1100 米（也算比较高了）。此时雨已经停了，但天依然阴着，再加上海拔这个因素，感觉越发的冷。

随后，师友们来到了一间活动室，围着一张长桌坐下来，一边喝着热茶，一边听野莽先生讲述竹溪县的前世今生。据野莽先生讲，在商周时期，竹溪属古庸国。于我而言，印象最为深刻的则有两点：一是在西周翦商的大事变中，庸国曾"率西部八国赶赴牧誓"，深度参与了商周之间的战争；二是庸国早早即被瓜分，消失在了历史的长河之中。

此前我对古庸国了解甚少，大约只在某些书籍上偶尔读到过。听了野莽先生的讲述后，却突然有了兴趣，搜索了相关的信息。得知古庸国的历史相当久远，"早在夏时，或最迟在商时就已经成为较为统一、相对稳定、中间无间断的国家"。且疆域广大，势力范围最大时，曾"北抵汉水，西跨巫江，南接长江，东越武当"。春秋时，称雄于楚、巴、秦之间，是个妥妥的大国。

这样一个大国，最终却被瓜分了！

瓜分庸国发生在公元前 611 年。起因是楚国当年遇上了灾荒，饿死了许多百姓，楚国的四邻便乘机群起攻楚，庸国国君也闻风而动，率领附庸各国的军队起兵东进，大举伐楚。然"三年不鸣，一鸣惊人"的楚庄王这时却火速派出使者，联合了巴、秦两国，从腹背攻打庸国，大举破庸，致使庸都方城四面楚歌，终为三国所灭。

庸国的覆灭使我想到一点：在楚国遭受灾难之际，如果庸国没有乘人之危起而攻之，而是采取扶厄济困、救人危难的对策，又会是何种结局？那样的话，庸国会不会就免遭瓜分？

由此我还想到，假如在当年的鸿门宴上，楚霸王没有放走刘邦，结局又会怎样？

当然历史是没有"假如"的。

我还想到了一个问题，庸国覆灭之后，庸国的百姓会怎么样？他们会有亡国之痛吗？当然，按照正常的逻辑，他们会一分为三，三分之一加入了楚国，三分之一加入了巴国，三分之一加入了秦国，之后该干啥干啥，该种田的继续种田，该打鱼的继续打鱼，该做生意的继续做生意……大抵是这样的吧？

可以确认的是，庸国的覆灭，责任在国王，肯定不在百姓。

百姓可不背这个锅！

这也看出了国王的重要性，能碰到一个好的、智慧而非愚蠢的、理性而非一味蛮干的，那是百姓的福分，而碰到不好的国王，大家便都要跟着遭殃了。

记得有人说过这样一句话："没有永远的王朝，只有永远的百姓。"

……

野莽先生的讲述，自是十分精彩，如数家珍一般，娓娓道来，引人入胜。这自然得益于他对古庸国的历史做过充分的研究。而且，他还以庸国的历史为蓝本创作了一部长篇方志小说，名字就叫《庸国》，煌煌五大卷，可见用心良苦。

幸喜翌日天大晴。早上一出门，就见一片明亮的光羽飘散在空中，昨日的阴雨已一扫而空。气温也明显回升，再无冷飕飕的感觉。吃过早饭后，众师友就乘车出去采风了，只我一个人留在住处。

正好可以闲逛一下。

这会儿，太阳已升至山顶。阳光非常好，照在身上暖暖的。大概由于海拔较高的缘故，空气也格外好，没有一丝杂质，天地间一片澄明。

农场的办公地点处于半山的位置，几处房子分置于不同的山畔，在几处房子之间，有一条奔流而下的山溪，溪水清澈，并因山势形成了诸多小小的瀑布，不断溅起的水滴宛若珍珠，粒粒晶莹。

溪流上面有座石桥。

站在桥上朝远处看，可见散布在半山腰上的一片片茶园，有大有小，形状各异，边缘有茂密的野生树丛。还看到在各个茶园采茶的人，三三两两，都是女人，穿着颜色鲜艳的上衣（看不到裤子）。且人人戴着帽子，五颜六色，帽子都有宽檐，后面还有一块软布，遮盖着脖颈，必是为了防晒。她们在茶垄间缓慢移动着，却无声无息。

没错儿，此时此刻，除了桥下溅溅的溪流，周围的一切都无声无息，没有人声，没有车声，没有风声，没有树声，没有鸟声。

面对此情此景，不由想到了两个字："静"与"思"。

有静才有思。

在桥上站了一会儿，我又来到一个铺着木板的平台，并在一把木椅上坐了片刻，让太阳晒着后背，然后突然有了一个主意：何不沿着山路朝山上走走？主意一定，便朝山上走去。

路上铺着柏油，虽有坡度，走起来并不特别辛苦。一边走路还一边用手机拍了些风景照片，拍了山峰和渐渐升高的太阳，拍了山坳，拍了几棵老树，拍了一些不曾见过也不认识的花草（并用手机上的"形色"功能加以识别），返回时又在一处僻静的山脚拍到了一株独立于路边的海棠花树，还特意拍了一张落在地上的海棠花瓣，极白极薄，状如蝴蝶的翅膀。

说到海棠花，可是不得了。据说营盘山有上万亩的野生海棠群落，每逢花期，即成花海，粉白相间（营盘山的海棠花有白色和粉红色两种），花影灼灼，每年海棠花开的季节，都会吸引很多人前来观赏。

这样的盛景我没有看到。

仅仅看到了一株。

巧的是，在我返回的途中竟然偶遇了几位采茶女。她们完成了一上午的工作，每人手提一只竹篮，里面盛着刚刚采摘下来的茶叶，前去场部交货。我见状马上跟上去，并跟她们搭上了话儿，一路走一路跟她们聊天儿。

几位采茶女都不年轻了，年龄最大的至少已经40余岁，但是她们的状态都很好，走路的速度也很快，全身上下透露出一种劳动妇女的独有气质。不过因为人人都戴着帽檐很大的帽子，无法完全看清楚她们的容颜。她们有高有矮，说话的声音也有高有低、有粗有细。

在与她们的攀谈中，我了解到：

她们并非农场的正式职工；

她们都住在离这里不远的地方；

自带午饭。

工钱按茶叶的重量来计算，当天采摘当天过磅；

每人每天大约采茶 3 斤到 5 斤；

每斤可得 70 元钱。

我还跟采茶女们一起，来到了专为茶叶过磅的窗口，目睹了交茶过磅的全过程。

等她们过完磅，也到了吃午饭的时间。当我匆匆忙忙地赶到饭堂，出去采风的师友们刚好正在下车。

到第二天，我因为广州那边还有事情，便一早就离开了营盘山。

此行收获不小，也非常愉快。收获最大者，要数第一次如此近距离地接触到了这么多的采茶女。

最后还要说一句：在营盘山综合农场，我吃到了最好吃的原味花生，那种原生的、无任何杂味的、既不加糖也不加盐的滋味简直无以言表，至今仍可回味。

营盘山散记

于秋月

引　子

这里是成语"朝秦暮楚"的诞生地——关垭古长城遗址。

暮春时节，绚丽的朝霞映在关垭古城墙上，给古长城披上了一件彩色的衣裳。我站在关垭古长城的关口上，有意将一只脚踩在秦国，另一只脚踏在楚地。用这种特别的姿态，激动地和鄂陕两界共同迎接初升的朝阳。温暖的阳光照耀在我的身躯上。此刻，我想，古代的秦楚两国子民不正是像我一样沐浴着这朝阳的温暖吗？只是同样在阳光下，先民们的心境是惊慌的，他们怎么会像我这样心安理得地欣赏这蓬勃而出的太阳呢？这大约就是历史的残酷性吧。就像一位文人说的："（在这里曾经）刘邦的剑砍在项羽的铠甲上，溅起铮鸣火花，薛刚反唐从这里打进长安城，李闯王张献忠在此安营扎寨，冯玉祥李宗仁经此挥师抗日，二野雄师在这里歼灭胡宗南主力……"漫步古长城的关垭，我似乎感觉到了这城墙上的每一块砖，都浸润透了战争的鲜血，或者正是这凝固的鲜血，坚定了一代又一代人对和平的渴望。

而今，这祥和太平的盛世再也没了阵阵杀声和咚咚战鼓的喧嚣。那一则"朝秦暮楚"的成语像一棵苍翠的大树，一面凝固了的战旗，更像一块巨大的文化瑰宝，被国人演绎出无数个新的含义。"朝秦暮楚"四个字就像永生的精灵一样，在诗歌里，在小说中，在散文里，在论文中，等等，正以不同的式样，不同的姿态，不同的含义，焕发着无限的生机，成为一则则新意境的精彩表达。

营盘山的夜晚

告别陕西界，继续向"楚"地前行，大约走了20千米后，到了我们的住地——营盘山竹溪县综合农场境内。原农场场长，现县委组织部副部长满东同志正在路边迎候我们。

一下车，我就喜欢上这个地方了。我们下榻在海拔1000多米的地方，在住处就能看到远处倾泻而下的瀑布，那瀑布跌落的声音宛若悦耳的乐曲。眼前海棠、矮牵牛、鸢尾、锦带、石楠、月季开着娇艳的花，身后是原始森林，满目翠绿，再远望，群山林立，峰岭相连，威严耸立，云蒸霞蔚，大自然为我们这些远道而来的客人描绘出一幅让人惊叹的人间仙境。

入夜时分，万籁俱寂，只闻奔腾的山水声和竹林的飒飒声，远处的山睡了。天上正下着淅淅沥沥的小雨，我却毫无倦意，站在廊桥上静静地感受着大自然这绝美的意境。此情此景让我想起了几年前在尼泊尔纳加阔特的那个夜晚，也是住在山腰的民宿里，背后也是原始森林和群山，只是那座山脉非常有名，叫喜马拉雅山脉，可是，那里没有泉水，也没有瀑布，只有孤独的红月亮陪伴着我。

如此美妙的夜晚，我多想像在纳加阔特一样，坐下来，点燃一根蜡烛，擎一杯红酒与月亮干杯，与群山干杯，与溪水干杯，与山风干杯，与如歌如诉的小雨，干杯呵！

营盘山的传奇

竹溪的营盘山充满了传说。

虽然说营盘山主峰的海拔只有 2375 米，但是主峰周围密布着几十座海拔 2000 多米的群峰。这便是一种气势、一种生机和一种希望。而且珍稀保护动植物遍布群山，森林覆盖面积高达 85% 以上。从我们住地出发到最高峰，途中有上百个瀑布。而在山顶，万亩珍贵野海棠形成花海，极为壮观。

营盘山是一座有传奇故事的山。据说，一代宗师闻仲在西征西岐时被姜子牙逼到了绝境，退败在营盘山的绝龙岭，已然是走投无路了。之前，闻太师的师傅金灵圣母曾经断言，他一生逢不得"绝"字，结果一语成谶，最后，闻太师命丧绝龙岭。

《封神演义》第五十二回是这样形容绝龙岭的："巍巍峻岭，崒嵂峰峦。溪深涧陡，石梁桥天生险恶；壁峭崖悬，虎头石长就雄威。奇松怪柏若龙蟠；碧落丹枫如翠盖。云迷雾障，山巅直透九重霄；瀑布奔流，潺湲一泻千百里。真个是鸦雀难飞，漫道是人行避迹。烟岚障目，采药仙童怕险；荆榛塞野，打柴樵子难行。胡羊野马似穿梭，狡兔山牛如布阵。"难怪叫绝龙岭，就是天王老子到此，插翅也难飞啊。

听说商朝将士拼命收回了闻太师遗骸，并掩埋在营盘山上，为安全计，还做了若干个假冢。这迷魂阵式的坟冢让人至今也不知道闻太师的真身究竟在哪里。

在当地流传着有关闻太师墓地的绕口令："九缸金，九缸银，九兜韭菜做把凭，九座山，九道梁，三个粑粑搁中央。"的确，传说不仅是一种传说，它还是一种无形的动力和启发。从那以后，曾经有人多次探秘于此，均无功而返。从小在营盘山长大的当地女企业家晓莲说，上营盘山有一条林间小路，是上山采药和捕猎的人走出来的。她小时候和伙伴们曾经顺着小路爬到营盘山顶玩，听奶奶说，营盘山有闻太师的 24 处墓，可只有一处是真的，但每一座墓都是用糯米和黄土做砖，用杨桃汁黏在一起砌成，刀枪不入，雨水不侵。淘气的晓莲和伙伴们认真数过坟墓，还真是 24 座。他们还在山顶上捡到过废弃的铜剑和古钱币。据说有人带着炸药去盗墓，一罐头瓶炸药放进去，响声很大，惊天动地，可地面只炸了脸盆般大的坑，此后再也没人惦记盗墓了。

都说"铁打的营盘流水的兵"，闻太师却在此一"住"就是三千年。

在营盘山四周的绝龙岭、卸甲湾、点将台、习武基（薛刚反唐时曾于此习武操练）、铁厂坪（上京古道的兵工厂）、牯牛渡，包括八卦山，无一例外都充满着浓厚的传奇色彩。

合欢谷

乘车沿 238 省道驶往幽静的"合欢谷"。

名字喜兴的"合欢谷"被公路分成了南北两个部分。道北的山谷称"坛子口"。顾名思义，坛子口像一尊巨大的凹下去的坛子，内有瀑布、磐石、水潭等。尤其引人注目的是那条百米长的瀑布，像珠光闪闪抖动的银色绸缎。一行人仰望观赏瀑布的样子也是一幅画。道南侧，平耸起一座孤傲的山崖，山崖上一条细细的瀑布从上急促而坠。山崖的形状让我立刻想到了尼泊尔人崇拜的"林伽"（象征湿婆神的男性生殖器）。这边的山崖陡峭兀立，凸显着阳刚之气。而坛子口那一侧山谷却婉约轻盈，展示着阴柔之美。不消说，"合欢谷"一定是因此而得名。

我左右环顾，心中暗自称道，这一阴一阳遥相呼应，堪称鬼斧神工，给营盘山又徒添了一层神秘感。

这真是一个谜呀。当一个秘密被破译之后又会生出无数的谜来。

登山的感悟

早晨我还没起床，微信里就有队友发来了图片。那是一幅营盘山顶上白雪皑皑的照片。营盘山披上了一件洁白的羽衣，而羽衣下面则是翠绿的森林。这样的天然组合真的是神奇极了。那么，为什么在暮春时节还会出现这样奇妙的景观呢？原来，因营盘山海拔较高，山下降温，降雨，形成了浓厚的雾气，升至山巅之上便开始落雪了。虽然营盘山有着无数处千姿百态的美景，但最为奇特的，莫过于山顶披雪的景观了。

早餐后，我去散步，发现山顶上的白雪已经消融，此刻的营盘山群峰逶迤起伏，缥缈的云雾在山间慢慢游移，营盘山好似一尊千手千面的女神不断地变幻着自己的容颜。

迎面过来一老妇人，看装束是上山采茶，我冲她微微点点头，算是打个招呼，那妇人看来是个爽快人，问我，外地来的？我说，是，从东北来。2500多千米的路途哪。妇人说，哦，这么远的路啊，那你一定要登营盘山看看，很美的。我说，是啊，过会儿就去。老妇人手搭凉棚望着东方的日头说，你们挺幸运，赶上个好天。若是遇上阴雨天，上山那可就要小心哟，听老辈人说，那里曾出现阴兵借道，还有人听到过厮杀的声音呢。老妇人的一番话听得我目瞪口呆。

营盘山，在我心中却又多了几分诱惑。

准备登山了。

营盘山按山段分了三级瀑布，最高处海拔2300多米，第二级瀑布海拔1600米。只是目前从第二级瀑布到第三级瀑布的路还未完全开发，我们今天只能登到第二级瀑布。

虽然到第二级瀑布的直线距离只有区区900米，可爬山不是走楼梯呀，况且山路崎岖，再加上三年的疫情拖累，尤其是去年"阳康"后，体力还没有完全恢复。但是自我感觉此次攀登应无大碍。

满东部长一直陪着我们。他在农场工作了近20年，可以说营盘山上一草一木都在他心里呢。有他在，我心中便有了底气。

走进山里才发现，难怪这里是古战场行兵布阵之地，尽管这里林幽静雅，飞鸟鸣啼，好一派世外桃源之景色，但道路曲折惊险。我们这些人所走的山路，是在当地上山人踏出的小道基础上改造的，过木桥，走石板，穿林中小路，处处都要加倍小心，相互照应才是。再加上昨晚下过雨，山路湿滑，更要格外在意。山上有几处供行人歇脚的木凳，权且可以暂停，但上山心切，很少有人坐下来。

路边不知是谁放的木棍，捡起来正好做拐杖，有了拐杖就有心情欣赏路两边的景色了。阳光从斑驳的树叶中倾泻下来，微风吹拂着有些发汗的脸颊，眼前一处处山泉像是顽皮的孩子，不时从幽静之处出其不意飞奔到眼前，当然，它们是唱着歌前行了。更让人惊喜的是不断出现在眼前的瀑布，泉涌汩汩，不绝于耳，形态各异，跳跃腾飞。

人在营盘山上才能充分地体验到这个绿色宝库的精髓。原来看到"深山"二字，并没有什么特别的体会。但是当你真正地置身在深山里，才发现深山含义是多么的丰富。深山里的森林遮天蔽日，有的树龄超千年，粗壮的枝干上写满了岁月的沧桑，有的大树被雷劈过之后伏地不起。一种现象昭示着森林的风格。深山里的树若不是满东部长指点，真的认不过来，如核桃树、杨树，珍贵的红豆杉、金丝楠木、号称"活化石"的珙桐（因其花形酷似鸽子，又称鸽子树）、野生茶树等。除此之外，还有许多开着各种颜色的山花，其中黄色的花尤其多，询问满东部长，这是什么花？居然他也叫不出名字来。于是拿出手机"识图"一查，呀，"断肠草"！又"度娘"了一下，将此鲜品捣烂或者煎水，有攻毒拔毒、散瘀止痛、杀虫止痒的作用。满东部长说，山里到处是宝，这味中药还没开发呢。

可能是出汗太多的缘故，觉得有些口渴。后悔的是，上山之前为了节省体力，我特意把包里的矿泉水拿了出来。老天似乎懂得我的心思，饥渴难忍之时，眼前出现一个可能是为摄影人准备的石级，我谨慎地走了下去，站在水中的石头上，掬起一把清泉就喝了起来，啊，山里的水又凉又甜，真是爽口润肺，沁人心脾啊。

继续登山，只是腿渐渐地有些沉，问满东部长还有多远，他总是回答说，快了。后来我才明白了他这是用的"望梅止渴"之计，也就不问了，默默地向上攀登。就在我气喘吁吁觉得快爬不动的时候，忽然呼吸变得顺畅起来，似乎有一种神奇的能量注入体内，瞬间打通了身体的任督二脉，步履也变得轻盈起来。

这让我一下子想到了小时候跑步，体育老师总是鼓励我们要坚持住，过了临界点就好了。果然，总有那么一刻，当你觉得快要崩溃的时候，一下子身体就轻快起来。太奇妙了。于是乎，又想到了写作。写作如登山，看似容易，但写好文章却是个艰难的事。我一向认为写作最起码要有两点：天赋和坚持。天赋是与生俱来的，而坚持则是把天赋挖掘、放大、出成果。当然不只是写作，做什么事情都是这样，有些人没到临界点就退缩打退堂鼓了，还自叹"生不逢时"。

这就是神秘的营盘山给我的启示。

……

不知不觉到了目的地。只见眼前一条宽阔的瀑布飞流直下，轰然下落的巨响像在显示自己的雄伟。然而，不远处那条细柔的瀑布却在不紧不慢唱着自己悠然的歌。两条瀑布像是在表演二重唱，一个高音挺拔，一个低音回旋。满东部长说，有人称它们是"夫妻瀑"。也有人说它们是"兄弟瀑"。我望着它们，心中突然来了灵感，指着那条气势磅礴的瀑布说，那是"玉龙瀑"，又指着不远处的那条说，这条瀑布好似仙女，就叫它"神女瀑"吧。众人拍手为我叫好。

宽阔的瀑布前的平台上，是一排人工铺的石盘，我们一行人手拉手走了上去，面对山顶喊道：营盘山，我们来了。

举头望着营盘山的顶峰，它依然不动声色，不喜不悲，不卑不亢。我想，这就是营盘山的个性和风度吧。

营盘山是令人敬畏的，经历了几千年，它什么事没见过，何况它还有那么多的秘密。

舌尖上的美食

大约是占了天时地利，营盘山上的猪马牛羊、鸡鸭鹅等，大多在海拔 700 ~ 1000 米的地方野生放养。要知道，竹溪的绿色植被高达86% 以上，数十万亩原始森林制造和释放了大量的氧气和负氧离子，负氧离子高达 25000 个 / 立方厘米，还有富含矿物质的山泉水，整山整谷的鲜枝嫩叶，连吸一口空气都是甜的。毫无疑问，在这里放养牲畜无疑是纯粹的生态养育。

营盘山最牛的，当数山顶上的"野牛"。不过，所谓的野牛本不是野生的。据说若干年前，山北侧的陕西（营盘山主峰的南面是我们所在的竹溪县，北面则是陕西省的镇坪县）那边的村落有个放牛的人家，一次下大暴雨，放牛娃冒雨把牛赶回圈时发现少了四五头，急得他满山遍野寻找。有看见的人说，有几头牛顺着山路往山顶上走了。当时营盘山山路到处是悬崖峭壁，若是没有向导一定会迷路的。放牛的人家一寻思，山上有草，又有泉水，牛肯定饿不死。索性不找了，任这些牛在山上自生自长吧。话是这么说，牛的主人毕竟是主人，也曾爬到山顶上去寻找自己的牛群。主人惊异地发现，他的牛在营盘山里正过着悠闲的日子，该交配交配，该生育生育，牛的队伍在不断地壮大。这可乐坏了牛的主人。据说现在已经发展成有二三十头的牛群了。每年的春节前，牛的主人就带上三四个壮劳力，拿着杀牛的工具和筐，爬上山顶，就地杀几头老牛，打包背下来。牛肉分给村里的乡亲尝尝。闭眼睛想，都能感到那牛肉该有多么好吃。

只是这样的牛肉我没口福品尝，但是，到营盘山一定要尝尝黄牛肉。黄牛肉属于温热性质的肉食，擅长补气，是气虚之人食疗食养的首选肉食。我们这一行人基本都是"阳康"过来的，各种后遗症，如劳累后心悸、失眠等还没彻底从身体消除。当地人说，老师们多吃点儿咱这儿的黄牛肉吧，益气养血，增加免疫力和抵抗力。这么一说，黄牛肉无论如何是要吃的喽。

说起来，营盘山的羊也是在山里散养的，山里散养的羊，肉质肥而不腻，鲜嫩可口，最适合涮火锅，也可以和萝卜、土豆在一起红烧，炖出来的肉暄烂，土豆也绵甜。满东部长推荐我们一定尝尝这里的土豆。他说，因为山里气候较凉，它们在地里比一般的土豆多"怀"了两个月。乍一听，我觉得这个"怀"字用得太妙了，土地怀养了各种食物，哪个不是脱胎而出的，山里人用字简直绝了。土豆果然对得起土地，加上肉的味道浸入，柔软黏糯，入口细腻，比肉还受欢迎。

第一天的早餐，吃的是山里的鸡蛋。山里的鸡蛋表面看似平常，和我们日常见到的似乎也没什么两样，可剥了皮，白嫩嫩的蛋清一入口，马上感觉就不一样了，好像一下子回到童年，想起奶奶给我煮的自家鸡下的蛋，就是这个味道，不，应该说这个味道比小时候吃过的鸡蛋还好吃。这顿早餐，我一口气吃了四个土鸡蛋。想着一会儿还要爬山，又拿了两个鸡蛋揣了起来，坐在一旁的我家先生大概是不好意思了，讪讪地对身边的人解释，她血糖低，怕上山犯病，拿点儿吃的可以临时应急。

最后，我要说说舌尖上美食的重头戏，就是用营盘山农场猪肉做的老腊肉。

在当地，每逢过年杀年猪，熏香腊肉，耍草龙灯，唱山二黄，是流传已久的民风民俗。当地最有名的腊肉厂家就落户在营盘山农场，取名"亲家母"。"亲家母"腊肉原料全部来自农户地产生猪，青草粗杂粮生态喂养，手工制作。

腊肉厂的厂长，也是这个品牌的创始人王碧海先生对我们介绍说："亲家母腊肉一是原生态、高海拔、零污染的生产环境。我们加工厂海拔 1100 米，与世界上著名的火腿意大利帕尔玛火腿出自同一海拔。二是工艺日臻标准化、科学化、专利化。比如您看到的自然风干、地面石质自然过滤，还有您没看到的真空滚揉、低盐腌制、低温发酵、后熟提香、香薰风干结合、标准化赋味等工艺，都贯穿了'三化'理念。三是源头控制质量，我们从老百姓那里买来的猪每头都经过严格检测。四是原料品质上的区别，发展农户订单养殖、保护价收购、政策补贴、保险分担风险等是优质腊肉的关键。"

这就是"亲家母"腊肉的独特之处，既有传统文化的工艺，又加入了现代元素。

不是所有的腊肉都叫"亲家母"，但"亲家母"肯定是腊肉家族当中的一朵绚丽的奇葩。现在，湖北亲家母食品股份有限公司已经是鄂西北地区生产规模最大、自动化水平最高、品牌影响力最强的肉制品加工市级产业化龙头企业。

吃过"亲家母"腊肉的人，才能体会到，每一块腊肉都是肉的精华。作家阿成老师尝了腊肉后，欣然提笔："宁舍三杯酒，不舍老腊肉。"而聂鑫森老师更是直截了当："黔有老干妈，鄂有亲家母。"

都说人间至味是清欢，我更喜欢一半是烟火一半是清欢的生活本真。

带回来的腊肉，家里的阿姨用它炖东北的豆角或茄子，比生肉做的多了几分回味。近 90 岁的老父亲吃得津津有味，食欲大开。他说，没想到腊肉也可以这么香。而家里的年轻人更青睐腊肠，他们一手拿着腊肠，一手拿着啤酒。腊肠的香辣刺激味蕾的开放，酒肉碰撞出美食的香味，真的是越吃越开心。

汪曾祺老先生说，只有懂得生活的人，才是幸福的人。

如此说来，营盘山的山里人个个都是生活的智者，生活的幸运儿，他们不仅享受着大自然得天独厚的馈赠，更懂得保护它，爱护它，开发它。

海棠小镇

营盘山顶上的海棠花种子，似乎是从天上撒下来的，她们在这里悄然落籽，繁殖，开放，并渐渐地形成了势不可当的一片色彩斑斓的花海。海棠树冠如一把把撑开的巨伞，它开的花以白色和粉红色为主，花瓣尖似柳叶，花蕊也细长，相比一般的海棠多了几许妖娆和妩媚，就像有人说的，"每一朵都开出了旷野的性情"。当地诗人杨怀玉吟道："它的头上是星汉灿烂，它的远方是白云仓驹，它是海棠花，它是营盘山的王。"一个"王"字托出了营盘山上野海棠的霸气。

世上花儿千万种，为何营盘山上独长海棠花呢？

我忽然有所悟，海棠花，花语：苦恋、断肠。寓意：离别、愁绪、相思和凄婉。也许，这山上的野海棠寄托了闻仲和他的将士们的哀思吧。三千年风风雨雨，闻仲和他的将士们的魂魄寄予海棠，表达思乡之情。海棠花守护着英雄，守护着古往今来英雄豪杰的千年雄风。

都说雨中的海棠花最美。李清照写过："昨夜雨疏风骤，浓睡不消残酒，试问卷帘人，却道海棠依旧。"另有诗曰"海棠不惜胭脂色，独立蒙蒙细雨中"。我想，营盘山上雨中的海棠花一定是更美，更艳，更让人失魂。

野海棠成了营盘山一道独特的景色。

满东部长是个心中有梦想的人。在他担任农场场长时，就心心念念想建个海棠小镇，让来营盘山观光旅游的客人们，不用爬到山顶也能欣赏到营盘山的海棠花。为此，他们从山上移植了近万株海棠，同时引进了几百株外来品种，比如垂丝海棠、西府海棠、梨花海棠、四季海棠等，他们分别将这些海棠花种在山上，种在路边、广场，种在每一家的房前屋后，到了4～6月，姹紫嫣红的海棠花不辜负每一片阳光，像一团团火焰，从山下渐次向山顶燃烧。远远地望去，好像无数个仙女在轻盈地舞蹈。与她们共舞的还有桃花、杏花、迎春花、连翘花、石楠花、山茶花以及数也数不清的山野花。这些花姐妹们甘做海棠花的陪衬，一同舞出营盘山的花海。

在我国也有一些"海棠小镇"，但是，像营盘山这样天赐的万亩野海棠却是绝无仅有，因此我们完全可以自豪地称营盘山下的小镇为"天下第一海棠小镇"。

茶　语

如果说海棠是天赐给营盘山下竹溪农场人的礼物，那么，茶园就是先辈们留给子孙后代的财富。

远在70多年前，中华人民共和国第一批农垦人扛着锄把，喊着号子，走上营盘山，他们在这里开荒耕地，种下了万亩茶园。大约是因为茶树种在"习武基"这个地方，先人们给茶叶起名叫"习武剑茶"，如今，"习武剑茶"已注册了商标。

生长在海拔1000米以上的习武剑茶，既有湍急的瀑布溅落，又有灵秀的云彩抚摩，既有森林之气的熏染，又有漫过的山雾洗尘，还有像乳汁一样的河流滋润哺育着它们，这茶啊，就在这万般呵护成长中修成了"仙茶"。

营盘山的泉水甘甜、鲜活、纯净，用它泡出来的习武剑茶颜色清亮，茶味鲜爽醇厚。再看茶汤里的茶，每一片茶叶都如"剑"一般腾起，仿佛真要比武了。茶喝起来鲜爽醇厚，直透肺腑，令人愉悦，更觉得雅兴，修身。

依我看，习武剑茶应该叫霸王茶，这极品的茶，顶级的茶，想不称霸都不行啊。

晓莲的故事

营盘山不仅山美水美，人更美。

营盘山人热情好客。外乡人若是饿了，渴了，随便推开哪一家的门，一准会受到热情的招待，即便是在困难时期，也会有一杯茶，一小块腊肉，一碗香喷喷的米饭吃。

晓莲说，从小她就记得每次做完饭妈妈都要留出一小碗放在橱柜上，妈妈说，若是有讨饭的来，不能让人家空着肚子走。

大山的女儿晓莲，2008 年从南方回乡创业，她带领乡亲共同致富，上山养牛养羊、传承漆树工艺、发展乡村旅游项目……仅漆艺一项就带动湖北、陕西两个省的 3 个县 8 个乡镇，68 个行政村脱贫致富。如今的她是湖北省就业创业先进人才，湖北省女性科技创新人才，十堰市最美巾帼奋斗者，十堰市劳动模范，等等。

在我们去参观她家牧场的路上，晓莲滔滔不绝地和我们讲起了她家的故事。

他们村有个老年单身侏儒，人很老实，有一年春天，村里几个调皮的小孩恶作剧，趁天黑火烧了他的茅草屋，当时他正在睡觉，差点儿被烧死的侏儒一下子什么都没有了。那时候晓莲的父亲是生产队队长，见此情形，和晓莲的母亲一商量，把侏儒接到家中，腾出个小偏厦子，说："你就住在这儿，以后你就是我家人了，有我们吃的就有你的。"从此侏儒就和他们一起生活。晓莲说，侏儒是个很好的人，和我们相处得真像一家人，给我们讲故事，还会跳舞，一起生活了十多年，直到去世。去世的时候，晓莲的父亲亲自张罗，给他做了棺材送终。

晓莲接着说，又过了几年，一年过春节前，父亲去县里办事，在冰冷肮脏的桥洞子下"捡"回来一个失忆的男人，那人大约60岁，当时穿得很单薄，冻得哆哆嗦嗦，问他家在哪儿？他摇着头说不知道，父亲见他可怜，就把他领了回来。回到家里，母亲烧了热水，让他洗了个澡，又拿出父亲的干净衣服给他换上，母亲炒了两个菜，失忆人狼吞虎咽吃了起来。众人问他叫什么，多大岁数了，家里都有什么人，等等，失忆人一律摇头，问急了说他叫"老五"。从此，老五就在晓莲家住下了。老五从前肯定是大户人家的人，他很干净，每天要洗澡，吃饭的时候还要喝口小酒。如今，老五在他家住了十多年了，平日里看家护院，种种菜园，老五是个特认真的人，谁都别想从家里拿走东西，哪怕是一根针。忙的时候老五就和他们一起放牧。偶尔他们逗老五，说老五我们找到你家了，在陕西那边，咱们回去认认吧。老五拼命摇头。说急了，就钻进屋里不出来，一个人默默地落泪。后来，大家不再开这个玩笑了。晓莲他们敬他为兄长，为他准备了一口和父母一样规格的棺材。晓莲说："等到老五百年的时候，我们肯定要把他和我的父母埋在一起，让他永远有家的感觉。"

我在晓莲家里恰好看到了老五，他正在扫院子，脸上很平静，看到晓莲回来了露出微笑，问她吃没吃饭。

都说人与人相遇需要缘分，善良的人结善缘。晓莲家十几口人，总是其乐融融，尊老爱幼，他们秉持着祖辈留下的古训，"富润屋，德润身"，是啊，无德何以谈致富？

爱拼才会赢

晓莲的愿望是：生态牛羊满圈，漆树产业拓宽，漆艺传承光大，把家乡建成美丽山村，通过大家共同努力，让绿水青山变成金山银山。这大约就是普普通通的营盘山人的梦想和追求吧。

而满东部长则在心中策划着营盘山的未来，如何发展林旅、农旅、茶旅，让这三者有机地结合在一块儿。以海棠为特色的森林旅游探险，发展林下药材产业。推动猕猴桃、桃树、高山蔬菜为主的农业种植养殖产业。推动观光茶园、采摘、制茶、品茶等沉浸式体验项目，让游客感受茶文化。引进冷水鱼养殖、高山泡菜、风霜腊肉等产业发展，进一步提高经济效益，促进群众致富。总之，要尽快打造出一个4A级标准的特色小镇。

不久的将来，您到营盘山来，可以住在农家小院，吃绿色生态食品，探营盘山险，赏海棠风姿，摄百花风采，品习武剑茶之美妙，会文友诗友杯酒言欢，若是你喜好禅修、太极、读书，那就多住几日吧，修行，这里可是最佳的境地。

在营盘山的每一天，我无时无刻不被暖暖的温情和激情感动，喝着山里的习武剑茶，吃着纯正的生态腊肉，赏着美丽的野海棠花，一时间，觉得自己也快变成山里人了。我多想用山外几日换山里一日，过上几天美美的像神仙一样的日子呀。

我来营盘山的时光太短了，短得连它的路我还没走完，它的山茶我还没品够，它的鲜花我还没赏全。但营盘山的气息，营盘山的灵性，营盘山的壮美已经装在了我的心里，我将把那山、那水、那人和那片土地放在心里，成为我宝贵的珍藏。

再见吧，营盘山。我会再来。

2023 年 5 月 30 日　完稿

归去凤池夸

卓　然

揖别竹溪，海棠依依。

2023 年 4 月 28 日清早，金色的晨雾广布山头，营盘山像裹了冰纱的女孩，微微含笑，频频点头，为我们送行。背依青山，面向朝阳，若醉若梦的小红楼隔着淙淙流泉也在向我们挥手。面对此情此景，我心里暗暗说，营盘山请您放心，我会"图将好景，归去凤池夸"。

是的，这是柳永说的。但柳永"归去凤池夸"的是"三吴都会"钱塘及其"三秋桂子"，我将"归去凤池夸"的是"朝秦暮楚"的竹溪及其营盘山的"玉色海棠"，夸夸竹溪的物华天宝，夸夸竹溪营盘山的壮丽和富赡。

竹溪吟

先夸竹溪。

从竹溪回到家的第三天，我应邀赶赴了一场晚宴。明月春风，七位诗贤，大家都在对酒说诗，我却滔滔不绝大赞竹溪，大赞营盘山的海棠花。朋友也说海棠好，但却笑我太痴，说你没有见过海棠花吗？为什么跑湖北去？山高路远，鞍马劳顿，你值吗？

我没有说值，也没说不值，我只是说，海棠到处有，但天下竹溪却只有一个。你们都见过海棠，也见过竹溪吗？单凭"竹"与"溪"这两个字，就应该美得诗意横流。去看看竹溪风光，去领略竹溪风情，我觉得应该不惜远足。

是的，竹溪并不大，是个小小的县城，四围青山，像个精致的碧玉雕盘，将玲珑的竹溪城置于其中。层楼与青山竞高，人心与三月争春；菖蒲与海棠异色，莺雀与山二黄共韵。户牖参差，门庭华好。泉与溪同流，米与茶齐香。百业与时代并步，文化与岁月共存。这是竹溪概略。

拙于言辞，我没有更好的方法和技巧，把竹溪的风物描述到绘声绘色，便拿出手机，调出竹溪的风光照片，蘸着美酒，和着月色，把竹溪凝成了一首《江城梅花引·竹溪吟》：

依秦傍楚看朝暾。望阳春。正阳春。轻燃春毫，听蛤唤鲵呻。长峡长城风景异，云出岫，水生烟，金稻芬。

稻芬稻芬茶更芬。楠也芬。樟也芬。郁郁馥馥，处处是、花魄诗魂。芝陌兰塍，婉婉绕新村。菌阁蕙楼缭紫气，缭不尽，竹溪情、梓里亲。

绣花小品

　　一座小城，一条大河，似乎有一点不相匹配，像方及豆蔻的小女孩披了一条大纱巾，载不动那一河水。但是，因为有竹溪河的溉润，便丰富了两岸的文化与风情，把一个竹溪城浸淫到物阜英华。

　　比如绣花鞋垫、绣花袜底，虽然我们此行没有看到这两样饱含竹溪风情的小东西，但过往的印象，却深深嵌在我的记忆里。虽然是两样小物件，但那俊俏的替样儿，匀细的针工，彩线的搭配，将开未开的花骨朵儿，泅红泅白的花瓣儿，随风婀娜的嫩枝，疏疏落落的绿叶，像是一双双绣花的巧手把早晨带露水的花儿撷来粘了上去，总能让人感受到绣花女抱在怀里针来线往的情肠义心。虽然是记忆中若梦若幻的一个影子，正如《诗经·隰桑》所言："心乎爱矣，遐不谓矣！中心藏之，何日忘之？"

　　说到竹溪的绣花袜底、绣花鞋垫，我也曾经写过一首七律：

> 明月晴窗依白云，银针袜底紫罗裙。
> 凝珠荷叶夏初绿，细蕊梅花雪后芬。
> 霁色凝情匀凤字，明霞无意散龙文。
> 竹溪自古多知己，都是彬彬识花君。

　　虽然写了诗，但心里还有余感难消，便又填了一首双调《江城子·再题竹溪绣花袜底鞋垫》：

> 菊兰芍药海棠花。吉祥花，竹溪花。姐妹扎花，斗横月西斜。心意绵芊针引线，情暖暖，寄天涯。

五湖男子爱吴娃。醉因花，梦因花。鞋垫舒和，袜底犹奢华。放步踏花千万里，朝思业，晚思家。

绣花袜底、绣花鞋垫是竹溪的两样吉祥物，即使今天看不到了，也应该是竹溪的"非遗"。

竹溪三贡

绣花袜底、绣花鞋垫只能算是竹溪的两样小品，不足为人道。但是，竹溪，可不是一个小品世界，她还有让人惊诧的超凡逸品。我所谓的"逸品"，便是竹溪的"三贡"，就是世人称道的竹溪茶、竹溪木、竹溪米。

对于"竹溪三贡"，我不用多说，因为有著名作家梅洁先生的《溪城楠木及其他》，我便是"眼前有景道不得"了。梅洁先生在她的《溪城楠木及其他》中有这样的描述：

"贡米"是说竹溪大米从400多年前的明神宗年代就成为朝廷"专贡"，成为"皇米"。每年，千担万斤的大米历经千山万水运达京城，成为皇室餐桌上的美味佳肴；"贡茶"即"梅子贡茶"，是说竹溪梅子垭的茶叶曾由唐代女皇武则天钦定为朝廷"贡茶"，梅子垭的清香之叶是由被贬房陵（与竹溪毗邻的房县）14年之久的武皇之子李显亲荐给母后的。我查了一下唐代纪元表，发现李显尝饮梅子贡茶要早于"茶圣"陆羽著《茶经》70余年；"贡木"即生长于竹溪苍茫林海里的金丝楠木。这种木质坚硬、木体挺拔壮硕、木纹如金丝镶嵌、高达十几米甚至几十米的大树，被当地百姓视为神木。在没有钢筋水泥的古代，皇宫建筑千觅万选的栋梁支柱就是楠木。在北京故宫、天安门城楼、明代十三陵墓的建筑中，成千上万根金丝楠木支撑着那里的辉煌。于是，竹溪人称楠木叫"皇木"。

受梅洁文字的感染，我又为"竹溪三贡"写了一首宜吟宜诵、亦歌亦赞的小令《渔歌子》：

> 竹溪风物恁芬芳，风流皆是贡品样。
> 贡米白，贡茶香，金丝楠木若辉煌。

历史遗孤

酒热心热，诗友们已经有了急切想登一回营盘山的热情，然而，我却拦住了。我对诗友们说，还是先去看楚长城吧，去看看那一道长长的历史遗痕，循着古老的关垭城走走，在楚人用粗犷的大石头块垒起来的那道边墙下，体会一下江淹《望荆山》"奉义至江汉，始知楚塞长"中所表露的心迹，望望楚江烟雨，一顾秦川岚光，你心里便会有一个历史的长度和宽度，然后再去看营盘山的海棠，你便能够与海棠对晤山野，领略那个"野"字中所饱含的英气与精神。

楚长城如何，你们可以自己去看，一个人会有一个感受。有一首《满庭芳·有感楚长城》在这里，是我的观感：

> 迤逦青峰，绵延晴谷，若腾若跃神龙。一坡春雨，又几

岭春风。晨啸晚吟夜梦，带魂魄、雾里云中。浴沧海，英姿茂异，漭沆荡飞虹。

楚天多志抱，浩然剑气，落落雍容。遗下个，故垒冷月残烽。恨也愁且过也，也莫怨、酒绿灯红。扪颡堵，卜天下事，明月照虚空。

吊古营盘山

看过楚长城，你就站在营盘山吊古吧，凭吊一回那"八百里绝龙岭，三千年大营盘"，凭吊一回殷商太师闻仲。问一问天，问一问地，问一问风云和草木，传说闻仲曾经拜师金灵圣母门下，能够金、木、水、火、土遁诸端变化，手执雌雄鞭，坐下黑麒麟，与黄飞虎并称文武双璧，为什么难为商纣王守住那片江山？

凭吊古人，寻觅古迹，触摸一下历史的深度和高度，感触历史的痛点与光点，然后想想，你将要对漫山遍野的野海棠诉说什么？海棠花又会对你说些什么？为引发你的思古之幽情，我写下了一阕《木兰花慢·竹溪营盘山吊古》：

汉江经流处，秦雨暖，楚风凉。待望远登高，云空故垒，烟隐边墙。闻仲营盘旧地，草树巉岩雾色苍茫。尽管神号雷祖，奈何雨暴风狂。

江山不是小池塘。祚胤或如霜。揣山水双璧，秉心偏执，熔断金汤。纵有托孤元老，只忍看潮汐泛汪洋。若问谁谙兴替，海棠感荷沧桑。

文章华物

文章华国也好华物也罢，你还是先别急着去看海棠。面对"中国著名作家采风基地"的金匾，在夕晖斜照的小楼凭栏，俛着翠竹，坐在日夜流响的百草泉畔，读一读湖北省国营竹溪综合农场编印的《竹溪县营盘山征文》，看看竹溪文化人笔下的营盘山是怎样的一座山？看一看竹溪综合农场的主人们都在做些什么，它是怎样一个方向明确、效益看好、前途辉煌的企业？看一看竹溪作者笔下的海棠花美如何？看一看他们在憧憬什么？在希望什么？散文《营盘山的童年》《寻幽营盘山》《几度海棠入画来》，组诗《秘境营盘山》，篇篇都好，都是好诗美文，我下边粘贴的是文稿中的一首小词《行香子》，据说这是一位乡村女子写的，读一读吧，读一读竹溪人的情怀和文心：

> 绿草如茵，飞瀑如银。慢行来、空气清新。密林栈道，一路无尘。近营盘山，绝龙岭，太师魂。
> 杜鹃花艳，古树开春。喜山中、岁月无痕。犹思归去，作个西邻。对一溪诗，一溪水，一溪云。

我不是说这首《行香子》好到无瑕，但作为诗词爱好者，我不能够见到好诗词不动心。词的前片最后三句是"近营盘山，绝龙岭，太师魂"，层次分明，意境渐深，先把你引上营盘山，再把你送到绝龙岭，让你走近"太师魂"，走向远方，走向幽缈，走向空灵，走进历史深处。下半阕"犹思归去，作个西邻"。中国有句古话："百金买地，千金买邻。"诗人为什么愿意作营盘山的"西邻"呢？仅只是可以"对一溪诗，一溪水，一溪云"吗？营盘山带给了诗人怎样的吸引力？子曰：德不孤，必有邻。"作个西邻"，给读者留下了一个很大的空间，让读者自己亲自去看看去想想营盘山吧。

沏一杯好茶，在一个好的清晨，读一篇好文章，一整天都是好心境。

营盘山主人能将如此更多、更好、更美的文字播布到山光寥朗的营盘山头，尽显了营盘山综合农场主人们的格调和风局，所以营盘山才有了目前富赡之态。

海棠之海

竹溪拥有打油坊、腊肉工厂、春茶场、桃花岛、合欢谷、鸡心岭、八卦山、皇木谷、黄花沟、鄂坪乡、石板河、飞瀑如冶银、流泉如响琴，等等，都是风景殊美所在，我都夸不过来了。在看到营盘山海棠花之前，我之所以浪费这么多貌似与海棠无涉的文字，是我以为，赏花也如赏析文章，应该首先知道，那篇文章的写作背景。应该知道，海棠生长的自然环境和人文环境。如此，你不但能够看到海棠花的姿色，还可以领略到营盘山海棠花的精神品质。

我将营盘山的海棠与宫馆、庭院、寺庙，以及园林海棠做过比较，她们都有一个共同的特点——鲜艳，美丽，姣好可爱。但宫馆海棠富丽却有点卑怯，庭院海棠优雅却显得拘谨，寺庙海棠貌似神气却少了魂识魄光，园林海棠多艳质，却过于矜持，有一点娇弱。这都是海棠花生长的自然环境和人文环境不同的结果。竹溪人把营盘山海棠称为"野海棠"，她们居然"野"成一片汪洋，"野"成了"海棠之海"。"海棠之海"真的有一点难羁的"野性"。几千亩海棠，几万株海棠，放眼望去，如曹操的诗："水何澹澹，山岛竦峙。"

一个"野"字，不仅明喻了营盘山海棠成了林海，也透出了营盘山海棠花的神貌和秉性。没有风也没有雨的时候，"海棠之海"晴澜浮动，绮涟微明，香波层层，一派岚光。狂风来了，暴雨来了，海棠之海也如"洪波涌起"，白浪推过来，红浪推过去，"海啸"之声随之而来，那是每一株海棠都在拼命地呼喊：姐妹们，弟兄们，扛住啊！扛住恶风！扛住暴雨……

　　那不是真正的"海啸"，那是海棠花潮。海棠花潮的壮观景象，会让人想起易安居士的诗"气压江城十四州"，想起薛涛的诗"步摇冠翠一千峰"。

　　那是气度，那是风骨。

　　以营盘山神貌之雄，它所养育的一草一木，绝不会形神猥琐。

　　营盘山的海棠远看是一片花海，近看，一株一株都是宓妃一样的女神。带了露水的花骨朵儿，花瓣，花蕊，白里总是透出一点红晕，红里又总是洇出一片梨花白，都是那么鲜艳那么明洁，都是那么灵动那么轻盈，既不失宫馆的尊贵，也不失庭院的富丽和园林的娇美。袅袅娜娜都是大家闺秀的知书达理，娉娉婷婷都带有小家碧玉的清扬婉兮。心慧黠，有胆识，潇潇洒洒，若巢燕自由，如娇莺自在。奔放，率真。逸格绝尘，风流自任，却又不失雍容大雅，内心里有一点男子汉的义气慷慨，岑寂时或默默有所思。那性格中带出来的是活泼，是倔强，有一点像沈从文《边城》里的翠翠，也有一点像《红楼梦》里的晴雯。

　　无论是单株，还是林浪翻腾，她们都耐得风霜，耐得劳苦，有一点不屈和坚毅，既有风裁，也不乏神光。散散漫漫在风雨营盘山阴山阳，广布于旷野与丘壑，她们都会以其水云神姿，以其冰雪品质，以其春风态度，亮丽河山，净化乾坤，净化营盘山的天和地，净化竹溪人，以及竹溪来客的心灵和神明。

营盘山的野海棠夸不尽，我便将其也糅成了诗词一并放在这里，以表我热爱野海棠的心曲：

楚天未老秦川晚，竹溪风暖晴沙。杜鹃声里看沉霞，玉清冰洁海棠花。

铺雪卧霜眠月魄，璧醒珉醉瑶华。含情多为蜀红丫，梦中相忆犹咨嗟。

——《临江仙·竹溪营盘山看海棠》

营盘山上春晨早。晴光里，海棠放娇。醉雪卧轻寒，红篆吟昏晓。

万花琪树蟾光照。把玉罕，春风在抱。轻捻海棠枝，影影惊飞鸟。

——《海棠春》

营盘山上海棠花，疑似朝霞接晚霞。六逸临溪看丹棘，七贤依竹听琵琶。

忽如秀色玄都观，也应藏春苏小家。一树芬芳一笺赋，多情蜀客寄天涯。

——《七律·营盘山海棠花》

写于 2023 年 5 月 6 日

发表于 2024 年 3 月 26 日《天津日报》

一个人，一方山，一座城

止一堂

结缘竹溪

一个人，指的是当代著名作家，我的兄长野莽先生，一方山是湖北名山营盘山，一座城，自然指的是湖北竹溪县。

最早知道竹溪县，还是在作家野莽兄的简介中，我在担任《教师博览》编辑的时候，经常向野莽兄约稿，野莽兄每次发来大作，后附简介中的第一句话往往就是：野莽，湖北竹溪人。由此，我记住了这个蕴含着绿意和诗意的县名。

与这方山和这座城的交集就源于野莽兄，今年3月，野莽兄发来信息，约我五一后去他的老家湖北竹溪采风，同行的还有著名作家阿成、刘益善、梅洁、聂鑫森、墨白、韩小蕙等人，大多都是文坛老友，有些虽然素未谋面，但也在微信上多有联系，我马上答应了。

到了 4 月初，野莽兄又发来信息，时间改成了 4 月 23 日，这个时间真有点不凑巧，4 月 23 日是世界读书日，在这之前，我约了著名作家叶兆言和谭旭东来江西德兴讲座，按道理应该主持两位名家讲座，由于竹溪采风时间已定，不能更改，我只好和叶兆言、谭旭东先生匆匆见上一面，委托同事主持，便匆匆赶上了去竹溪的火车。

24 日凌晨 5 点，火车在十堰市缓缓停下，在主办方的安排下，我匆匆睡了两小时，便起床和大家见面了，许多作家虽然大名鼎鼎，如雷贯耳，但见面还是第一次，野莽兄热情地一一给我介绍，尤其是聂鑫森先生，我和聂先生微信联系十余年，聂先生每年都给我寄来新作和书法作品，我一直期待能与先生见面。这次终于见面，激动之情可想而知。鑫森先生也十分高兴，热情地称呼我为小友。

竹溪是十堰下辖的一个县城，主办方专门派了一辆大巴过来迎接诸位作家，原本以为只需要一两个小时便能到达，结果足足走了将近 4 个小时，一路上，到处都是连绵起伏的群山，和江西的巍峨大山颇为不同，此处一个个山包傲然挺立，绿色的海洋此起彼伏，我脑海里立刻涌现出"十万大山"这个词。黑龙江作家阿成感慨道："几十年前，野莽兄靠一支笔，从这座封闭的大山里冲出去，成长为全国名作家，多么不容易呀。"

而我，是因为一个人结识一座城，因为一座城，结缘一方山。

竹溪，鄂西北的一个山城小县，如果不是因为作家野莽兄，我大概一辈子也不会和它有交集，既然来了，就要好好享受它的美，它的秀。

胜境营盘

一方山就是一本书，吸引着一批又一批读者，进山阅读。而营盘山便是一本巨著，吸引着读者反复阅读、体会，我是第一次阅读营盘山这本大书，目下还只能粗读、略读，而同行的野莽、梅洁等著名作家，已经是第若干次来精读、细读了。

我在心里已盘算好，第一次阅读这方大山，务必求全、求多，最好从头翻到尾，尽量多领略它的魅力和神圣。至于下一次，那就多带几个读者（自然是我的家人），一起来反复钻研体会了。

车还没进营盘山，汹涌澎湃的氧气便让人沉醉，在这里，呼吸是一种享受，呼吸甚至会让人上瘾，幽幽地带着一种花草香甜的气息冲入鼻端，在体内循环一周，说不出的周体通泰，身心俱醉。

车子进山，已近傍晚，四周美景看不甚分明。但甫一下车，漫山遍野的绿劈头盖脸冲过来，潺潺流水声直入耳际。春草的芳香、鲜花的甜润气息一波一波涌进来，令人陶醉，我怀疑进入了陶公笔下的桃花源胜境。

当天，我们入住营盘山宾馆。宾馆不大，只有两层小楼，几十个房间，但是别样清净，别样温馨，野莽兄说："这真是写作的绝佳理想场地，有空了要搬进来住上三五个月，写上一本大书。"真可谓躲进小楼成一统，写成大作永流传。

第二天一大早，竹溪采风微信群便有人发来信息，下雪了。我立即爬起来，才出门，便看到远处的高山染了一片白，如同一大片棉花。白得晶莹，白得耀眼，此刻是 4 月底，虽然还没有大热，我们所处的山腰也有十几摄氏度，而我的老家南昌现在正是穿短袖的季节。身处南方，我很多年没见到白皑皑的飘雪了，我激动地朝山顶跑去，一路上，同行采风的作家朋友也都在奔跑，拍照，有工作人员告诉我，不用跑了，往山顶跑一整天也到不了。我不甘心地停下脚步，照了几张照片，发到南昌亲友群里，大家都惊呆了，怀疑我去了哪个人间仙境，纷纷表示下次也要来营盘山。营盘山，在他们心中也结下了缘分的种子。

营盘山上树木无数，最多的还是海棠，上万亩海棠依山傍水，次第而立，经年累月守候在山野之中，傲然挺立。"枝间新绿一重重，小蕾深藏数点红。爱惜芳心莫轻吐，且教桃李闹春风。"此刻的海棠，将开未开，恰似元好问笔下的海棠，且让桃花李花先开，待海棠来压阵。更显得海棠的高贵和大气。

神秘营盘

第二天，我跟随采风人员开始爬山，营盘山看着不高，走起来却挺费劲的，此次采风的作家大多是全国知名作家，有些年岁稍长，他们不久便放弃了登山。我和竹溪县作家协会主席杨怀玉兄，北京作家肖贵平老师一路同行。一路上，尽是些百年大树，千年古藤，万年巨石，除了开凿出来的这条小路，森林深处人迹罕至。我们仨走在雕琢而成的石头步道上，原以为已经到了队伍的最前列，没想到走着走着，发现野莽兄早已走到了我们前头。

漫步营盘山，目之所及，最多的便是奇形怪状的巨石，高大，威猛，饱经沧桑。这些石头仁立在此，不知几千万年，他们仿佛守山大神，保守着营盘山的安宁和寂静。它们也不知领略过多少次的沧海桑田，不知目睹过多少次人世间的世事变幻。我相信，这里的每一块石头，都守护着无数的营盘山的秘密。石头不说话，但是镌刻着营盘山的历史和神秘。这些秘密，有些可能永远不为人所知，有些可能等待着有缘人携带的神秘钥匙，把它的神秘一一解读。

有一块 V 字形的巨石，野莽兄笑称之为"胜利石"，我们纷纷和这胜利石合影。这块沉默寡言数十万年——也许是数百万年——的巨石突然拥有了几位膜拜者。据说，营盘山古称绝龙岭，商纣统帅闻太师和伐纣大军姜子牙大战于此，闻太师终于战败，绝命于此。这块胜利石，也许正是姜子牙得胜的见证。

奔腾在巨石间的，便是山间小溪，小溪虽小，水流却很湍急。在一条溪水边，我一脚踩下去，软绵绵的，仔细一看，是一条青黑的小蛇，小蛇一转身，爬入草丛，瞬间消失得无影无踪。我吓了一跳，又有点疑惑，此地名为绝龙岭，蛇为小龙，按道理蛇迹绝踪才对。

我和竹溪杨怀玉兄说起这段经历，怀玉兄说，此地有蛇不足为奇，竹溪多蛇，很多还有剧毒。他小时候在去上学的一条田间小路上，被一条一尺来长的毒蛇咬到手臂，毒性发作，手肿得有碗口大小，差点有生命危险，好在他父亲颇懂医理，寻来草药敷上，才得到救治。我听了不寒而栗，暗自庆幸没有让毒蛇咬上一口。

营盘山多水，水为山泉，泉水凛冽，干净，透彻，虽然怕蛇，我仍不自禁脱下鞋子，在溪水边涤足，洗下了一路的疲惫，洗下了心灵的尘垢。怀玉兄说，营盘山的水为国家一级饮用水标准，此地生产的矿泉水畅销海内外，且价格不菲，属于轻奢饮用水。我赶紧用随身携带的水瓶，打上满满一瓶水，我要带回南昌，做个纪念，这不是普通的山泉水，这是一瓶回忆满满，且价值不菲的记忆。

不知走了多久，终于到了此行的目的地，营盘山大瀑布，巨大的水流声，声闻数里。和庐山瀑布的细长不一样，营盘山瀑布虽然不高，但是粗狂，野性，有力，瀑布在巨石上砸出一个水坑，形成一个扇形的巨大水潭。我站在瀑布下裸露的石头上，似乎有一股强大的气浪，要把我掀翻在地。瀑布溅起的水花如同巨大的珍珠，不断起伏，跳跃，有些水花远远地打在我们脸上，隐隐作痛。大概是身居深山的瀑布，并不希望我们打搅到她的安宁，也许此刻，她正枕在山腰上做梦，要把她的梦境，借助流水带到山脚下，而我们这些不速之客，硬生生成了她梦境的一部分。

我们站在瀑布下，依次拍照，要把这大自然的鬼斧神工定格在图片中，也要把瀑布的梦境，带回到我们的现实中去。瀑布没有办法阻止我们，只好尽情展示她的力量，展示她的磅礴，她把她的梦境托付给我们，随我们一起走出大山。

富饶营盘

在营盘山宾馆，四面环顾，山雾弥漫，雾气滋润着山间草木，也滋润着我们这些远来的客人。

第二天清晨，我被弥漫进房间的雾气唤醒，远处山顶上仍然是白茫茫一片的雪花。我在雾的海洋中行走，身前的雾散开，身后的雾紧紧跟上，绝不让我脱离它的控制，其实它多虑了，我绝对无意脱离它的势力范围，雾气让我产生一种漫步云端的幻觉。飘飘然，悠悠然，只不过行走的动力让我清醒地意识到，我始终摆不脱地球重力，天上的白云也在提示我，云与雾，究竟是有所区别的。

我张开大嘴，深深吸进一口雾，白色雾气鱼贯而入，呼出的透明气体把身边的雾急速吹散，那团白色的雾似乎留在我的体内，再也出不来了。我有点欣喜。

太阳缓步爬上山顶，雾气渐散，阳光逐渐代替大雾，统治着营盘山。营盘山的一草一木，开始清晰地进入我们的视野。

漫山遍野的茶叶园显露了它的真身，高山产好茶，雾气更是滋养茶叶的第一肥料。在江西庐山，"云雾"茶甚至成了品牌名。营盘山群山海拔1100～2300米，而茶园分布在海拔900～1200米的山腰上，这里空气湿润、雨水充足、光照良好、雾气弥漫，是茶叶的理想家园，是产茶的黄金海拔。据竹溪农场负责人介绍，营盘山拥有茶园4500亩，年产茶叶近万斤，销售额近千万元。这不得不说，是大山的恩赐。

在茶园里，几十个采茶女正在劳作，此时，茶叶冒尖，正是采摘的时候，我走进茶园，碧绿的茶芽散发出诱人的光泽。一个采茶女告诉我，她是本地的居民，现在出来采摘茶叶补贴点家用，她每天能采茶两斤多点，竹溪农场按照茶叶的优劣等级收购，每天收入两百来元。反正也不是太辛苦，又是农闲。而有的熟练采茶工，每天采茶三斤到五斤，收入就较为可观了。这也不失为农场带动当地百姓致富的一条途径。

在山下，我遇到一个老农，他全身装束整齐，包裹严密，头上还戴着一个裹着细纱的帽子，可谓全副武装，我吃惊地问道，你穿的这么严密，是去做什么呢？老农笑道，他是养蜂的，现在去抓几只野生蜂王，以扩大蜂群。我挺好奇，想看看他是如何抓蜂王的。老农说，这你可去不成，你得跟我一样，搞一套装备才行。我有点遗憾，老农说，没关系，等他抓到了蜂王，回来时再给我看看。

一路上，我陆续看到好几位和那位老农一样装束的人，大概都是上山寻觅蜂王去了。这方大山，贡献了美景，贡献了氧气，也贡献了她的特产，贡献了她的富有，也奉献了她的胸怀。

当天晚上，我们便领略了营盘山茶叶的香醇，竹溪农场负责人介绍，这些都是当天现采的鲜茶，刚刚炒制而成，茶汤晶莹剔透，芳香四溢。我一下就爱上了这里的茶叶。此茶名为"习武茶"，我找到农场商店，买下两斤，要带回去慢慢分享。

诗意营盘

　　漫步营盘山，不时能遇上前来登山的游客，除了欣赏山上的美景，一些游客对山上的美食似乎也有了想法。在一条溪水边，两个大姐正在采摘野菜，她们的手上已经握了满满一大把，仍然在溪水边寻觅。

　　我好奇地问，是什么野菜，一个大姐告诉我，是蕨菜。然后她吟诵起了古诗："陟彼南山，言采其蕨。未见君子，忧心惙惙。"（《诗经·召南》）大姐告诉我，她是竹溪一所学校的老师，趁着周末和朋友来营盘山转转，看到了蕨菜，忍不住采点回去，"味道好着呢"，大姐笑着说。

　　蕨菜大概是《诗经》中出镜率比较高的蔬菜了，"山有蕨薇，隰有杞桋。君子作歌，维以告哀。"（《诗经·四月》）两首诗都有点哀怨忧伤的思绪，这和我们今天在营盘山相遇的心情迥然不同。

　　在山脚下，竹溪农场的工人们正把满满的几大桶蕨菜摊在巨石上晾晒，蕨菜之盛产可见一斑。

　　此外，营盘山还有一种常见的野菜，野生豌豆苗，它有一个诗意的名字，叫翘摇，意指在春风中摇曳，古人的智慧，从命名中便可见分晓。它还有一个更富有诗意、名气更大的名称，叫薇，"采薇采薇，薇亦作止。曰归曰归，岁亦莫止。靡室靡家，猃狁之故。不遑启居，猃狁之故。"（《诗经·采薇》）伯夷、叔齐耻食周粟而隐居首阳山，吃的也是这种野菜。

　　蕨菜和薇菜，在《诗经》中展示了两千多年，我竟隐隐有一丝错觉，似乎《诗经》的文脉就藏在这营盘山之中。

　　在营盘山晚宴，果然上了一道凉拌蕨菜，清凉爽口，我一口吞下这两千年的诗意。当晚，作家们诗兴大发，尤其是聂鑫森先生，一口气写下四首诗作，首首精彩，令人叹为观止。其他文友也纷纷一展神技，给营盘山留下墨宝。我不会写诗，只好献上一首打油诗，以博文友一哂：

> 营盘山上春色重，
> 当取春光入画中。
> 梧桐满山茶满园，
> 樱花落地海棠红。

梦回竹溪

竹溪，不仅有美丽富饶的营盘山，还有朝秦暮楚的关垭，幽静清奇的合欢谷，享誉世界的竹溪蒸盆……竹溪的美景，竹溪的美食，竹溪朋友的好客，无不给我留下了美好而深刻的回忆。尤其是和采风团众文友结下的情谊，更值得我一生铭记。

采风期间，聂鑫森先生和刘益善先生分别馈赠我书法一幅，鲍十先生和阿成先生给我留下了珍贵的签名本，卓然先生和韩小蕙先生在返京后还专门给我快递了签名大作，竹溪这段采风经历，必将在我生涯中留下浓墨重彩的一笔。

此刻，在家乡南昌，炎炎烈日更让我回忆起竹溪的魅力，竹溪的清凉。我手捧野莽先生的《庸国》，这是野莽先生的竹溪情怀，此刻，也成了我的精神家园。

大美竹溪

肖贵平

第一次知道"竹溪"这个地名，是因为她是野莽先生的家乡。"竹溪"这个名字一看就很有诗情画意——葱郁的竹林，潺潺的溪水，勤劳淳朴的人们……感觉竹溪就是从课本里走出来的"桃花源"。据华中科技大学教授张良皋考证，晋代陶渊明笔下的《桃花源记》所描述的正是竹溪的乡村风貌。

今年4月份，我有幸参加了中国著名作家竹溪采风团的活动，走进野莽先生的家乡——竹溪，宛如穿越到了曾经的世外桃源，开启一段无与伦比的美妙时光。

关垭楚长城遗址

提到长城，大家脑海里浮现出的一定是八达岭长城的样貌——远看像腾起于崇山峻岭之中的巨龙，近观则是青砖砌成的城墙、巍峨的炮楼、雄伟的关城；而说起长城的历史，大家也一定首先想到的是秦始皇统一六国之后，下令修筑的秦长城。岂不知，在湖北竹溪还有一座关垭楚长城。据考证，关垭楚长城距今已有两千多年的历史，位于湖北省竹溪县与陕西省平利县交界处，也就是春秋战国时期的秦、楚两国交界处，因此此地又被称为"朝秦暮楚"之地。

对于"朝秦暮楚"这个成语倒是很早就知道，说的是战国时期，秦楚两个大国互相对立，经常打仗，有的小诸侯国一时依附于秦国，一时又依附于楚国，后来比喻某些人没有原则，反复无常。但对这块"朝秦暮楚"之地却不甚了解。于是我带着对这一段最早的古长城的好奇，开始了对关垭楚长城的探秘。

车停了，下了车，首先映入眼帘的便是一座宏伟的关城，城门上写着两个苍劲有力的魏碑体大字"关垭"。这座关城分属两个地界，往前一步就是陕西的平利县长安镇，退后一步就是湖北的竹溪县蒋家堰镇。我跟随着作家们沿着古旧层叠的石板台阶，拾级而上。两边的石楠花一丛丛一簇簇争先迎接着我们。登上关垭楚长城，举目眺望，山脉连绵起伏，漫山遍野的青苔绿草、古树和各种不知名的花儿中间依稀可以看见那古老的呈船形的"瓮城"遗迹。旁边立着一块石碑，写着"关垭遗址"，上面记载：遗址约建于公元前 7 世纪中叶，两山夹峙，一线中通，史称"白土关"。因秦楚争战，属地多变，故有"朝秦暮楚"之称。后历代修缮，1936 年因修汉白公路而毁残城。关垭遗址包括瓮城、山堡寨、擂鼓台三个部分……据陪同的竹溪县县委宣传部周主任介绍，此地是重要的军事防御之地，易守难攻。春秋战国时期庸楚大战，三国时期魏蜀两国拉锯作战，明末李自成从关垭进入鄂西北潜伏壮大，清代先后有白莲教、吴三桂、太平天国起义军进出关垭、抗日战争和解放战争也都在此留下历史的烙印。另外，关垭楚长城与八达岭长城不同的是，墙体采用的不是砖石，而是由黏土、糯米、矿石、石灰加上野生植物杨桃液夯筑而成，十分牢固。经历数千年的岁月沧桑，风雨烈日的洗礼，至今仍屹立于起伏跌宕的秦巴山峦之间。

我们沿着台阶继续攀登，上到关垭城堡，上面矗立着一块国务院1997年立的省界界碑，东面为湖北省，西面为陕西省。联想到数千年之前居住在这里的人们，为了躲避秦楚两国交战的灾祸，当秦军打过来的时候，就插上秦国的旗子，换上秦国的服饰。当楚军打过来的时候，人们又换上楚国的旗子和服饰。这何尝不是古人的一种生存智慧？往事如烟，雄关犹存，城垣依在。如今，随着改革开放的大潮，实施乡村振兴计划，人们在这块神奇的土地上进行着文化交流、商旅往来、互通婚姻、互帮互助，竞相发展，旧貌换新颜，呈现出一片勃勃生机。

绝美营盘山

从关垭楚长城回来的当晚，我们入住湖北省国营竹溪综合农场营盘山民宿。在群山环绕之间，一排排两层的青瓦红柱黄墙的楼房，依山而建，门前就是一条小溪——营盘溪，还有我叫不出名字的白色的花和绿树，真正的依山傍水。"好美啊！"我不禁脱口而出，顿时就喜欢上了这里。

第二天清晨，手机不时地"叮叮"响起，打开一看，群里发的美照吸引了我：蓝天之下，远处的营盘山顶一片银装素裹，在晨光的照耀下熠熠生辉，四周的晨雾还未散去，近处的树木却郁郁葱葱，犹如人间仙境，美得不可方物。同时心里也起了疑惑：暮春时节怎么还下雪了呢？后来在去餐厅的路上听周主任说："营盘山的海拔高，温差大，山下降温下雨，山顶温度低就下雪了。不过，太阳一出来，雪就化了。你看，现在山顶上的雪已经少了。"我寻找最佳角度仰望那山顶，果真山顶的雪已经开始消融了。

早餐过后，我们一行人在刘部长的带领下，直奔营盘山。传闻，商朝时期，商纣王的太师闻仲曾在营盘山安营扎寨，与周武王的姜子牙鏖战达三个月之久，最后闻太师兵败，死于"绝龙岭"，葬身营盘山山顶。营盘山正是因闻太师在此安营扎寨而得名。至今竹溪地方戏汉调二黄，还保留有传统剧目《闻太师回朝》。

我们沿着台阶一路向上攀登，仿佛进入了原始森林。路两边长满了苔藓和蕨类植物，连倒在路边的枯树也爬满了苔藓，不知名的黄色、白色、紫色的各种花儿争奇斗艳，引得几只蝴蝶和蜜蜂在花丛中翩翩起舞。参天的古树直插云霄，繁密的树叶，层层相叠，遮天蔽日，阳光透过层层枝叶照射下来，留下一路斑驳。一阵微风吹过，树叶沙沙作响，给我们带来一片清凉。山中不时传来几声鸟鸣，似乎是在呼朋引伴，欢迎远方的来客。山间的溪水一路相伴，清澈见底，它们有的撞击在石头上发出欢快的"哗哗"声，似乎在为我们登山鼓劲加油；有的发出泉水般的"叮咚"声，又似乎在为我们赶路的脚步声伴奏；有的低声吟语，似课堂上交头接耳的顽童；有的又似少女般羞涩于群山之中若隐若现……同行的梅大姐，早已经按捺不住心中的激动，感叹道："太美了，我们走进了原始森林啊！"她情不自禁地张开双臂想要拥抱如此美丽的营盘山！摄影师恰到好处地按下快门把梅大姐对山水的热爱定格在了相框里。

听刘部长说，营盘山的深处遍地都是奇花异草，还有上千种中草药，有时看似不起眼的植物说不定就是珍贵的中草药。此外，营盘山还有金丝楠、珙桐、红豆杉等珍贵树木。营盘山还是一个神奇的野生动物园，有锦鸡、棕熊、野猪、大鲵等野生动物，还有黄莺、鹧鸪、啄木鸟、画眉等鸟类。也正因此，吸引了很多外地慕名而来的游客。

我们沿着林间栈道，直奔营盘山的深处，突然路旁的一棵树吸引了我。那是一棵怎样神奇的树啊！这棵高耸入云的古树居然直立于一块大岩石上，四周粗壮的树根裸露在爬满苔藓的岩石上，岩石的一侧悬空在山崖之上，树根紧紧地抓住岩石，并深深地往石头下面的泥土里扎进去。如此顽强的生命力让我震惊了！这真是营盘山的奇迹！眼前不禁呈现出刘部长平实而朴素地介绍竹溪综合农场发展历程的场景：曾经的营盘山，山高谷深，原始苍莽，野兽出没。20世纪五六十年代，成百上千的竹溪儿女跋山涉水在此垦荒建场，开辟农田、菜畦、茶园、种药、种茶、养牲畜……一路走来。"绿水青山就是金山银山"，如今的竹溪综合农场更注重发展生态文明，打造AAA级旅游景区、休闲民宿旅馆、"农业+茶业+旅游"三产融合，建立大鲵养殖基地、打造高端"习武茶"品牌……历代生活在营盘山的人们何尝不是像这棵环抱岩石扎根大地的古树一样坚韧不拔、顽强拼搏，创造了一个个"高山创业"的奇迹！

走过了无数个"Z"字形崎岖的山路，我们见识了大大小小无数的清泉雪瀑，终于看到了第一级瀑布。远远望去，一挂白练从郁郁葱葱的峡谷飞奔直泻，落在水潭中，发出巨大的声响，也激起无数的水花，四散跳跃，犹如"大珠小珠落玉盘"，十分壮观。潭水又冲过层层岩石，一跃而下，形成了第二道瀑布，水花四溅，消散在空气中。而旁边另一条瀑布则柔和很多，身姿婀娜，长袖起舞，犹如仙女下凡。我想，这应该就是传说中的"夫妻瀑"吧？一个雄浑粗犷，一个温柔缠绵。营盘山的瀑布都如此多情！微微湿润的空气夹杂着各种花香、草香和泥土的清香扑面而来，给人以心旷神怡的感觉。同行的秋月姐说，我们这是做了一次免费的SPA啊！摄影师说，营盘山的森林覆盖率达86%，负氧离子含量高达25000个/立方厘米，是秦巴秘境的"天然氧吧"。在这里住上一段时间，能为我们人体清肺，排出体内的毒素和垃圾，让身体和皮肤都能得到养护。营盘山有三级大瀑布，这里是一级瀑布，往上走还有二级瀑布和三级瀑布。瀑布旁边有石桌、石凳，走累了，正好在石凳上坐下来休息，静静地欣赏泉水飞瀑、百鸟争鸣、百花争艳、曲径通幽，让躁动的心安静下来，享受大自然赠予的静谧时光。忽地一抬头，居然看到了一朵朵白色花朵，酷似展翅飞翔的鸽子，这就是被誉为植物界的"活化石"——珙桐，又叫"鸽子树"。听说再往山上走，还会有更多的珙桐，满树的"小鸽子"迎风飞翔，煞是好看。

刘部长还说，山顶还有万亩海棠花，从山下到山顶次第开放，有白色的有粉色的，娇艳动人，漫山遍野，层层叠叠，宛如花海，已经成为营盘山"海棠小镇"的奇特景观。这次我们来晚了，山下的海棠已经开过了，山顶还有盛开的海棠花。遗憾的是，这次时间不够，没能登顶。

从营盘山下来，我还久久沉浸在营盘山的壮美之中。不仅是营盘山的风景绝美和传奇故事，还因为营盘山的精神！

发表于 2024 年 4 月 3 日《齐鲁晚报》

最是那一抹茶香……

入住营盘山的第二天清晨，打开房门，首先入眼的便是不远处那云雾缭绕之中的一片片梯形茶林，以傲人的身姿，翘首顾盼，一簇簇的嫩芽正努力地舒展着，享受着这美好的春光；入耳的便是那潺潺的溪水声，时而清脆，时而轻柔，时而低沉，如儿童悦耳的欢笑，如少女羞涩的低语绵长，又如父亲般浑厚的叮嘱……而进入鼻腔的则是温润的带着香甜的空气，深深地呼吸一口，顿觉精神爽朗，浑身舒畅。再眺望远处，一山连着一山，满山的绿都在荡漾……

不一会儿，一缕缕的阳光，透过云雾，像轻柔的丝绸洒向了茶林。头戴遮阳帽，肩背背篓，身着红色、白色、蓝色、灰色衣服的采茶女陆续上到了茶林，开始了一天的采茶工作。一片片绿色的茶林因采茶女的点缀，远远望去像极了一只只五彩斑斓的蝴蝶在茶林中翩翩起舞。茶林间的劳作瞬间变成了一幅美丽的画作，让我不由得想起唐代诗人刘禹锡的诗句："溪中士女出笆篱，溪上鸳鸯避画旗。何处人间似仙境，春山携妓采茶时。"

早餐过后，从未体验过采茶的我，迫不及待地跟着采风团的作家们一起去茶林。到了最近的茶林，东看看西瞧瞧，手足无措，心想：这要怎么采呢？是需要工具采呢还是徒手呢？不知如何是好。野莽先生看出了我的窘迫，主动当起了采茶师傅，一边做示范一边跟我说："采茶就采这个叶尖——带着细细的茸毛的两片叶尖就行，张开了的叶子就不要了，直接用手指掐就行。像我这样……"由于这片茶林已经被采茶女采摘过，新冒尖的小嫩芽并不多。我低头仔细地寻找带有茸毛的极嫩的叶尖，发现一枚，小心地摘下来，放在手心里；又发现了一枚，又小心地摘下来，放在手心里……如获至宝，小心呵护。野莽先生接着说，采摘的茶叶要交到专门的收茶叶的地方，还要筛选、分等级，再经过萎凋、杀青、揉捻、干燥等一系列工序，才能制成茶叶……突然感觉到，我们平日里喝的每一杯茶都是多么的来之不易呀！

听同行的竹溪县作协主席杨怀玉先生说，竹溪自古盛产茶叶，"贡茶"文化源远流长。2004年，竹溪被中华人民共和国农业农村部和中华人民共和国国家林业局分别授予"中国有机绿茶之乡""中国茶叶之乡"的称号。"好山好水出好茶"，地处海拔1000多米的营盘山茶林分布在群山之间，云雾缭绕、山清水秀、空气湿润、雨水充足、光照良好，昼夜温差大，茶叶生长期长，造就了茶叶独特的内质，这里产的"习武茶"，更是超越了其他茶区的高山茶，是典型的高山云雾茶。用玻璃杯泡上一杯"习武茶"，茶叶根根直立如"剑"，汤色嫩绿清亮，喝上一口，口腔里立马充满了鲜爽的清香，悠悠的，还带着一点甜甜的滋味，顿觉神清气爽，心情舒畅。

为何叫"习武茶"呢？相传唐朝时期，名将薛刚曾流放在此屯兵习武，垦荒植茶，因此有了"习武茶"之名。原来"习武茶"有着如此悠久的历史！喝一杯"习武茶"，品一段历史传奇，这才是最让人回味无穷的呀！为"习武茶"的那一抹茶香而陶醉！

竹溪的美食

竹溪可以说处处是风景，不仅风景美到极致，美食也丰富多样。这大概是竹溪肥沃的土地和底蕴深厚的庸巴文化，才孕育了如此丰富独特的美食。

刚到十堰市的晚上，竹溪文旅局的严局长就为我们准备了一道有着千年历史的竹溪蒸盆。由于我们在高铁上已经吃过晚饭，本不觉得饿，但是当这道菜端上来的时候，一股诱人的肉香扑鼻而来，瞬间勾醒了我们胃里的"馋虫"，叫人垂涎欲滴。这道菜不仅闻着香，还煞是好看，上面漂着一圈金黄的大小一致的蛋饺，中间搭配着绿油油的青菜，再点缀着红色的枸杞，简直就是精心制作的艺术品。严局长给我们介绍说，竹溪蒸盆是湖北省非物质文化遗产，里面包含了土鸡、猪蹄、蛋饺、香菇、土豆、木耳等18种食材，象征着"十八般武艺样样精通"。这道菜需要蒸制五六个小时，是竹溪招待贵客的一道大菜。目前，竹溪蒸盆已经在湖北、湖南、浙江、北京等地开了很多家旗舰店，而且这道菜曾被中国烹饪大师戴涛带到中国南极中山站，作为南极站2016年春节年夜饭的一道"硬菜"。

除了竹溪蒸盆，还有竹溪的高山土豆，当地人称之为"高山洋芋"。由于这里的土豆生长在海拔600米以上，气候温润，土地肥沃，在土地中的生长期长，因此比其他地方的土豆淀粉含量高，吃起来更面、更好吃。高山土豆含有各种氨基酸、矿物质，维生素含量也高，具有美颜功能，还能降低患中风的概率。竹溪人对于高山土豆的吃法丰富多样，而且每一样都讲究色、香、味俱全，既可以做成主食，如洋芋粑粑、洋芋干饭、洋芋糊糊等；也可以做成菜肴，有炒洋芋丝儿、煸洋芋块儿、炒洋芋粉、洋芋夹子、金边洋芋片、洋芋炖猪蹄、洋芋炖鸡子、洋芋炖排骨等；还有洋芋干炒肉也是美味极了。只有来到竹溪，才知道原来土豆可以有这么多种美味的烹饪方法。

腊肉是南方的特色美食，但竹溪的腊肉堪称一绝。首先，原材料特殊，是山区农民自家养的土猪，生长期长，吃的都是山上的野菜、地里的苞谷、红薯及红薯藤。其次，腌制腊肉的方法特殊：把盐抹在猪肉上，码在桶里，腌上五六天，然后挂在厨房灶头的木梁上，平日做饭的烟火日日熏着。有的还专门烧柴火来熏烤。等到猪肉变得金黄油亮、闻到肉香了，腊肉就做好了。竹溪的腊肉种类多，不管是猪排骨、猪蹄、猪耳朵，还是五花肉，都可以拿来熏制做成腊肉，甚至还熏制猪血干。

在竹溪，还有一道美食不可错过，那就是魔芋豆腐——Q弹爽滑、筋道鲜香，让人回味无穷。竹溪盛产魔芋，被誉为"中国魔芋之乡"。魔芋古时称蒟蒻，又名蒟头、鬼头、鬼芋，天南星科多年生草本植物。李时珍在《本草纲目》中记载：出蜀中，绝州亦有之，呼为鬼头，闽中人亦种之，宜树荫下掘坑种植。据《竹溪县志》记载，魔芋在竹溪的种植始于明成化年间，至今已有500多年的历史。魔芋含有16种氨基酸，10种矿物质微量元素和丰富的食物纤维，低热、低脂、低糖，具有降血脂、降血糖、解毒消肿、抑菌、抗炎、化痰、散结、行瘀等功能，对防治糖尿病、高血压、冠心病、动脉硬化等有特效。由此可见，魔芋还是一种"天赐良药"。在竹溪，用魔芋制作的食品有魔芋丝、魔芋结、魔芋片、魔芋粉等；用魔芋做的美味佳肴就更多啦，有魔芋烧鸭、魔芋豆腐、绣球素梅花虾球、脆皮素蹄筋、高汤芋扎金华片……

此外，还有各式美味的小吃，如碗糕——色泽雪白、口感软糯、味甜而不腻；糖水煮荷包蛋——蛋黄金黄，蛋白细腻，鲜美无比；芝麻饼子——咸、甜口味，酥香薄脆；麻叶儿——金黄酥脆，外形似叶，上布芝麻；神仙豆腐——色泽呈暗绿色，润滑可口，清香宜人；等等。

竹溪人更美

俗话说：一方水土养一方人。竹溪的绝美山水，孕育出竹溪淳朴的民风。这里的人们都十分热情好客、勤劳善良。不管是山路上遇到的采茶女还是养蜂人，不管是当地的企业家还是普通村民，他们都十分热情好客，热心地为我们介绍这里的一切。

从营盘山下来正好遇见了头戴防蜂罩的养蜂人，大约五十岁的样子。第一次见到养蜂人头戴防蜂罩，很是好奇，便上前攀谈起来。得知养蜂人已经退休，接替已经故去的老父亲的家业。他指着山边的蜂巢说，他养的几箱蜂巢要分家了，他过来看着点，平时不用管它们，也不用喂什么东西，它们自己采花酿蜜。蜜蜂分家的时候，老蜂王会带着一群蜜蜂飞出来，住进新家，把老家留给新蜂王。养蜂人还跟我们介绍说天然的好蜂蜜，颜色呈淡黄色，沉淀下来，用勺子挖一勺，发沙、发白。

在营盘山我们还参观了"亲家母"腊肉公司。"亲家母"品牌创始人王碧海先生带领我们参观了高山腊肉的制作全流程，并介绍说目前有传统柴火熏制和风干两种制作方式。由于营盘山海拔高，温度低，制作腊肉的时间比其他地方要长，一年中有半年多时间都可以制作腊肉。"亲家母"公司不仅制作腊肉、腊肠、腊排，还制作肉干、卤制品、腊肉酱等腊味休闲食品。车间里，一排排悬挂整齐的腊肉色泽诱人、肉香扑鼻，馋得我口水都要流出来了。不一会儿，服务员端上来一盆香喷喷的蒸好的腊肠让我们品尝。我用牙签插上一小段腊肠，吃上一口，满嘴都是油，又辣又香，美味又地道，真是我吃过的最好吃的腊肠了。吃一口不过瘾，接连吃了两三块，虽然辣，但就是越辣越想吃。那袋装的肉干，开袋即食，整块的优质肉品，不掺杂任何化学物品，原汁原味，越嚼越香。这就是人间美味啊！

据王总介绍，自2018年以来，"亲家母"公司受猪瘟和新冠疫情的影响，生产经营遭受了巨大冲击，甚至停工停产达4年之久。但在县委、县政府的正确领导下，通过国营综合农场的"牵线搭桥"，"亲家母"公司迎来了新的发展机遇。正如我们现在看到的这样，一车车的鲜肉拉进来，一车车的肉制品发出去，一派繁荣的景象。

尤其让我感动的是，竹溪的好女儿、优秀的女企业家、湖北省劳动模范、"金漆世家"漆艺非物质文化遗产第四代传承人张晓莲。她先后获得"全国农村科技致富女能手""全国乡村工匠""全国乡村文化和旅游能人""湖北省就业创业优秀个人""十堰市农业特色产业领军人才""十堰市劳动模范"等荣誉称号。

晓莲是个年轻的"80后"女企业家，个子高高的，皮肤有点黑，性格开朗，很健谈，做事很麻利。听晓莲说，她最初在深圳打工，后家遇变故，2008 年响应政府号召回到家乡创业。

距离竹溪县城约 80 千米的泉溪镇风景优美，地形地貌独特，尤其是石板河更为神奇，全长约 2 千米的河床全部都是整块的大石板，上面有着各种各样的天然图案，如山水、大海、花草、苍鹰、猛兽等，宛如一幅幅生动的国画。依托石板河风景区，晓莲将废旧老矿院改造成游客服务中心，建起了民宿客房、餐厅等，成功地打造了石板河AAA 景区。此外，晓莲在石板河游客服务中心还开设了漆艺工坊，推动民间技艺与旅游相结合，让更多的人认识"国漆"文化，体验传统技艺。作为"金漆世家"漆艺非物质文化遗产传承人的张晓莲，在创新生漆采割及漆艺髹饰技法方面斩获了 11 项技术专利。她不仅懂技术，还懂市场，会经营，单单是漆工坊年销售漆器就高达 60 多万元，带动42 户农户参与生漆产业发展，户均增收 5000 元以上，成为带动乡土文化产业发展、促进农民增收致富的"领头雁"。晓莲还结合自己的专业特长及当地农村经济特点，在漆树林下套种魔芋，不仅让魔芋生长得更好，还充分利用土地和空间，有效提高单产量。

晓莲返乡创业的 15 年里，在大山中先后创立竹溪县泉溪益群魔芋专业合作社、竹溪县老味道农产品农民专业合作联社、漆器工坊、泉溪镇石板河生态旅游公司等，带领乡民们种魔芋、养牛羊、发展生漆产业，硬是走出了一条"漆树林下种魔芋、山间草甸养牛羊"的立体循环生态农业致富之路。

"带动周边群众，传承漆艺文化，壮大生漆产业，是我一直坚持的奋斗目标。"张晓莲信心满满地说，"我最大的愿望是，山上有牛羊，漆树林下有魔芋，室内有漆艺传承人，天晴下雨有活干，男女老少能参与，通过'基地＋工坊＋合作社'团队融合模式，让绿水青山变成金山银山，用勤劳与汗水让家乡的土地开出富裕、幸福之花。"

晓莲的故事让我很感动，敬佩之情油然而生——晓莲是竹溪的女英雄，更是竹溪的骄傲！

从竹溪回北京快两个月了，每次夜深人静的时候，回想起在竹溪的每一天，我都很是感动。那人、那山、那水、那花、那草、那木……都承载着竹溪人的温情，承载着竹溪人的精神，也承载着我对世外桃源的向往。

竹溪，一个如此美丽的地方！写不尽的竹溪之美，将永远烙印在我的心中！

闰月的海棠花提前开了

野 莽

第一次上营盘山是在去年，早春二月，满东书记请我去看他坐镇的杨家枃农场，那时候他还不认识我，托严浩局长用车子把我运进山去。上车我就想到下车，第一件事，先把那个"枃"字给搞清楚，我的电脑里没那个字，手机里也没那个字，每次要"枃"的时候只好用"扒"，写罢对"枃"道一声歉，此字本义是幽深茂密的丛林，被人"扒"走是不对的，也"扒"不走。

这是一个综合性的农场，由四个子场组成，它们分工培植茶、药、漆、林，总司令部建在营盘山下，当年要叫营盘山农场多好。

营盘山得名于公元前 11 世纪的一场战事，周武王的大军扎营山上，山下是演兵习武之地，后人称习武基，这一战商军大败。向南山行，一路有迷魂阵、绝龙岭、闻太师坟，应该是继续演绎姜子牙排兵布阵，闻太师领军误入，岭下绝命，埋骨山中的悲壮故事。

我在县志中查找杨家杌的典故未得，打听此地姓杨的人户竟也不多，便改变思路，想到《封神演义》中姜子牙帐下战将杨戬，这位二郎神是否在这座树杌里设过埋伏，后人便将他的姓氏赐予此杌？我记得很久以前，有一首歌这样唱道"在密密的树林里，到处都安排同志们的宿营地，在高高的山岗上，有我们无数的好兄弟"，杨戬好兄弟潜藏在密林之中，闻太师之死是否与他的哮天犬有关，扑将上去，"哐"的一口……

　　历史永远是一个谜，小说更是瞎猜，陈仲琳先生漏掉了这个细节，我们也就连错误的谜底都不知晓。

　　初见满东，是一副文弱书生模样，白面薄唇，全然不似电视剧里大碗喝酒的山大王。他请我带一批作家来营盘山采风，时间自然是海棠花开的季节，海棠是此山的山花，《群芳谱》中称花中贵妃，盛开时千娇百媚，漫山嫣红。上山之前，我曾偷看家乡朋友的文章和图片，约略地知道一点营盘山的来历。除却历史上的武王伐纣，更有一些自然和地理的景象，春天的红花，夏时的绿荫，秋日的银瀑，冬季的白雪，温凉变幻时节的旖旎风光自不待言，些许人与地貌的交融已让我这北方游子梦回南国故乡几多回了。

　　这个营盘，也自然是古庸国的地盘。关于庸国，《尚书·牧誓》有八字记载："武王伐纣，庸首会焉。"那一天，武王一手擎着金色的大斧，一手持着银色的麈尾，在牧野召开八百诸侯的誓师大会，等待最后一支军队的到来，遥遥望见了庸首带领的庸、蜀、羌、髳、微、卢、彭、百濮这西部八国联军迎风飘扬的旌旗，方才下令发起正式的进攻。营盘山距当年的殷都，今日的安阳路程甚远，山道崎岖，车马难行，这里断不会是主战场，但姜子牙挥军掩杀闻太师所率残部的可能也并非没有。于是在凄美的民间传说中，此山的海棠花很容易是两军将士的鲜血染红的，这也是基于现实的浪漫主义。

传得更生动形象些，还可以说，红的是武王义军流尽的血，白的是纣王残部倒戈的小白旗。

《史记·楚世家》也只记了八个字："国人大悦。是岁灭庸。"此时春秋五霸之一的楚庄王听了伍举和苏从两位大夫死谏，决定一鸣惊人，一飞冲天，从钟鼎之间站起身来，推开左右怀中的郑姬和越女，始而听政，遂灭庸国。庸地为楚、秦、巴三国瓜分，庸都沦为楚国的县邑，改名上庸，营盘山便成了楚国的山。

公元前611年，营盘山下了一场血雨，石板河水呜咽，万顷海棠垂泪。

庸为楚灭，秦楚交兵，营盘山地处秦楚之间，故而朝秦暮楚，今失明得。说客张仪以连横计劝怀王弃齐盟秦，还楚六百里土地。怀王去秦始知受骗，营盘山及六百里土地仍为秦属。

三国时期，位于西川蜀都与上庸邑城之间的营盘山，是否"吱扭吱扭"行走过孔明先生的高科技木牛流马，史、志均无记载。建安二十四年（219年），失了荆州的关羽被困麦城，廖化杀出重围向上庸求救，刘封、孟达拒不发兵，廖将军不返来路，转而直奔西川去见玄德，却有可能是取道营盘山的。

这里是姜子牙曾经走过的路，沿途有悲凉的山风迎面吹来，"我吹过你吹过的风，这算不算相拥？我走过你走过的路，这算不算相逢？"与战神姜子牙相拥，相逢，战神关羽应该有救了吧？然而没有。

清晨自县城一路蜿蜒，虽是南方，因山高气寒，这座古战场去岁的冰雪尚未融尽，顺着山顶逶迤而下，沿及山腰，在它起伏婀娜的山体上斑驳点染，文身一般，画出碧树上的玉枝和琼花。从蓝天随意扯下的云的衣裳，被山风撕碎了洒在地面，点点、缕缕、坨坨、片片。它们一部分成了新鲜洁白的棉絮，另一部分化作清格凌凌的水，懂事的渗入满园茶树，调皮的则平躺在路面上，存心把游人的鞋子打湿，最好能滑倒穿裙子的淑女。

满东和严浩看我安步当车，并无一丝怯意，又拖我进茶园的雪窝里，和茶树拍了几张亲切的合影，那是我四十多年前的写照，当年我在另一座茶场当着知青，春秋的采茶和冬夏的培树是我每日的劳动生活。两人又鼓捣我手指云缠雾绕的营盘山，讲了几句纣王的坏话，索性再下到山脚，拐向一条河边。这么一来，我算是切肤地明白了一个道理，山体的高度与气候的温度是对着干的，山越低，温越高，反之亦然。山脚的河边虽还黄黄澄澄地漂浮着去年冬天冻死的落叶，浅滩上却连一小片透明的冰碴儿也看不见了。

若在附庸风雅之地，这条石板铺成的河床很可能有一个来自唐诗宋词的昵称，王维的"明月松间照，清泉石上流"写的不就是它吗？顺嘴就可以叫"松月河"，叫"流泉河"，岂不现成，笔润都不用给了。可惜营盘山人就是山里人，山里人就是老实人，石板铺成的河就是石板河，王摩诘是在一个夜晚来的，在春、夏、秋这三个季节来的，今人要是白天来，要是三九寒天来呢？明月和清泉就没有了。

这里的河床在一场春雨过后才会有淙淙水响，潺潺溪流，此前只能是止水和薄冰。如此正好，春雨未来，春水未淹，这时节恰能看到它的裸体，看到画在它裸体上面的画儿。它的线条和色彩属于抽象派，让人想到彼埃·蒙德里安。但它比东西方所有的画派都早，它是神的作品。

神在这一条长河的石板上，每一块都画了山川、竹木、鸟兽、刀枪剑戟、战士的盔缨和将军的须发……全都是三千年前那场战事的剧照，神把它画进石中，掩在林间，隐入水下，藏之永久。这就是人说的神来之笔，神奇，神秘，神鬼莫测。当岁月流逝，去芜存菁，它便成了昔日朝代兴替的化石，一座平面的、露天的、全开放的历史的博物馆。并且它仰面向上的姿势，是存心让天看到，一代酒池肉林、敲骨验髓的国君和他的王朝，是怎样一步一步地走向衰败，走向覆灭。

在河边我捡到一只鞋，黑色鞋面，白色鞋底，是左脚上的一只，惟妙惟肖。它的形状、颜色、质地、消磨的程度，可以断定不是三千年前庸军将士的战靴。母亲节的前夜，它让我想起母亲，这是母亲一针一线给我做的。我还想起孟郊，"慈母手中线，游子身上衣"。他的母亲给他做的是衣服，我的母亲给我做的是鞋子，千层底的鞋。今天，远方的游子归来了，慈母在哪里？

我的童年不在这条河边，我的童年在这条河的下游，一个名叫天宝的地方。物华天宝，多好的名字，但那时候不好。有一年暑假我去钓鱼，失足落水，脚上的黑布鞋一只漂在水面，一只沉进水底。那是个锅底滩，天不灭我，我本不会游泳，竟然神奇地游上岸来，全部损失是一双白色千层底的黑色布鞋。母亲误以为我嫌她做得不好，心疼而恼怒，她用量布的尺子打了我。我却不能让她知道我钓鱼遇险，宁可被打死也不招供。

多少年后，莫非是天宝那条河流听说了我们母子的故事，把它珍藏的布鞋送到这里，为了不使毁损，它以魔法变成石鞋，那么另一只又在哪里？奇的是这条河是那条河的上游，那条河怎么还能水往上流，大概这又是神的力量！可是我已不能告诉我的母亲，她再也不会知道这件事的秘密了！

似乎这也是一个暗示，人生在世举步维艰，独步尤甚，但若有了配套的鞋子还是应该登山。如同初登泰山的年轻杜甫发问"岱宗夫如何"，竹溪人必须登营盘山的，我更要登，因为倒流的河水把我的鞋子送到了营盘山下。满东说，五月，哪位作家把那只右脚的鞋子捡到，奖一万元。我怕东家为此挪用生产资金，替他修改布告，奖一万元营盘山币。营盘山币我八辈子都没见过，想象中应该是用石板河的美石蘸着石板河的清水琢磨而成，状如营盘，环边一圈为娇媚的海棠花。这是一枚高山创业的勋章，戴在英雄的左胸，向全世界展示营盘山人的脚踏实地，步步为营。

一度伪装退去的疫情卷土重来，举国禁足，全民核酸，机车限行，京城勿入，我先后两次买好的返京车票都被作废，只能在老家等待一个解封的通知。邀请作家们当年夏秋之际来此采风的计划，自然也像一阵风儿吹过，营盘山的竹篮打石板河的水，真的是一场空了。满东把失望后的希望寄托在了明年，我说好吧，明年送走瘟君，我再还乡。

去年的明年就是今年，今年的去年这个时候我又还乡了，是父亲的一周年祭。满东再次请我上营盘山，天气比去年要暖一点，山上的积雪也比去年要少一点，远看像开着零零星星的小白花儿。当然不会是海棠花，我在图片上面看到，营盘山的海棠花是粉红和嫣红的，也适当有一些白色的掺杂其间，如热闹的女儿国里冷不丁混进一群风流的公子。这次我没下河寻找那只右脚的鞋，心想等着各地的朋友来了，要找大家一起去找。我和满东背对春山，并立茶园，在清凉的晨风中谋篇布局，谈到作家的采风基地，谈到作家的肖像墙，谈到作家的采风文章荟萃在一本精美的书中，最后谈到时间。

满东说，五月五日，那一天，山下的海棠花都开了，山上的海棠花也正开着，从山下往山上看是花的山，从山上往山下看是花的海。我又一次说好，并且觉得是真的好。

这是我第二次上营盘山。

没人能料想到，包括我自己，第三次上营盘山距此不过三天。北京的电影导演叶笑天出访武汉，在长江边听说我在老家，千里赶来与我相会。赴北京挂职的黎贵英曾经是竹溪县的宣传部部长，听我说了，欢迎他来我们共同的家园拍风光片。阿英长袖善舞，在遥远的地方联系了县委宣传部和文体局，派人带路上营盘山，至此我才知道，离乡39年，营盘山已成了故乡的首景，在清同治版的《竹溪志稿》中，诗情画意的竹溪八景里没有"营盘春雪"，或"海棠戏盘"。我也成了天然的内应，陪同外宾兼作导游，直至同车返回京城。此时正值三月，距离作家们来采风只有两个月了，我草拟了采风团成员的名单，请各位预留出5月5日至12日，老泰山的寿酒都不要去喝，届时齐聚十堰，再往竹溪进发。

好事是需要多磨几下的，忽然我就得到采风提前的消息，联络员仍是严浩，说是行期改在了4月23日。我惊问为何要改，又为何要改在这一天，他说今年是癸卯年，闰二月，我们祖先说了，这一年有两个二月。正月大，二月平，阳历五月原本是阴历三月，这一闰就成了阴历第二个二月，阳历五月再来，阴历三月的海棠恐怕是开过了。

原来如此，千年不变的海棠花主导着我们随时可变的行程，人类应顺应自然，而非让自然迁就人类。我同意了新的方案，通知我的朋友们提前启程。

我们还是来晚了一步，海棠花可不管我是第四次来，也不管我的朋友们是第一次来，她不谙世故，粉面无私，从来视人类的号令为耳边风，无组织，无纪律，无拘无束，无羁无绊。但我却不能昧着良心说她无法无天，她恰恰是遵守法则，敬畏天道，法是自然规律，天是气候节令。她一向跟着自己的感觉走，时令一来，当开就是要开，花期一过，当落就是要落，如同没人能挡得住她，也没人能催得动她。祖先遗传的随意和率性长进了她的根，从地下的根须到地上的枝梢，每一条叶脉和每一朵花萼，前世就已刻好了暴动的暗号，时间一到，风声即起，满山呼应，一夜之间世界就变了。

她是春天里的一道盛宴，被上苍摆放在辽阔的山坡上，无须指令，按时开席，不会因为一个自命不凡的人物没来就多等一时半刻，别说作家，皇家也不行。她清纯，高贵，骄傲，守信，无一丝世俗之气，和我们不按规矩还总有理的人类不同，我们反而觉得她是对的，因此谁都不去怪她，虽然谁都遗憾着。另外谁都在想，这个花中的贵妃，这个重情重义的美人儿，她若青眼有加，认你为王，下次再发请帖，在她绽放第一朵花蕾的时候就得动身，一刻也不能耽搁了！

　　石板河的河水，有一股细流来自营盘山的瀑布，这也是必须看的一道景观。它没有黄果树瀑布那么粗，它没有庐山瀑布那么长，但如果当年李白来过，过些年徐凝也来过，又过些年苏轼也来过，三人看过，吟过，赞过，谑过之后，这条瀑布难道不同样会万口相传吗？"吹牛大王"李白不仅语文好，数学也好，开口就是三千："白发三千丈""飞流直下三千尺"。他却不会想到，营盘山的瀑布是他的三千尺飞流的三千倍还多，从我第一次来营盘山起，它就挂在了我的心上，跟随我从营盘山流到北京城，恐怕快有三千里了吧？

　　瀑布喷珠漱玉，飞溅直泻，纵身一跃砸进山溪，投身山下的那条河流。一场春雨过后，河流由清澈变得浑浊，它突然有了野心，想趁机扮演黄河的角色，喧嚣着，奔腾着，轮番冲击河床的石板，迅速地占领，又迅速地撤退，再等着下一次。石板上被打湿的画儿欲隐还显，墨迹浓淡变幻，反倒越发好看得很。

　　我站在营盘山的瀑布下吟诗一首，题为《流水的第四种方式》：

　　　　不要老是拿大海说事
　　　　它不是所有流水的归宿
　　　　大地原不该向某一方向倾斜

以躺平抗议也不过死水一潭

恨只恨没有回天之力

自少小离家，老大再也不能还乡

那就索性站起来吧

接下去纵然会粉身碎骨

但在悬崖前最后的亮相

总算像一个正直的人

　　说它有三千里，它还真有三千里。从石板河到柿河，到堵河，到汉水，到北京的密云水库。一路涓涓潺潺，滔滔汩汩，如练，如绸，如追随南水北调大军的一个细腰的白衣少女，最后，以最清纯的形象留在了北方。

　　世人皆知南水北调，是把南方的汉水调到北方的京都，却少有人作鲁迅式联想，世上本来没有汉水，抑或汉水本来没有水，只因汇自各上游的水多了，方才有了水。这么说，石板河是汉水的上游，石板河的河水是南水之源，南水北调别忘了给石板河记上一笔，石板河的石板上应该早就画出了一幅幅千里送水图。

　　河边找鞋的朋友们，终于没能找到那只右脚的鞋，一万元营盘山币，营盘山省下了。

　　在营盘山下的宿营地，午饭后我去溪边散步，遇一壮士，笠帽纱罩，腰间再佩一柄长剑，便是金庸笔下的蒙面大侠。我上前拦住采访，问他何以这种打扮，壮士止步，从纱罩中发出本地的声音，说是为防蜂子蜇脸。哦，原来是放蜂人。我又问他如何放蜂，放蜂人手指身后几只参差的箱桶，说你晚来了一刻，看见没有？那是蜂巢，刚刚老蜂王带着它的嫔妃和大臣离开王宫，浩浩荡荡飞往对面山上，开辟新地安营扎寨去了，仰脸可见空中一支黄色的蜂阵呼啸而过。我再问他，老蜂王为何要离开老巢？放蜂人说，这是它们蜂国的王法，一年一度，老蜂王必须自觉地让位于新蜂王，否则也会被群蜂赶走。

我惊叹天下生灵，万物世界，都是有法则的，反倒是人类贪婪愚妄……

第四次告别营盘山，我莫名地想起南朝任昉的《述异记》，说是晋代有一樵夫，姓王名质，某日去一座山上打柴，路遇两位老者对弈，放下斧子一旁观看。一局未了，转眼见斧锈柄烂，惊问老者，方知过去七日。下山寻故人，已死千年，遂叹韶光易逝。

我们上营盘山不是来砍柴的，火车与飞机也禁带利斧，不能观察斧柄烂否，但人人觉得七日太短，不愿离去。此时接到通知，继首站关垭子楚长城后，接着再去看楠木寨、黄花沟、肖家边和桃花岛，沿途还有许多好听的故事，容我按下不表。

在营盘山的最后一个夜晚，"寨主"满东请大家留下墨迹，我自知不会写字，也不是写诗的人，但我不知从何而来的文化自信，竟然夺笔写了四句：

营盘山下梦君来，君今来时花已开。
海棠若思君心切，明春花开不许衰。

满东说，写得好！我说，是营盘山的海棠花好。既然好，那就明春花开不许衰了，等着我们再一次来！

——载于《散文》2024 年第 2 期，《2024 年散文选编》
（花城出版社）

附：与赴溪采风团诸公

聂夫子鑫森先生十五年前于株城飞车遇险，时逢六旬本命，吉人天佑幸存。救治间得邀访溪，遂提早出院，留光头，着红衣，撑伤体，辗转三车乃至。今春再访，返老还童，临行泼墨五十七幅，晚宴毕至午夜零点方休。

每忆红衫染绿林，宝蹄蘸酒走千村。
七旬再访狼毫健，情多三更累美人。

1980年与刘公益善先生初识武昌紫阳路，尔后沧海桑田，世事万变，然彼此初心不改。《我忆念的山村》为刘公80年代获奖诗集，其名为心之声也，吾乡山大村野，公十五年前初访，每忆念之，此次虽新冠初愈，仍抖擞启程。

四十三年面目真，远征乃为故人情。
江城厌看车龙走，梦里忆念是山村。

余与阿成先生订交，汪曾祺老撰野荞小说集序为媒也。逾三十年。其间同游贵州、三峡诸地，又聚哈市，两访溪城，一路趣语，令余深夜无人时哑笑。哈尔滨红肠为冰都名产，阿哥瞑目嚼吾乡腊肉，赞其美味胜之。

再踏辽宋古战场，壮士单说盘道长。
碧箭翻覆如习武，慢嚼腊肉赛红肠。

于秋月，北国佳人也，诗文亦佳。初访竹溪，营盘山万亩野海棠闻之迟开，古谚闭月羞花，斯景如是。伊人羡吾乡山水灵秀，双瞳闪烁，作儿童跳跃，弃夫而登临绝境，每景必留影以证。雪城返，捷文出，许多典故令三世土著寡闻，奇哉。

冰都南国两风采，为赴新约履雪来。
春花迟晓秋月到，试照清溪不敢开。

梅洁得汉水女神赞誉，《诗经》曰："汉有游女，不可求思。"伊汉女北游，求业求家，二者兼美满甚。且深情博爱，余父疾危，携后生成伟驱车六百里探慰，知余进山亲采灵芝，则送灵芝口服液于榻前示饮。父去一载，此景常浮眼前不去。

奇花孕在汉水边，破雪绽蕊香不凡。
梅竹同登四君榜，鸡犬声中两枝牵。

韩小蕙，中国当代散文女班头也。难能才女笔下有杂文风，无脂粉气，知性、独见、异思，直面惨淡苍生，剑气寒光，蒙羞当今怩怩才子无数。二十年前读伊在美国会图书馆之长篇演讲，铿锵雄词，疑为猛男。

开卷可见剑胆篇，美馆雄词惊洋男。
日上草原论骑主，夜乘高铁上营盘。

去岁五月，与卓然先生初识于柴桑陶潜故里，读其旧体诗词，当今文坛罕见，遂以湘人聂夫子荐之，愿其南北唱和。史说"虽楚有材，晋实用之"，此次余邀晋才入楚受用，二公双至，畅倾腹笥，对面平仄。卓公为山城女《行香子》一词倾倒，奔赴讲台以晋语诵之。

晋才亦有楚用时，苏辛豪壮晏柳凄。

小城惊艳行香子，夺席念与易安知。

余与墨白先生胞兄孙方友先生为兄弟，方友早逝，与墨白兄弟依旧。墨白访溪，余私心认以孙氏兄弟同往，双倍珍视。鑫森、益善二兄知余与父母情深，私议上墓地祭拜二老，闻竹溪有"七十不上坟"之旧俗，故由墨白、正旺、贵平为代表去墓地祭之。

兄弟到过五凤山，双亲碑前焚纸钱。

先锋并非无情汉，写尽烟火是人间。

结识鲍十先生，乃因汪老说"我对乌山有一种强烈的要求，希望野莽能把乌山景色好好写一写"，余遂有写景小说，题即为《乌山景色》。予鲍十编之，月报转载，鲍视余为好作者，屡约新作。此君厚德，老谋子改其小说为电影《我的父亲母亲》，人劝索价，答曰：依规，多少就多少。

蒙古汉子血能燃，乌山景色非一般。

三十年后初到此，始知野人有洞天。

正旺与犬子同代，称余野莽兄，称一百零八岁马识途老亦识途兄。当年鲁迅称广平兄开风气先，旺称前辈兄谓第二传奇。当代作家其最迷者，晋人王祥夫先生也，欲使二人相逢，余同邀之。然佳期将至，祥夫酒后跳篝火舞灼伤健臀，苦不能行，旺独来，憾哉。

　　江南人称小尝君，欲会群英千里行。
　　痛饮祥夫密谋久，惹妒天公火烧臀。

肖贵平，湘女也，京城名编，余主编"走向世界的中国作家"五十卷编委兼责任编辑。此次随采风团赴溪，意在集诸公文章于一书面世，且以双重身份编书撰文。其时二次转阳，仍遵诺南行，登山扶梅姨，挽秋姐，状如母女姑嫂，满山海棠情动。

　　应谢肖女愿从军，万言倚马待催生。
　　登峰共造营盘记，迷魂阵下闻仲坟。

去今两年余四上营盘山，三次蒙山寨之主刘满东诚邀。满东书生意气，欲在海棠花开时节邀访群士，且挂采风基地铜匾于寨墙，因闰月花开无常，两度改期，今春好梦成真。满东者，东家之愿满矣，唯有朋自远来日，寨主换防时，又一憾也。

　　营盘山上梦君来，君今来时花已开。
　　海棠若思君心切，明春花开不许衰。

2023 年 7 月 21 日补于北京竹影居

春天的盛宴

——癸卯年中国作家采风纪实

杨怀玉

"登秘境营盘山·赏万亩海棠秀"征文活动即将收官，我正为评奖诸事烧脑，忽听满东书记讲，县里委托野莽老师邀请国内一批文学名家来竹溪采风，是否可借他山之石？我听后有一种被金元宝砸中的感觉。接过名家采风方案，十二位老师分别来自北京、黑龙江、湖南、河南、山西、江西、广东、湖北本省八大区域，大都是中国当代文坛的名宿。各位老师驾到，都很随和，采风结束，他们不仅应邀评奖，顺便还担任了颁奖嘉宾，并且愿意把自己的采风文章和获奖征文合为一书，由中国华侨出版社的肖贵平女士统筹编辑，以作本次活动的纪念。

这便解了我的难，又让我动起小心思。本来，一项地方文学征集活动，作为基层作协主席，自当抛砖引玉，但一涉及评奖，又有诸多顾虑。现在有了名家担当评委，我也可悄悄接受一下检验了。

24 日：语言的联欢晚会

采风团成员 4 月 23 日在十堰集中，24 日一早乘考斯特到竹溪，径往中国最古老的长城——关垭夯土楚长城。我与这次活动的主办方，国营综合农场的兄弟们 24 日一早赶往营盘山景区，做好迎宾准备。作家们将在这里小隐三天，采风品茗，挥毫泼墨。

下午 4 时，汽车喇叭响了，中巴车在悬挂着"热烈欢迎中国著名作家莅临营盘山景区采风创作"的横幅前停下。简单寒暄，带路，把各位领到早已安排好的客房。他们一路风尘仆仆，行程千余公里，应该休息一会儿。不承想十分钟后，他们就从房间出来了。湖南作协副主席聂鑫森老师人称聂夫子，边走边念："一进营盘山，折磨我 20 多天的哮喘咳嗽都没了，整个人都神清气爽。"他的湘音抑扬顿挫，实在好听。陪同的老农场人、我们的本土诗人刘贤荣应声答道："我们这里的负氧离子每立方厘米达到 25000 个呢。"

把客人请进品茶室。农场人用玻璃杯沏上金箭习武茶，摆上蔬果和瓜子。应邀采风的作家们互相都是故交老友，野莽老师亦客亦主，三言两语就把现场气氛推向高潮。茶气袅袅，满室溢香，室内陈列的一株 13 米长的青冈栎阴沉木泛着青凛凛的光。这株阴沉木是自农场溪涧无意中挖掘出来的，它见证了农场尘封的历史，重见天日后又目睹了农场的巨变，也算得上灵性之物了。

老友相聚，以文坛趣事佐茶，应是人间的大享受。野莽老师开讲，说是 20 年前的一个冬天，他们应哈尔滨一家文学刊物之邀去参加冰雕节，同行有聂鑫森、孙方友、石钟山等多位作家，到了冰都，又与当地的阿成、辽宁的孙春平等重逢，其乐融融。活动结束，南方的作家乘京哈线列车返程，车上一名乘警听他们谈论文学，凑过来搭讪，得知居然是自己慕名已久的几位作家，喜出望外，就自报家门，姓刘名凤国，文学爱好者，也写诗写小说，偶有发表。双方立刻成为朋友，刘乘警以他的特殊身份安排了八菜一汤（列车上有免费招待工作人员亲属的优惠制度），又自费买了一箱啤酒请几位作家痛饮。列车奇遇，幸逢知己，作家们喝了刘乘警买的一箱啤酒，又喝了作家阿成送的一瓶茅台，吃了列车优待的一桌好菜，又吃了作家孙少山搬上车的一箱橘子，醉饱在车厢里。唯有野莽老师还有几分清醒，被刘乘警抓住请教小说的语言。车到北京站，野莽老师第一个下车，刘乘警跳下车来，向野莽老师敬了一个举手礼说："小说，还是要语言好啊！"

这句话辗转传诵，成了文坛佳话，刘乘警从此也与野莽老师成了知己兄弟。野莽老师每去东北，刘乘警必在哈尔滨接风洗尘，刘乘警的工作由京哈线调到哈沪线，他任职的最后一班京哈线列车到达北京停车只有二十五分钟，还提前通知野莽老师到站见上一面，他给野莽老师带了一包哈尔滨红肠。这次野莽老师没谈小说的语言，临别时说："哈尔滨，还是要红肠好啊！"

刘乘警和聂鑫森老师也成了好朋友，聂夫子在车上喝醉的那次是睡在中铺，野莽老师担心他夜里会掉下来，把脑子里的小说摔没了，说这事是刘乘警害的，让他再以特殊身份换个下铺。刘乘警立刻找列车长换了，和野莽老师一起把聂夫子抬下来，这样就是摔也摔不坏了。几年后，野莽老师答应给刘乘警的文学评论集写序的时候，聂夫子也给刘乘警的短篇小说集写了序。他们和各地文学朋友之间的故事很多，听着野莽老师极富感染力的叙述，大家不由得会心大笑。

阿成、聂鑫森、刘益善三位老师15年前曾受野莽老师邀请，第一次来竹溪采风。那次的故事更是传奇，阿成老师从外地采风结束，不飞哈尔滨，直接在北京转车到十堰，但因出租车误点，进不了北京西站，已经先期赶到十堰的野莽老师紧急时刻动用北京女作家、公安部女警官穆玉敏，请她以执行特殊任务的方式把阿成哥哥推上即将启动的列车。一个哈尔滨作协的主席、黑龙江作协的副主席，与迟子建并称雪国金童玉女的著名作家，此时却是一个无票的东北大汉，夹在两个肥硕的女士中间，一路从北京夹到十堰，下车见到野莽老师说，挺顺的，半夜时补了个卧铺。

聂鑫森老师更不容易，那次适逢老夫子的本命年，半月前从株洲到长沙遭遇车祸，大难未死，住院疗伤时接到野莽老师电话，竟提前出院，留着光头（手术剃发），穿着红衣（民间辟邪），不顾一切地奔赴盛会。除了采风，他更想见到当时还健在的野莽老师的父母，多年来他与彭老云程先生诗词唱和，彼此已成了"隔湖"之交。那时的竹溪，不通高速，山路十八弯不止，路面凹凸不平，一路颠簸，女作家方方不到半途就吐了。今日故地重游，路面平整多了，一趟缩短了大半时间，令他感慨。

益善老师家住武汉，也曾任湖北省作家协会副主席、《长江文艺》杂志社社长、主编，大学毕业就干编辑，诗人和小说家只是他的本职之余。他在接受采访时说："编辑与作家，我一辈子喜欢做的事。"因为"一辈子喜欢"，也得益于和野莽老师的44年友龄，他对竹溪作者多有提携，对竹溪这片土地怀有一种特别的感情。

那次竹溪采风，本来受邀的还有贾平凹、梁晓声，二位已答应野莽老师，但因汶川地震余波未息，平凹老师妻女皆在震区，不能扔下她们独行。晓声老师则因北大荒知青战友的40年重逢，千人之众，如今已是各界精英，不可缺席。他们分别从西安和哈尔滨给野莽老师写信，并请转竹溪县委宣传部，约定下次必来。于是除作家阿成、聂鑫森、刘益善，出版家李阳之外，海南文联兼作协主席韩少功、湖北作协主席方方，成了那次采风的另两名代表。活动结束，方方未回武汉，接着带湖北青年作家代表团前赴汶川慰问，经野莽老师推荐，代表团中有刚刚大学毕业的竹溪青年作家李彬。

梅洁老师是郧阳人，郧阳属十堰，竹溪也属十堰，因此应是我们的乡亲。几年前她曾受竹溪宣传部之邀，带着《人民日报》的编辑，中国社科院的评论家，一同造访竹溪，收割了竹溪百里稻香、乡村民歌篝火、古河岸楠木林，写下深情文章，发表在国内重要的报刊和网站。梅洁老师与野莽老师被誉为十堰文苑双骄，他们彼此敬重，姐弟相称，野莽老师父亲病危之际，梅洁老师带着称野莽老师为莽叔的青年作家王成伟，专程驱车数百里至竹溪山城彭老家中，亲临病榻，赠奇效药并示范饮用。老师有女性天生的亲和力，这次以主人的姿态当起了秋月、贵平等几位新人的向导。

25 日：营盘山与石板河

翌日，山下惠风和畅，经过一夜负氧离子洗涤的作家们神清气爽，早早起床，来到溪涧旁的游步道吞吐天地。微信群叮咚响，一组雪景照片上线。梅洁老师惊呼："哇！山上下雪了！"大家回眸北望，只见远端峰顶托举出一顶雪白，山巅的白被山腰的绿晕染得分外高远、祥和。这群冬天的精灵在春天的尾巴里秀了一把。好像她们是经过了长长的酝酿，特意用这种诗意圣洁的方式欢迎远道而来的贵客，不然，这竹影溪声里的雪景，如何走进作家们的美梦和笔端？大家一时惊呆了。

吃罢可口的早餐，好客的农场人给作家们设置了一处温柔的"陷阱"——"中国著名作家竹溪采风基地"于营盘山落户。这里将成为名家们常来常往的家，成为他们"隔在远乡"有所念的地方。

今天的主题是攀登营盘山。考斯特把一行十余人送到山口前的停车场，众人下车，扑面是与蓝天白云相接的青山绿水，一幅难得的天然画卷——水自无处来，山傍溪流生。

"好美呀！"大家不约而同发出欢呼。作为四季叨扰，两次登顶，其中一次在海棠林夜宿的营盘山铁粉，我太理解大家的感受了。水是营盘山的灵魂。毫不夸张地说，营盘山的水是世界上最透明的水。它居中一袭白练飞天，四野细泉款曲，纤尘不染。走进它，渴与不渴，你会忍不住一掬润喉舌，二掬沁心脾。营盘溪居沧浪水之上，隐无来痕，疑是从天空降下，从地心冒出，若以此水洗缨濯足，岂非暴珍天物？营盘山正是因了它的滋润，愈加变得卓尔不群，以一种滋养万物的胸襟回报这灵魂相依的水。

益善老师新冠后遗症未消，聂夫子自说咳嗽哮喘一到营盘山就好了，那是他的文学语言，其实没好，二位望山兴叹，坐在石凳上抽烟。阿成老师凑过去，说他刚才接一个电话掉队了，说得一脸严肃，颇为遗憾。想起15年前列车上夹坐二胖女间却谎称卧铺，二位老友一笑，知其也无心学一览众山小的年轻杜甫，只愿在泰山脚下敬仰其高。

我给几位老师合影，继续前行，很快便追上了梅洁、秋月、贵平。今日登山者中，梅洁老师的年龄最大，但她却是一个小姐姐的模样——对什么都好奇，爱照相，爱笑，和谁都亲和，不畏艰苦地攀登。难怪，"80后"的贵平与梅洁相识一天，称呼便由老师变为梅姐姐了。

野莽、墨白、正旺几位老师体质好，爬高山如履平地。墨白是河南省作协副主席，文学院副院长，与女作家残雪同为中国当代最著名的先锋派小说家，在莫言获得诺贝尔文学奖之前，曾有人称他是距离诺贝尔文学奖最近的中国当代作家，他的登山神速是否与他先锋小说有关？他又是中国当代笔记小说之王孙方友的胞弟，兄弟二人与野莽老师同是至交，孙方友不幸早逝，墨白此次来溪，也算是替兄赴约了。

正旺兄的电话有点勤。后来我才知道，为了竹溪之行，与国内两位短篇小说大师，北京的刘庆邦和山西的王祥夫会晤，他割爱了两项重要活动。一是他邀请了南京作家叶兆言和谭旭东，4月23日在江西德兴举办读书讲座，作为主持人的他临时委托了同事。另一项于他个人更重要——"周正旺藏品展"4月23日在上海开幕。展览由"上海吴昌硕艺术基金会"主办，展期四个月，共展出他收藏的名家书画精品300余幅。

意外的是，王祥夫老师因在南方某地参加活动，准备会毕奔赴竹溪，不幸在散会前的篝火晚会上烧伤了腿，居家寸步难行，自然竹溪更难行了，临时向野莽老师告假，骂自己不小心，盼下次。刘庆邦老师的行程改变则因营盘山的会期改变，由4月延及5月，刘庆邦老师的五月已与人约定在先，这次也不行了。圈内曾有中国当代短篇小说四大天王之说，即东北的阿成，湖南的聂鑫森，山西的王祥夫，北京的刘庆邦。我就在想，若是王祥夫不被篝火烧伤，刘庆邦不因会期推迟，四大天王在营盘山顶相聚一桌，倚天论剑，那该是多么美妙的事！

大家来到一处廊桥，梅洁老师说，怀玉，我走不动了，要回转了。我说，我陪你。于是，秋月和贵平两位美女追赶先锋作家墨白，我陪梅洁老师原路返回。这里我还忘了介绍秋月和贵平，秋月叫于秋月，北国美人，散文家，小说家，哈尔滨散文家评审委员会主任。贵平叫肖贵平，潇湘才女，编辑家，出版家，曾任野莽老师主编的"走向世界的中国作家丛书"五十卷编委。此次来溪，因为涉及出版，野莽老师原计划带中国工人出版社李阳，但李总编从西藏挂职还京，升任了总工会政研室的领导，又计划带中国文史出版社全秋生，突然间政协主席要去该社考察工作，本书的编辑出版重任就落在了贵平老师柔弱的香肩。

到停车场，益善等三位老师已经在车内了。我听见对面有人低呼：梅洁！梅洁！很激动的声音，且是地道的郧阳话。抬眼望去，一群人正对着我们这边指指点点，另一个压着嗓子：是梅洁！是梅洁！我赶忙提醒梅洁老师："梅洁老师，你的郧阳老乡在叫你呢。"梅洁老师快步过去，立刻便被包围起来，一问果然是郧阳老乡。他乡遇故知，本是人生四大喜事，梅洁老师幸得其一，老乡们更是惊喜莫名。我赶紧拿起手机，为他们拍了一张"同乡会"。

由于上午登山，吃罢饭大家就多休息了一会儿。下午的行程很简单——前往不远的石板河景区，看那条一整块巨石铺就的河床，河床上被营盘水镌刻的远古石画，以及景区的特色民俗和漆器展厅。去年春天，野莽老师应邀首访营盘山，在山下的河床上曾一次"艳遇"，捡到一只千层底的黑布鞋——自然是石头的。今天重游石板河，他撒下英雄帖，希望大家帮他捡到配对的另一只，声言以万元相谢——也自然是营盘山币。只可惜众人踏破铁鞋，也觅不到那只石头做的黑布鞋了。

听见喧哗，游客服务中心的小廖经理出门相迎。小廖是个漂亮的湘妹子，平时大家总喜欢问她，你为什么来到竹溪呀？她总是回答，因为竹溪很美呀！因为竹溪菜很好吃呀！俨然竹溪文旅形象代言人。

小廖经理带领大家沿特色餐厅、漆器工坊、农特产品展厅转一圈。在工坊和展厅，大家被精美的竹溪大漆吸引。当听说一件小小的漆碗从出胎到眼前美轮美奂的模样，竟需要 30 多道工序，耗时两个月时，我不禁被深深吸引了。我试着讲解两句，不甚了了。竹溪"金漆世家"第四代传承人张晓莲接过我的话题，侃侃而谈，从漆树种植到割漆、从制作漆胎到涂漆擦漆，层层叠叠的过程，像一个胎儿的出生史，小心呵护，精细培育，千般打磨，始成心中的模样。

返程时已快下午 6 点，几位女同胞乘坐张晓莲的车。就在我们盼星星盼月亮，盼她们晚归时，秋月在群里发了一条消息：我们三个成功被张晓莲"拐"走了。原来，她们的小车在回转时拐了个弯，驶入张晓莲家的农场，欣赏她家"山河"去了。

或许爱上了那个藏在绿色臂弯的农场小院，或许被张晓莲一家励志的经历所吸引，欲要用文字的力量挖掘感知的富矿，热情、美丽、知性，下笔即洋洋洒洒万言的秋月和她的女伴们，真的被俘虏了。

26 日：腊肉书法和评奖

因了一个重要活动，鲍十老师得提前返回羊城，今天要与大家惜别了。鲍十不仅是著名的作家，还是优秀的剧作家、编辑家。他和野莽老师的交情要回溯到 30 年前他在东北任编辑的时候，曾发表过汪曾祺老先生为野莽老师短篇小说集写的序言，序言中希望野莽把乌山景色好好地写一写，野莽老师响应汪老号召，写了一个短篇小说给鲍十老师，名字就叫《乌山景色》，发表后即被《小说月报》转载，鲍十老师从此对野莽老师约稿不断。后来鲍十老师也写起了小说，并且出手不凡，中篇小说《纪念》被张艺谋看中，给 5 万元要改编电影。有人说张大导演有钱，劝鲍十老师多要，鲍十老师打电话问野莽老师北京的行情，野莽老师说，只要是老谋子亲手拍，别还价。厚道的鲍十老师说好，这部小说后来就成了荣获第50届柏林国际电影节银熊奖、评审团大奖、天主教人道精神奖，让章子怡一举成名为国际巨星的《我的父亲母亲》。

从他担任征文评委的态度，我感觉到了他对工作的认真。25日夜晚，我们曾在一起有过交谈，临别之际，他在评委表上签上大名，把他的评选意见郑重交代清楚。上午10点半，我们正徜徉于习武基茶园，鲍十老师的微信来了：刚有空给各位师友发信息。我已到十堰东站，各位保重，下次再见！

在茶园体验罢采摘的艰辛和乐趣，大家顺势来到农场招商入驻企业——湖北亲家母食品股份有限公司的腊肉加工车间。车间与营盘山游客中心毗邻，被山坡的茶园半包围，是一个鸟语花香的地方。

在公司的陈列室，大家被展厅放置的数块"猪肉"吸引。作为公司的镇馆之宝，它实在太逼真，勾起人想撕下一块嘬嘬的欲念。这个愿望很快得到满足，公司老总王碧海呈上几盘加工好的腊肉食品请大家品尝。正如广告中形容的那样："亲家母，腊肉那个香啊！"

这里要透露一个小花絮。在腊肉晾置现场，野荞老师在钢制肉架上来了几次引体悬挂，戏称自己是一块"老腊肉"，引来一阵热烈掌声——既因他的好体格，又为他甘于为家乡"代言"的"献身精神"。阿成和聂夫子大声叫好，梅洁姐姐即兴作了一首五言《腊肉赋》，当晚让她的荞弟自己写下来，留给农场主人。

下午3时，大家坐在由两方巨木拼接的长案前品茶，评奖，一个个认真严谨，各抒己见，分析作品的语言特色，情感立意，评出自己心中的佳作。至此，评奖环节圆满收官。

正旺兄讲，他曾在一号三号两篇文章中徘徊过，最终把一等奖投给了一号。无他，因文章中的那些山野趣事他都经历过，有奇妙的认同感。哈哈，"80后"作者遇上"80后"评委，心有戚戚焉。那么，同为"80后"的编辑家贵平美女，你的选择如何！我自问，你勿答。

补说几句二位与野莽老师的忘年之交，前面我已说过，贵平曾任野莽老师主编的"走向世界的中国作家丛书"五十卷的编委和责编，对野莽老师人品与才华的敬重溢于言表。正旺对野莽老师的佩服更是不同寻常，他在江西教育名刊任职，向全国著名作家约稿的第一位就是野莽老师，当时他没有把握得到赐稿，不料野莽老师不仅自己给他写了，还给他介绍长长一串如雷贯耳的名字：聂鑫森、阿成、林希、肖克凡、谈歌、刘庆邦、叶兆言……"黑名单"中还有自己的恩师，原武大校长刘道玉……从此，正旺称野莽老师为"文侠"。

文侠不仅行侠仗义，而且武功了得。几年前正旺请野莽老师参加他们的教育论坛，其间上龟峰游览，野莽老师发现一棵从石头中长出的树，当晚回到宾馆，一篇三千字的散文一挥而就，奇思异想，妙语连珠，编辑部的同仁传看后叫好不绝，当期就加编者按隆重发表。由此，野莽老师成了他们杂志社上至社长方心田、总编向晴，下至编辑甘甜的共同朋友，每上北京，必到野府，自己做饭，尽兴而归。

评奖结束，工作人员在长案上铺垫羊毡，摆上纸墨，老师们好不容易来了，怎能不留下墨宝？聂夫子喝了酒，来了劲，两腿八字站定，笔下字如其人，瘦、硬、直、倔，似老英雄松下列队，风骨坚劲，正气凛然，一口气写了57幅，写到夜里11点。阿成老师不似聂夫子或一纸一诗，或双句双行，他是东北大汉，字的个头大、骨架粗，一张纸只写两个字，威武雄壮，适合挂匾或做门神。益善老师是湖北书法界的名人，书体独特，隶楷杂糅，且有魏碑之风，最宜长赋。让我吃惊的是野莽老师，在我印象中他是不玩书法的，没想到他竟也捏起笔来，遵梅姐姐之命写了一幅《腊肉赋》，一个"肉"字肥瘦五花，外皮方正，内藏排骨，高吊于全篇中央，让人垂涎，看得众人大赞不止。

大家陆续赶到餐厅，本次采风活动最神秘的嘉宾到了，小蕙老师进门双手一揖："好朋友们，我来晚了。"卓然老师鞠躬行礼，说时迟，那时快，野莽老师随手从餐桌上抽下两枝玫瑰，代表大家献给二位，并一一拥抱。此次行程，小蕙老师是最辛苦的。她刚自内蒙参加一项文学活动，风尘仆仆回到北京，又与卓然老师一起转赴竹溪。

此餐正好成了二位的接风晚宴。卓然老师是诗词和书法大家，他与聂夫子虽从未谋面，却早有唱和，缘自去年在江西柴桑陶渊明的故乡，先与野莽老师相识，野莽老师见其旧学丰厚，每景一诗，自感招架不住，遂将聂夫子引荐于他，让二位在微信中隔空对吟，从此成为诗友。此番两夫子相见营盘山，如李杜初会，诗如涌泉，卓然都悉心存留，回京后都发表在旧体诗刊上。

小蕙老师是中国散文学会副会长，她的散文格局宏大，有金石气象。她主编《中国散文年选》20余年，入选作品成为年度散文的风向标。野莽老师称她的选本为韩本，赞之可读，因选者眼中只有散文，没有其他。益善老师曾有一篇写竹溪的散文被选入了韩本，祝贺益善老师！祝贺竹溪！

小蕙老师还兼着北京东城区作协主席职务。在敬酒环节，当她知道我是县作协主席时，对我说："怀玉，希望我们以后有机会合作。"接住老师的橄榄枝，我喜形于色。

吃罢晚饭，迟到的卓然老师披挂上阵，聊补昨晚的缺字之憾。这个生活在黄河岸边的汉子，笔下有丘壑，有惊涛，在他心中，《我记忆中的河》就是《天下黄河》，笔下文字也像从天上来。下午秋月老师悄悄告诉我，晚上你一定求卓然一幅字，他的书法好。

聂夫子昨夜挥毫至 11 点，今晚又陪卓夫子写。我求阿成老师赐字时，野莽老师对阿成老师坏笑，说怀玉的名字本身就是一幅好字，就写"身怀有玉"，"怀玉"也可，写胖一点。谈笑间，阿成老师一挥而就，写完作陶醉状。第二天早餐时秋月告诉我，阿成老师最满意给我写的字。

27 日：黄花沟与肖家边

今天是到营盘山的第四天。上午大家就将离开，前往黄花沟景区。徘徊在鸟语茶香的海棠林，农场新任书记汤维斌指着墙上的铜牌说："这里即是名家们的采风创作基地，欢迎你们以后常来。"野莽老师笑道："回去后我们每人构思一部小说，住到这里来写，落款写于竹溪营盘山。"

黄花沟景区位于鄂坪乡，它的靠山就是传说中比武当山还高，被祖师爷真武一脚踏矮三尺三的偏头山。偏头山原名昂首山，本是真武心仪之地。但环绕偏头山的只有三十六峰，真武大帝立足不稳，只得悻悻然离开，前往有七十二峰的武当山，空留对他暗生情愫的黄花女。传说真武离去后，黄花女矢志不嫁，日日在山顶眺望，泪流成溪，跃身为瀑，黄花渐瘦，香消玉殒，幻化为一条秀美的黄花沟。黄花溪出山为河，欲去复还，缠缠绵绵，形成二十四汇，然后就有了汇湾这条河，汇湾这个欸乃诗意的地方。后真武感知，在武当山天柱峰面壁数十年，悟得真谛，创立武当道教。

黄花沟最美的地方要数黄花女幻化的女儿瀑了。一匹飞瀑自峰外倒挂，像一段晶莹的水梯，斜靠在青泠泠的石壁上，四周青翠欲滴，凉爽怡人。联想那个凄美的传说，有一种我见犹怜，欲穿越回到从前，改变过往的心绪。大家于瀑底仰望，今天的天空明净如洗，这样的良辰适合拍照，于是，大家在女儿瀑前拍下了最美的合影。

龙坝镇的肖家边是湖北省乡村建设的典范。它依傍一条河，这条河发源于海拔近两千米的老阴山。这条河有一个好听的名字——竹溪河。在停车场下车，大家溯流而上，一河两岸是花园别墅式的农家小院，间有农特产品工坊，乡村农家乐，紧靠院落的是宽敞的柏油路，向两边延伸的是菜园、花园、果园、林园……良田美畴，不一而足。

大部队悠然前行。我陪小蕙、卓然老师殿后。渐渐地，我们落单了。抑或小蕙老师有意为之。行至一户人家，我们欣赏院落边的花开，女主人邀请我们进屋喝茶。女主人40多岁的样子，性格开朗。交谈中得知，她家有4口人，两个女儿，一个毕业后留在北京，一个还在读书，丈夫以前常年在外地务工，现在家门口有了加工企业，倒有大半时间住在本县。女主人在家守护一家的根基，顺便在附近的香菇车间干零活，一家人的小日子过得还滋润。

从农家走出来，小蕙老师感慨良多，她回忆起20世纪90年代在农村走访的情景：低矮的土房，露腚的衣服，畏畏缩缩的面容……山村变了！

前行不远，闻招呼声。抬眼望，益善、阿成、聂夫子、墨白等几位老师在公路对面一个名叫"知音"的便民店前小坐。店主也是一个岁数差不多的老先生，头发花白，根根竖立，精神十足。见我们来，老先生忙着搬凳子。看着这乐呵呵的一众神仙，我拿出手机定格下有趣的瞬间。老人并不知晓，坐在店门前和他聊天的这群远客，都是中国文坛响当当的人物。

正聊着，考斯特驶来，停在路边接我们。一行人上车，追赶大部队。他们此刻正端坐于一处雅致的茶室。在竹溪，停下脚步就进入品茶时段。茶室面水临桥，对岸是一长溜农产品加工车间，刚刚与我们交谈的女主人就在这里务工。她每天把家里收拾得清清爽爽，同时还能在这里挣得百余元，关键是，有一众姐妹在这里边干活边聊天，生活有嚼头。

主人给我们摆上地里新采摘的草莓、树上刚刚红透的樱桃。自然生长的鲜果就是不一样，好看，好吃，落口消化，亮人眼，美人口。

享受了节令的美味，我们进入一片别样的天地——古老牌匾书写着"耕读传家"的戴家大院。戴家大院复原于一处明末清初的古老建筑，是一个土墙木楼泥瓦的建筑群落。院中曲廊回环，24个天井勾连，大小房屋百余间。这里曾是贺龙率领的红三军转战竹溪的临时指挥所。他们在这里留下红色火种，十多年后，从这个大院走出一位军旅作家——沈凯。沈凯1949年加入中国人民解放军，38年军垦生涯，历经磨难，但他始终忠诚于心中的理想信念，逐步成长为一名卓有成就的作家。我们穿过一个又一个曲曲折折的天井、回廊，仿佛听到了他笔下的《草原枪声》……

如今的肖家边村，开发了戴家大院红色教育基地、电影小镇、乡土特色民俗、绿色农产品车间、网红打卡等项目，建成200亩的木耳和40亩的羊肚菌基地，还发展了400亩蔬菜和小水果，成为"决策共谋、发展共建、建设共管、效果共评、成果共享"的"和美乡村"。

参观结束，我们在一处临水依山的农家小院品新茶、嗑瓜子、聊大天，吃地道的农家饭菜，感受乡村生活的天然情趣。

28日：夯土小镇与读者见面会

今天我们要抵达的地方是桃花岛——一个弦月的弓背托起的夯土

小镇，它的乡土名字叫向家汇。本土女作家金艳平为此地撰有一联：一湾清水向家汇，半岛桃花入梦来。说的就是这个汇聚梦想的地方。今晚作家们将在这里入住。考斯特顺着明净的竹溪河行驶十余分钟，进入一处安静的河湾，在一溜夯土筑墙的院落前停下。小镇的主建筑是一栋玻璃墙幕的三层楼房，这里是小镇的接待中心。其余的房屋都是掩映在绿荫下一层或两层的独栋小院，几十栋小院连成一片，环境优雅别致。可能我们来得太早，昨晚住宿客满，今天很多客人还没退房。小镇的经理向我们抱歉，安排向导带我们沿河堤的绿荫道转转，看一湾碧水绕绿岛，参观几百米处的油磨坊，体验古法榨油的乐趣。

在油磨坊，我见证了作家们最原始的快乐。几乎所有人都参与其中，触摸古朴油亮的盛油工具，在炒锅里炒籽、用碾盘上转动的碾滚碾油料，制料饼，往榨身装饼、插木楔……在纯木制榨油机前，大家腰系红绸带，手拽木撞杆，野莽老师年少时在老家劳动，虽没榨过油，却打过夯，听过夯歌号子，便以夯歌的节奏指挥大家榨油。大家在他的指挥下呼儿嗨呀，整齐用力，让杆头准确地撞向木楔，榨身里的料饼在剧烈的撞击挤压下屈服，一汪汪亮晶晶香喷喷的油汁顺木榨缓缓溢出……玩得那叫一个嗨皮。

出油磨坊，是一方占地 200 余平方米的通透天井，对面是竹溪的特色小吃汇。客人游累了，饿了，穿越时光隧道，进入一片明清风格的店铺，坐在宽大的八仙桌前，品尝豆腐脑、油条、麻花、火烧馍、连渣捞等特色小吃，满足一个吃货的心愿。小吃作坊都是开放式的，用料敞亮，制作敞亮。大家沿着每一个铺子转一圈，品尝了自己喜爱的小点心。

在民俗大厅聊天的时候，墨白老师又和我握手了。墨白老师在小说里为我们构筑了一个"颍河镇"式的精神家园，在我的印象中，墨白老师不善于言谈，好像全程他都没有说几句话。但他绝对是一个重情重义的汉子，这从他作品中的"芳草地"可以看出，从他怀念兄长的"孙方友与墨白研究"可以感受，也从他和我的又一次握手中传递出来。墨白老师和我有过三次握手。他的手掌宽厚有力。他与我握手，不是因为每天的相见，而是行走过程中的一种交流。每次和我握手，从他嘴里就蹦出来两个字：怀玉！然后微微一笑——不注意看不出来，再然后，什么都没有了。终于这一次，他加了两字：怀玉，多写！

下午 3 点，我们来到县图书馆的阅览室。这里是此次采风活动的最后一站。30 多位慕名而来的本地作者翘首以盼。对于写作爱好者而言，这些著作等身的作家们是神圣的，也是神秘的，我们有时甚至幻想，名家们的创作有直达的成功密码吗？相较于单纯的聆听者，征文的获奖者无疑有十二分的幸福，他们在竹溪这个地方接受来自五湖四海的名家们的褒奖和祝福，喜悦之情不言而喻。

这里要诚挚地感谢益善老师。我由于穿插于服务工作，加之笔下涩滞，颁奖仪式的主持词还是请益善老师连夜操刀。说来大家不会相信吧。感激之情无法言表，晚生这厢有礼了。其实，益善老师不仅赐文、赐字，还有言相赐，更有再来竹溪的承诺。益善老师，多来益善。

野荞老师是文坛有名的快枪手，近 2000 万字的原创作品使他的著作"等身"有余。他更是个气氛调节大师，用 30 秒钟完成了频道的转换，再用 5 分钟时间谈了自己的创作经历，然后号召殷殷期盼的仰慕者们大胆提问。梅洁老师谈她的《山苍苍水茫茫》，她的《大江北去》，眼里盈着深情的江水。在此期间，至少有两个作者悄悄给我说，请阿成老师讲一讲，大概是一路行来，大家多次领略阿成"哈尔滨式"的风趣和睿智吧，他们急切想探究这些有筋道的语言的原产地。其实，我也正有此意，甚至，我已经拟好了请阿成老师发言的提纲。我本来预备用普通话提问，但我知道自己普通话不太好，一旦尝试，很容易结巴。结果，我的流利的方言阿成老师一句也没听懂。但是听不懂没关系，他从大家的殷殷期盼中看懂了，于是顺着自己思路侃侃而谈。谈自己年少时如何整天泡图书馆，如何被人怀疑是为了泡妞才泡图书馆，谈自己读了多少书记住了多少文字才敢于下笔能够下笔，谈自己对于一座城市的情感，因了这个情感才有了他的《年关六赋》《哈尔滨人》《城市笔记》。

名家们的畅谈让我们坚信了一个道理，创作的过程就是坚守爱好和坚守情怀。一人爱一城一地，一人写一城一地。这些情怀都是我们该珍惜的。就像梅洁之于汉水，阿成之于哈尔滨，聂夫子之于湘潭，墨白之于颍水河，哦，我们家乡的野莽之于我们的家乡……

29日：相见时欢别亦欢

六天的采风于竹溪而言，是一个疏通文脉的过程，于我是一段弥足珍贵的经历。与名家一起，我们由初相识到信任，甚至开出友谊的小花。六天毕竟短暂。六天虽然短暂，但我并不纠结，在这个天涯若比邻的时代，相逢与相别，不过是我们心中的一个小小念头。

相别之日，采风团还做了一件事。大家都知道野莽老师是孝子，在竹溪是，在北京也是。母亲意外去世，他把孤单的父亲接到北京，放下自己的写作精心服侍，左邻右舍看在眼里，小区居委会报到街道，2012年秋，北京市人民政府为他颁发了孝星奖章。父亲病危，他更是日夜守候，直到离世。此行的作家好友暗中商量，要去他的父母墓前以行晚辈之礼，又忽然听竹溪人说"七十不上坟"，老作家们入乡随俗，不敢犯忌，于是推举相对年轻的墨白与更小的正旺和贵平为代表，我为向导，图书馆馆长李玲代买鲜花，在午饭之后座谈之前，驱车前往五峰山墓地……

欢送各位老师上车，采风群里热闹非凡。老师们在群里道别，告知抵达的位置。墨白老师率先上线："本届关键词，那家伙！小说还是要语言好！"飞机刚刚落地，阿成老师旋即发来贺电："此次在野莽贤弟的率领下，圆满地完成了一次愉快之旅，谢谢主客双方。说句心里话，小说还是要语言好。"

俗话说，天下没有不散的宴席。但是，癸卯年这场春天的盛宴，正如一篇美好的散文，形散，而神不散。又似一段难忘的恋情，人散，而心未散。

谨以此文致谢国营竹溪综合农场的兄弟姐妹们，在这场盛宴里，处处照见你们春天般动人的笑容和倩影。

故乡明月

营盘山的童年

张晓莲

　　我小时候跟父母生活在营盘山上。那时候父亲是生产队队长，带领生产队的人在营盘山割漆、种黄连、养羊。我们在山上有五间土屋，屋内有阁楼两间，中间用山墙隔开，山墙上有门相通。阁楼里铺上编好的竹片、玉米壳就是我们的大通铺。男的一间，女的一间，每个通铺可睡十几个人。我和弟弟经常不受管束，满阁楼地跑着要李叔叔、王伯伯给我们讲故事，教我们唱歌。疯累了就在他们的被窝里睡。有一天晚上我们刚刚睡着，就被母亲推醒了。母亲让我跟弟弟裹上被子不要出声，父亲轻轻地把上阁楼的木梯子抽到楼上来。不一会儿，一头大黑熊砰砰两下就把土屋的木栅栏门撞开了，满屋子找吃的，锅碗瓢盆乒乓作响摔了一地，过了很久黑熊不小心一脚踩在留着火种的火坑里，才嗷嗷地叫着冲回树林里去了，父亲放下楼梯找到一些木板和原木把门顶上，接着我们就睡着了。第二天早上没有碗吃饭，父亲去溪边找到几个石片，我们把饭盛在石片上吃。我跟弟弟逢人就讲昨晚黑熊入侵的事，激动得不得了。经常会有三五成群的野猪从我们门前走过，父亲跟我们说让我们不要去招惹它们，野猪一般不伤人，只有带着猪仔的母猪才具有攻击性。我跟弟弟用野核桃树皮、苎麻、木棍编制成吊床，绑在树上，待在吊床上给野猪撒玉米吃。

李叔叔是四川人，只有一只手，具有巫师的身份，有一身好本事。他单手就能捉到野猪，做的陷阱有时候一天可以捕捉到好几只山鸡、野兔。有一次竟然捕到一条大蛇，剥了皮剁成块都有满满一脸盆。母亲不允许我们在屋里的土灶台上炖蛇肉，几个叔叔就在院子里垒了几块石头，找到半口生铁锅炖蛇肉，香味飘出去好远。李叔叔用竹枝做成筷子发给我们，十几个人围着锅、喝着酒、吃着蛇肉。叔叔们喝醉了就划拳、唱歌、狂欢到星星、月亮都出来了才去睡觉。

王伯伯带着他 17 岁的儿子在营盘山放着七八十只羊。他们总是要等到太阳出来了才去放羊，说羊吃了有露水的草会拉肚子；太阳还没有落山就把羊赶回来了，说怕有豺狼虎豹。有一天晚上羊被咬死了三只，李叔叔检查了羊的伤口说是豹子咬的，他在路口布置了好几个陷阱，晚上王伯伯烧起火堆把羊开膛破肚撒上盐吊在火堆上烤，叔叔们一次就吃下了一整只羊。为保护羊王伯伯睡在了羊圈的吊床上。过了十几天，李叔叔的陷阱里捕到一只白毛黑斑的猫豹。这次李叔叔可不敢掉以轻心，编织了一张结实的大网，让好几个叔叔去帮忙才把豹子从陷阱里弄上来。豹子在网里横冲直撞，我不敢看它水汪汪的眼睛，感觉它很伤心！李叔叔把豹子关在笼子里，每天喂它一些羊肉，后来不知道弄去了哪里。

由于下山太远，差不多要走一天，我跟弟弟都是那些叔叔轮流背着上山的，所以我们很少下山。父亲每个月都会跟叔叔们下山去背粮食，回来就会给我们带一些吃的。那时最好的零食就是果丹皮、水果糖，也有奶奶自己做的红薯干、炒黄豆和煮熟的腊肉块。我跟弟弟吃得最多的零食是各种野果、草根，叔叔们在山上总能给我们找到吃的，荔枝、拐枣、猕猴桃、板栗、核桃……在山上随便转转就可以捡一背篓。有几种特别好吃的草根及小浆果我都不知道名字，但酸酸甜甜味美又止渴，我和弟弟都认识，经常到山上去采挖。

春天栽种完黄连父亲就跟叔叔们砍来毛栗树锯成小段，再用斧头破成小块，把这些小块削成一颗颗厚四厘米的木钉，削完后放在火炕上的竹篱笆上烘干。父亲说这是制作漆钉，为夏天割漆做准备。夏至前几天叔叔们在荆棘丛中砍出一条条漆路，每一棵漆树的周围都砍得光溜溜的，以便割漆时施展自如，父亲说这叫砍朝路。朝路砍好后，叔叔们就背着背篓、斧头沿着朝路在漆树上打漆钉。只见他们举起斧头，咣咣几声响，漆钉就乖乖地钻进了漆树的树身。第三道工序是放漆水。这道工序讲究很多，一般学徒是不许动手的，先要跟老漆匠学习漆树的纹理、阴阳。因为漆匠对漆树充满敬意，放漆水的漆一般都不收，用来"敬漆神"。割漆的第四道工序是打漆叶。漆叶是采集一种叫作"大红袍"树的叶子，这种叶子韧性好，厚薄适度。父亲用手指轻轻一卷，就把叶子折成了一个小茧子，卡在漆树上接漆。立夏以后的早晨，父亲跟叔叔们每天天麻麻亮就起床，我总是会被母亲的油炒饭的香味诱惑得睡不着，因为只有割漆的人才可以吃油炒饭，母亲说他们一上山就是一天，油炒饭抗饿。每个漆匠上山时都穿着斑驳的漆衣，背着竹篓，竹篓上插着一把明晃晃的漆刀，拎着几个小木桶。看着父亲在漆树上灵巧地攀爬总让我想起神雕侠。

盛夏，太阳大得晃眼睛，父亲穿着厚厚的漆衣没几天就浑身长满了痱子，加上漆的腐蚀，父亲的手摸起来就像老漆树皮。一季的漆割下来，漆匠们都要承受八九次老嫩皮更替的蜕皮之痛，可他们毫不惧怕。每天晚上收漆回来他们就用一杆小秤把自己小漆桶的漆称出斤两，记在账簿上，再把小漆桶的漆倒在大木桶里，如果谁割的多几两就很开心，被漆腐蚀得皮肉紧绷的脸上掠过得意，讲述今天遇到哪几棵大树肯流漆。大漆桶每满一桶父亲就把木盖子用黄蜡封上。割漆每九天一茬，一年一棵树割九茬，历经 81 天割完，割完后父亲跟叔叔们就会把大木桶挑到山下供销社去卖，换回来细米、白面，还有糖果和新衣服，简直跟过年一样。

秋天父亲开始采黄连种，把采集到的黄连种用湿砂掺拌埋藏在山洞中，然后男劳力就都去山上挖黄连，女劳力留在屋里剪黄连的须根。五毛钱一背篓，一个女工一天可以赚到三块钱，她们常常点着煤油灯剪到半夜都舍不得放工。剪了须根的黄连称"毛团"。父亲在院子里挖了一个长方形的大坑，坑上镶嵌着铁板，周边用黄泥糊上避免漏火星，坑内点燃柴火，待铁板烧红后将毛团直接放在烘炕上，十几个叔叔手持抄片，划船一样不停地翻动炕上的毛团。"哦和哦和"的号子声响彻山谷。待黄连干至易折断时就把毛团趁热装进槽笼里撞，槽笼两头各六个人抱着撞杆喊着口号一起使劲，槽笼剧烈地晃动，毛团在槽笼里互相撞击。槽笼是竹子编的，撞击中须根、叶柄、泥沙就都从缝隙里漏出来了。由于我们的黄连质量好，操着各种口音的客商都来调货。我看到父亲用猪皮包装着满满一包钱，悄悄拉着母亲把钱倒在床上数。1986 年，我们村就出了好几家割漆、种黄连的万元户，乡里发的流动红旗一直挂在我们村的队屋里，父亲每次看到红旗都笑眯眯的。

营盘山上有上京古道，有练兵场，有闻太师墓，有绵延千亩的海棠，有牡丹谷、花椒塘……我和弟弟经常听挖药人讲述营盘山的传奇，就想跟他们一起去寻宝。几乎每天都有挖药人在我们的队屋里借宿吃饭。他们会把挖到的天麻、细辛等药材送一些给母亲，还把采的药材拿出来教我跟弟弟辨认，像"江边一碗水""头顶一颗珠""文王一支笔"等，不仅药材好，名字也很好听。偶尔他们还会从山上捡到铜剑、古钱币，让我跟弟弟眼热得不得了。但父亲绝对不允许我跟弟弟单独上山。山上有毒蛇猛兽，黄连棚里埋有淬毒的钉板、地雷，没有李叔叔带领是不敢靠近的。由于特殊的生活环境，我上小学之前已经会辨认三十多种中药材，并且都知道功效，有小伙伴打猪草割了手，我扯棵草放在嘴里嚼嚼贴上就能止血。

8岁那年我因为上学离开营盘山，一段奇妙岁月束之高阁。随着年岁渐长，以前的经历变得亦真亦幻。或许，那就是一个儿时的向往幻化成的真实梦境吧！三十年改变一个人，改变一座山，却消磨不掉初心生发给人的记忆。那里山的雄奇壮美，人的勤劳刚强，野性与朴实，永远镌刻在我的记忆里。营盘山慷慨无私，不偏不倚，大度地敞开它的怀抱，接纳每一个进入它的生灵，我们身临其境，或聆听感悟，或索取奉献，不同的际遇造就不一样的情怀。

寻幽记

颜　巧

听说营盘山的海棠花开了，一大片，一大片，灿若云霞，美得不可方物。

我早就想去，却一直忙于工作和生活琐事，抽不开身，这个愿望便一直从春天延期到夏天，终于在初夏小满的那个周末得以实现。

一　夏日营盘山

清晨，在鸟鸣声中醒来，躺在民宿洁白的床上揉揉眼睛，伸个懒腰，感觉自己新鲜得像一枝月季花，充满期待的一天就这样开始了。

同行同住的锦华姐姐是个诗人，性格很好，温婉内秀，相处愉悦；开车载我们进山的明主任爱好游山玩水、摄影写作，一路上对我们几个老乡诸多照顾，此处抱拳一谢。

吃罢早餐，我们便出发，开始了一段寻幽探奇之旅。

几人中我是第一次来营盘山，一路上风景太多太美，眼睛都不够用。此时很想多出一只眼睛来，或者像蜻蜓一样眼睛长得比头大，内有成千上万只"小眼睛"，这样就可以把营盘山的美全都装进去。好在可以用手机拍照，将美丽的风景定格。

我们从入山口拾级而上，游步道依山傍溪而建，随山势蜿蜒，斗折蛇行，曲径通幽，花木蔚然成荫，空气清凉朗润，好一处消暑胜地！山口处有一树灌木，约一人多高，枝干横斜，层次分明，上面开满白蝴蝶状的花朵，每五六只白蝶聚成一簇，围拥着中间的珠状花蕊。用微信小程序拍照识别，此花叫"蝴蝶戏珠"，学名荚蒾。这树长在入山口，花朵好看，树形优美，仿佛是在欢迎远道而来的客人，我忽然想应该给她起个名字，挂个牌子，黄山有迎客松，营盘山也有自己的迎宾花，是大自然让她长在那里，像一位亭亭玉立的白姑娘，翠裙摇曳，蝶影翩翩。

走走停停，继续上行，各种各样的山间植物让人眼花缭乱。我素来喜欢花花草草，自觉对植物有些认识，但这营盘山里的好多植物我在外面从未见过，今天真是大开眼界，就冲这一点，也是不虚此行啊。

当然，更令人惊叹的还数营盘山的瀑布。不是一个，是一群，是成百上千，大大小小，连绵不断，千瀑千面，万种风姿，绝不雷同，若有雷同，纯属眼花。贵州的黄果树瀑布和北美洲的尼亚加拉大瀑布胜在壮美，而营盘山的瀑布胜在抒情。一路攀登，瀑布就在身边，在脚下，宛若连绵不绝的钢琴曲，时而激越如《命运》，时而轻柔如《月光》，这大自然的演奏，只要你来，随时可以免费听。

营盘山的瀑布听起来绝妙，看起来也是极美的。山势错落，流水飞涧，如纱如雾，如幻影，如宋词里的霜雪、唐诗里的月光。它的美不只是视觉上能感受到的美，还有它所能激发出的想象之美。同样一个二级瀑布，有人看到给它起名叫"夫妻瀑"，有人称它为"兄弟瀑"，无论哪一个名字，都是美的联想，都寄托了人们内心对美好感情的追求与向往。

"八百里绝龙岭，三千年大营盘"，来自秀美山川和远古传说的诱惑，少有人能拒绝。因此，我们去的当天，还有不少其他游客，这旅途便一下子热闹丰富起来，尤其是那帮摄影人，一路拍个不停，欢声笑语不断。

青山常寂寞，人影入画来，当人融入风景，便成了另一种风景。

有人扛着专业相机和支架，攀石上树，涉溪蹚水，只为拍下最美的景致，那专注的样子又被旁人摄入镜头。一群练瑜伽的女子，着素白的裙衫，提着花篮，采来山中未名的花朵，在覆满青苔的岩石上留下翩翩倩影，曼妙身姿衬托着青山瀑布，当真是赏心悦目。尤其是领头的小琴姐，长年瑜伽修炼的纤细身材，一袭红色绣花纱裙，轻盈行走在山间，袅袅婷婷，婀娜如仙，直接把我看呆了。

同行的还有一对妙人儿——孟正圣老师和他媳妇儿。孟老师一路忙着拍照，他爱人在前面引吭高歌练嗓子，声音穿越树林，盖过飞鸟，音色保持得相当不错，孟老师在后面时不时也跟着喊一嗓子，让我想到一个词"妇唱夫随"。可以看出他们夫妇都爱好文体活动，志趣相投，感情甚笃，虽人到中年却有着年轻的心态，活力满满。看来，人一定要有所热爱，拥有健康的兴趣爱好，生活才会回馈给你幸福感。

最后不得不提的一位，也是此行让我感触颇深的一个人，是75岁的画家阚荣成老爷子。他同我们一起攀爬到山间栈道的尽头——海拔1700多米的三级瀑布，沿途有的路段相当陡峭，他却没有靠任何人帮扶，一步一步，虽缓慢却坚定地爬上来。他还用手机拍了不少照片，说回去之后要创作营盘山的国画。老人家的身体和精神状态让我非常羡慕，真希望我75岁的时候，也能有这样健康的体魄和坚定的意志，以及对艺术的热情。

此次营盘山之旅唯一的遗憾是没有看到心心念念的海棠花。许是季节不对，我来的时候，山下和半山的海棠花已经开过了，山顶的虽然还在灿烂地开着，但是因为要赶回去上班，便没有充足的时间和精力去登顶一睹芳华。

二 梦回百草溪

百药山下百草溪，雾隐山间百鸟啼。
神农之水浅尝过，佑君康健去百疾。

诗中的百草溪是营盘山综合景区的一处分支，从前在南山从教的时候，我曾N次乘车经过这里，却总是来去匆匆，没有一次停下来细细欣赏过。

今年的营盘山之旅让我有机会好好看了一回百草溪，她的美丽是特别的，也是区别于营盘山本身的，值得我用文字去单独记录。

多云的午后，太阳识趣地隐在层层叠叠的云团之后，天空像一只不规则的漏勺，从云缝里漏出缕缕霞光。我们从农场民宿出来，沿着干净的乡间公路下行至主干路弯道处，再左转向上折行。那是百草溪景点的下端，散落着几处民居，很有年代感的老房子，白墙红瓦，沿溪而建，院子前方有游栏，栏外是潺潺的溪水，栏内用各种瓶瓶罐罐种着花花草草、可爱的多肉和草莓。草莓偏瘦，不如大棚里的肥壮，像一颗颗鲜红的吊坠，小巧玲珑地悬挂在塑料瓶的边缘。我们询问主人家能否摘几颗尝尝味道，圆脸的女主人坐在门口的小马扎上择菜，露出山民朴实的笑容说，随便摘，随便摘。草莓只有拇指大，吃到嘴里酸酸甜甜的，味道特别正，感觉比市面上卖的要好很多。

谢过主人家，我们继续向上漫游，忽见一处水池，池面如镜，绿若翡翠，四周草木郁郁葱葱，水面疏影横斜，观之心情畅然。抬头见对岸一座拱桥，长约数丈，桥身设计简约大方，两头掩映在绿树丛中。一束霞光倾泻而下，在池中投下颠倒的桥影，朦胧似幻境，仿佛通向未知的城堡。上行至桥下的石阶，回首可见不远处红色的屋顶，以及更远处茫茫的青山。

穿过桥洞，又见一座拱桥，桥身呈半月形，全部由石头砌成。那是从前公路未改道时的桥，想必已经有些年代了。现在车辆都从新桥过，老桥便在时光中静默，有了岁月的痕迹，石缝里生出许多倔强的植物，桥的两侧爬满茂盛的扶芳藤，悬垂飘荡，摇曳生姿。百草溪的水穿桥而过，在这里汇聚成一潭碧波，半圆的桥洞与潭中的倒影完美对接，形成一轮圆月，水下的一半温柔而朦胧，水上的一半空明而澄澈，无论从哪个角度看，都是一幅绝妙的风景画。再看潭中波纹点点，我以为有细雨跌落，仰面感知片刻却发现并没有，好奇地走近细看，原是许多小鱼在亲吻水面。它们或许在捕食，或许在嬉戏，小小的涟漪荡开，一圈连着一圈，一环套着一环，桥下的潭水便是它们的自在天地。

见此美景，锦华姐姐想到一个拍照的创意，她跑到桥上，和另一位女士一起举花挥帽，笑容灿烂，我赶紧替她们拍下这美好的瞬间。我一向不太会拍人，但是这张天人合一的照片，我却相当满意，很有成就感。蓝天碧水明月桥，桥上佳人笑，即使佳人不再年轻，此刻在这里也可以暂时放下尘世的一切，体会一番"出走半生，归来仍是少年"的感觉。

路旁一处界碑，高约一丈，上书百草溪简介：民间有传，百草溪溪水吸纳百药山数千种药草精华，饮用可防疾病，健体魄。峡口有神药井，深七尺，每逢望日取井底之水，饮之百病可愈。百草溪前段一瀑布，溯溪而上数十米即至，清流奔泻，跌玉溅珠，别有情趣。

阅此碑文，满怀期待地继续溯溪而上，穿过林间栈道，很快便来到碑文所说的瀑布前。只见一束白练从数丈高的峡口飞流直下，落地成珠，在潭边岩石上飞花溅雾，那水雾乘风而来，轻柔扑面，让人顿觉凉爽至极。瀑布脚下是另一汪潭水，水尤清冽，底部砂石清晰可见。潭水外围沿溪修建有一道人工堤岸，比脚背略高，有着弯曲的纹路，邻水一侧长出密密的苔藓，茸茸的绿色，巧借自然之势，蜿蜒至潭中，乍一看很像一段古木横卧在地，又像一条青灰的巨蟒在潭中饮水。

穿过鸟鸣声声的灌木丛，出峡口上行，眼前豁然开朗。一大片茶园在缓坡上铺展开来，近临干净的小道，远映苍翠的群山，不经意抬头，可见流浪的朵朵浮云。这里是习武剑茶的种植基地之一，茶叶的新芽长得刚刚好，采一株放在手心，阳光下绿得发亮，凑近了闻一闻，有高山绿茶独有的清香。数不清的嫩芽挤满一棵茶树，数不清的茶树连成一条茶带，数不清的茶带织成一片茶园，有采茶人的身影点缀其间，自然与劳动之美相得益彰。这蓝天之下一大片盎然的绿意，勃勃的生机，让人想到充满希望的世界。

茶园中段的路旁一块天然巨石吸引了大家的视线，巨石的侧面如刀削斧凿一般平展，远看像一艘搁浅的战船。我跑到石头边请同伴帮忙照了一张相，那天正好穿了一件浅色的衬衫，有着灰色斑纹的石头很好地衬托了我这个大活人。韶华易逝，童年和青春总是过得那样快，长大后的生活多了很多责任，不能再任性自我，偶尔也会感叹岁月催人老，但是和这块大石头一比，我可真是年轻多了呢！

走到石头的另一侧，才发现古老也是一种无可替代的美。我忽然觉得这是一块很有魅力的石头，它有了无生机的灰暗一面，也有多姿多彩的另一面。看吧，它的另一面覆盖了一层一层的苔藓和地衣，还有瘦弱的蕨类植物，有的地方已经脱落露出空白，有的地方绿茸茸的，有的地方如墨色晕开，还有被秋霜染过的褚黄与褐红，在画家的眼里，这就是一幅天然的国画，一幅山河秋景图。因为坦然接纳了四季的阳光雨露、风霜雨雪，它呈现了别样的美丽。

人生也有四季，只是没有轮回。茫茫人海，大多数人都很普通，但即使普通，也是绝版。在年轻的时候就尽情美好，努力且抗争，成长并接纳，任时光老去，最后我们都会像这石头一样，荣耀过，孤独过，然后平和地静默，活成一个绝版的自己。优雅地老去何尝不是一种美，不管有没有人看见，都可以自顾自地美丽，甚至对于这种美不必自知。

感触是一时的，生活是一世的，人生的路还得继续往前走，正如这百草溪纵然有百种美丽，也不可能永远停留在眼前的风景中。

黄昏已近，看过了诗和远方，还是要回到烟火日常，要吃饭、要休息，要回到安全的栖息地做一个普通的人类。于是，我们沿着林间栈道往前走，回到了农场民宿。

美丽的百草溪，有缘再见啦。

三 夜宿农场听风眠

旅行除游山玩水，赏美丽河山，品精彩人文之外，能够比较舒适地吃喝休息也是我们对一处景点给予好评的因素之一。

此次营盘山之旅甚是开心难忘，除了美景的吸引，也少不了杨家机综合农场细致周到的服务，对此我给五星好评。

记得到达场部的那天下午，一位徐主任和一位刘主任热情地接待了我们。刘主任全名刘贤荣，几年前我读过他写的《竹溪茶赋》，觉得甚好，此次听他讲农场的历史，提到他们曾在三合分场工作过，我插话说十三四岁的时候，我曾去大沟茶场采茶，他笑言说有可能当时就是在他手上过的秤、结的账。真是人生何处不相逢，相逢何必曾相识啊。

说到食宿，就想起那美味可口的三餐。天然绿色的本地食材，粗细搭配，荤素结合，色香味俱全。印象深刻的是用高山土豆炒的酸辣土豆丝，还有嫩滑爽口的柴火豆腐，以及用农场土鸡蛋做的黄金炒饭，又香又健康，吃了还想吃，让人想起妈妈的味道。

吃罢晚饭，已是夜幕降临，农场里灯火葳蕤，核桃树和栗树的叶子在灯光下绿得发亮，就连树梢周围的空气也泛着朦胧的绿。夜色极美，河水哗哗流动，河床上卧着大大小小的石头，光滑圆润，像远古的巨蛋，又像沉睡的海龟。

河上一道锁桥，是我们去就餐的必经之地，白天颇为普通，夜间却异常美丽，因为桥头的两盏球形灯实在美，像两个拉近的大月亮，发出的光璀璨夺目，比十五之夜的月华更皎洁明亮。这两个"月亮"属于人间，不属于苍穹。

沿着公路散步，晚风阵阵，空气中仿佛有清凉的茶香。一只小可爱紧跟在后面，我们走它走，我们停它也停，像是陪伴与守护。白天在农场民宿的三岔路口见过它，我叫它小花。午饭时在餐厅外还见过另一只全身米白色的小狗，萌萌的中华田园犬幼崽。它们安静又活泼，温和而乖顺，一点也不恼人，和老爸家的狗形成鲜明对比。后者简直不可理喻，按理说我回去的次数不少，它应该认识我了，但每次去那畜生总是狂吠不止。有一次连我的小女儿都看不过去了，叉腰指着它的鼻子骂："你这个没良心的狗，我们每次来给外公炖汤都把骨头留给你，你却还对着我们汪汪叫，简直瞎了你的狗眼！"我猜想也许是它被链子拴着失了自由，因此变得敏感暴躁，而农场里的小花和小白可以自由地撒欢奔跑，每天目睹人来人往，也算是见过大世面，与人类进行跨界社交没有丝毫障碍。我忽然有个想法，随着景区的不断完善，以后会有更多外来的朋友来此游玩，如果农场里有更多这样的小可爱，时不时出来卖个萌、陪游客散个步什么的，岂不是特别有趣？

回到房间洗漱完，躺在柔软的床上，依稀还能听到潺潺的水声与山谷呼啸而下的风。

周围万籁俱寂，手机微信群里却是一片热闹。这是一个为开展"登神奇营盘山，赏万亩海棠秀"摄影征文活动而建的群，里面有一群热爱运动和摄影、致力宣传美丽家乡的人。他们是这次登顶小队的主力军，群里的消息主要来自他们的分享。我看到他们登山的一路艰辛，从三级瀑布往上便没有路了，最后的500多米海拔全靠披荆斩棘去征服。他们在天黑之前到达了绝龙岭顶峰，搭建了简易的帐篷和照明设备，用无人机拍摄了山顶的风光。我从他们的镜头里看到了我没能亲眼见到的海棠花，长在高山之巅，状若粉云香雪，极美。我想感谢那些执着的摄影人，因为他们有勇气和毅力攀高涉远，才为无数不便或不能远行的人提供了珍贵的影像，蔓生出无尽的希望，那是对美的向往，是斩不断的。不管是身临其境，还是远观其美，唯有热爱可抵岁月漫长。

我在群里还看到一张照片，登顶露营的队伍中有一个十几岁的少年，拿着一本英语书，在营盘山顶大声诵读。我觉得这是前无古人的，对那个男孩来说是难得的人生体验。当周围的很多同龄人沉迷手机游戏时，他的妈妈带着他亲近自然，攀登高峰，锤炼男子汉该有的品格与毅力。等他长大以后回想起来，一定会感谢并怀念。

夜深了，山上的人还没有睡，他们在讲故事拍古今；山下的人也没有睡，他们在群里调侃揶揄，为山上的朋友排解寂寞。我点开一段视频，视频里一位本地大哥在营盘山顶用竹溪方言讲述闻太师葬身绝龙岭的传说，乡音亲切，让我想起小时候听四爷爷讲故事，就是这样夹杂着四川话和湖南话的腔调。

他讲得很好，绘声绘色，使我想起另一个视频来。

前段时间作家野莽先生应邀为营盘山做过即兴解说，先生博闻强识，写过《庸国》五卷，他的侃侃而谈融合了精细的历史考证、出色的文采、标准的普通话和从容自信的气度。他无疑是热爱家乡的，所以才会说希望营盘山景区建设得越来越好，以后连外国朋友都会被吸引来游玩。

在我看来，两个视频解说都是很有价值的，野莽先生的推介更容易吸引一批有文化底蕴的游客前来，而本地大哥的方言讲述也应该成为一种地域文化传承。

午夜已过，群里安静下来，山上的人和山下的人都渐渐入睡，共享这清风拂过的夏夜、这静谧美好的人间。这里没有战争和流浪，只有和平与安宁。

山水泉溪

杨怀玉

    泉溪居竹溪县之中，平均海拔最高。自县城东行十里，折而向南，由鄂坪而汇湾，登上厥山，就到了泉溪地界。

    竹溪多山，泉溪以里统称南山。有山自然有水。水是山的灵魂，山是水的风骨。沿盘山道南行，站在厥山山顶前后顾盼，感觉厥山是一个分水岭。向南的山雄伟而多姿。有的山高树茂，极尽丰腴；有的袒胸露肌，高峻挺拔；有的一柱冲天，唯飞鸟临绝……可是不管怎样的山，都闻泉流声声；不管怎样的石，常有水痕沥沥。山清水秀，山雄水阔，便留下无数的印记，孕育无数的情致和秘密。

    厥山腹地有一洞，口小内深，人称泉洞子，取其洞内常年流水之意。但附近的老人总会纠正，那叫钱洞子，是铜钱之"钱"而非泉水之"泉"，并言及钱洞内埋藏有宝藏。问其细情，又往往语焉不详。人们听后均不以为然，只拿它当一个古老而俗套的传说。忽有一个夏天，连续下了儿天的大雨，洞内有地方坍塌。雨过天晴，一个薅草老人在洞口处洗手，无意间发现水里散落着许多古钱币……此消息不胫而走。人们联想到那些个古老凌乱的传说，便纷纷拿起工具入洞淘宝，竟每人都有收获。直到有一日，洞内再次坍塌，并把一个汉子砸成重伤，这场轰轰烈烈的寻宝才告一段落。

洞内如此多的古钱币究竟是何人于何年何月、因何原因藏进去的？里面还有没有其他秘密？都不得而知。洞中泉水一如既往地流淌，好似在引诱，又仿佛在告诫你什么。

自厥山蜿蜒二十里，就到了黄柏溪。站在黄柏溪原供销社院坝隔水相望，对面半山腰斜生一石柱，垂直高度二百米左右。石柱下粗上细，间生杂树，正面陡峭，绝无可攀。背面有盘旋小径，可容探险者攀至顶部。石柱的奇特之处在于它的顶端有一泓从未干涸的泉水，滋润着附近十几平方米的小平地。由于此柱形似男人的生殖器，当地人戏称为"硬裸下山"。供销社斜背后有两条山脊相连，起伏延伸，酷似女子自然仰卧。山脊相接的槽处也有盈盈泉水，当地人称之为美女晒羞之地。据说人死后若葬于美女羞处，便可福泽万代、财源滚滚。于是真有当地谢姓大户人家的男子死后下葬于此。一阳一阴，隔河相对，也算是自然的造化吧。

黄柏溪是古代从四川到竹溪的一个盐道口。黄柏溪的老街曾经店铺林立，在竹溪非常有名。遥想那时的盐客，从四川巫溪大宁盐场换得泉盐，步入一脚踏三省的鸡心岭，或经过竹溪蔡子坝、丰溪、泉溪双桥铺到黄柏溪，或沿着陕西镇坪的崇山峻岭、泉溪坝溪河到黄柏溪，这里都是一个挺适合食宿的地方。在河畔小店酒足饭饱，打情骂俏几番后，再有一天工夫就到竹溪县城了。

20世纪90年代，我曾拜访过一位70多岁的老婆婆。老人一人独住两间土房，屋里屋外收拾得干干净净。虽粗布土衣，却拾掇得清清爽爽。老人揉得一手好绿茶。我们在农家小院品评着泉水香茗，听她讲述自己的传奇。原来老人就是传说中黄柏溪店铺的一个老板娘。老人年轻时貌美，能说会道，做得一手好茶饭。特别是她做的神仙豆腐，嫩绿晶莹，既味美，又清凉润肺，堪称当地一绝。来来往往的客商都喜欢去她的店铺食宿。说到精要处老人露出得意的样子，显然对过去还充满自豪和眷念。当地的干部亲切地叫她老妖精，她没有丝毫的反感。

自黄柏溪南行十余里就到了泉溪镇政府所在地——泉源。以泉为名，与泉为伴，泉溪镇政府坐拥背后的二娘山（又称三块石）。此山缓缓而上，渐入云霄，不找一个能与之匹配的地方是看不见山巅的，与之匹配的是谁？遥对的金顶山，再远的就是大营盘的绝龙岭和紧挨它的光顶山了。沿盘山道爬行，老走不到头，走久了会有气馁的感觉。此山坡缓、树密、水丰，山上随便拿锄头挖尺许便有泉水涌出，泉源地名由此而来。泉溪街的村民，吃水共用一眼泉。此泉自然破土而出，冲击成水池，喷薄的泉水有大碗口粗，沿泉水道流下，形成无数个小泉眼。泉涌处冬天冒出缕缕白烟，洗菜洗衣不冰手，夏天双手入水则有沁骨之感。当地政府曾在山坡上建一水塔，让这甘泉之水自流入千百人家。

二娘山临山顶的一个垭子叫孙二垭，据说曾经有人打着梁山好汉的名字在此开黑店，打家劫舍。穿过孙二垭，就到了红岩子村的地界。红岩子村半山腰有一泉叫岩泉。泉眼位于红岩千仞石壁之中的一个突起的石台上。泉池高、宽、长一米左右，两尺清水盈盈蓄于池中，不满不亏，正好可供周围五六家农户使用。观石池，浑然天成，了无裂痕，泉水似从石中生生挤压而出，令人称绝。山中的农户现早已搬迁了吧，泉池会不会人去水涸呢？

成家河是泉溪最温润的地方。这里海拔较低，坡势和缓，土层深厚，被称为泉溪的粮仓。就是这样一块明镜似的地方，竟也隐藏着许多秘密。从泉源东行至豁风垭，是烈士聂之俊英勇就义的地方。自豁风垭向右沿山道而行，走十余里便到了庙坪。在这隐秘的大山深处，曾经矗立着一栋大而精致的建筑——沈家大院。沈家大院地处半山腰一个斜生的山峰上，占地十余亩，三面险峻，一面缓阔。辟山峰为平地，砌青石为壁垒，再于其上建房屋百十间。墙壁皆用大青砖砌成，砖与砖的间隙用石灰、糯米、魔芋浆按比例搅和粘连合缝，坚固而不可动摇。每间房屋的窗户都是用整块坚硬的青石镂空，嵌进墙内，与青砖墙面浑然一体。虚实之间雕镂成花鸟、鱼虫、走兽，栩栩如生。室内更是处处精美，甚至连厕所的垫脚石也雕刻有图案。外厕图案简洁，内厕图案富贵。整个建筑恰似一件精雕细琢的艺术品。房屋的大门是整个院落连接外面的唯一通道。大门外有十余级石阶，均是千余斤的石条砌成。两侧门方用方正青石垒就，大门顶部镶嵌一长方形石匾，上书"修德养性"四字。字字工整严谨，显示稳健的风骨。大门对面一百米处，有一棵巨大的银杏树，树干三人合围。据考证此树树龄已 800 余年了，但树冠如华盖，遮天蔽日，犹似青壮时。

只可惜这样一个美轮美奂的地方，在人间傲立两百余年后，在 1990 年的某一天，源于一个愚昧无知的决定而毁于一旦。墙砖、檩料被用于建附近新校所用。那么多精美的石雕、木雕或毁坏，或散落于无数个家庭。而那一块"修德养性"的牌匾，被当地一农户攫取，做了他新房的门槛石，至今被进进出出的人践踏。

为什么大山深处会有这样一处隐秘的院落呢？离沈家大院三里外的地方有一座沈家坟院，这里曾被风水先生称为龙潭虎穴，是沈家祖先精心挑选的阴地。坟院现有坟茔二十余座，正中的雄伟气派，坟头高丈许，两旁石栏拱围，周围散落一些毁坏的石碑。根据墓志记载，该族祖居江西省九江府湖口县五柳乡，清乾隆二十一年（1756年）初余老孺人率众迁竹溪县南乡安峪寨尹店社乌龙池发家居住。至于为什么千里迢迢由富庶的江南迁至这样一处僻静地，并从外地请石匠，运石料，历经多年修建了这个院落，墓志没有介绍，只怕今的沈家后人也无从知晓吧。

探究沈家坟院的过程中，发现一个有趣的现象，在三座大坟的间隙横插一座小坟。小坟甚至没有坟头，没有砌石，只有一个小小的土坟包，和三座气派的坟茔相比，显得格格不入。听当地老人讲，沈家先人在寻找风水时，被阴地仙儿涮了一把。原来阴地仙儿也看上了那一块风水宝地，在为沈家选阴地时故意偏了一点位置，把正地悄悄地留给了自己。阴地仙儿死后，他的后人根据他的嘱咐把他葬于预留的缝隙。挖井时掘到一块石板，挖井人撬开石板，石板下横卧着一条小花蛇。挖井人未在意，顺手把小花蛇打死。龙穴自此敝气。

有了神秘远迁的沈氏家族，以及那里的精美院落，自然就少不了关于宝藏的故事。据说沈家先人为防万一，把金银珠宝等贵重物品分散藏于附近的山山水水。新中国成立后曾有人捡拾到整罐的银锭和制好的鸦片。

1996年的一天下午，班竹村文书陈余堂房屋右侧的水田里发生了一件怪事。水田的中央无缘无故地陷下去两米，圆圆的，簸箕大。联想到传说的一些故事，陈余堂感觉很不寻常。水田前临河后依山，是从河边硬生生砌了两丈高的石岸垒起来的。花如此代价砌一方小水田，在很多人眼里是一件不可理喻的事。自从发生水田表面下陷后，不合理的事情好像又有了合理的解释。于是有人来淘石岸，但羞羞答答地没敢深入，最后从鼓捣的石缝里掏出几只有些破碎的青花碗。于是又有人掏开下陷处，用绳子吊着下去。原来下陷的地方是一处过桥石，由于天长日久，石断地陷。沿断石处前行，竟是深入后山的甬道，甬道顶部以及整个水田的底部都是用石板丝丝入扣而成。据知情人言，下去的人没行多远，浑身起鸡皮疙瘩，呼吸困难，吓得赶紧摇动绳子爬出地表。不久，下陷处又被田泥堵住，恢复了水田的功用。

说到泉溪就不得不提及一条有名的河，它有一个大气的名字——万江河。它也实在配得上这个名字。我们都知道，中国最大的江是长江，长江最大的支流是汉江，汉江最大的支流是堵河，堵河的源头在哪里？就是万江河！竹溪的水系是堵河水系，自然也是汉江水系。十堰是南水北调中线工程水源地，万江河水就是十堰人送到北京的最远、最清澈甘甜的水。

万江河流域是省级湿地自然保护区和省级大鲵保护区。它全长60余千米，夹在南北几重大山之间。南面即与二娘山遥遥相望、可见其顶的金顶山，向西连接金顶山的就是大营盘与光顶山。北面的山与陕西交界，连成一线的有黑山、包龙山、八卦山和红岩寨。万江河两岸山高林密，溪泉流响，河水四季清澈见底，可掬水畅饮。河水东西落差大。雨时万马奔腾如龙吟，晴时依山缠绕似玉带；窄处藤蔓倒挂峭壁耸峙，宽处农家村舍错落有致。

在金顶山，我曾偶遇一位60多岁的看山人。老人在金顶山种药材20余年，每个季度下山一次，在家里待两天，上集市采购一些生活用品。在他不下山时，他的两个儿子也会轮流上山给他送一些粮油之类的日用品。老人终年厮守金顶山，拾掇满山他亲手种植的黄连等名贵药材。老人五短身材，精瘦，眼有神，闲暇时就带上两条自己训练的狗，背上鸟铳和小背篓，在山上转悠，挖挖药材，打打秋，日子过得寂寞而悠闲。老人面相木讷，但一旦打开话匣子，山野趣闻就如一阵清风扑面而来。老人告诉我，山里有一种竹鸡，从来不会搭窝，夜里都并排站在低矮的树枝上相互依靠取暖。用手电筒一照，十几双惊恐的小眼睛一动不动地盯着一个地方，甚至可以从容地走到树下捉两只。老人说，山里自古有"神斑鸠，鬼老鸹"之说，斑鸠白天不双飞，夜晚不双宿，永远保持几米乃至十几米的距离，在地上寻寻觅觅，在树梢彼此守候，一般人是很难捕捉或猎杀它们的。但如果被狠心又有经验的猎人打下一只，另一只也绝不会跑掉，很快被猎人寻见，一起殉情而死。难怪斑鸠被古人称为爱情之鸟呢。老人还说，再厉害的动物都有自己的弱点，所谓"人有人道，蛇有蛇道"，无论多凶残狡猾的蛇都有自己惯常行走的轨迹，在毒蛇经常出没的草丛，埋一片薄薄的刀片，蛇经过时"哗"的一下就把肚皮划开了，立刻变成了一摊软泥。原来精明的猎手打蛇是不用打七寸的。老人还告诉我，与金顶山相连的就是大营盘，大营盘山上最高的那道岭就是"绝龙岭"。大营盘和绝龙岭上有"上京古道"，商朝太师闻仲就是和姜子牙在绝龙岭殊死一战中战败而亡的。闻仲亡则商亡，商亡则周立……

我很幸运在这样的老人面前当一回聆听者。仿佛看到他在多少个孤独的白天和夜晚，在遥远而又寥廓的山间是怎样和飞禽走兽的部落做着各种斗智斗勇的游戏。他对自然的认识超越我们的想象。倾听他的声音，好像在倾听哲人布道，对未知的神秘世界充满向往。

顺万江河而上，到达它的上游冷水河处分手，沿乡村路翻过羊圈垭子，到达泉溪石安。这里的一条河被称为石板河。上游河床怪石嶙峋，中部一段河流犹似行经在一块巨大的青石板上。整个石质河床因了千万年河水的冲刷，形成了一幅幅千奇百怪的石板画，给人无限遐想。石板河由此得名。万江河与石板河均发源于营盘山，流经两个不同的方向，本是南辕北辙的一对姊妹，却又于某一处蜿蜒转向，渐行渐近，最后在新洲郭家洲神奇邂逅，携手流入堵河，注入汉江，汇入长江。今后它们又将一路北上，先后与神交已久的淮河、黄河咫尺天涯，于彼此的惊鸿一瞥中别离，在忐忑与惊喜中走向进京之路。

这些博大至刚的山、灵性至柔的水，犹如自然界的亚当和夏娃，如此美妙地结合依存，便生发出珠玉般珍贵的物产。竹溪是"黄连之乡""生漆之乡""魔芋之乡"。这些蜚声中外的物产，大都根源于以泉溪和丰溪为代表的南部山区，属于神奇而富有灵性的植物。

黄连属于喜阴的草本植物，大自然赋予它神奇的清热燥湿、泻火解毒功效。它生长于类似金顶山、大营盘那样的山谷阴凉地带。人们利用野生林地栽培，搭连棚为之遮阴。连棚不能太暗太明，需片片弱光透过。两年育苗移栽，凡七年修成正果，一兜鸡爪连也不过十数克而已。可谓辟谷而生，采自然精气而成。

漆树一般生长在海拔 600 ~ 2000 米的山坡，以向阳为好。人们栽种漆树，主要不是为了树干，而是取其精血，就是我们称为"生漆"的那种白色乳液。欲取生漆，需待漆树长圆方了才可，这个过程一般要 8 年到 10 年。割漆对漆农而言是一项辛苦的劳动，对漆树则是一段生死涅槃。割漆前漆农先要寻找一种质地坚硬的树木，削成无数个树钉，然后将树钉按"倒牵牛"等模式钉入漆树，供割漆登踩之用。割漆时用特制的漆刀自下而上把漆树割开一道道倒人字形或剪刀形的口子，把一种叫小叶愁树的树叶叠成漏斗状，卡在树口子上，让漆树的乳液自然流入漏斗，再刮入木制漆桶。刚流出来的生漆都是乳白色的，似人的母乳，但比母乳浓稠。不过几分钟，暴露在空气中的白色乳液就变成红褐色了。

割漆一个口子七遍刀。也就是说每个口子割一次停七天，待伤口结痂，白色的乳液聚集到痂口附近，再把痂口打开放漆。如此七次，历经七七四十九天磨难走完一个轮回。有经验的漆农割一面留一面，三年后同一棵树可割第二次，六年后割过的痂口长出嫩皮，还可再割。那些狠心割野漆的漆农，一次就把漆树割死。他们首先把漆树顶梢砍断削凿成凹状，注入松油点天灯，再割口放漆，漆液就会一次性放完，漆树便会干枯而死。据说漆树如果不放漆也会胀死的，犹如母乳没有婴儿的吮吸容易得乳腺炎一样。

生漆是一种优良的防腐防锈涂料，也是良好的绝缘材料。古诗说："生漆净如油，宝光照人头；摇起虎斑色，提起钓鱼钩；入木三分厚，光泽永长留。"生漆成就了经典的漆器工艺，使得很多珍贵的器具历经千年而不朽，成为国宝。

与其他植物相比，魔芋实在称得上"娇贵"二字，这和它茎块的丑陋模样太不相符。魔芋属于半阴性植物，旱不得、渍不得、晒不得，需要温暖湿润舒舒服服的怀抱。竹溪山水养人，也适合魔芋生长。青春期的魔芋长着黑、白、绿三色茎秆，中间无枝蔓，光洁向上。顶部分开的茎叶围绕主干斜斜向上抻开，似凌波的仙子，在山腰张伞顾盼。也有不发枝的魔芋，就在脆生生、滑溜溜的茎秆顶部开一朵不事张扬的花，奇异而有趣。魔芋中含量最大的葡甘露聚糖具有强大的膨胀力，有超过任何一种植物胶的黏韧度。所以魔芋具有较强的腐蚀性。或许正是这种独特品质，使它很容易受到伤害。魔芋在生长中其茎叶哪怕无意中被划破一点点，伤口处渗透出的液体在腐蚀他物的同时会腐蚀自身的表皮，从而导致死亡。自然界一些稍反常的天气现象也可能导致魔芋自身体内的反制。

葡甘露聚糖又称魔芋多糖。它的这种秉性赋予魔芋神奇的魔力。魔芋内含一种凝胶样的化学物质，具有防癌抗癌的神奇功效。常吃魔芋食品具有降血压、血脂、血糖，散毒、通便、养颜等食疗效果。世界卫生组织把魔芋确定为十大保健食品之一，确实实至名归。当然，它在工业中的应用更加广泛，这里不再赘述。

一般情况下，一家经营一品已属不易，我在泉溪张昌喜老人家却看到他们家三品齐全。他们在自家农场山上背阴的地方培植黄连，向阳的地方栽种漆树，缓坡地和漆树林里套种魔芋，经过多年的探索，现已取得可喜成绩。听他们讲述侍弄这些宝贝的经历，你能体会到痛并快乐着的心境。在他们朴实的心中，自然界的一切都是有灵性的，有什么样的山水就有什么样的万物，就会孕育什么样的男女。和他们在一起，那种体验带来的快乐更像是一种能量，会不知不觉地传递给你。

高高山上一滴水

孟正圣

我是大营盘山上的一滴水。

三千多年前，我是大营盘上的一缕雾气，被山风吹起，变成一朵云，飘浮在空旷的天空。我看到商朝的太师闻仲率领大军驻扎在山顶，准备跟西岐姜子牙决战。他头生三眼，中间一目神通，白光数寸，骑着黑麒麟，手握雌雄鞭，站在点将台上，十分神勇。见士气高昂，太师凝注中间一目，见数十里外的山岭，有西周大军掩映，便把"闻"字旗向前一挥，"伐周！"一声令下，地动山摇，太师的人马如滔滔洪流奔涌而出。

这一仗打了三个月之久。一日闻太师出兵，来到一座山前，与姜子牙对阵，问是何山，姜子牙说是绝龙岭，太师一听"绝龙岭"，惊得一愣，原来他听不得这三个字，姜子牙趁势用打神鞭，一鞭将太师从黑麒麟上打下来。云中子抓住机会，立即用通天神火罩住太师，也怪商汤气数已尽，闻太师当场死于非命。

商朝将士拼老命收回太师遗骸，掩埋在营盘山上，并做了若干个假冢。

那时的大营盘，是一个屯兵之地，也是一个战场。不久之后，便空无一人。

在一个雨天里，我变成了大营盘山上的一滴水。由于雨下了很久，我便渗透到土层深处的一个地窖里，在地母的怀中沉沉睡去。

几千年过去了，光秃秃的大营盘，变成了一个高山草甸，草甸的四周长满了无边无际的海棠树。有一棵海棠树的根扎进了地窖里，把我从沉睡中惊醒，我一激灵，就钻入树根、进入枝干、爬上树梢。

我站在海棠树梢眺望，大营盘在秦巴腹地深处，雄奇壮美，周围绝龙岭、光顶山、八卦山等许多山峰海拔都在两千多米，而且山山相连，个个雄浑，一起构成了一个无限放大了的高山沙盘景观。

初夏时节，在这个沙盘中，营盘山最为色彩斑斓，像披了一件花衣裳。上万亩的野生海棠群落，结伴相约，一齐开放，争奇斗艳。她们枝连着枝，树连着树，推推搡搡，挤挤攘攘，像潮水一般向营盘山的主峰涌来。漫山芬芳，花香四溢，给习习的山风染上香气，带上梦幻的种子。这个时候，难免有些圣洁的花瓣，随风飘落，有的也许会从这两千多米的高空，落到意想不到的位置，构成意想不到的风景。这也许是大营盘无意间塑造的意境。

我还望见了远处的高山长谷和长谷中的集镇；望见了森林、河流，田野和村庄；望见了像白练一样挂在大营盘山峰的瀑布，杨家机综合农场如黛的高山茶园、红屋顶、黄泥墙的民宿。张望的时候，我激动着、兴奋着，情不自禁地跳到树下的一涓泉水里。在大营盘，我压抑了那么久、沉默了那么久，终于可以放开喉咙歌唱，和其他的泉水一起大声喧哗着扑向山下。

一路上，我们看到了珍稀植物红豆杉，看到了金丝楠木，看到了被誉为"活化石"的珙桐，它也叫鸽子树，就因为开花的时候，像许多只和平鸽飞向枝头。你看，一棵高大的绿色阔叶树上，有着一层层白色的花，每朵花均有两片花叶，一大一小，对折而生，一眼看去就像展翅欲飞的和平鸽。绒球形的花蕊，就是鸽子的眼睛。鸽子花的花茎挂在树枝上，就像鸽子的喙啄在树枝上。还看到更多开满鲜花的树，它们是山茶、杜鹃……还有更多在原始森林里，潮湿的青苔边幽幽绽放的花草群落，有开着黄花的蒲儿根、白屈菜，有开着紫色花朵的紫堇和翠雀，有白色的黄水枝、荚蒾和蝴蝶戏珠，它们一起构成了色彩斑斓的画卷，铺在你的脚下，铺在你的眼前。

还有七叶一枝花、江边一碗水、天麻、黄连等珍贵的中药材。可以说大营盘是一座丰富的动植物宝库。

山上有笨拙的黑熊、身手敏捷的林麝和猕猴，果子狸、明鬃羊、野猪，吃得膘肥体壮，有时连路都懒得走，干脆躺在树下晒太阳，也不怕枝头上叽叽喳喳的鸟儿扰了它们的清梦。

巉岩上、大树上、地上，到处都是青苔，如穿了厚厚的绒衣，一滴一滴的水珠就从那绿色的绒衣下析出，再一涓一涓地汇成绿色的溪流。

我在这条溪流里，和它们一起，欢快地跳着、蹦着。

不经意间跌入了瀑布。我是从绿树掩映的石岸上飘落的，像一束白纱、像一抹珠帘、像一缕轻雾，这种感觉就像飘然若仙的舞蹈，轻盈、晶莹、剔透。瀑布前面是平坦、宽敞覆盖着苍苔的浅浅的石床，我们流过上面，就像一段高亢的歌阕之后的余韵。

接着就被后面的流水推着前行，走了不远，我有些犹豫，因为前面溪流一分为二，我究竟走哪边好呢？在徘徊的时候，被后面的水急匆匆地推着前行，还没有做出选择的时候就跌进了高高的巉岩。原来这里是两条瀑布，人们习惯叫它"夫妻瀑"。它们就像一个矗立在绿色大地上的巨人，围着白色的围巾，两条长长的丝带飘在胸前。瀑布下面的沙地上开满白色的花朵，我看见有一群穿着汉服的小姐姐，拢着花，摆着各种姿势，照着相。瀑布右边的悬崖上有几株千年的古茶树，这是鄂西北最古老的野生茶树，十分珍贵。

下面的瀑布，是个瀑布群落，在大营盘所有的瀑布中最为壮观。

山势的落差比较大，栈道随峰就势，曲折而上，植被茂盛，是高大的阔叶林，似乎整个山体都是用绿色堆积层叠而成的。我在瞭望的时候，被喧闹的伙伴们推下悬崖。形成一条窄而长的瀑布，像一条白练，飘在翠峰之间。之后，我们似乎在某个地方转了一个弯，又来到一个最为壮观的瀑布。

山峰的垭口是几棵树，被我们冲出了一个缺口，累累的巉岩是黑褐色的，有几十丈高，我和我的朋友们散做珠、散做玉、散做翠，一起蹦跳着，大声喧哗着，在这里舞蹈、歌唱，做最为炫酷的自由落体运动，感受着三级蹦跳的刺激和快感。一条乳白色的白练，在山水间挥舞着，垂直的一端，高高地抛入空中，一直挂到苍穹，而在落地处，又被一个善舞的舞女，抖出飘逸的华彩。这是第一级瀑布群的中心节点。因落差大，层次丰富，一瀑三叠，摇曳多姿而被众人青睐。不少人拿着相机，在这里斟酌着光和影，摄下称心如意的照片。

一阵喧哗闹腾之后，大家都舒缓下来、平静下来，慢慢地流入树林中的一个浅潭。浅潭外面是一排跳石，上面有来来往往的人，原来他们是在这里欣赏跳石下面的小瀑布。如丝如缕，如珠如帘，如幕如幔，我们没有喧嚣，只有能量释放之后的舒展和平静，但偶尔也有伙伴们的窃窃私语。

下面是一条幽暗的山谷，淙淙溪水，在乱石间，欢快地流淌。树木葱茏，芳草夹道，枝柯横斜，遮天蔽日。

我们流出峡口，天地一下子变得开阔，我看到停车场上停满了车子，空旷的台子上，带着孩子的人们在做着烧烤，香辣的青烟，透着烤熟的肉香。公路沿着山坡向下蜿蜒，路边栽种着海棠树，我知道由于海拔的原因，那些姹紫嫣红的海棠花早已开过，只有树下的芍药灼灼地开放着。路两边是一垄一垄的茶园，在海棠树的掩映下，就像一幅碧绿的山水画。这地方，当地的人叫"习武基"，传说是闻太师带兵习武之地，外面的人叫湖北杨家杋综合农场。由于山顶有万亩野生海棠，山下茶园又遍植海棠，有人干脆叫它"海棠小镇"。

在这里，我看到"习武茶"的生产车间，玻璃栈道旁的秋千和实木的长椅；看到两栋中式的夯土民宿和一栋接待中心；看到堤岸、链子桥、回廊和亭子，还有猕猴桃种植基地；看到红屋顶、白粉墙的民居，整齐地码在靠山头墙偏房的房檐下的棒子柴。

黄昏时，几间民居里，飘出了缕缕炊烟。百草溪与杨家杋之间有一座山峰，山峰上亭子飞檐上的灯带已经亮起。亭子下面有一方裸露的岩石，远远地看是一个人的头像，是谁呢？恍惚之间，我想起了大营盘上的厮杀，那不是太师闻仲吗。

我挤在石桥下的水湾里，想在这里停留一夜，为了故人，也为大营盘山下的一片灯火。这时，海棠小镇霓虹似的灯光，把小溪辉映得五彩斑斓。喜欢唱歌跳舞的游客，渐渐地聚集在茶楼里，时不时传来人们的欢笑和歌声。在夜凉如水的夜晚，我想他们此刻一定洗去了尘世的烦躁和周身的疲惫，尽情欢歌时，他们的心也一定像一滴水一样晶莹剔透。

黎明时分，我来到石板河，把一路的故事画在石板上了。我抑制不住兴奋，要和伙伴们一起，流入汉江，流到北京，也给他们讲讲大营盘的故事。

仙山的秘密

夏德芳

一 夜寐杨家朳

古来群山皆寂寞，唯有名者有人识。鄂西北名山营盘山就是我记忆中的名山。

1960年春天的一天，我们奉竹溪县公路建设指挥部指派，去营盘山修建公路，支援全国劳动模范"侯廷仁"白手起家建成万亩竹溪国营农场。那天晚上睡得正酣，被吴队长"快起床！快！"喊醒，我们一个个翻身下床，捆好被子，借着月光和五支手电筒的光明，沿着山中羊肠小道，一个紧跟着一个像蚂蚁般前行。

当时，我已有14岁，大家戏说我只有12岁，被当成小孩，安排在40个男女中间，享受"特别待遇"。走着，走着，"马上要下汇湾百步梯了，这里好多悬崖峭壁，注意安全！"吴队长又在提醒大家。

苍天不负有心人，我们在晨光的关注中平安走完这段险路。

越过岱王沟，下完羊圈子，终于有人说"到了！到了！"，我想，定是到了营盘山下的杨家杌。这里的天地神丰俊朗，神秘幽静，山色秀丽，仿佛是没见过这么多人似的，害羞得一片通红。我和大伙实在又饥又渴，有的用手或树叶，有的干脆直接趴在河沟里，使劲吸吮从营盘山流下来的一股股清泉。这是我第一次受恩于秘境营盘山的水。

夜幕降临之前，大家已用玉米糊填饱肚子，然后将一半人的被子铺垫在乱石、杂草、树枝上，用另一半人的被子当盖被，叫我睡在男女中间充当人墙。在星星的看护下，大家各做其梦，没有额外的精力害怕豺狼虎豹的袭击。

首先被晨雾冷风惊醒的还是那个有责任、有担当的吴队长，只听他拉开嗓子："起床，起床！为了今天不再睡露天地，除了做饭的俩人，其他人分成两组，砍龙头竹的跟我来，剥树皮的随老王。"当大家空着肚子将大捆小捆的树皮、龙头竹收拢时，太阳已经偏西。吃完饭，大伙以龙头竹为墙，树皮为瓦，紧张忙碌，终于在天黑前建好新房。晚上，住进充满竹子、树皮清香味的新房，享受龙头竹扎成的软床，第一次感觉我和大自然是如此的亲密无间。

二 奋战营盘山

又是一天东方红，"嘿哟！嘿哟！"铁锤打击钢钎的声音，随着我们的劳动号子回荡在营盘山下。

说句实话，再坚硬的巨石，在我们筑路工面前都会变成铺路石，但是，面对原始森林，一棵棵两人牵手都抱不住的大树，像一座座大山挡住我们，无从下手，怎么办？"要修路，先砍树"的命令，让我们不得不"皮影子作揖——下（独）毒手"。

大家各使其力，将长在公路旁的千年古松砍倒。劈不开，就用炸药炸。一次炸树中，竟有一大段树愤怒地砸进饭锅里，玉米粥像子弹射向我们，许多人被烫伤，虽无大碍，却不得不承认大自然也是有脾气的。这不，重新派人到五里外买锅做饭，耽误了饭点，饿得个个肚子咕咕叫，也算是一种惩罚。

动物王国里，空有林语响，不见其踪影。唯有泉鱼，只顾乐，不要命。先后有两条重约三斤的泉鱼跳到我们脚边，也许是知道我们辛苦了，专门来犒劳我们吧！其他动物就不一样了，像是开过"碰头会"一样，集体敬而远之。

经过一个多月的艰苦奋战，营盘山下3千米公路终于完成交付使用，我们一伙人自然又得回归原地，为水兵公路通车加班加点。

三　重回营盘山

1969年夏天，我作为道工从江西馆道班调到习武基道班上班，这是我第二次来到营盘山，到达时已是下午3点。长了九年的好奇心催促我，必须站在道班门前重新探究一下这里，呵！一棵比大脚盆还粗的松树屹立在公路旁，前面被植被覆盖的两座山，像两只胳膊向内拥抱，形似圆月，道班正好坐落在圆月后半边，那棵大松树真成了梭罗树，简直是关于月亮的神话传说在这里再现。

道班后山，有几株三人牵手才能围圆的大松树，仿佛在暗示这里曾是原始森林。忽然，我的直觉在提醒我什么，我一扭头，呀！两只大梅花鹿和一只小梅花鹿正在两棵大松树之间悠闲地吃草，看着它们一家子和谐相处，我不敢出粗气，直到它们轻松地离去。

营盘山群山相连，原始森林久未被打扰，古老神秘。在喧嚣的尘世之外，这里是难得的避世之所；这里的一山一水、一草一木都让我惊喜不已，仿佛发现新大陆一样，没有一日不新奇。

这不，早上我与工友在去杨家机路口填坑铺槽时，突然听到碎石滚落声，说时迟，那时快，只见一只高大的羚羊冲到我们近前，才一眨眼工夫它又冲向后山，消失在无边的丛林里。

平日里，养护公路时，经常与獐子、马鹿、野猪、麂子、野鸡、锦鸡、黑熊相遇，谁能想到，我的办公场所简直是一座天然动物园。当然，也曾发生过让我想起来就心疼的事。那是一个大雪下得足有一米多深的下午。一只麂子从综合农场路口经过，不慎掉进深雪中起不来，它哀声呼救，却被闻声赶来的人群落井下石活活打死，继而剐分为美食。

早上起来，我顺着麂子丢掉性命的地方往上爬，一条白狗恶狠狠地向我扑来，一声断喝拯救了我，看着呵斥狗的主人，我知道这条狗某些方面比主人更厉害，这不，随着主人对我的热情升级，狗也心领神会，它又是摇尾又是舔舌，态度切换异常迅速。

眼前的庄稼地里玉米和洋芋相依茂盛，三位农工和狗宛若一家人谈笑风生，如此温馨的场景，忽然让我觉得这里是一片世外桃源。

四　营盘山中工坊忙

告别张家坡，我向综合农场腹地走去，工厂车间扑入眼帘。我走进去，一下转换成了"验收员"，无论单人的、双人的、三人的，还是架在自行车头上、供小孩坐的藤条椅都十分讨人喜欢。提篮、棕床、棕垫五花八门，不同风格的家具款式，在生漆的装扮下，满足顾客的各种需求，让人爱不释手。尤其是小型手提水桶，更是一路领跑竹溪时尚。中途，木工还告诉我一个制作诀窍，圆提水桶，只要其中有一片木片有一个小虫眼存在，做好的木桶就会漏水，所以选材必须精准严谨，做工必须细致上乘，这样销售才能一路走好。

靠近总场左边的是茶叶生产队，也是"习武剑茶"的诞生地。顺着山坡直上不到两里，就来到武家坡种药生产队，这里海拔2000多米高。我来到黄连棚，自报家门后，队员们对我非常友善，让我了解到种植黄连、人参、玄参、党参、木耳、香菌的艰辛，其间，兴之所至，他们还向我示范了如何割生漆的切口，以及用青叶承接漆液的方法。中午用面面饭、大块腊肉、自烤玉米酒招待我。酒足饭饱后，又将黄连花送我一大包装枕头，说是能清"头火"。顺着他们所说的斜坡走过去，不一会儿就到了平房生产队。这里到处都是胸径粗壮、俩人都无法合抱的大松树，真是树木生长的"高等学府"。该队的任务是在营盘山中部种植药材，职责和武家坡相同。

我和他们聊了一会儿天儿，就一路往总场而去，在纷繁忙碌的时代，我能有自己自由活动的时间，已是满足。回到住处，我包好见闻，解衣上床，钻进梦境。

五 塘坊沟里有牵绊

当百鸟大合唱把我唱醒后，我赶忙到厨房下碗面条，三下五除二吃完下肚。为了充分利用最后的一天假期，我抄小路来到塘坊沟高山洋芋种植基地。远处黑狗熊谨慎地从松树上溜下来，向我咧着嘴，好像是在和我打招呼，幸好我将一个玉米馍甩给它，它赶忙去看。黑熊虽然被铁链牵绊，却经常猛奔铁链骇人，但这次它虽然没有吓唬我，我还是没敢久留，直奔冷水河生产队而去。

　　我到时，刚好赶上他们吃中午饭。有位王姓农工的儿女，曾在道班上锤过石子，客气地端来一碗洋芋干饭，请我莫作礼，一起吃，我看饭桌子上有神仙豆腐、酸辣椒炒泉鱼、燕麦面炒肥肉、半边菜，香气扑鼻，馋虫扭动，哪还顾得上客气，一番大快朵颐之后，从此再也走不出对高山农家美食的牵绊。

　　饭后，一位肖姓的中年人带我去攀登塘坊沟山顶，说是有奇妙之处可供消遣，正当我们攀登不上去时，忽感脚下有什么牵绊，定睛一看，原来茂密的枝叶杂草中有一根酒杯粗的葛藤，我们抓着它就顺势上去了。横过几十米后，再往下爬，我向下一看是万丈深渊，惊出一身冷汗，镇定了一会，在肖姓同伴的安抚下，我下到五十米左右，他说到了，站在洞口接我。总算进入了花洞子，呀！钟乳石形成的五光十色的"莲花宝座"、百花、百鸟形态，吸引我抱着一根石柱滑下去，我摸摸"狮子""猴子""喜鹊"等，实在难舍难分，却又不忍破坏，也无以为念，最后，只好带着些许遗憾，和肖姓同伴走出山洞回到道班。时光倥偬，花洞子不知是否安在，肖姓的中年人、王姓农工也不知身在何方，但他们的音容笑貌令我至今难忘。

六　营盘山里学典范

　　中华人民共和国成立以来，在竹溪拍摄的第一部电影叫《高山创业》，这部纪录片电影就是在营盘山习武基取景拍摄的，机缘巧合，我竟成为见证者。

　　1961年，针对当时国内的经济形势，党中央、国务院决定将武影厂和珠影厂在年底前合并，武汉电影制片厂新闻纪录片摄制人员加快了在竹溪创作纪录片电影《高山创业》的工作进度，并顺利完成此片。电影故事的主要人物是侯延仁，《高山创业》不但囊括了竹溪县综合农场的建场史，还填补了竹溪无电影创作的空白，也让"侯延仁的先进事迹"影响了许多人。

面对营盘山这方宝地，白天我和工友们一起养护公路，晚上关上门我可以自由地打发时间。幸运的是，我认识了从城市下放到综合农场的陈明煜、夏孝慈、尹绪庆、雷光兴、洪学兵等几十个知识青年，他们大多数人和我趣味相投。

在营盘山工作期间，我先后从同事朋友处借到《鲁迅全集》《三侠五义》《隋唐演义》《林海雪原》《钢铁是怎样炼成的》等数十部书，特别是《钢铁是怎样炼成的》中的那句"不因虚度年华而悔恨，不因碌碌无为而羞耻，"使我的求知欲不停地疯长，疯长，直到今天，仍然给我足够的力量。

1976 年 10 月之后，我生命的春天也从此弹奏起了快乐的乐章。

竹溪县第一中学老师厉明亮受县委宣传部委派，到全县各个乡镇寻找文艺人才，他到杨家杸农场考察期间，看到我挂在道班房间里的画说："我介绍你参加县委宣传部办的书画培训班，你去吗？"我说："去！就怕单位不让我去。"他说："只要你愿意去，县委宣传部会通知的，谁敢阻挠？"果真，没过几天，公路局就通知我参加培训班。

培训期间，我创作的《雨夜查路》在湖北省群艺馆展出，引起了县里和本单位领导的重视，就此，我先后自费参加了中国作家协会、中国书法家协会高级班学习，考进"中国书画函授大学"，踏上了学习诗书画艺术的道路。

后来，我成了习武基道班领路人，为了改变道工一顿只吃一碗饭、缺菜少肉、生活清苦的局面，我带领大家在养好路的前提下，开荒，种玉米，种土豆，栽漆树，还将放倒抛置的大量古干树，一车一车卖给塘坪酒厂，既解决了他们的烦恼，也换来了买猪、买鸡的本钱，一度使习武基道班的发展面貌成为郧阳地区总段号召全段学习的典范。

七　壮心要酬营盘山

长年的砍伐与索取终使营盘山不堪其扰，1977 年夏天，暴雨倾盆，咆哮的洪流一路奔涌而下，冲毁了泉溪通往杨家机到丰溪的所有公路桥梁，竹溪县委政府决定，在习武基道班成立"水毁修复指挥部"，由副县长袁玉洲任指挥长，工办主任李敬清、公路段长马世运等六局一把手任副指挥长，我任会计，服务于中峰、龙垻、鄂坪、丰溪、兵营五千多民工。经过三个多月齐心协力的艰苦奋斗，终于完成公路水毁抢修任务，公路全线恢复畅通。在竣工表彰大会上，段长马世运读完表彰名单后，宣布将我提干。

当我真要离开养育我十年的营盘山习武基道班时，难以割舍的情感催促我，一定要登上营盘山主峰山顶，酬谢秘境营盘山，是营盘山见证了我的柔弱与成长，也见证了我的进步与自强。

初夏，我选择了久雨初晴的一个早晨，与八男两女顺着总场直上，穿过学校、老商店向营盘山顶攀登。

哈哈！营盘山首先奖励我们的是白草莓，再就是难得一饱眼福的白色野芍药，以及叫不出名字的数不清的花朵。还有五味子、八月炸、猫娃屎、野葡萄、野桃子、甜李子、苦李子等，它们都在恣意生长，另有爬满山地的青藤，正以各种不同的姿态欢迎我们的光临。

板石崖的瀑布欢歌不断，几滴银珠溅入口中，顿觉喉咙甘甜，刚刚飞进衣服里，瞬间再也找不见。还有两处瀑布，竟然给悬崖挂满了粉丝。

大树小树，竞相横向发展。数百种珍稀植物，用它们的尊贵抢占眼球。有的头顶一颗珠，有的头顶一碗水。我们在留恋珙桐的不舍中，来到百十株桦果树跟前，看每一棵脱皮的树干，仿佛都是青春的胴体，让人既爱看又不敢触摸，生怕玷污了它似的。

　　及至山顶，这里真是高一丈不一样，各类植物都想用自己的方式感谢大地的养育之恩。一窝窝的窝竹、一簇簇满身带刺的海棠树，它们"抱团取暖"，尽显团结就是力量。我被大自然的天纵英才所折服，和同伴们奔跑完四川、陕西、湖北三个方向的制高点后，才发现根本无法找到闻太师的坟墓，也分不清哪株党参已经成精，眼前种种，使我对秘境营盘山有了全新的认识，多年来虽然总会有人记住它的大名，却只有很少的人走进营盘山深处，解读它的物华天宝，解读它的内心隐秘与悠远的历史记忆。

　　是的，营盘山的奇峰叠嶂，让我知道"无限风光在险峰"；营盘山的深谷，让我懂得"渊深默默走惊雷"；营盘山的水，让我感念"上善若水"的真谛；营盘山的宽厚与接纳，让我由一名普通道工，成长为党员干部，成长为艺术攀登人。我要感谢营盘山，是它赐给我取之不尽的创作源泉，让我的生活丰富多彩。

　　春华秋实，四季轮回，万物都用自己的方式展示成长的历程。今天的营盘山，经过时代的洗礼与反哺，经过各级政府和护林人的不懈保护，斧锯之声休兵，爆炸之声难闻，泉水丰盈，植被茂盛，生态修复逐步加快，业已成为享誉省内外的 3A 级旅游景区。

　　秘境营盘山正以饱满的热情迎送五湖四海宾客，为新时代中国特色社会主义事业重铸金山银山。

2022 年 10 月

几度海棠入画来

邹颖颖

"一隅营盘门自开，几度海棠入画来。"情不自禁地吟诵出来……好久好久，也许只有这句才能配得上营盘山中万亩海棠花独有的气质与内蕴吧！

"八百里绝龙岭，三千年大营盘。"谈到营盘山，就会回想起一个传说，其至今仍为人们茶余饭后的谈资。相传，大约3500年前，商朝闻仲太师曾率大军在此安营扎寨、陈兵布阵，后来，闻仲太师战死绝龙岭，葬于大营盘。营盘山上古墓众多，其中有一大冢，高约五尺阔丈余，采用石条砌成，坚固无比，至今完好可寻，据说是闻仲之墓。这便是大营盘得名之由来。

竹溪县营盘山生态旅游景区位于竹溪县国营综合农场杨家机分场境内，距竹溪县城65千米。东南跨4千米，南北越5千米，大营盘主峰海拔约2375米。山势呈南北走向，北坡较缓，西南陡峭。山高气寒，杂灌丛生。森林覆盖率达86%，负氧离子含量高达25000个/立方厘米。景区依托营盘山三大瀑布群、山下百草溪、疗养度假宾馆（综合农场原场部），规划有游客中心、营盘峡谷体验区、百草溪游览区、营盘山宿营区、板岩子户外活动区等功能区。营盘山入口处的百草溪休赏驿站有生态停车场、百药山游步道、观景亭、滴水潭、滚水坝、卧龟池，可以短暂休憩观光、垂钓，还可以参观亲家母食品生产加工基地，感受高山绿色食品生产流程。

顺杨家机河而上，还可以看到高山生态有机茶园，这便是营盘山生态旅游区杨家机茶场。该茶场始建于1952年，具有浓厚的历史文化底蕴。茶园分布在海拔约1100米的缓坡。茶带如织，风景如画，是全县平均海拔最高的规模茶园。茶园严格按有机茶标准管理，无公害、无污染。茶园四周林木苍翠，郁郁葱葱。河旁、沟旁、路旁遍植各种花卉，茶园更似花园。

众所周知，中国是茶的故乡，也是茶文化的发源地。正所谓，好山好水孕育好茶！茶场地处群山环绕、山清水秀之地。这里山大林密，常年云雾缭绕，日照充足，雨量丰沛，昼夜温差大，茶叶生长期长，兼之汲取山花之灵气，造就了茶叶独特的内质，是典型的高山云雾茶，主要产品"习武茶"颇为世人所爱。

相传唐朝时期，薛刚曾在营盘山屯兵习武，垦荒植茶，因此才有"习武茶"之名。

"习武茶"的制作过程颇有独到之处。精选优质嫩芽为原料，手工炭火焙制。成茶通体墨绿，周身披毫。冲泡后根根直立如"剑"，汤色嫩绿明亮。饮入口中，滋味鲜爽醇厚，清香持久，口中返甜，回味绵长。"习武茶"曾先后荣获第六届中国国际食品博览会金奖和湖北省名优新特产品沈阳展销会金奖。

身处幽静广袤、云雾缭绕之山中，细闻鸟语花香，倾听潺潺流水声、古筝弹奏声，沏一杯"习武茶"，细细品味它的雅韵，禁不住发出感叹：有此一园，产此一茶，何其雅兮！花香茶香，融为一体，何其美兮！

倚靠窗前，尽情享受这份惬意恬静、悠然。凝视茶山，它生于明山秀水之间，与青山、云雾为伴，以清风、明月为侣，表山川之灵气，集天地之风露，含英咀华，吐香蕴玉。此时此刻，此情此景，多么希望能够寻一片自然、纯洁的花海，徜徉其中，去感受大自然的清新与芬芳。

早闻，在竹溪县营盘山生态旅游区海拔 1800 米以上有万亩的野生海棠林。写到了这里，笔尖儿似乎停滞了，思绪早已放飞于那营盘山之巅，又不禁吟出"一隅营盘门自开，几度海棠入画来"。

"踏破铁鞋无觅处，得来全不费工夫。"正盘算着如何去那人迹罕至的大营盘时，"丁零零……"电话声响起。一群朋友们邀约一同前往大营盘采风，大伙儿欣然同意前往。

挂断了电话，欣喜若狂之感一涌而上。其实在这之前，他们早已了解到从杨家机茶场登大营盘，有一半是荒废多年的茅草小径，沿着树林攀爬，来去约需 12 小时才能一睹野生海棠花的芳容。

哎！什么路途艰难，什么时间消耗，一切杂绪通通抛开了。找来日历，开始查阅记录适合出发前往大营盘的好日子，最主要就是视觉、听觉的触碰能带的强烈震撼，让人如痴如醉的感觉。在日历上面左推右算，终于敲定好时间，便开始准备出发所需的一切设备和用品。

等待、盼望、念叨、推算……大营盘山之行终于要开启了。为保证当天能够到达营盘山顶并顺利返回，决定在前一天的夜间赶到营盘山下的杨家机茶场。这里海拔约 1100 米，夜间气温很低，当地职工还烤火取暖。

清晨，杨家扨万籁俱静，晨曦徐徐拉开了帷幕，东边山头上泛起了丝丝亮光，缥缈的云雾也在山坳间慢慢升腾。迎着朝霞开始登山，很快就步入了山间的茅草小路，小路弯弯曲曲随着山势盘旋而上，两边森林密布，阳光斑斑驳驳地从树丛中透射过来，整个山林就像一幅五颜六色的油画。

一路上，整个森林遮天蔽日，望不到天，也看不到远处的山峦，艰难爬行了一个多小时后，总算在一处悬崖边寻找到了一处登高望远的地方。这时，回头向泉溪石板河方向望去，远处云海漫漫，阵阵雪白雪白的云朵轻拂于青山之间，如白龙穿梭，更如素女漫步，风情万种。云中群山，在层云叠雾之间时起时伏，如临于大海之滨，波起峰涌，浪花飞溅，惊涛拍岸。一路同行的人都是见识过美丽云海的摄影人，但看到此处的云海，也忍不住感叹它的壮美、浩瀚。

大约在海拔1600米的地方，听到了哗哗流水声。走近，便见一条清澈的溪水从大营盘的主峰欢腾而下，遇崖成瀑，叮叮咚咚，撒着欢儿。小溪中怪石层层叠叠，绿色青苔布满了整条河沟，人行走在上面，稍不留神就有滑倒的危险。青翠的山间孕育了这汪溪水，吐纳着天地灵秀。掬上几口，清冽甘美。这种快意之感实在无法言表。

营盘山俨然一个动植物生长栖息的宝库。山上有天麻、黄连、七叶一枝花等各种名贵的中药材；有珙桐、红豆杉等珍贵树木；有金鸡、棕熊、野猪等珍稀野生动物；有黄莺、鹧鸪、啄木鸟、画眉等灵气鸟儿。在山林里，时不时就能看到用竹茅和野草堆积起来的草堆。正纳闷它是如何形成时，向导跑过来告诉说，这就是野猪窝，是野猪为了过冬，用嘴巴叼野草慢慢堆积起来的。动物们都这么心灵性巧，勇于创造和挑战，人类攀越一座高山又有何惧呢！

大树参天，枝枝相抱，藤条环绕，令人目不暇接。上升到海拔1800米高度时，山势变得陡峭，小路也不见了，只能跟着向导在丛林中披荆斩棘慢慢向上攀登。这时，漫山遍野的野生海棠树出现了，古朴粗壮、形态各异，每株都自成一景，抬头仰望那些百年古树，枝干虬曲苍劲，缠满了岁月的皱纹，雕琢着岁月的痕迹。它们默默生长在无人问津的高山老林里，显得格外原始珍贵。

　　地势低一些的海棠林，娇艳的海棠花刚刚开过，地上还散落着洁白的花瓣，正如李清照的《一剪梅》："花自飘零水自流。一种相思，两处闲愁。"眼前景象，令大家立马精神抖擞，一口气攀越了约两百米。这时，蔚蓝的天空已从原始密林中露出脸来，海棠林里洒满了阳光，一树树海棠花，像是藏在深山无人识的大姑娘，羞答答地望着远道的客人。

　　海棠花娇艳动人，花姿潇洒，花开似锦，是雅俗共赏的名花，被誉为"国艳"，素有"花中神仙""花尊贵"的称号，也有"解语花"的雅称。"雪绽霞铺锦水头，占春颜色最风流。""只恐夜深花睡去，故烧高烛照红妆。"古往今来多少人在赞美海棠花，又有多少人为之魂牵梦萦？

　　营盘山上的海棠主要是白色和粉红色两种，花朵多呈五瓣，颜色洁白，与桃花、梨花有些相似，没有香味儿，花朵挤压在短枝上，层层叠叠，灼灼灿灿。同行的一个女孩儿，已沉醉在美丽纷繁的海棠花海中，跑来蹿去，变幻姿势和海棠花合影。

　　"流水落花春去也，天上人间。"营盘山的海棠海拔不同，品种不同，花期也不同，有的还在怒放，有的就已褪掉花瓣，露出小小的青果来。

　　经过五个多小时的艰难跋涉，终于到达了海拔约2375米的营盘山主峰。主峰的南面是竹溪县，北面是陕西镇坪县。登高望远，山峦如聚，树怒似涛，四面云山，长啸临风，楚秦大地苍茫悠远。"宠辱不惊，看庭前花开花落；去留无意，望天上云卷云舒。"站在人迹罕至的大巴山颠，虽然风云变幻莫测，但青山依旧，眼前仿佛浮现出了闻太师率商汤精兵征讨西岐，驻扎在这里领兵操练时的壮观场面，耳边也似乎回荡着远处绝龙岭、光头山千军万马的厮杀声。

营盘山的山顶不像其他高海拔的大巴山颠，没有辽阔的草甸，只有起伏平缓的山坡，山坡上长满了一眼望不到尽头的野生海棠树，足有万亩之多，如此大面积的原始海棠林在大巴山系乃至整个中国都极其罕见。

跟着向导，大家又钻进了另一片海棠林。进入密林，就不知东南西北了。据向导介绍，营盘山上最危险的就是迷路，几乎每个到山上采药的人都有过迷路的经历。曾经有一对父子上山采药，在山上迷失了方向，走来走去都在原地转圈，三天三夜不得下山，最后还是农场组织人群上山才将父子二人找回。哎！也难怪当时的闻仲太师会选择在营盘山上驻军扎营呢！

进入海棠林深处，太阳好似收敛起刺眼的光芒。令人惊叹的是在密林深处一块平缓的海棠林里，泾渭分明地盛开着大片的金黄色和紫色的野花，像是人工雕琢过。这片花海勾勒了一幅无法抹去的印记，具有莫大的魅力，引领人们用真诚的心去聆听大自然，用期待的触角去抚摩感知大自然。

"我爱大自然！我爱营盘山……"呐喊声在山林中回荡。

穿过似老藤缠绕的茫茫海棠林，从另一边寻到下山的羊肠小径。据向导介绍，在古代，这条小路是湖北与陕西来往的要道，称为"秦楚古道"，不远处还有旧时人们居住过的建筑遗迹。大家跟随向导，循着一条隐隐约约的草径向着"秦楚古道"走去。此处平坦、宽阔，足有两百多亩的平坝，地上长满了树木、野草，在一棵粗壮的大树旁，可清晰地看到垒砌过的石墙遗迹。此刻，大家寻思着、揣摩着，也许在很久以前，这里还是"秦楚古道"上的一处驿站，想必也一定是闻太师安营扎寨驻军之地吧。

下山之路，各种奇花异草时时涌入眼帘，嫩绿的翠叶间缀满了朵朵鲜花，腐木和石崖上也开出了五色相间似丝绒绣出的花朵。一处高十几米、宽几十米的岩石横亘于山林间，青松翠枝密布周围，人站在下面，张口能品尝到岩石上滴落的山泉。俯视远端，昨晚的宿营区已隐约在望了。

探　寻

阚小辉

对于大营盘，我向往已久，几次欲前往探寻睹其神貌，无奈均擦肩而过。曾携家人游历到山脚，路途不熟，悻悻而返。县作协约集部分会员，组织大营盘采风活动，我有幸参加，才得以窥探一斑。

对大营盘的向往，或许来自神秘传说。

竹溪大营盘，民间传说商朝时，闻太师大军在此山驻扎而得名。闻太师是明朝神魔小说《封神演义》里的人物，也是民间信仰中的"雷神"或"雷祖"。传说与史实混杂，互为印证。不仅是竹溪，大营盘周边的巫溪、镇平都流传着这样的说法，说是早在三千多年前，大营盘一带是古战场，至今有石车毂和车马古道可寻。距离大营盘二十多公里的丰溪"泗水关"，史载商纣王曾派兵镇守。商纣王是历史人物，而闻太师是传说中辅佐纣王的托孤大臣。

有人批判闻太师的愚忠，有人赞叹闻太师的忠诚和勇武。君为臣纲的朝代，忠为第一。君为人事，事靠臣做。凡岳飞之列，为后人敬重，源于精忠报国。对于唯一之君，人们多是恨铁不成钢。人们把一部虚化小说里的人物和地名移植于眼前，既是一种寄托，又是对臣民忠诚和家国兴旺之间相互平衡、和谐长治的希望。

大营盘位于竹溪县泉溪镇和丰溪镇交界处的杨家扒茶场，南邻丰溪镇的光顶山，东北方与泉溪镇刘家坪境内金顶山遥遥相望。不知大营盘之名始于何时，但大营盘所在山峰亿万年前就已崛起。起名字，是人类标注自我的游戏。吸引我前往的，除了湮没于风尘中的历史与传说，还有大营盘的天然秀丽风光。

大营盘风光与竹溪其他山水既相似，又有所不同。相似之处不用言语，不同之处需要亲临其境，慢慢发现和体会。我用相机摄取一些景象，然后用文字记录下这一段山水之旅，不管今后是否还会重游，大营盘都刻入了记忆之中。

湖北省国营竹溪综合农场，始建于1952年6月，是十堰市唯一一家国有农垦企业，同时是湖北垦区唯一的高山农场。而大营盘所在的杨家扒茶场，是该场的一个分场。2014年以来，综合农场依托大营盘的丰富资源，借助历史传说，在杨家扒分场极力打造集休闲游乐、植物科普、人文遗迹于一体的3A级营盘山风景区，目前已经建成百草溪休赏驿站、滴水潭、百药山游步道、观景亭、营盘山林泉谷梯次瀑布群等景点。我们此行主要是游历林泉谷里的梯次瀑布群。

从杨家扒茶场场部向大营盘林泉谷进发，要经过一段2千米的水泥路。这段水泥路右边是发源于大营盘的溪流，清澈见底，野鱼潜水，泉水叮咚，一路奔流。文友们沿着溪流漫步，三三两两结伴而行。越过场部前的小桥，进入一片开阔地带，迎面就是巍然屹立的大营盘主峰，像一位老者静候客人到来。可以想象一下，当年有两支军队，一支坚守在大营盘，一支从山下进攻，最后在这狭长宽阔的地带厮杀拼搏，呐喊冲锋，那鼓角争鸣的余音似乎还在这山谷里回荡。

从大营盘两侧延伸出两排山脉，如巨长的手臂将我们环绕。巨臂之内，两侧的茶园如绿色挂毯垂在臂弯里，茶农们正在挂毯上采摘茶叶。农场出产的茶叶品牌叫"习武剑茶"。"习武"源于"唐朝薛刚曾在此屯兵习武，垦荒植茶"的传说。"习武剑茶"滋味鲜爽醇厚，回甘持久，口味绵长，远近闻名，据说要喝此茶需要提前一个月预订。

我们漫游在大营盘的怀抱里，行走于绿色挂毯之下，心情轻松，思绪放飞。前方山峰上，云雾升腾缭绕，宛如仙境。文友们纷纷举起手机或者相机，记录这一路的妙景美色。

看惯了《西游记》里的场景，神仙出来之前，一定有一片祥云突降，然后，一位长胡子神仙飘过来，或漂亮的仙女乘着祥云下凡。我也幻想，眼前的祥云里是否隐藏着一位仙女？但可以肯定的是，在那云雾之下山谷中，必有山泉飞溅。我们穿过橄榄形的宽阔地带，来到山峰收拢的峡口处，已经听见脆朗的泉声从峡谷传出。这个峡谷就是林泉谷。一株珙桐耸立在溪谷的岸边，树上开满了白色的"鸽子花"，似乎欢迎我们来到这里，欣赏大自然的和谐之美。刚刚修建的游步栈道随山泉曲折蜿蜒，引领我们向峡谷幽深处探寻。

林泉谷的入口有两条栈道，右边通往高处，左边直达一湾浅滩，泉水在这里作短暂停留，又缓缓流向谷口，经过那一株珙桐，经过绿色的挂毯，一路欢快地唱着、跳着。

我们欢快地边走边拍照。峡谷里，林荫密布，山风习习，刚刚还因长途跋涉而燥热，此时犹如进入空调屋，一旦停下，顿觉凉意袭人，只有迈开步子，不断活动，才能驱散凉气。峡谷中树绿水清，山花绽放，栈道曲折。那树叶绿得发亮，漏射下来的阳光，打在树叶上，落在水面上，斑驳陆离，光影婆娑，明暗对比鲜明。我几乎走一步就要拍几张，不愿错过每一处闯入眼里的妙景来。那开出花儿的苔藓，那举着花蕾的野百合，那落在栈道上的一片黄叶，都抢入了我的镜头。

溪谷里有很多大小不一的岩石，浑圆厚实，错落叠置，互相挤压，又相互依靠。一路奔泻的泉水，时而从巨石之间涌出，时而漫过巨石，恣肆流淌，受不了任何阻拦。这些岩石或许是若干年前因山裂而落，滚于峡谷之内，静卧于溪流之中。青苔覆石，溪水环流，阳光散射，通透明澈，吸引了大家的目光，滞缓了前进的脚步。随便按下快门，都能拍出清新诱人的景致来。

溪水从山顶流下来，我们攀缘栈道逆流而上。这栈道修建得别有风格。能踩实的路段，一律就地取材，用巨石铺设，悬空的地方，用钢筋水泥做支撑，上面架置防腐的板栗色生态木。修栈道不另外开山，不砍伐树木，随弯就势，能直则不弯，宜弯不裁直，即使一棵很小的树，一根枯死的老藤，也让它生长或留在原地，尽量保持自然原貌，不刻意修筑和毁坏。路上遇到师傅放工返回，听说栈道已经修到了二级瀑布。

沿路的栈道，如"之"字般曲折回旋。从此岸到彼岸，全靠栈桥连接，最小的栈桥是一块巨大的条石，仅能容一人经过。从一级瀑布到二级瀑布的途中，大概有十座栈桥。溪流一会儿在左边，一会儿又跑到右边；一会儿平行慢游，似乎静听我们谈论什么；一会儿又激昂奔泻，不理睬我们的到来。突然，一道六七米高的滚水坝横亘在眼前，泉水从坝上跌落飞泻，形成一道水帘瀑布。越过这一道水帘，就来到了气势恢宏的一级瀑布。

一湾潭水接纳了飞泻的泉流。潭深水更蓝，瀑高接云天。站在碧蓝的潭水边，无法看到瀑布的全貌。我们越过水潭边的巨大跳石，步入连接栈道的廊桥，坐在廊桥里静静欣赏眼前的飞流。目测一级瀑布，有20层楼高，需仰头90度才能观察到出水口。瀑布所在的山势呈向左倾斜状，泉水奋勇飞下，触底斜逸，从最高处跌到最低处，向右漫流，潇洒奔放，收纳自如。从廊桥右侧向高处走，有一段小径直抵瀑布。女文友们顺溪流站成一排，高抬左脚，伸举右手，欲揽瀑入怀。也有胆大的文友，不顾滑倒之险，径直跑到瀑布跌落处，站在巨岩上，与飘逸的瀑布合影留念。

飞瀑挟带山风，皮肤有些发凉。稍作休息，我们再出发，离开一级瀑布，爬上右边的栈道。这一段栈道比较陡峭，呈70度，紧挨山壁。支撑栈道的横臂一端钻入山体，一端架在钢构柱头上，非常牢固。护栏之间用结实的钢筋焊接，其外浇筑水泥，表面深色无奇，低调融入自然，外形波浪粗糙，便于游客抓扶。

越往高处，越有风景。大家顾不上疲累，奋力向上攀登。栈道之上是另一条山涧，奔流不息，从脚下的栈桥穿过。栈道迂回，向我们来的方向延伸。回首穿过林荫，可以看见一级瀑布若隐若现，缥缈娜娜。栈道之上，还有一处观景台，可容纳十余人。眼前有几树杜鹃花在盛开，翠绿的树叶，火红的花儿，白色的水帘，由近及远，渐次呈现。

从观景台折返，栈道回绕斜上，又一次越过山涧，沿弧形山壁向来时方向前进，再次完成"之"字行程。正在行进中，一棵大树斜横于眼前，将栈道截断，挡住了我们的视线。我们只好低下头，慢慢从树身下走过。这与之前看到的情形一致，保留原始物貌，哪怕是一棵细小的树木，只要能过路，就不砍伐它。或许，这体现了大营盘景区建设的一种理念。人类终归是要向自然俯首的。而一时的俯首，却可以带来长久的相安。半路"杀出"的大树足有两人合抱粗，树根紧紧抓住山体，树冠倾斜出栈道栏杆之外，看似摇摇欲坠，其实稳固如泰山，令人叹服。设若没有顽强的根系，或者即使有强大的根系，而没有丰富的水分养料，大树也绝不能支撑。离开了自然之基，一切都无法生存。

栈道继续延伸，我们继续前行。栈道攀附悬崖右拐，眼前出现一条与栈道平行的山泉，流到我们的脚下，不见踪影。原来悬崖处正是一级瀑布的出水口，泉水从此处飞泻，坠入无底深渊，永不回头。右拐往上，行三百余米，就来到二级瀑布的巨大气场中。经过瀑水亿万年的冲击，形成了环形山体。在巨大山体之间，我们显得渺小，发出的欢呼被水声湮没。

二级瀑布有两道瀑流，一大一小，一宽一窄。水流不大，但流瀑欢畅。我们称之为夫妻瀑，左边宽瀑为夫，壮阔伟岸，右边窄瀑为妻，娟秀细腰。夫妻瀑时聚时散，我中有你，你中有我，因水结缘，丝连不断。聚合源于雨水充沛，隔离依然弱水长流。聚时合为一体，离则牵手相依，山峰做证，日月相映，不离不弃。

夫妻瀑给我留下很深的印象。此次采风回去之后，几个同学看了照片，又听我解说，硬要我带队，携同妻儿，专程从县城花一个多小时，奔赴杨家杋，游览大营盘风光，欣赏感悟这深山里原汁原味的夫妻瀑。

夫妻瀑海拔 1600 米左右，而大营盘山顶海拔是 2300 多米。如果到山顶，还需要走很长一段路程，而且没有栈道，没有向导，没有准备，实在难以到达。欣赏完夫妻瀑，我们带着游兴未尽的遗憾，原路慢慢返回，山下有农家饭正在等着我们品尝。山水之美，加上农家美食，为此行留下了无穷回味。

大营盘之行，我巧遇初中、高中、大专三届同窗萧瑟同学，他也是读书时文学社积极分子之一，一直坚持读书写作，如今是市晚报编辑，常有作品发表。萧瑟同学放五一小长假回来，专门陪同家人游历竹溪山水，下一站是十八里长峡。世界说大很大，说小很小，在竹溪深山大营盘居然遇到老同学。

人生有诸多巧遇。与山水相遇，释放人之灵性；与朋友相遇，打开记忆闸门。二者常遇，乃人生之幸。

一个地方的山水，既是自然的山水，更是人文的山水。纵情山水之间，不仅可以发现家乡山水的自然之美，还可以探寻活跃于山水之间的人文痕迹，探听遗落这里的历史传说，在消散的风烟里看到过去、现在和未来。

凤栖此山

阙小琴

一方水土养一方人。

出生于漂水岩脚下的左溪河畔，看惯了雨天有飞瀑如练，晴日青翠俊朗的画屏山。又看着父亲画家乡山水长大，不免喜山乐水。即使年少时走出老屋，也始终走不出那一脉山水的滋养。

人到中年的我，依然是二哥身后的那个"跟屁虫"，儿时跟着他在左溪河里捉鱼、摸螃蟹，中年跟着他和他的摄友老师们到竹溪的马鹿山、龙王溪、营盘山、黄花沟等家乡山水中拍照、练瑜伽。所以，近三年内，四上营盘山就不奇怪了。

美景在晨起日落时。跟随摄影师拍照，披星出发、戴月而归是常事。9月3日凌晨5点，我们一行七人从县城出发。我，再向营盘山行。

这次除了摄影师和两位伽友，还有一位是练太极的晏玲姐。初见面，晏玲姐就和我说："太极和瑜伽是姊妹。"让我顿感亲切，一见如故。无论是打太极拳还是练瑜伽，同是修心健体人，磁场相吸，同频共振，结伴而行，定会彼此受益，更何况此行是到神奇秀美的营盘山。

一个多小时后，我们来到竹溪县杨家扒综合农场"营盘山民宿"。两层楼的民宿，依山傍水。传统的中式建筑风格及房前宽阔的青石板路，与周围自然景观相融合。走近房前身心舒坦，有一种回家的感觉，回到了魂牵梦萦的乡村老屋。

走上二楼，凭栏远眺，犹见天上宫阙，一座玲珑古雅飞檐翘角的观景亭矗立在山崖上，亭下绝壁，被岁月天然雕饰如闻太师真容。上次到此，我拍下这张图片发在群里，一文友看见起名"太师岩"。此名贴切，更赋予了营盘山传说的真实，据传"闻太师曾在此安营扎寨，兵败战死绝龙岭后葬身于此，营盘山由此而得名"。

站在二楼观看太师岩，会自然穿越到营盘山顶，飞临三千年前的古战场上空，一睹闻太师坐镇指挥的英勇威武，感受千军万马厮杀声入耳，敌我双方骁勇奋战的激烈，场景悲壮，触人心怀。中国历史悠久，自古以来有无数国人保家卫国英勇牺牲，今人当珍惜所拥有的一切。

极目远眺，视野开阔，群山绵延在缕缕薄雾中，层峦叠嶂，若隐若现，一幅黛青色千里江山图映入眼底，顿时心旷神怡。徐徐晨风掀起衣袂，飘飘然中，我欲乘风向东行，只想成那山中仙。

顺着民宿楼向西行，耳畔响起清心安神的轻音乐。那哗哗啦啦的溪水是低音，各种鸟鸣，或引颈高歌清脆悦耳，或啁啾啾啾你依我侬的，它们是自然原音的主音色。山风吹拂树叶发出如埙的声音，呜呜咽咽，如泣如诉，一定是在讲述闻太师坐镇营盘山，英勇忠义的故事。不要说话，你慢走细听，会听到自然中每个精灵的声音都自成乐器。有空灵悠扬的古琴之音，有婉转缥缈的笛声，有凄清的箫声，等等。它们集结成天籁之音，你无须远赴大都市音乐会，只需来营盘山间慢步行走，即可听到名贵乐器奏响的疗愈之音，去烦去躁，令人内心平和。

有自然之音悦耳，天然绿色养眼，又在习武剑茶基地，何不吃茶去？我与同伴们说道，大家纷纷应和。

走在通往接待中心餐饮部的吊桥，晃晃荡荡中，脚下河谷里，那被溪水冲刷出形态各异、圆润光滑的大石头，吸引着我的目光。收住脚，喊大家一起下河去。我们捧起泉水抛向高空，秀一回小孩嬉水。看，那明亮的水珠，在空中迅速旋转着身体，用 360 度，秒拍下故乡的绿，又落入溪中，吟着"明月松间照，清泉石上流"闲暇自在地流向远方。

水润万物而不争，高山有水才有灵气，更何况此水来自海拔两千多米高的营盘山。它们经三次高空跌落成瀑，又一路小瀑不断，吸吮着花草树木的芬芳，汇聚一起，冲击出这条灵动活泼的溪河。此时见水不是水，是营盘山的雄浑俊朗，是植被的茂密，是高山深谷里的奇花异草，是天然的水墨画，或写实，或写意。

大自然无须修饰，任意抓拍，都是一张风景片。我们以河床为背景，在石头上盘坐调息，或来个幻椅祈祷，或后弯，或展翅欲飞……大自然是瑜伽人最好的习练场所，天然氧吧，空灵寂静，有着自然原音舒缓心灵，练者一身轻松，回归本心，超然物外。山中一日，胜却人间无数。

从河里上来，我们直接到餐饮中心后面的花园去喝茶。几百斤重的根雕茶桌，被安放在玻璃平台上。我们围桌而坐，你白，她粉，我红装，脚下有鲤鱼欢游，四周有绿茶暗香徐来，未曾喝茶，我们已醉。谁知林栖者，闻风坐相悦。茶不醉人，人自醉。如梦似幻，此处无白丁，只有三五隐者，在山野溪涧饮茶论道。

吃罢纯天然食材的午餐，困意袭来，我们入室小憩。枕着溪水敲击石头奏出的催眠曲，酣然入睡，梦中我在左溪河畔那个青砖黛瓦的老屋里，蚊帐里飞舞着一闪一闪的萤火虫，房前蛙声一片……

下午 2 点 30 分出发，我们一行向营盘山一级瀑布攀登。

今年夏季久旱无雨，好多地方茶园都是橘黄一片，营盘山下的茶园、树木依然绿意葱茏。听林场工作人员介绍，营盘山高，气温低，水源充沛，即使干旱期也较其他地方的空气要湿润些，所以，这里旱情不是很严重。人养山，山沁水养人，人山互为滋养，培育美化着杨家扒农场。

踏上熟悉的山石台阶，蜿蜒而上，再走人工栈道。因季节转换，风景各不相同。今春三月份上来时，我看到了从营盘山顶移栽下来的野生海棠花，它们含苞欲放、娇小玲珑的模样令我心生欢喜。五月份上来时，第一次惊喜地认识了白色蝴蝶戏珠、野芝麻花、荞麦叶大百合、红灯笼花、白色珙桐花等。现在这些野生花草已全然不见。我找寻着花儿们的身影，希望奇迹再现。失落中，偶见路旁零星的白色小碎花撞入眼帘，忽然明了，这山中花草未曾陨灭。一番春意益然后，秋叶如蝶舞，落花随风笑，入土为安，为重生。人不也是如此吗？

大自然的物种没有一个是枯灭绝迹的，死去的不曾死去，是落于尘埃融入大地，与山石泥土互为浸润，生发出新的生命。这世间一切，应该是万物生而不灭，万物衍生万物。一个物种进化生成另一个物种存活于世间，如此反复轮回。你中有我，我中有你，何来你的，我的，他的？我们都是宇宙间的一个小分子，同呼吸，共命运，只是种类不同而已。如若期望世间美好，人活着必以良善为本心，一生加持修己，日日向美向善利他而行，入土也会生化出良草俊木。彼此滋养，共续善心，结善缘，循环往复，生生不息，善化美化着大宇宙。

"问渠那得清如许？为有源头活水来。"

水欢山更幽。我们缓步上行，与顺流而下的溪水逆向交锋，彼此鼓励。那水遇石或腾空跳起，或绕道而行，或委身下潜，从大石头之间的空隙里挤过，自谋出路，进退自如，一路如帘成小瀑，飞跃成珠，不怕巨石阻挡，以各种向上的生命姿态，欢歌向东，奔涌入海。

晏玲姐第一次上营盘山，看到清澈见底的山泉水，兴奋不已，和杨琼一起下河掬水而饮。还不住地唏嘘赞叹，身在竹溪，却不识家乡的真面目，如此灵秀静雅的地方，毕生竟然是第一次来。陈进道，是不是不虚此行，不想下山？怎么不是！我们的欢声笑语，冲破层层树叶，在山谷里悠悠荡向云霄。

我们四个女子是轻装上山，倒是辛苦了两位摄影师，他们各自背一个大包拾级而上，气喘吁吁，还不时停下来，录视频、拍照。我看着他们迈着沉重的脚步，低头缓慢前行。想起和女儿谈过的一段话："每一个有爱好的人，都是负重前行的。你看摄影的、钓鱼的、骑自行车的等，哪个没有一个或两个沉重的包裹。包括作画人、写作人，他们在画中、在文字中找寻人生真意，安放灵魂，看似轻松，那笔墨纸砚，那身后阅读过的堆积如山的书籍，不也是一个必须背负的包裹吗？但这份小沉重能帮他们化解繁重人生的大压力，给他们带来生活之外的诗意、趣味，是值得背负的。"

没有奇花异草，满目翠绿更让人安静。我一直把山间徒步看成一场行走中的冥想，一步一景，随意观看，专注在眼前风景里，不分神，不为杂事干扰，身心灵合一，也可谓是一种慢韵律的健身养心运动。

走到一级瀑布下边人工修建的栈桥上，我们歇息观望。似有仙人不慎从天上掉下一道玉屏，直落而下，一路撞击山石，噼里啪啦碎裂成颗颗珍珠四处飞溅，珠落玉盘而生雾，又生烟。云雾缭绕间，我看见了两百多年前，一位清代民间诗人站在蒋家堰镇漂水岩下，听到他随口轻咏的《画屏烟雨》诗："山作屏风树作围，披图索得画依稀。穿林野竹和烟袅，漱石寒前带雨飞。绕郭恍疑青嶂列，肩头欲负白云归。十联诗在还堪赏，乘兴人来陟翠微。"恍惚间不知我是诗人，还是诗人是我？

观景兴起，我和晏玲姐情不自禁地上到一级瀑布下，不顾水珠溅湿衣衫，瀑水寒凉。以震耳的哗啦水声为节奏，汀步当我们的舞台，她抡剑起舞，我挥扇瑜伽，一红一白，忽蹲忽起，忽而刚如山，忽而绕指柔。我仙人指路，她大鹏展翅，水风吹拂衣袂，飘飘如仙。此刻，忘却今世，回归山野，我们是那深山修行习武的两位古代侠女。与山水相融，互映成景成趣。当停剑止舞时，才发现双脚裤口已湿透，全身温热出汗。

山水因人而有生气，人因山水而得净化，身心轻盈，举手投足自然灵动。在有机生态茶园里闻香品茗是此行一大雅趣，而瀑布下的太极、瑜伽，人与山水动静相融，却更为壮观。山中清幽，行人乐此不疲，不问归期。来去只需两小时的山路，我们走了四个多小时。下山时，天色已晚。

吾乡南山居武当山北麓，处秦巴臂弯之中。青山叠翠，巍然成屏，生泉成瀑，溪水泛涌，翠竹掩映，风景秀雅有韵，捍卫孕育竹溪人。而营盘山原生态的纯天然景观，没有人为修饰，适宜居住，更是康养圣地。返回途中，与晏玲姐约定，待到秋天漫山红叶时，瑜伽与太极再上营盘山，那时不只是我们俩，希望更多的客人，来营盘山打太极、练瑜伽、喝茶、禅修，小住几日，做一回天上神仙。

我相信，如此神秘灵秀的大营盘山，自然会有凤来栖。

会当凌绝顶

李嘉豪

　　我家住在营盘山对面的山坳里，我看着营盘山的日出日落，听着营盘山的故事长大，对营盘山充满了神往！5岁那年我跟父母亲一起去营盘山脚下纳凉看珙桐。后来几乎每年都要去一次，随着我一年年地长大，营盘山的栈道也一年年向前延伸，在母亲的鼓励下我也越走越远、越登越高。

　　今年我14岁了。因为以前给县作家协会的前辈们当过小向导，此次受邀参加营盘山登顶露营采风活动。接到通知我心里既激动又忐忑，激动的是我可以跟文坛前辈们一起登心心念念的营盘山，忐忑的是我能顺利登顶吗？母亲鼓励我说："60多岁的摄影师都参加过登顶，14岁的少年有何不可为？"于是我们提前一天做了充足的准备，我带着食物、小锅等重一些的东西，母亲带着抽了真空的御寒衣服及羽绒被子。

2022年5月20日清晨，营盘山还笼罩在一片若隐若现的晨雾中，我便与母亲带着行囊驾车来到了营盘山景区。登山的向导及随队医生已经在游客服务中心等候。这次计划登顶营盘山的一共有14人，登山队员7人，随行的医生及向导7人。景区的工作人员给我们分配了登山的生活物资，在向导的带领下我们便浩浩荡荡地出发了。

暮春五月营盘山脚下的珙桐已凋谢，白色的花瓣散落在草丛中，山谷里的风清新纯净带着朦胧的水汽扑面而来，栈道顺小溪蜿蜒而上，各种奇花异草在栈道边、小溪边竞相开放。这可把那几位背着摄像机的叔叔忙坏了，他们围着一株硕大的野生花卉咔咔拍照，作协的叔叔赶紧拿出手机打开"形色识花"查这株植物叫什么名字。我说："这是荞麦叶大百合，两年前我就查过了。"叔叔们诧异地看着我竖起大拇指夸我有见识，这让我十分开心，脚步都轻快了很多。栈道从平缓逐渐变得陡峭，小溪的落差也越来越大，向导唐清叔叔在前面叫我："李嘉豪你快来看，这里有一条娃娃鱼。"我顺着唐清叔叔手指的方向，看到小溪中央的石头旁趴着一条半尺长的野生大鲵，它在盈盈的水波下一动不动，身体的颜色基本跟石头一样，不仔细看还真分辨不出来。摄影师阚小辉叔叔在后面叫我："李嘉豪你别跑那么快，来帮我背着三脚架。"我蹦蹦跳跳毫不费力就把那些叔叔们扔下老远。

向导叔叔们背着沉重的背篓，默默地走在前面，这让我想起课本上的泰山挑山工，对他们的敬佩之情油然而生！七个向导叔叔都是本地人，他们大部分都参与过修建营盘山的栈道，有的是营盘山的采药人，有的是营盘山的割漆人，有的是营盘山的放蜂人，登顶露营对于他们来说可能已经不是什么稀罕事，领队唐清叔叔总是催促着队伍快些走，他说后面的路会越来越难走，天黑之前一定要到达露营的地方。可来参加活动的叔叔们实在是被这奇异的风光吸引得迈不动步，他们满头大汗却惊喜异常地大呼小叫，我们只好走走停停地等着他们。

在一处被溪水开凿打磨的石滩里，我发现了很多透明的小鱼游来游去，摄影叔叔就把防水摄像头绑在棍子上伸到水下去拍摄，在一处巨大的瀑布前摄影叔叔们把他们红的、蓝的防晒服都脱下来给我穿，让我站在瀑布前给他们当模特，银白色的瀑布从天空飞泻下来，我站在升腾的水雾中，突然就有了吟诗作赋的冲动，可以我现在的知识水平实在吟不出诗来，只能大喊三声"啊哈！""啊哈！""啊哈！"来抒发我喷薄而出的豪情。

耗时 3 个小时我们走完了栈道，向导叔叔们卸下背篓拿出一些饼干分给大家，让我们休息20分钟准备登山。后面的路是我不曾涉足的，对我有了新奇的吸引力，我说那我们走吧！一直催促大家的唐清叔叔反而不着急了，他开玩笑说："你莫着急，一会儿走到让你哭。"向导叔叔给我们每个人找了一根棍子做拐杖，我们爬上一面山坡，跟着向导叔叔顺着山脊走了一段，就找到一条割漆人走出来的羊肠小径。向导中有一位叫郭宝宝的叔叔这时候活跃起来，他举着一把砍刀在前面开路，一边走一边给我们介绍这是什么草，这是什么树，这是什么花。原来他是一位草药郎中，采的药材不仅能治人的病，就连猪牛羊的病他都会治。他一路上指给我们看七叶一枝花、头顶一颗珠、江边一碗水、细辛、黄芪等，各种野草他都能叫出名字说出功效，让我目瞪口呆，不禁感叹高手在民间啊！

小径并不像我想象的那般陡峭，是"之"字形斜斜地向上。我们穿过一片竹林，眼前豁然开朗起来，我看到了山脚下的村庄、公路及对面绵延起伏的群山。向导叔叔们总是不紧不慢地走着，登山的队友已如溃败的逃兵，有点东倒西歪、丢盔弃甲了。我又分担了一些队友叔叔们背不动的物资，精神抖擞地跟着向导叔叔的脚步前进，队友叔叔们纷纷感叹年轻就是好啊！走了两个小时的小径，我们在山坳里发现了一大片漆树林，粗壮如盆的树干上有采割生漆留下的刀痕，一道道皱巴巴的错落分布在树干上，如爷爷历尽沧桑的眼睛。疲惫的登山队伍再次活跃起来，席地而坐讨论起这片漆林生长了多少年，谁在这里割过漆，竹溪的生漆发展现状及历史，阚小辉叔叔说要把这一重大发现报告给县政府。虽然我不大懂他们说的话，但我明白他们都是愿意为社会发展做贡献的人，是我学习的榜样。

越往高处走植物越稀疏，品类也从多样变得单一，树林一下变得敞亮起来，一片连着一片开着各色矮小艳丽的野花，阳光穿透森林将斑驳的光影洒在森林下的花海中，我想童话故事中的王子、公主、绿发女巫应该就是住在这里的吧！登山队的叔叔测了一下这里的海拔是2000米，唐清叔叔鼓励大家再加把油，我们和山顶的直线距离还有350米左右。我想350米很近了，于是就兴奋地跑到向导叔叔的前面去，没走几步突然感觉脚下一软，脚踝传来一阵疼痛，原来我一脚踩进了竹鼠洞里。队医周旦国叔叔赶紧上前来查看伤势，给我的脚踝按摩后涂上药水，一会儿就不疼了。登山的队伍也因为我的鲁莽耽误了半小时行程，拄着拐杖的队友叔叔们都抢着帮我背行李，我被他们的温暖友爱感动得要哭了。

竹林外是一望无际的古老海棠林，树冠如一把把撑开的巨伞，树枝上挂着长长的绿色胡须随风轻轻摇摆，向我诉说着营盘山金戈铁马的过往，我被这奇幻的景象震撼了，我想这每棵海棠树上都应该住着精灵吧！每棵海棠树的距离基本一样，树下不再生长花草，却在每棵海棠树下都奇特地生长着一棵半人高开白色小花的树，树叶厚厚的摸起来像多肉植物，没有人认识这是什么树。母亲说可能是因为气候发生了变化，海棠林里出现了一种新生植物。

真是望山跑死马，350 米的海拔距离，我们顺着山脊一直走一直走，每走一段总以为到了山顶，可走到一看山顶还在更高处，太阳西沉的时候我们终于登上了海拔 2355 米的营盘山顶，累得我连欢呼的力气都没有了。向导叔叔们却立刻放下背篓，唐清叔叔开始分配工作，两个人去寻找水源、两个人去捡柴、两个人搭帐篷、两个人准备晚餐，摄影师叔叔们在山顶的草坪上升起无人机，架上摄像机，追拍落日余晖中的莽莽群山。太阳完全落下去的时候，篝火燃起来了，我们围着篝火烧开水、烤腊肉，向导叔叔们喝着他们的烈性烧酒，激昂的山歌你唱我和："一坛酒儿百年装，友情地久天又长，送妹一坛苞谷酒，要想哥哥天天尝……"年轻的队友叔叔不甘示弱，拿出他的麦克风嘶吼了一首《孤勇者》，把向导叔叔们都唱蒙了，问他你这唱的都是些啥呀！把我笑得肚子疼。我想这就是代沟啊！突然传来几声哞哞的牛叫声，一群生活在营盘山的野牛不知道是被歌声吸引还是被歌声惊吓到了，凑到我们的篝火前来了。晚上十点后气温越来越低，虽然我穿着派克服、披着薄被子还是被冻得睡不着，唱《孤勇者》的叔叔把他的小帐篷让给我睡，他说他要跟值夜的向导叔叔一起数星星，记住营盘山这个美好的夜晚。我感受着队友们的温暖，听着帐篷外五月依然呼啸的夜风，在忽明忽暗的篝火中睡着了。

　　清晨，我在无人机的嗡嗡声中醒来，东方露出了一抹霞光，远处的山峰在翻腾的云雾中与天空相连，营盘山顶被初升最早的一束阳光照耀着，如上古大荒中的"天空之城"，住着移形换影的海棠木精。难怪爷爷讲故事总说营盘山上有"迷魂阵"，没有向导走不出来，登上营盘山顶俯瞰群山我才终于明白，是这片巨大海棠树林在云雾中让人不知身处何处，只有常登顶的人才能更好地辨明方向，也只有努力过的人才能体会到这种挑战成功的喜悦！

到竹溪去看花

尚长文

一

我在丹江口拢共生活了 18 年。这期间，因了竹溪杨家杺的一个亲戚，我随父亲不止一次地登门。现在看来，所有的往返似乎只为了今天的这篇文章。

初访杨家杺是少时的一个秋里。父亲的那个亲戚不是外人，我喊他"幺爹"。鄂西北一带，习惯把父辈的兄弟统称为"爹"，于是便有了大爹二爹之类的叫法。

杨家杺的幺爹见我们上门，自然喜欢得紧。晚间的第一顿饭竟然见到了肉，却是那块吊在灶台上的、用来替代食用油的、烟熏火燎的腊肉。父亲很感动，也很不安。吃完饭，几个人便守着灶台聊天。聊收成，聊气候，聊岁月的倏忽，聊人生短暂不经混。

聊着聊着，父亲便问幺爹，杨家杌这个"杌"是怎么回事儿。幺爹说，这里的杌，最早是指树木或者椊子柴"胡球"乱堆。父亲就蒙了。父亲说，乱堆咋了，不可以吗。幺爹说，嗨，谁知道呢！这么说，幺爹自个儿就笑了。幺爹说，杨家杌一带的地名都挺有意思。譬如，瓦房湾、锅底坑、草楼门、剥皮榔。

这些个地名，古里古怪，却真的都有来历。

幺爹便挨着个儿掰指头一路讲下去。讲着讲着，还捎带脚地讲到了兵营乡、桃源乡，讲到了天宝乡的取宝洞村，讲到了迷魂阵村、楠木寨、七星寨等。

果然！

每一个名字的背后，都有着一个美丽的故事、神奇的传说。

随后，幺爹便讲到了营盘山。

……杨家杌这个地场上，有一座营盘山，距离这里不远。当年，闻太师就在营盘山安营扎寨，和姜子牙干上了——姜太公吗——对，就是他——双方军队一仗打下来，闻太师兵败，死在了绝龙岭——闻太师，是戏文上的那个闻太师吗——不是他是谁——哦，难道真有这么个人——当然，那《封神演义》上不都讲得明明明白白的嘛。

屋外，山风阵阵，仿佛在述说当年的那一场浴血奋战。

屋内，静得掉下一根针都能听见落地的声音。

多年后，忆起那晚的情景，我发现，从前我们总习惯于讲中华文化是山水文化和寺庙文化。其实，到了竹溪，到了营盘山，就会明白，文化也蕴藏在每一个村庄的地名里。

竹溪的同志若能编一部《竹溪地名考》，或者将每一个村庄的名字做成动漫片，一定会让外面的人进一步了解竹溪，了解营盘山，让本地乃至在外的竹溪游子，能记得住乡愁，也摸得着乡愁。

二

那个晚上，父亲他们还谈到了尚家户的来历。

按照父亲他们的说法，竹溪这里的先人，大都是移民来的。最早的尚家户，则是陕西迁移到竹溪的"锅片尚"。之后，一支先人从竹溪去到了均州。这种说法若是成立，幺爹他们应该属于留在竹溪的那一支尚氏血脉了。

显然，这是一个神秘而又充满遐想的话题。

岁月的大风埋葬了多少移民到竹溪的尚氏先人呢？

那个晚上，灯油燃尽了，几个人仍坐在灶前聊，直聊到灶膛里的星火全部闭上了眼睛。成人后我才明白，那个晚上的狂聊，于大人们来说，就像喝水终需"透墒"一样，否则就对不起这一趟的翻山越岭了。

前些年，海内外掀起一阵寻根潮，受好奇心的驱动，我到底还是从史料上搜索到一些相关信息。原来，竹溪果真是移民建县，时间是明成化十二年，其时的竹溪人口构成里，"陕西之民五，江西之民四……"，就连四川、广东、湖南以及湖北本省也有人移民到了竹溪。

这个史料顺带也解决了我一个疑问。少时我就发现，竹溪一带的口音迥别于邻近的陕西口音，与附近的河南口音也不搭界，即便与十堰市下辖区县的口音，也有着明显的区别。确定竹溪是明代时的移民县，便似乎隐隐找到了答案。

不过，营盘山乃至竹溪的方言倒真的很好听。外地小伙儿到了竹溪，到了营盘山，听年轻姑娘柔声柔气地说着方言，总会感到一种特别曼妙的滋味，就痴了似的盯着女子看，便突然发现了什么似的在心里暗自惊呼，呀！这里的山妹子咋就恁漂亮呢？

便自个儿往深处想。想想就明白了，营盘山也罢，竹溪也罢，虽是山区，却也分外别致。这里的山是青山，水是秀水，风是清风，如此环境下长成的女子，能不水灵，能不秀气，能不让人疼吗。

今时里，择一截日子，到竹溪，到营盘山，听山妹子富有韵味的方言俚语，渴望圆一场不期而遇的爱情，岂不快哉！

三

在幺爹家，更多的时候，父亲都被村民们拉到家里喝酒。幺爹说，营盘山一带，偏是偏了些，人却好得不得了。别说亲戚，就是个二家旁人（不相干的人）到了门儿上，也一样饿不着。

有这样的好事儿？我问。

幺爹笑着解释说，山里人家，大都亲连着亲。肚子饿了，上门儿后随便聊一聊，不出五服，总能攀上亲。

幺爹说，当然了，即便真的是陌生人登门儿，也不会饿着肚子。

有趣的是，营盘山一带待客的菜，有的是我在丹江从没吃过的，譬如碗糕。

碗糕，我是第一次在幺爹那里听到的。丹江口即均县那边，正席上没这个吃法。营盘山碗糕是由白米和黄豆浸泡后制成浆，再上锅蒸制而成。出锅的碗糕色泽雪白，软糯可口。

我第一次吃碗糕，竟稀罕得不行，香！

当然，营盘山的好吃好喝的，远不止一个碗糕，那里的八大碗也颇有名气。

八大碗，是红白喜事或贵客来临时的接待规格。席面上虽只上八碗菜，却煎煮烹炸炒，样样齐全。我和父亲曾在幺爹的一个亲戚家吃过八大碗。显然，这是借了幺爹的光。

竹溪的八大碗还有一个美丽的传说。相传八仙云游四海时经过竹溪，见竹溪景色优美，植物茂盛，便按下云头，化作百姓走进茅屋草舍，八个仙人各显神通，用竹溪当地的食材，制作出八道精美菜肴，并将此法传授给当地百姓。

竹溪八大碗，连接着一个美丽的传说，也衬托着无可比拟的美味。

八大碗，在国内比较盛行。我现下居住的胜利油田所在地，便有"垦利八大碗"。有人说，竹溪的八大碗源于陕西八大碗。这个我比较赞成——毕竟，当年的移民里，老陕人数过半，且西安的八大碗更是名声在外。

竹溪的同志们，你们能给我一个相对准确的答案吗。

无论怎样，八大碗，在竹溪的美食里，应该是最排场的吧。

既如此，逛营盘山，品碗糕吃八大碗，终究算得人生之快事。

四

我们在幺爹家住了几天，眼看要走了，父亲却动了去营盘山转一转的念头。幺爹奇怪地说，有个啥转头，你还当真了？

父亲说，我只是好奇，这不闲着也是闲着嘛。

便找了个打柴的理由前往。

或许在幺爹看来，乡下人空着手游山玩水无异于造孽。

我们是在这之后的一个上午去的。幺爹说，登营盘山须是晴日，阴天或者迟暮，那座山上容易出现情况。

幺爹这么说，父亲的眼睛便瞪大了。幺爹说，老辈子讲，那里曾出现过借道的阴兵。也有人曾在阴雨天听见过人喊马嘶的搏斗声。

幺爹交代说，到了营盘山，嘴巴上得有个把门儿的。

见幺爹这么说，父亲就重重地看了我一眼，眼神里含有警告的意味。

次日上午，我们向着营盘山走去。那时候，万里长空，瓦蓝如水洗一般，山道上，秋日的余晖映照长空，金色的黄叶将一座座山岭染成一个充满童话意境的世界。

沿着山路，大约走了两个小时。堂兄指着前面的一座山峰说道，瞧，那就是营盘山，据说三千多年前，闻太师的商朝军队就驻扎在这里。

站在远处看营盘山，秋日的山峦，在阳光的照耀下反射出闪闪的金光，显得分外壮丽，好像一幅美丽的图画。

这显然是一个很容易走进"戏里"的氛围。

远古的战场，不选择在这里，又该是哪里呢？

江山之上，还能有比这里更富有神秘色彩的美丽之所在吗？

我们当然知道这是神话传说。

但我们彼此都没有说破，也不愿意说破。

为什么要说破呢，多么美丽的土地，充满神性的山水！

我和父亲前后去幺爹家三次。20世纪90年代初期，幺爹病逝了。父亲伤悲地说，完喽，这一门儿亲断喽。

父亲说的没有错，从那以后，我们和竹溪那边的亲戚慢慢地就没了往来。等我年过半百后，便理解了父亲的哀愁。红尘里，有多少亲人走散在了岁月的风里啊。

也因此，我会重返竹溪，重返杨家杭，在那座神秘的营盘山下，寻找被尘埃掩埋的亲情。

一方水土

王利军

　　若将历史人文炼制成钥匙，轻易就能打开营盘山那一方海棠秘境的锁。

　　耸立在湖北省竹溪县城南 65 千米处的营盘山，恰盘磨在秦岭与巴山指掌间的一块翡翠，碧绿光影流荡，漫山遍野浸透了林木的芬芳。这块种水老道的翡翠，早在三千年前已拓入历史的刺青，相传殷商太师闻仲曾在这座大山中安营扎寨，故而得名大营盘。

　　竹溪地方戏山二黄又称汉调二黄，保留有传统剧目《闻太师回朝》，把刚正不阿的太师闻仲活灵活现地呈现给观众，他手执先王赐予的打王金鞭，上打昏君，下打奸臣。

　　据说当年闻太师操演军马之处，就在营盘山下的杨家扒，那里有一片平地至今仍唤作习武基。

　　翻涌在营盘山的林海，吞噬掉太多古旧光阴碎片，却未能咽下习武基这个练兵场名号。当年手执打王金鞭的闻仲太师，就像腐朽殷商王朝的最后一道光，倔强地照亮了营盘山，却无法为行将就木的殷商王朝续命。

坊间传说闻太师曾与姜子牙在营盘山一带血战，最终战死于丰溪"绝龙岭"，并葬入了光顶山。那段铁马冰河的历史，渐渐被营盘山接日连天的林海掩藏封存，但溅落的飞珠碎玉却散落在山中，长成大片大片的野海棠。

每当东风轻舒纤指，拨响春的琵琶曲，营盘山就渐次催动海棠花潮。那时节，秦岭与巴山指掌间的那块翡翠仿若凭空生出暖烟，一缕一缕袅娜在石隙崖畔，结出一团一团浅浅的粉与柔柔的白，就像九天仙子抛下的纱幔，笼住峰峰岭岭，自是风情四溢……

春风暗施绝妙手，召唤出营盘山那处海棠秘境，恍若铺排开一阕诗与远方的大赋，每个字词句读都在诱惑着一颗颗驿动的心。

我就是逐着春日暖阳走向营盘山的。

鲜润的绿软了营盘山的棱角和线条，整座山洋溢着青春活力，远远望去好像聚拢来无数朝气蓬勃的年轻战士。三千年前追随闻仲太师来营盘山的殷商大军，太多兵士的生命殒落在这座山中，热血肥沃了山野，才使得草木年年岁岁生得恣肆汪洋！

春日蓝天下，营盘山浩荡开大海的碧波，仿佛无际无涯，一片片野海棠开成了一簇簇雪浪花，所有游人都像鱼儿入水般，欢快地扑进营盘山激荡开的绿潮中。

汹涌澎湃的绿，托起了营盘山的海棠秘境。

迂回蜿蜒在碧海里的山路，如缓缓游动的长龙，特别是山风轻拂林木时，感觉脚下的山路正逆风而去。身畔摩肩接踵的树，或直或弯，或年轻或苍老，都在这春风里铆足了精神，各自用新绿题写一阕阕郁郁葱葱的诗词，繁繁密密地悬在枝头。

各种草木的吟诵唱和，使得营盘山绿潮翻滚，宛如凭空堆叠起一重重碧云。那当是屈原在《楚辞》里绘就的"瑶之圃"，入眼皆是精雕细琢的翡翠山峦：万树繁盛，百草葳蕤，藤萝缠绕，青苔丛生……映入眼中的峰峦沟壑，无不裹上了鲜枝嫩叶，绿得格外清澈，散着一种神性的光芒，甚至没有一粒微尘敢落足其上。

攀在山路中，时不时撞碎山野寂静的水声，该是清泉雪瀑弹拨的琴音，或如珠落玉盘，或如战鼓铿锵，或如春雷惊日，或如万马嘶鸣……流翠淌碧的营盘山，怀揣一颗出尘的心，它养育在深闺的女儿清泉雪瀑，只闻其声已让人心生倾慕！

散布在营盘山四处的清泉雪瀑多达百个，大大小小极尽姿态：或飘逸，或壮美，或奇幻，或雄浑，或瑰丽……当真是泉泉相牵，瀑瀑相连。水量最猛最烈的三挂雪瀑，分别是一级瀑布神鞭瀑、二级瀑布情侣瀑与三级瀑布仙女瀑，据说各自连接着一个传奇故事，只是再觅不到挥舞神鞭的英雄，亦寻不着两情相悦的情侣，更无缘得见来无影去无踪的九天仙女！好在绿成碧玉的营盘山足以慰藉游人，那千姿百态的清泉雪瀑轻易就填补了内心虚空，环绕耳畔的水声则反复濯洗灵魂，置身其中居然让人体悟到"此间乐，不思蜀"之意。

蛇行于林木间的山路曲曲折折，活脱脱摹写出曲径通幽的意趣，沿其攀缘而上颇为贴合绿野仙踪的况味。相识与不相识的树木在山路两旁枝叶相握，撑起首尾相连的伞盖，星星点点的阳光就从那枝叶缝隙中漏下来，金色雨线般在山路上绘出一帧帧印象派油画。恋着山林的鸟儿，不知藏在哪片枝叶间，清脆悦耳的鸟鸣落雨般倾泻，却衬得山林愈加幽静。

古人诚不我欺，果真是"风定花犹落，鸟鸣山更幽"！

风过后山路上空簌簌飞落的花，正是野海棠花，晶莹剔透的花瓣如粉琢玉雕，缓缓下坠，画出各种各样的曲线，勾画另一种静美。爱着海棠的苏轼，当年"只恐夜深花睡去，故烧高烛照红妆"，若有缘得见营盘山的海棠，不知会吟出怎样清丽的诗词！

营盘山的海棠大多开作白色与粉色。在我眼中，白色的野海棠是雪做的，粉色的则是醉了酒的雪做的，一瓣瓣聚在枝头无声吟唱。《红楼梦》里，"心较比干多一窍"的林黛玉曾题诗《咏白海棠》，其中一句"碾冰为土玉为盆"疑有神助，那洁白胜雪的白海棠花，不只"偷来梨蕊三分白"，还"借得梅花一缕魂"！而醉了酒的粉海棠则如苏轼笔下的红梅，虽说"寒心未肯随春态"，但"酒晕无端上玉肌"，一树树皆现粉色，九天坠落的霓虹般绚丽无比……

营盘山巅，一株株海棠生得苗壮，怒放成激情澎湃的花海，雪浪直扑蓝天。时间似乎已被海棠花潮凝固，千古浮光掠影都被花海吸纳，天地间只剩下营盘山的海棠秘境。

或许推开一道隐秘的时空之门，你就能随意穿越时空，目睹闻太师挥动着打王金鞭竭力拯救病入膏肓的殷商王朝，体验末路英雄的悲凉！

漫山遍野堆成雪色的野海棠，真像上天铺下的白色画板，正等待英雄重新泼墨弄彩……

海棠树下绿草如茵，不知名的野花开得热烈，或黄或紫。穿透海棠树冠的阳光，点亮了树下的花花草草，扬起营盘山另一张帆。

春风又起，营盘山再一次打开了海棠秘境的门！

神秘的山境

黑 马

一

营盘山，一峰独峙，虎踞龙盘，一如千年的眷恋。雄山厚水，诗情浩瀚，满是有关水的颂词。满山古木参天，遍地奇花异草，随处流泉飞瀑，绕不开的是那留在心底的神奇波澜。聆听井底涛声，那延绵不绝的美意，正荡漾着琥珀般的夜色。

溯流而上，营盘山滋养着有情有义的一方水土。

这里有梦想，也有传奇。一方灵魂得以安息。

梦里水韵，一页页打开了山村的心事，正被水墨洇染的十二时辰。

以光亮，以诗意，以梦幻……

营盘山，一次次给我无限眷恋的大美。

涉过神话传说，来到灯火阑珊的低处，倾听花语，倾听被唐诗宋词喂养过的水之颂词。

二

营盘山，一壶山水，半生相思。在秘境中的心灵，皆是美学预设的注解。

向那一方纯净的水域表白：爱在今生，仿佛一个瑰丽的梦境，让柔软的心，一圈圈荡开了涟漪。舒展了，水的倒影，茂盛的情欲。

背上行囊，浪迹天涯海角，不如住进营盘山的心里。

有晨露，有星光，有清风，有明月，还有你，你会意的眼神，治愈了我半生忧伤。

一壶山水，抒情或独白，仿佛来自遥远的古人的内心深处。

暗喻瑰美的营盘山，转换人间的阴阳井，醍醐灌顶，一帘幽梦笼罩着的一盏心灯，静守唐诗宋词的古风。

营盘山，一颗璀璨的明珠，有对美的追求和再造，有我看不到的意象。因为爱，我也会舀一勺大山沁凉的水，在诗的意蕴里，珍视这一生的期许、激动和浓烈。

三

营盘山，打开时光的永恒之门。

钟灵毓秀的独南村，石板路上走过背着背篓的老人。手握香囊，是安坐阁楼的佳人，她主宰了水和柔情，唤醒了碧波荡漾中的美学。

爱如一盏静谧的灯火，仿佛将一条《诗经》的河流包围，一次次照亮世人浑浊的眼睛。

草木葳蕤。营盘山寻梦，寻一座秘境中的美。

奔赴，这浩荡的茂密的轮回，载着巍峨之美，雄浑之美，兼葭之美，在潋滟的波光上，风行水上，一路划开了水的芬芳，云的淡泊。蔓延着的初心，借一首唐诗的清香，捂住春天的心跳，在曲径通幽处，述说着不可复制的禅和词牌。

画轴里的营盘山，线装本的营盘山，美学的营盘山，借助古老的唱词，一卷卷宕开了诗情画意。

最终，完成一次风、雅、颂的唯美传递。

四

营盘山，仿佛一部失传已久的美学辞典，荡漾在云朵清丽雅致的章节里。

被平平仄仄的风反复擦拭的天空之境，在诗歌的意象中，次第宕开了新的版图，仿佛时光的良药抚慰离别的笙箫。

与营盘山对话，啜饮诗情画意，一切人世间的美触手可及，仿佛错觉。

诗意缱绻，一波三叹是水的咏叹调。

营盘山，在神性和人间自由地切换。一如流淌的墨色，裹紧智慧与美学，悲悯与感怀。呼应着星空的崇高与淡雅，以及万世镌刻的神像。

大美营盘山，如一部辽阔辞典，荡漾在美学的章节里。大山里的诗人奔赴万水千山，也许，只为了途中与美相遇。

我心中的那一座高山

罗锦华

人的一生可以不登大山，但心里一定要有一座山，只有心存敬畏和向往，才会不断攀登，不懈努力，才有可能超越过去的自己，才有可能遇见意料之外的自己。营盘山就是我心里的高山，它不只是地理上的大山。

没错！这里就是《封神榜》里那位令人敬、令人叹的闻太师的大营盘。如今的大营盘，虽然听不见金戈铁马、看不见烽火连天，但人们口口相传的人物形象越来越丰满、历史遗址也越来越神秘，总想寻个机会去看看。

心生向往，总会留心与它相关的信息，不时看到一些云图和文章，知道此山海拔 2375 米，群峰竞险，远观峰峰相连，近前座座雄浑。最为奇绝的是，主峰顶却异常开阔平缓，似跑马场，似宿营地，因气候演变，新生千亩海棠林，从山脚到山顶，从仲春到仲夏，次第开放。同一座山的不同高度，有不同的时序，实不多见，而最吸引我的是立于峰顶之上，万山来朝的那种"一览众山小"的诗意。举目四望，似仙山，似瑶台，云蒸霞蔚，雾霭缥缈，让人顿时产生一种抛却凡心、剥脱俗身、飘飘欲仙的感觉。山腰涧流如歌、叠瀑飞泉、姿态各异、各具风韵。山中遍地野生草药、山花万紫千红、林木葳蕤、百草盖溪。好一幅仙气缈缈、古韵悠悠的苍莽山水图，不禁令人心驰神往、魂牵梦萦。

果然，心中蓄着美梦，总是会有幸运降临的。2018 年 4 月底我有幸参加了一次文学采风活动，营盘山就是目的地之一。

作为土生土长的山里人，爬山越岭、蹚水过河、分草觅路、攀岩采花、搬石摸蟹……这些打小就是日常里的必修课。家乡的山山水水、花花草草，就像我们每天睁眼就相见的亲人，熟悉到可以无视、亲切到可以忽略，有一种习以为常的疏离或陌生，有一种相濡以沫的淡然或和谐。

年少的我，小巧玲珑，身轻如燕，敢跨个竹篓攀上高枝摘樱桃，敢束紧腰身荡着青藤摘八月瓜。说起爬山，就更是稀松平常事了，虽不敢说如履平地，也可以说是轻松自如，营盘山也应该难不倒我吧？

这是我第一次以文学爱好者的身份参加集体活动，第一次去攀日思夜想过无数次的神秘大山，也意味着要第一次见许多闻名却不相识的老师，像个未经世事的孩子，激动又紧张得整晚都不能囫囵入梦。当日早早起床，也无心饮食，匆匆赶到集合点，整装待发。终于等到老师们一一到来，车队出发，我已过早兴奋得疲倦了，一路上昏昏欲睡，无力观赏沿途风景，便半眯着眼睛，听同行老师谈笑风生。

当时的我留守在家一个人带婴孩，是"自杀式"带娃的真实个案，长期睡眠不足，体倦神怠，才走到鄂坪就开始晕车，又不愿影响车队行程，更不愿让同行的人担心，便一直咬牙坚持。进山的路虽不难行，却九曲十八弯，大弯小拐，左拐右弯，人坐在车上也身不由己地东倒西歪、前俯后仰，惯性作用中，感觉五脏六腑都要从喉咙里甩出来了。我和老陈大姐同病相怜，狼狈不堪，不得不走走停停，导致整个行程都慢了下来。

好不容易挨到营盘山入口，我们主动请求车队先行，弃车从步，同行的老师再三犹豫，见我们态度坚决，终于还是缓缓驶离。我和老陈大姐像两位忽然衰老了三十岁的老妇人，互相搀扶着，一步一步朝着营盘山的方向走去。虽然大家都说按我们这样的速度至少需要一个小时才能到服务区，可是晕车的感觉像梦魇一样，感觉除了沉重的头颅和惊涛拍岸的胃是自己的，再无他物，听到的声音也像是从千山之外传来的那般缥缈，大脑一片空白，身体的每一个部件都互不相关，各自麻木又互为拖累，整个人像在夜半忽然醒来，睁眼茫茫一片，不知身在何处。

我和老陈大姐在绿波翻涌、寂无人声的道路上，轻一脚重一脚地慢慢行进，互相打趣，说我们有了过命的交情，要一辈子都这样结伴走下去。说来也凑巧，正在我们哭笑不得、进退两难的时候，身后有摩托车行驶的声音。老陈大姐顽皮地冲我一笑，说："梦中的白马来了。"

我们同时扭头去看。老陈大姐不禁大喜，高声说："哈哈，好巧。"

只见她一招右手，叫了声老表。那风一样的"白马王子"便立时停了下来。来人也一喜，喊道："巧啊！表姐。"

白马王子一仰头、一脚油门，就把我们顺到了营盘山游客接待处，先到的老师都不敢置信地瞪大眼睛看着我们神兵天降。

我和老陈大姐也嘻嘻一笑，庆幸没有耽误大家太多时间就放松了下来，大家稍事休息，便准备向营盘山进发了。

有曲折的故事才最让人难忘，让大家料想不到的是，进景区的道路正在修缮中，车辆进不去，还需步行一公里路程。我和老陈大姐一路上晕得三迷五道，体力已严重透支，双脚落地就像踩在云朵上，轻飘飘的。我们裹挟在人流中，不动声色，故作镇定，强作欢颜。终于来到谷口，上一个台阶，擦身越过两块山石，就掉进了绿染缸、绿染房，疲惫尽失，欢喜莫名。在山谷里穿行的我们，仿佛置身绿色大舞台，我们是这舞台上一闪而过的路演，此时，我们是寻梦的主角，却不是梦的主角，我们正在奔赴一场绿色的欢宴，琼顶瑶盖、光影闪烁、翠羽碧裳、轻声慢步，好不惬意。泉瀑层层叠叠，分分合合，蜿蜒奔泻，清澈俊朗；水声时而高亢，时而轻柔，时而浑厚，时而清越，每走一步都有新的发现、新的欢喜，恨不得也像杨二郎一样开个天眼，多生出一只眼睛来。

最幸运的事莫过于正值珙桐初谢，杜鹃盛开。刚看过一级瀑布的雄浑，还沉浸在它轰隆隆奔腾的水声里，还在感叹它从高处垂坠下来时迸起水珠、腾起水雾，释放出柔润和凉爽，一转弯就在陡峭的游步道上看见片片洁白花瓣，一问方知是珍稀植物——珙桐花。所幸树枝上还有极少数未落的花朵，仅有两片对生的洁白大花瓣，包裹着黄棕色花蕊。花朵倒挂在心形叶片下面，像一只只展翅欲飞的白鸽，又像巧手折出的千纸鹤风铃，微风徐来，这些纸鹤悠悠荡荡、飘摇翩跹。这些衍生了六千万年的活化石，能在这里乐活，让我恰好在这里遇见，应该也是我积攒了六千万年的好运气吧？

本已掉队的我，在铺满珙桐花瓣的栈道上，举着手机一通连拍，结果落下了更多脚程，已经有一拨老师返程了，他们劝我一起返回，我的倔劲儿又上来了。心说，没有晕死在车上，就不会累死在山上，蓄着一口气一定要登上路的尽头，假使以后永不再来也不会遗憾。

我收起手机，咬紧牙关，一路加劲紧追。好在山高涧深，树密叶繁，水长草丰，空气湿润凉爽，虽然气喘吁吁，却不曾汗流浃背。当我不再留意路边奇花异草，不再狂拍乱照，只管赶路的时候，很快就追上了前面的一行人。

在半山处最陡峭的崖壁上，凌空悬挂着一个长方形观景台，这里视野开阔，能俯瞰脚下幽深的山谷，能直视对面笔陡的山势，能仰望高耸的顶峰。栏杆外面有一大株盛开的紫杜鹃，开得花团锦簇，一团喜气地嵌入绿色的大背景。一向对平平相貌不自信的我忽然有了入镜的勇气，主动请求孟老师拍下了一张照片。哈！海子张开双臂，有"面朝大海，春暖花开"的浪漫，我一抬右手也有"背靠大山，百花盛开"的灿烂。

在他们热衷拍摄的时候，我一个人继续向上攀登，中途又遇见杨老师、傅老师、阚老师等一拨一拨人返程，仍然婉拒了他们劝诫我一同返程的好意，最后借助路边树枝草蔓的扶携和牵引，终于走完了栈道，来到姊妹瀑下。

在这里我不敢多停留，一个人远离人群，在林深隐隐的大山腹地，上不见天光、下不闻人语，唯有轰隆隆的水声劈头罩下来，忽有惊鸟从高枝上扑棱棱飞出来，吓得我一个激灵，差点大叫失声，误以为这荒山野岭里有猛禽凶兽来袭，慌得来不及解锁手机拍照，蹲下身子在瀑下浅滩洗了洗手，这澄清透亮的泉水，透着丝丝清冽和甘甜，忍不住掬了一捧喝下，一股凉意直沁入心脾，瞬间传遍全身，顿时让我人间清醒，急忙转身就往回走。

返程都是下坡路，比较节省体力，听不见人声我不敢停步，更不敢奢望追上先返程的人，遇上还在顽强向上攀登的摄影迷是有可能的。兴许是孟老师和余老师特意在等我，正在我走得心慌意乱、心惊肉跳的时候，隐约听见有人叫我的名字。当时山里还未建移动基站，手机无信号，只能使用原相机功能。听见人声，我像漂流的人遇见了救命稻草。听到我应答，他们又喊了一句"你莫急，慢慢走，我们等你"。我紧绷的神经立马松懈下来，山中便又回荡着流瀑的声响，这声音像富含氧离子的空气一样，无处不在，把山谷、林木、草丛、岩壁……所有的缝隙都填得满满的，它让我觉得自己像根木楔子一样钉入的有些多余。

与孟老师、余老师会合后，沿途又遇见老陈大姐、金姐姐等人，我们这一干人来时雄心勃勃、扬言要走完栈道的"残兵败将"，在这座大山上，仍然不肯承认自己的脆弱和渺小，一路上仍然有气无力地互相戏谑，并约定来年海棠花开再结伴同来，一路依依不舍之情按下不提。

这里值得铭记的是 2022 年 5 月，我又鼓起勇气再上营盘山。因为有过前车之鉴，再加上这一次露营小分队有登顶计划，在时间上安排得很从容。露营分队于 5 月 20 日下午到达景区接待处，提前请向导、队医，做足登顶准备，21 日清晨四点开始登山。我和颜巧妹妹同乘明扬老师的私车，于 21 日上午九点从县城出发，中午到达接待处，美美地午休了两个小时，参加 22 日登山采风的老师们也陆续到达，新朋旧友重逢，大家兴致大发，同游百草溪，他们边走边讲营盘山的前世今生，也讲每一处景点题名的来由及含义，让我不光知其然还知其所以然，让我对营盘山每多一分了解就多一分亲近，更多一分向往。

黄昏时分，还在百草溪流连忘返的我们，等来了露营分队登顶的消息，他们历时14小时左右，终于安全攀上顶峰，他们把人间拔高了2700米，所有的人都松了一口气。

所有的最好都不如刚好，善于开玩笑的老天爷刚好顽性大发，才放出温婉的明亮，又放出骄横的云朵，她们在蜿蜒的沿河游步道上空玩起了捉迷藏，玩着玩着就累了，各自沉沉进入梦乡。在山下守着微信群没有等来顶峰传回星汉灿烂的直播，却等来了火花闪烁的篝火，等来了野牛成群奔突看见火光又远遁的惊险消息。这一夜大概山上山下的老师们都是在半梦半醒中度过的吧？

凌晨四点半，第二批老师开始登山，准备登顶与露营分队会合。我和颜巧妹妹、明扬老师、国画大师阚荣成伯伯等是第三分队，只计划登上栈道尽头——三级瀑布处，这里的海拔比我2018年突破身体极限到达的二级瀑布又高了几百米，路程自然又延长了很多，这对于我们中的每个人，都是一个新的挑战。

我和颜巧妹妹都准备了面包、牛奶和水，明扬老师只背着相机，我们初时不慌不忙，细细观赏一花一草，一叠一瀑，一边走一边拍照，一边聊天一边用"形色识别"各种眼生的植物。走着走着，就开始轻装减负，将水和食物放在泉边石凳上，明扬老师甚至将价值几万元的相机也放在瀑下石桌上，年近80岁的阚伯伯却不曾落下我们半步，反而比我们走得步履稳健，不吁不喘，还一边走一边讲他为收集画材、徒步三个月、只身横穿秦岭的经历，令我们大为振奋。我们三人都以阚伯伯为参照，一致决定：阚伯伯能走到哪里，我们就爬到哪里。仿佛我们攀登的不是营盘山，而是阚伯伯这座高山。一位山水画家，怀揣着山水，还不停攀山涉水地去寻找山水，我又怎能望山却步、临水退缩呢？

一到悬挂在崖上的观景台，就想起四年前在这里拍下的照片，我找到了同一个位置，用了同一个姿势，请求明扬老师又帮我拍了一张照片。此情彼景，大山依然苍莽青翠，不同的是那株紫杜鹃树只剩下一截干枯的老桩，触目惊心地立在栏杆外边，似乎在暗示我时已过境亦迁，我也憔悴了容颜。

终于，我们一行四人耗时最长，却坚持到最后，越过许多爬到中途体力不支就返程的老师，到达了三级瀑布，到达游步道的尽头，我也出乎意料地完成了二次挑战。

按原定计划，露营分队的老师从顶峰返回，与采风分队在这里会合后一同返回服务区，结果第二批登山的老师爬到这里也突破身体极限，放弃了登顶计划，辄身返程了。

因为山陡无路，下山更是险象环生，为确保平安，露营分队携带着沉重的摄影器材，比预估的速度要慢，互通信息后得知他们到达三级瀑布处与我们会合，至少还需两小时。我们没有食物补给体能，也不能久等，只好原路返回，没能第一时间向顶峰的英雄们诚致敬意，心存遗憾。

更为遗憾的是，两次来营盘山，都没看到心心念念的海棠花，这大概就是天意吧？两次都出乎意料地到达了目的地，却仍然美中小有不足，要么山下的开过了，要么山腰的还没开，要么就大片地开在我到达不了的峰顶。这些花中仙总是隐起身影，总会在我的梦中姹紫嫣红、粲然明丽，让我总是一年更盼一年地来这里圆梦。这大概就是旅行的意义吧？顺其自然却又无所畏惧的未知世界，也许与预期相去甚远，但这又何妨呢？比起到达目的地的放弛、满足和愉悦，旅途中的种种考验和周折，才是最大收获。

我还盼着来年海棠花开，再去那里探寻我的梦中仙，再去那个悬挂在崖壁上的观景台，在同一位置用同一姿势拍下第三张照片，第四张……

云端上的百草溪

付修林

百草溪所在的泉溪镇营盘山，地处竹溪中部高山地区。此处山峦绵延，谷深峡长，谷底有泉，泉水淙淙汇流成溪。溪水清流自崖上奔泻而下，形成了一道道瀑布飞泉。百草溪，这条自海拔两千余米的大营盘流下来的密林深处的溪流，从白云深处，一路穿行原始森林，弹奏出高山流水的天籁之音。

位于大营盘下的百草溪，在流出森林后，顺着一个狭长的缓缓的山坡流下来，水波跳跃着、歌唱着迅速地流淌。由于地势高低落差很大，昼夜都有稀里哗啦的声响。村落人户及成片成片翠碧的茶园分布溪沟两岸。屋舍错落参差，谁跟谁也不在同一个平面上。茶园里采茶姑娘婀娜多姿地重复古老的采茶技艺，那双手一左一右、一仰一起，手指在枝干间起落，构成一幅幅动人的风俗画。

放眼望去，这么大片大片的坡塬地，又有丰富的水流灌溉，难怪这里在中华人民共和国成立后变成了全县最大农场，想必在古代农耕生产也是相当发达。你且想，坡埫地峡长，山地高低落差大，土地肥沃，适合种植本地各种类型的作物和药材。著名的药材有黄连、五味子、海金沙、三叶木通等。

这也难怪大营盘山在古代成为古战场。一个旱涝保收、药材丰富、地势险要的地方，在冷兵器时代最适合屯兵了。百草溪源头的大营盘高山草甸，传说商代太师闻仲曾率大军在此驻军与姜子牙对垒，后兵败战死在绝龙岭，葬在了营盘山山顶，山顶据说还留存有"太师墓"。随行的张晓莲从小在这里长大，她讲了许多关于大营盘的传说。

可能的历史与沧桑，尤其是与闻太师拉上了亲密关系，都令人对眼前的风物形胜饱含了各种想象。

如果想感受林泉飞瀑的天籁之音，那就得向密林中攀登。林深路远，走上一段人工铺设的栈道，浑身淌汗之际，就在路边的几块平滑的人造仿木椅凳上歇息。除了水声和鸟鸣，周围的一切万物都静默如迷！这一切都像是在梦境：石苔细腻，鸟音婉转，林幽静雅，木草杂糅，镜花水月，光影回声，波光浪朵，飞鸟鸣虫。

所有带木和带草字头的汉字，都在这里无法分辨、无法排列、无法条理、无法综合，经同行队友的指点，我初次认识了珙桐、红豆杉、头顶一颗珠、江边一碗水等珍稀林木植物，除开野核桃、枫枥、山杨树外，还有很多树，根本叫不出名字。一种长在青苔上的伏地卷柏，让我们感觉到这里的沧桑久远，生命的缠绵和坚定，引发一种思古的幽情。百草溪可真是名不虚传！若字典里的带三点水的方块汉字都码在这里，那能传达和抒发多少梦境、实境、诗境和心境？

溪沟深涧有许多形态各异的树及藤木，它们根系发达，独立相生，主根深入石缝中，副根从各个角度把根干稳稳地固定住，能抵挡任何方向的风力和洪水。

大家一路走一路交谈，终于在甬道尽头的草亭处，眼前挂出了一条飞花溅玉的瀑布。伴着微微的和风，那从云层中飞落而下的天籁之音，曲调清雅明亮，似古筝弹拨，又声如击磬叩缶，时而揉捻慢颤，时而铿锵激越。林木幽深、崖高落差、泉自清冽、跳跃腾跌。此情此景让人脑海浮现"小桥流水人家"的意境，让人想起冯至的十四行诗，想起民风抑或乐府，想起词牌《苏幕遮》和《霓裳羽衣曲》。

太阳从林叶间透洒过来，水雾中漾起一道霓虹，大家都欢呼起来，纷纷拿出相机从各个角度捕捉光影，或单个或呼几个人一起留照。

向右走十米远，又一道飞瀑如银带飞泻而下。一处处的泉流此起彼伏地环响，漫山遍野是立体声，且无半点尘世杂音，清纯、古典得无以复加，恰似如歌行板。

百草溪在这里约有一里路程，一上一下，山崖陡峭，若不是铺架有钢构木板栈道，人很难攀上去，两面是高耸的峭壁，头上的天是长的，只有一丈光景宽。我们手扶栈道栏杆，一边欣赏瀑布美景，一边拾级攀登而上。在走过一道栈道，攀登一段九曲回廊的旋梯后，终于到达了一个观景台，在这儿可遥看左边瀑布的全貌。几只带翅的飞物如蝴蝶和蜜蜂从眼前悄然飞过，举目向瀑布望去，眼前的一丛杜鹃花开得正艳，蜂蝶上下翻飞，点缀其中。

此情此景不由得让人想起李商隐《锦瑟》中的诗句"庄生晓梦迷蝴蝶，望帝春心托杜鹃"。"望帝"传说是古代蜀国的一个皇帝，名叫杜宇。死后托生了杜鹃鸟，每年清明节前后都叫唤"布谷，布谷"提醒农民要及时播种。由于它叫得卖力，嗓子都啼出血来，血滴在山上的花上，染红了花，花开得漫山遍野，红红一片，人们把这种花叫映山红，同时为纪念望帝，也叫杜鹃花。

在大营盘山见到这一丛杜鹃，不由让人想起效忠商纣战死在绝龙岭的商太师闻仲，殷商太师闻仲为三朝元老，对商朝忠心耿耿，由于纣王残暴，激起武王伐纣，闻仲为保殷商，兵伐西岐，对阵姜尚。战于绝龙岭，死于云中子奉敕所炼通天神火柱。

莫非闻仲最后与望帝一样，葬于大营盘后，也托生了杜鹃鸟，同样啼血染了这一树树杜鹃的花红？

约莫山行一个小时，大家已经疲惫不堪，人工铺修的木栈道已到了尽头，听说这里距离有关闻太师各种传说的大营盘还有几公里的山路，还得半天时间，给大家想观看古战场热望泼了一瓢凉水，大伙只得望山兴叹坐下来歇息。这会儿，前面有几个队友返回告知，再向前三十米远，有一个非常壮观的双子瀑，一听这消息，浑身一激灵，顿时劲头又回来了。

大家非常兴奋地穿过一片密林，循着水声仰望，但见从高天的草木之间飞流而出两股飞瀑，都惊叹这片密林中隐藏的这两股更加深长的、从高天的流云中喷泻而下的两股激流。那水冷冽幽清，俯身啜一口泉水，抹洗脸手，周身都散发出清新而舒爽的快意！阳光的碎金此时从枝叶间洒下，似乎要复制这浪花的天籁之音和自然的律动。

山岚染上了水墨。雾色青，林木翠，山水迷蒙，大家是在依依不舍中下山的。

从这仙境中走过来的人，胸怀顿有大山般的宁静与超然。世事几沧桑，山光、山影、山鸟、山风，草木精华，山川灵秀，一个踪迹，一个念头，一桩心愿，一种思绪，让人感到人生的至味就是平淡，就像这百草溪的流水，报云端之志而沉潜，自然随性而投入，在眷恋之中又淡出。有时，静澄中的微笑胜过千言万语。

该下山的时候，我们都没来得及合影。别了，大营盘，别了，百草溪，你的呼唤使我们低下头来。

飘落人间的仙女

严　浩

海棠，被称为飘落人间的仙女。《红楼梦》有诗："偷来梨蕊三分白，借得梅花一缕魂。"极言海棠的高洁之姿。在"人间四月芳菲尽"的初夏时节，我们在海拔2375米的营盘山之巅，见到了漫山繁花似锦的海棠，如薄雪飘飞，又似白云漫卷，让我们见识到了不一样的营盘山。

传　说

营盘山，位于竹溪县城南70千米的湖北省国营竹溪综合农场所辖的杨家机茶场，东边是竹溪县泉溪镇，西边就是农民周正龙"发现"华南虎的陕西省镇坪县。主峰大营盘一峰独秀，海拔2375米，是竹溪第四高峰，浑圆的山顶生长着大片的高山野生海棠，十分珍贵罕见。

传说，殷商太师闻仲曾在营盘山安营扎寨，大营盘由此得名。营盘山下的杨家机，曾有个闻太师练兵演武的校场，叫习武基。闻太师与姜子牙血战兵败，战死在绝龙岭，埋葬在大营盘。在当地广泛流传着关于闻太师墓葬位置的秘诀："九缸金、九缸银、九兜韭菜作把凭，九座山、九道梁、三个粑粑搁中央。"吸引了不少人前来寻宝探秘。当地一位姓李的退休干部曾带一帮人到营盘山探秘。据他说，山顶视野开阔，有座保存完好的古寨，寨下有成片的坟墓。至于闻太师坟在哪儿不得而知，但营盘山往昔金戈铁马的繁华可见一斑。

在神魔小说《封神演义》中，太师闻仲是殷商的三朝元老，忠心耿耿，刚正不阿，威望极高。拥有先王赐予的打王金鞭，上打昏君下打奸臣，所以纣王也对他畏惧三分。其传说故事在秦巴山、汉水流域一带广为流传。汉调二黄有一传统剧目《闻太师回朝》。汉调二黄就是竹溪山二黄，现为国家级非遗。从这个角度看，闻仲与竹溪似有些渊源。从地理位置看，营盘山位于古秦楚边界，临近古川盐产地重庆巫溪大宁河，自古应是军事和商旅要塞之地。从习俗来看，秦巴山区多为高山峡谷，雨水丰沛，山下潮湿易遭洪水侵袭，山上视野开阔，故而民众喜欢择山结寨自固。结合山上遗存的古寨、墓葬，营盘山确实有很多鲜为人知的历史。

传　奇

如果说营盘山是一部历史传说，那么营盘山下的湖北省国营竹溪综合农场就是一部传奇。综合农场前身是竹溪县三合农牧场，始建于1952年，原属竹溪县农林场第三生产队、第一区分场，场部在中峰镇中峰观村。1956年改为竹溪县三合农牧场，归县政府直管。从1956

年到 1958 年的三年间，三合农牧场先后在中峰、龙王垭、泉溪、丰溪筹建糖场（种甜萝卜熬糖）、京华火腿加工厂、养猪场、畜牧场、药材场、黄连场，成立马车运输队，买拖拉机，并将原属泉溪管辖的杨家杌纳入麾下，真正实现了飞跃式发展。被国家政务院（现国务院）授予"农业社会主义先进单位"称号，并颁发有周恩来总理署名的奖状一张，成为全国的典型。

1959 年开始席卷全国的"三年严重困难"也阻挡不住三合农牧场的发展，引进荷兰奶牛、良种猪、安哥拉长毛兔，兼并其他农林特场，接收 800 余名青年农民来垦荒建场。1960 年元月，竹溪县三合农牧场改名为湖北省国营竹溪综合农场，下设四个分场，场部设在杨家杌，背靠营盘山。此后 40 多年间（其间一度分成四个场，1974 年 3 月又予恢复），综合农场先后设立过农机服务队、汽车队，建过电站，办过纤维板厂、木材加工厂、电厂、黄连素加工厂、藤条加工厂、米面加工厂、食用菌厂、茶场、药材场、野菜场、派出所、邮电所、供销社、粮管所、学校、医院等机构一应俱全，还在十堰设立农工商公司、林工商公司，在县城和武汉设立办事处。伴随综合农场的崛起，还产生了一个传奇人物——侯廷仁。1958 年，时任副场长的侯廷仁当选全国劳模、省人大代表，1959 年"十一"赴北京参加建国十周年庆典。1960 年，侯廷仁升任场长，武汉电影制片厂来综合农场拍摄综合中级纪录片《高山创业》。1960 年 9 月，时任省委书记王任重到综合农场视察，接见侯廷仁。一时风光无两。

传　承

伴随 21 世纪的曙光，工业化、信息化时代的到来，喧嚣的营盘山一度沉寂下来，山下的粮管所、供销社、邮电所、派出所、学校等机构次第撤销，木材加工厂、纤维板厂、药材厂、电站等企业纷纷关停、改制，场民举家外迁。2002 年，综合农场场部迁至县城，宣告营盘山农耕时代的辉煌成为历史。

然而，勤劳的竹溪人不畏艰辛、战天斗地的创业精神就像营盘山一样，永远矗立在秦巴山一隅。沐浴着新时代的阳光雨露，又迸发出勃勃生机。闻太师厉兵秣马的习武基变成了茶场，注册商标"习武"的绿茶，尽管因海拔高气温低，比其他产地的春茶要晚 20 多天上市，赶不上早市的好价格，却靠着卓越的品质赢得了市场的一致好评，跻身"湖北名优茶"行列。

废弃的场房、车间、民房摇身变成了极具秦巴山乡特色的民宿旅馆，配套建起了功能齐备的游客中心、会议培训中心。昔日人们上山采药、砍木的小道变成了游步道，山上的流泉飞瀑、奇花异草、珍禽异兽，成为吸引八方游客前来休闲观光、避暑度假的胜地，常有业内人士来此寻幽觅奇、科考探险、采风创作。营盘山成为国家 3A 级生态旅游景区，依托"乡村旅游＋高山茶业"，开启了新的振兴征途。

雁过留痕

竹　溪

碧　野

竹溪是鄂西北最边远的小城，古代是庸国之地，与竹山是姊妹城。

竹溪县西的关垭子与陕西的平利县接壤，县南的丰溪镇与四川的巫溪县比邻。

竹溪县城位于产水稻和小麦的水坪与花桥山谷平原的中心，近处地势平坦，气候温和，像碧玉盘浸养着一颗大青螺。而离城远处海拔两千多米的大营盘和金顶山九月就飘雪，像两尊银盔白甲的力士在守护着县境。

千姿百态的竹溪，与她的姊妹竹山媲美。

中峰"露水集"

出竹溪西关，过花桥，就到了中峰。前面不远就是与陕西省接界的关垭子，雄关残破，城堞依稀可辨。中峰这一带，春秋战国时秦楚争夺频繁，早上还是被秦国占领，而到了晚上又被楚国夺过来了，是史称"朝秦暮楚"之地。

就在这古战场上，今天，在社会主义新农村，却成了有名的中峰"露水集"。

顾名思义，所谓"露水集"，就是太阳还没有把早上的露水晒干以前的一种早市——每当晨光熹微，市集就开始忙于交易了，而到不了上午九十点钟就散集了。这是劳动人民活跃农村经济的一种创造，既不耽误田间生产，又能进行集市贸易。

露水集的高潮，在太阳刚刚出山的时候。长长的一条中峰大路，人如潮涌，传来热闹的市声。

薄雾还游荡在大路上，而早晨的太阳已经照得中峰的山顶岭脚绿光耀眼。就在这个时候，露水集的人潮不断增长。四乡来赶露水集的人，就像前来参加盛会似的，个个笑逐颜开。卖的，货物很快脱手；买的，称心如意。

露水集上，货源充足，生意兴隆。猪仔、牛犊，木棕、烟叶、魔芋豆腐、猪肉、鸡、鸭、蛋类、毛栗子、香橼、柿子、挑篓、挂篮……日常吃的、用的，样样俱全。

这山乡物产丰富，而且品种多、质量好。猪肉鲜美，膘厚五寸；大白菜叶大心实，每棵有六七斤重；鸡嫩鸭肥，蛋大鲜亮；磨盘柿金黄，牛筋柿火红；香橼气味浓，毛栗子甜脆；特别是猪仔毛浅皮红，胖墩墩的；牛犊身躯高大，毛色油亮。

赶露水集的社员买卖公平，男的忠厚纯朴，女的笑脸迎人。买卖双方都很和气，低声细语，谦恭礼让。

当你走到魔芋豆腐挑子跟前的时候，那凝结成墨玉似的食物使你感到惊奇。人比食物更诱人，卖魔芋豆腐的姑娘会含笑地招揽你买一斤尝一尝。

当你走到卖毛栗子的小男孩跟前，捧起他篮子里的小毛栗观赏得意趣正浓的时候，孩子就会既天真又朴实地告诉你说，这从山上采来的野果子又甜又香。

当你走到卖柿子的挑子边的时候，卖柿子的小伙子就会一手拿个磨盘柿，一手拿个牛筋柿，双手举到你的面前，慷慨地要你先尝一尝，口口声声说不甜不买。

当你走到卖香橼的年轻媳妇身边的时候，你拿起一个香橼闻一闻，清香扑鼻，很想咬它一口。年轻媳妇就会在轻轻的笑声中半开玩笑地告诉你说，香橼不是吃的，要是夜里把它放在枕头边，做梦也是香的。

中峰"露水集"就是这样饶有风趣。

竹溪生长有一种叫作"干枝梅"的木本花丛，霜打落叶，雪天开花。这不由得使人联想起中峰"露水集"正像"干枝梅"一样，冬闲时节，市集更加繁荣，每天曙光照临，赶集的人成千上万，正像"干枝梅"冬来繁花满枝。"干枝梅"用繁花迎接来年的春天，而中峰"露水集"却用丰富的山区物产迎接祖国新的一年。

"秦冠"

在龙王垭的崇山峻岭中，有一处年产十多万斤的苹果园。秋天丰收的苹果藏在山洞中，可以吃到来年的五月。

这龙王垭苹果园生产的苹果，有黄澄澄的"金帅"，有红鲜鲜的"元帅"。这些名贵品种的苹果，是人人喜爱的。

而龙王垭苹果园最有名的是"秦冠"。

"秦冠"皮薄光润，色青如翡翠，肉细多汁，甜脆可口，胜过含糖高的"金帅"和"元帅"。这是一种高级品种，丰产，抗病，五年树就能结果，每棵树高产100斤，最大的每个九两半。人们第一次看见这么大的苹果，真是垂涎欲滴，惊喜欲狂。吃它的时候，要双手捧着咬，简直是"苹果王"！

"秦冠"，是引领陕西秦岭的苹果培育成功的一种极其优良的品种，意为"秦岭冠军之果"。培育这种优良品种苹果的技术员，名叫杨巧生，是华中农学院的毕业生。他毕业后，就在龙王垭一直工作了13年。高山地区，夏天雨雾蒙蒙，冬天大雪纷飞。经过多少个寒暑，日复一日，年复一年，白天，山风刮倒了篷寮，黑夜，山腰石屋孤灯，他刻苦钻研，才从几十种苹果的培育中取得"秦冠"这一新品种的成功。

老杨生于七月，俗称为巧月，因此，他名叫巧生。他的工作就在这个"巧"字上，把一般的秦岭苹果巧妙地培育成为硕果"秦冠"。这当中洒下了他大量的汗珠，灌注了他大量的心血，而且付出了他最美好的一段青春岁月。

杨巧生为人忠诚，生活朴素。他细心、精干。人民没有辜负他的刻苦努力，党赞扬他的才智。现在，他被选为竹溪县的副县长，年轻人挑起了更重的担子。

双竹园

竹溪县的泉溪和丰溪，与四川巫溪山连山，水连水。在去泉溪和丰溪的路上，群峰奇突，耸立天际。"有雨山戴帽，无雨起河罩"，高山无云，正是大晴天。就在这晴光万里的丛山中，有一个小小的山庄叫作"双竹园"。

双竹园有一家农户，门前生双竹。这奇异的双竹，是竹笋出土后，一根竹子分杈成了两竿翠竹。竹节疏朗，竹叶青青，迎风萧萧，摇曳多姿。

几百年前，这里产生过一株"双竹"，奇迹远近传闻。那时正值五谷丰登，认为"双竹"的出生是山区的一件大喜事。后来，虽然那株"双竹"早已枯死，但几百年来这地名仍相沿叫作"双竹园"。现在新的"双竹"出土在十一届三中全会以后，山区农民喜上眉梢，喻为"国泰民安"的吉祥之兆。

党的十二大刚刚开过，双竹园山庄的社员们更加珍爱这株"双竹"，他们细心爱护，怕野兽侵扰，用荆条棘枝密密地把它围起来。

季候虽是秋天，"双竹"依然青翠。"双竹"在风中轻轻地摇曳着，好像它懂得人情的温暖，在日午的阳光下闪着生命旺盛的绿光。

在四周山上黄色野菊花和红色刺梅果的相映中，"双竹"显得更加翠绿。

有一只不知名的鸟儿在山林中反复地这样歌唱："双竹青青，双竹青青！"

老刀手

在泉溪和丰溪之间的老高山上，云遮雾绕中住着一户人家。这户人家的主人，就是大名鼎鼎的割漆老刀手何自保。

何自保只有 39 岁，但他从事割漆已经 20 年了。他为人忠厚老实，年年穿一身被漆沾得砖梆梆的壳衣。

漆，是"涂料之王"。竹溪出产的生漆是"大木漆"，量多质优，被编成歌谣唱道："漆好像清油，照见美人头，摇动虎斑色，提起牵金钩。"在国际市场上号称名牌"竹溪大木"。

一般刀手只能年割生漆百斤左右，而老刀手何自保1981年割漆327斤，1982年增加到330斤。用煎盘去掉水分，纯度高达70%。

漆树生长在高山老林间，何自保割漆的老高山云雨蒙蒙，莽莽苍苍，几十里无人烟。他身背防护猛兽的猎枪，手拿小铜钱哗哗响地吓蛇钻棍，四月就上山砍除通往漆树林路上的荆棘，端阳开刀，一年几乎有半年时间单独生活在寒气逼人的高山上。

何自保在高山上，住的是千脚落地的漆棚，割漆时随身带的是一把漆刀、一个漆桶、一个挂篮、一小口袋炒苞谷。黎明前三四点钟。"文章鸟"一叫，他就撵着露水去割漆，傍晚听见"太阳落了"鸟的叫声才回家。

野生"大木"漆树又名"高八尺"，七八月是割漆的黄金季节。漆树生长10～15年才能开刀，何自保每天要割100多株漆树。漆树生满青苔，有的生长在悬崖边上，下临千仞烟谷，他像一只雄鹰，凌空飞翔，熟练地爬上漆树，一刀刀不停地割。他技术高，刀痕整齐，不伤树筋。割后不久，只见乳白的漆浆一点一滴地沁出，慢慢地流进了铁树叶卷成的小茧子里去。每个刀口的漆浆流尽了，只有手指那么一小砣。何自保高速割漆，一天也只能割漆四斤，真是"百里、千刀、斤漆"啊！

老刀手何自保割漆名闻"巴山夜雨"区。中秋节后割漆快收刀的时候，忽然从隔山隔水的四川巫溪县来了两个客人。何自保还在山上，女人好说话，客人先从主妇身上打主意。何自保原籍巫溪，这两个客人向何嫂攀同乡，当他们打听出和何自保还有点亲戚关系，就又热乎地攀起亲戚来了。

原来这两个"客人"是私贩子，早就知道何自保漆刀底下出好漆，赶快跑来兜生意。

何自保割漆收刀刚从高山上回到家里来，私贩子就跟他称兄道弟，向他谈生意，并且立即拿出一大沓10元票面的大钞来，在何自保面前晃了又晃，声言不惜出大价钱，10元1斤收购他的生漆。可是何自保板起脸孔说："我的漆只卖给国家！"

10元1斤，300斤漆就可以卖3000元，而卖给国家，1斤漆五六元，要少卖千把元。

何嫂对高价卖漆有点动心，可是丈夫开导她说，自己的父亲、叔父年轻时从四川巫溪流落到这湖北竹溪，替地主割漆，连苞谷也吃不上，父亲饿死，叔父失踪。眼下他们家里生活好了，不能忘记共产党！

主妇终于把两个私贩子赶出了家门。

何自保叫来了小舅子和女婿，三个人一齐挑着330斤的三担生漆，穿云驾雾，盘山过岭，下山到收购站去了。

黄连棚

即使零下二三十摄氏度，黄连也不会被冻死。

泉溪和丰溪这一带高寒山区，正适宜种黄连。

从泉溪到丰溪的路上，在猴子坪，走过山溪的小木桥，到了九春嫂的家。她家后山坡上就有黄连棚。

黄连棚，高一米多一点，每棚三亩，高产的，一棚年产黄连700斤。

金顶山和大营盘海拔高，生长黄连。黄连是一种凉性药，败火、清热、消毒，喜寒不喜温。

黄连三月开花，立夏捡籽，冬天撒播在雪地上，化雪带进泥土中，来年春天发芽。

黄连叶翠绿如雏菊的叶子，花细如金黄的谷子。黄连二月起花苔，三月是盛花期，给青葱的山林带来美丽的春色。黄连籽小，冬播后随着白雪的融化进入黑色的土中，孕育着小小的生命。而到了又一年的春天，黄连发芽，点点沁绿，像满天繁星。

黄连要阴凉，生长在棚中，只能见到花花的太阳。

黄连的生产环节既复杂又细致：采籽、下秧、扯草、砍棚、倒桩、拉架、关门插锁、打厢、管理，秋九月收连。

黄连有鸡爪连和佛手连两种。鸡爪连像金鸡黄爪，佛手连如佛手丰润。鸡爪连贵重，佛手连更是珍贵。

人们佳誉黄连为"药中黄金"。

泉溪和丰溪这一带，群峰峥嵘，峭壁耸立，危崖高悬，怪石嶙峋。就在险恶的环境中，社员们开垦坡地，种植黄连，是有名的"黄连之乡"。

"立体型"生产

我们知道山区有"立体型"气候，因为海拔每高 100 米，气温就降低 0.6 摄氏度。而在丰溪山中，还出现了一种奇异的"立体型"生产。

山区的农民说得好："党引路，政策指路，还得自己会走路。"

"立体型"生产，就充分体现了山区特定环境中生产致富的道路。

社员方吉同就属于"会走路"的一个。他动脑筋，想办法，首创

"立体型"生产。

方吉同在两分自留地上巧妙地进行了多种经营。

他家门前的这两分自留地，简直是描龙绣凤。他用粗糙的但却又灵巧的双手在一米多深的土层种了山药，又在半米深的地下种了天麻，还在地面上架了木耳架。同时，在坡地边角棱棱坎坎上栽了五月桃。

方吉同从深深的地下到高高的空中都种了经济作物，这不就是"立体型"生产吗？

现在，方吉同家门前两分自留地的山药，已经布满了尖角形的山药叶子，那霜前仍保持绿色的叶子正在迎风飘动；而那天麻在吸收了木棍产生的蜜环菌养分后，生长得很快，像一个个白白胖胖吃奶的婴儿；而地面上每架由50筒花栎木堆成尖塔形的许多木耳架，正在生长木耳，像一大群可爱的黑孩子，在闪动着明亮的小眼睛；而那地边棱坎上的不少棵五月桃，到了来年春天，将是桃花竞开，红霞满树。只要到了五月端阳，这种红嘴绿身的良种桃子，就将大量上市。

有心的人替方吉同这种"立体型"生产算了一笔账，他家单从这两分自留地里一年就有一大笔收入。

方吉同微笑地点头，这笔账他自己心里早就算过了。

小水电

在丰溪，西米河流于乱石间，水色澄清，浪花激溅。依山生长在崖壁上的野树，枝条倒挂河面上，受到水风的冲击，枝摇叶舞，百态千姿。

丰溪，是鄂西北最边远的小镇，和四川巫溪接壤，翻越几座山头，就是长江之滨的川东。

在西米河下游泗水关附近，有一座小小的水电站。

唐朝薛刚曾在邻近的古房州扎寨练兵，传说泗水关就是薛刚反唐率兵攻打长安路过的一处险关。这历史的传说，使人联想到那闭塞的秭归香溪出了一个昭君，这座小小的水电站奇迹一般出现在泗水关边，就像这荒凉的边寨也出生了一个冰清玉洁的美女似的。

这座微型水电站，开头只发两个半千瓦的电，只能照亮山村的十家八家茅舍和石板屋；到后来，发展到了发电 7 千瓦，也只能开动钢磨磨面、磨苞谷；而现在，已经发展到发电 250 千瓦，不仅兴建的木材加工厂响起了昂扬的电锯声，而且还照明了全丰溪镇的学校、商店和旅舍。

点滴的山泉汇成西米河，西米河汇入堵河，堵河汇入汉水，汉水汇入长江，长江奔流入海。而丰溪发电 250 千瓦的小水电站是连接着发电 15 万千瓦的黄龙滩水电站、发电 90 万千瓦的丹江水电站和发电几百万千瓦的葛洲坝水电站，以及将要发电几千万千瓦的长江三峡超世界的巨型水电站。

浪涛滚滚的大河长江是由涓涓泉水汇流而成的，辉煌灿烂的灯山光海是由万点灯光辐射而成的。

千条水流归大海，万丈光芒照中华。这就是今天我们社会主义祖国面貌的写照吧。

原载《时代的报告》1983 年第 2 期

稻香里的乡愁

梅　洁

　　竹溪朋友李江发来了一组微信《稻香里的乡愁》。打开视图，一大片一大片成熟的稻田，金灿灿、黄艳艳地匍匐在土地上，乡村宁静的时光扑面而来。湛蓝的天空下，奶声的童谣响了起来——

　　　　春风吹又绿了
　　　　柳树叶儿垂了
　　　　布谷歌声响了
　　　　妈妈出门打工了
　　　　一走又一岁了

　　　　阵阵秋风黄了
　　　　成片稻谷熟了

雁儿声声催了

妈妈就要回了

宝宝心儿醉了

听着"盼妈妈归来"的童谣，我落泪了。

而更让我心酸也温暖的是：我看到了女人们在田里割稻、男人们在田里脱粒的场景，我在男人们"嚓嚓"的扳谷声中又一次流泪。我不知是因为看见了遥远的故乡、想起了童年，还是因为别的什么。但我知道，乡愁在那一刻，深深打湿了我的心。我即刻给李江回复微信："那稻田、那歌谣已经让我心醉，看着、听着眼睛已潮湿了，乡愁已润心了……"

我对李江提出了一个请求："能否在回乡时让我去田里割会儿稻、扳会儿谷？"李江答应了，他回复道："你对家乡的爱，已穿越千山万水来到了竹溪……"

离别鄂西北故乡半个多世纪了！

2016年9月，怀着深深的乡愁，我踏上了竹溪的土地。

乘一辆越野车边走边看，两天穿越竹溪八个乡镇。当汽车驶入泉溪镇红岩沟村时，道路右侧的河谷呈现出一片金黄，路边的农家正在田里割稻、扳谷，李江让车停了下来，兴奋地喊道："梅老师，快，扳谷子去！"感谢李江惦记着我朴素的心愿。当我跑着、跳着进入田间，当我小心翼翼拿起镰刀割下青色泛黄的稻秆，当我吃力蹩脚地一下又一下地扳着谷粒，一种久远的感动在心中沸腾起来，多么熟悉而遥远的记忆呀！庄稼和泥土的青涩、潮湿之味，父亲母亲苦之楚楚、累之楚楚的身影，儿时从卷曲的稻叶里捉虫子的嬉戏……久远的时光一起涌上心来。

而一种没有预期的更大的感动出现在我们到达中峰镇同庆沟之时。

　　同庆沟水墨丹青般出现在我们面前。

　　白墙、青瓦的农舍一幢挨一幢，屹立在一片金灿灿的稻田中间，郁森森的青山，呈环状耸立在村庄的周边，英雄般守护着同庆沟的日子，一条小溪从村庄潺潺流过，几只鸟儿在树枝上鸣翠，同庆沟宁静得如一缕山野的呼吸。

　　走进村庄，大街、小巷，房前、屋内、场院，全都干净得一尘不染，家家门前都放有分好类的垃圾袋，即使在稻子收割季节，村路上也未见一枝一叶的凌乱。农家的门外或堂屋正墙上，大都悬挂着牌匾、字画"家道酬和"，一个大大的"和"字居中，浑圆而喜气；"善曲高奏"，一个大大的"善"字，连接着吉祥如意；而"百善孝为先"，一个大大的"孝"字，承载着千年的德行……

　　站在村边，只见远远近近的民宅山墙上，都赫然墨写着硕大的"勤、善、孝、德、礼、信"等彰显民族文化精髓的文字符号。我倏忽感到，我们走进了一个传统文化回归的乡村。

　　在同庆沟，许多人家把家谱或族谱中的"家规族训"做成匾额、做成漆牌，庄严、显赫地挂在屋内或矗在院里。我们在"刘家老院"站立了很久，怀着敬意，我们默默地读着桐漆木牌上书写的刘氏"家规族训"——

　　　　父慈子孝兄友弟恭，不得有萁豆相煎之行为；敬老尊贤敦亲睦族，不得有忤逆不道之行为；明理尚义入孝出悌，不得有悖反伦常之行为；慎终追远光宗耀祖，不得有辱没门风之行为；崇法守纪爱国爱家，不得有祸国殃民之行为。

村支书徐业林告诉我们，刘家是清乾隆年间从湖南迁来的一户人家，后来成为当地大户，出了不少仁人贤才。读着刘氏家族这些守护百年、千年的"规训"，我在无比的敬意中思忖：中华民族，几千年筚路蓝缕走来，不就是这些"家规族训"维系着一个民族的正大光明？无数普通生命不就是遵循着这些"家规族训"，成就起生命的意义？

徐业林说，同庆沟珍藏有古代家谱的人家有30多户，每家都把家规祖训抄写上墙，作为行为警钟。随行的竹溪朋友付修平说，据不完全统计，整个竹溪有400多户人家保存有古代家谱。这是一个惊人的数字，更是一个惊人的现象！

在历史与现实千回百转的纠结之后，同庆沟人乃至整个竹溪人找到了自己精神的出口，他们要让埋在岁月深处祖先的力量赋予生命新的意义。从2012年开始，竹溪政府因势利导，在全县开展"家规家训进万家"活动，他们把收集到的古代20多家名门望族和大户人家的家规家训与现代文明对接，合理归并，在竹溪文明网建立全县统一的家规家训数据库；他们制作出一万多份家规家训字画、牌匾，然后把这些字画、牌匾赠送到城乡7千多个家庭；立家规、修族训、建村规民约、讲身边好人故事，在竹溪已蔚然成风。

我惊叹，古老的文明在这里居然蕴藏着如此巨大的生命力，居然如此深刻地连着天地人心，连着祖先的岁月，连着深深的乡愁。

在村庄的一块展板前，我们停了下来。展板上贴着20多名考入各类大学和重点高中的学子彩色照片，包括清华、北大、北京理工大学等。今日同庆沟，童蒙养性、热爱自然、敬仰知识、自强不息，已成为年轻人的生命历法。

在这个众声喧哗、纷乱并置的无共识时代，竹溪人敬重传统文化的立场和安静的创建态度，使竹溪的乡村建设与众不同。

站在同庆沟刚刚收割完毕的稻田中央，我留了个影。金色的稻田在眼前延伸，郁郁青山在身后巍峨，袅袅烟云在林间飘飞，那一刻，我觉着氤氲烂漫的乡愁直逼我心……

我想，这会是我对同庆沟永远的记忆。

此文发表于 2016 年 12 月 24 日《人民日报》文学副刊

入选辽宁人民出版社、人民日报出版社年度精选散文

收入《家乡的风俗》鄂版六年级下学期教材·课文

溪城楠木及其他

梅　洁

一

溪城，即鄂西北竹溪县，人们昵称"溪城"。我想，这样的昵称应该不仅是美丽的竹溪河穿城而过，而是五河汇聚、百溪穿流的那片山地，总是把太多清澈、神奇的美丽，留在人们心里的缘故。

上苍把"竹溪"这样一个充满诗意的名字赋予秦巴山腹地应是有来由的。早在童年时，就常听到誉满郧阳府的一句谚语："要娶媳妇到郧西，要吃好米到竹溪。"（历史上郧西、竹溪均属郧阳府六县之一）在吃不饱肚子的童年时代也曾想过：有好米的竹溪在哪儿？

稍长大我便离开了故乡，大半生岁月都在异乡度过，但总有溪城的传说从故乡传来，最脍炙人口的便是"溪城三贡"，即"贡米、贡茶、贡木"。"贡米"是说竹溪大米从400多年前的明神宗年代就成为朝廷"专贡",成为"皇米"。每年,千担万斤的大米经千山万水运达京城,成为皇室餐桌上的佳肴美味;"贡茶"即"梅子垭贡茶",是说竹溪梅子垭的茶叶曾由唐代女皇武则天钦定为朝廷"贡茶",梅子垭的清香之叶是由被贬房陵(与竹溪毗邻)14年之久的武皇之子李显亲荐给其母后的。我查了一下唐代纪元表,发现李显尝饮梅子垭茶要早于"茶圣"陆羽著《茶经》70余年;"贡木"即生长于竹溪苍茫林海里的金丝楠木,这种木质超常坚硬、木体挺拔壮硕、木纹如金丝镶嵌、高达十几米甚至几十米的大树,被当地百姓视为神木,在没有钢筋水泥的古代,皇宫建筑千觅万选的栋梁支柱就是楠木。在北京故宫、天安门城楼、明代十三陵墓的建筑中,成千上万株金丝楠木支撑着那里的辉煌。于是,竹溪人称楠木为"皇木"。

在溪城的日子里,一种巍峨苍茫、悠远而难言的震撼恰是发生在楠木寨看到那一山"皇木"的刹那!

二

溪城的朋友李江、付修平带领我们,乘一辆越野车,沿溪城"百里景廊"(溪城还有"百里绿廊""百里果廊")风驰电掣,穿越八个乡镇,来到柿河岸边的楠木寨。这是在数百年"砍砍伐檀兮"的历史背景下,溪城人保护下的唯一一片神奇之林。沿九百级石阶攀缘而上,我们便来到了峰峦之腰的楠木林。

溪城朋友说,柿河一岸的群山似一条巨大的苍龙,古代这里都生长着楠木,现在已荡然无存。现存楠木林的这座山是苍龙"龙头",人们说"龙头"上的东西是不能动的。在对大自然的敬畏与恐惧中,野蛮与蒙昧终于住手,在数百年的斧钺砍伐声中,这片楠木林幸存了下来。

走近这 100 年、200 年、300 年，甚至 400 年树龄的古老生命，你无法不感慨什么叫"阅尽沧桑"；当一次又一次抬起头来，沿着它昂扬挺拔的躯干向上，仰望它 10 米、20 米，甚至 40 米高处枝叶凌云，你无法不感慨什么叫"一柱擎天"；当怀着无限敬畏，轻轻抚摩它壮硕光洁的 1 米、2 米，甚至 3 米树径的树干，你无法不感慨什么才是真正的"栋梁之材"……

龙爪般强悍崎岖的楠木之根，盘虬在岩石之上，有溪水从岩石的缝隙里汩汩流出，流到山下灌溉一片又一片的稻田。眺望柿河两岸，群山逶迤苍郁，心底随之发出一阵唏嘘：神奇的楠木曾怎样装点着这片山河的壮丽！

我曾在一些资料中读到，金丝楠木居江南四大名木（楠、樟、梓、桐）之首，是我国独有的二级保护野生植物，它可以长到 60 米的高度，胸径可长达 5 米，是十分珍贵的高大木材。金丝楠木材质坚硬稳定，经久耐用，数百年不腐不朽，且冬暖夏凉。更为高贵典雅的是在阳光照射下，有金丝浮动，有幽香飘拂。金丝楠木密度大于水的密度，所以入水即沉。又说，金丝楠木在明末已濒临灭绝，现在市场上的楠木家具大多是收购古董所得，木材也多为拆旧房古庙抑或地下文物和棺木，价格高达一吨十几万元甚至上百万元。

如此稀缺物种，在溪城楠木寨居然还有这么一片珍贵的存在，怎不让人在惊叹中充满喜悦。

三

其实，数年前，在京城之北，我已与溪城金丝楠木有过一次相遇，至今都难以忘怀邂逅它的巍峨、庄严时的难解心绪……

那天，我在明长陵祾恩殿抚摩一根根昂然超拔的金丝楠木后，便把莫名的怅然留在那一片群山之中了。

明朝13位皇帝的陵墓群坐落在京北50里外的燕山山脉的褶皱里，这些从1409年一直建到1644年、从明代建到了清初的皇家陵园，在长达235年的营建岁月内，把一个帝国的辉煌与泯灭、骁勇与虚弱、雄奇与诡秘……最终全部都埋藏在这万山沟壑之中了。

从居庸关古客栈驱车十几分钟，我们便来到十三陵的首陵——长陵，长陵是大明王朝第三位皇帝朱棣和皇后徐氏的合葬墓。我曾在一些史料文献里看到，规模宏大的十三陵建筑都曾遭受火焚之灾，地面建筑物或被焚烧殆尽，或只剩残垣断壁，唯有最早建造的、面积最大的长陵一直安然无恙，从而，完整地保存了600多年前中国皇陵建筑的典范和中华文化的奇谜内涵。

也许我无法言说远眺长陵时，它的恢宏带给我的震撼，但当我走进坐落在三层汉白玉台基上的祾恩殿时，当我仰望祾恩殿内60根金丝楠木支撑起的辉煌与庄严时，当我静静地抚摩这一根又一根高12米、直径1米的奇才大木时，一种无以言说的情绪瞬间震慑了我——这些顶天立地的金丝楠木原本来自我的故乡鄂西北竹溪啊！

我曾在明代《郧台志》一书中读到："湖广多楠木。"从明成化年间始，郧阳先后做了205年的湖广巡抚驻地，也曾是500多年的府置首府。我知道广义的"湖广"包括楚、陕、川、湘、粤数省，不能肯定"湖广多楠木"就是"郧阳多楠木"。但抵达长陵之前，我在读竹溪籍著名作家野莽的方志小说《庸国》时发现，这个宫廷政变成功的朱棣，在夺得政权之后不几年里，就开始了庞大的南北"土木之战"：他在"北建故宫南修武当"（皇室家庙）的同时，于1409年即开始了他的灵寝之建，占地12万平方米的长陵，地下玄宫和地面殿宇的营建共耗时 18 年之久。无论是北建故宫还是南修武当，抑或大修陵墓，都需要大量上等木材，金丝楠木是一种质地细腻如丝、木质色泽如金的奇异木材，于是永乐皇帝把到南方寻找金丝楠木的任务交给了工部宋尚书，野莽这样写道——

　　宋尚书带着部下裘侍郎和二十万民夫，去北方采石、到南方伐木。裘侍郎亲率十万伐木大军经武当山，过郧阳府，浩浩荡荡来到竹溪的慈孝沟，砍伐一种名叫金丝楠木的稀世奇树。然后以黄泥筑路，路面洒水冻冰，木橇为船，船上载木，在冰块一样滑溜的黄泥路上运木材入汇湾河，再入堵河，再入汉水，再入长江，再入大运河，最后在通州上岸，人抬马驮进皇宫、入寝地。

野莽还写到当年慈孝沟百姓，为抵抗朝廷官兵砍伐楠木而血流成河……

　　清同治六年《竹溪县志》记载：伐木"进山一万，出山三千"，是说伐木者中有十分之七的人累死、病死、被毒蛇猛兽咬死。"及达皇宫，三年乃成"，是说一根金丝楠木需要三年才能运到北京。至今，在竹溪县城以东，一百多里的地方有一个石门，石门有一座颓废的坟茔，叫裘侍郎墓，里面埋的就是当年率领十万民夫到竹溪慈孝沟砍伐金丝楠木运往京城的裘侍郎。

现代人读史有可信品质的应该是一些属方志的史书。

这是我第一次在阅读中邂逅金丝楠木。

这也是我在长陵祾恩殿抚摩那擎天立地的金丝楠木基柱时，心头战栗之原因。故乡的楠木竟然在这里挺立了600多年！那一刻，我不知该骄傲还是该伤感？该诅咒还是该赞叹？故宫、天安门城楼也用了不计其数的金丝楠木，但因其先后四次失火，很难相信如今挺立在那里的依然是来自"湖广"的楠木，唯有祾恩殿珍藏着一个历史与自然的真实。

那天走出祾恩殿时，我一再回眸殿内凛然、赫然的楠木大柱，内心一片怅然。应该说，这也是我到达竹溪楠木寨看到一片尚存的参天楠木时，内心为什么如此波澜起伏……

四

当然，还可以佐证朝廷专用金丝楠木来自郧阳竹溪的是：1477年，一个名叫廖希夔的湖北光化知县来到竹溪慈孝沟，廖知县眼见树去人非，不免唏嘘感叹，赋诗一首。此诗被同行的典史官华亭瞿记录了下来，遂又请一位石匠将其刻在一方崖壁之上：

> 采采皇木，入此幽谷，求之未得，于焉踟蹰；采采皇木，入此幽谷，求之既得，奉之如玉；木既得矣，材既美矣，皇堂成矣，皇图巩矣。

这是清代《竹溪县志·艺文》上记载的。现在，此石刻已成为国家级非物质文化遗产。

金丝楠木这种世间奇木早已在慈孝沟绝迹，无论是历代王朝的大兴土木，还是始于 20 世纪 50 年代疯狂的全民"大炼钢铁"、大修水利，也无论是建设第二汽车制造厂还是修筑襄渝铁路，在漫长的"砍砍伐檀兮"中，鄂西北数百万亩原始森林惨遭破坏，截至 20 世纪 80 年代，森林覆盖率由 80% 锐减到 30%、荒山面积达 500 万亩的郧阳地区，成为湖北省"第一荒山大户"。金丝楠木更是荡然无存。

但无论怎样，因着这世间珍物与历史大线条的联结，我们对慈孝沟便有着一种别样的心绪。车过鄂坪镇慈孝沟时，李江让车停了下来。放眼山涧，通往慈孝沟的山路已被草木覆盖，历史在这里已悄无声息。但我们还是在路边站了很久，仿佛还想听到些什么。

我们听到了什么？

30 多年来，湖北十堰以"生态立市""可持续发展"为立命之策，最终成为国家级生态示范城市。森林覆盖率达 76.8%，高于全省平均近 40 个百分点、高于全国平均近 60 个百分点的竹溪，已成为"十堰绿色崛起示范县""全国林业百佳县""全国绿色模范县""全国珍贵树种培育示范县"。

今日竹溪人已牢固树立"绿色决定生死"的理念，严格实行"林进人退"，已退耕还林 15.5 万亩，生态公益林建设 194 万亩，国有林管护 116 万亩，幼林抚育 10 万亩。他们因古树搬家，道路修建过程中多投入 3000 多万元，为 20 多棵千年古树让路。他们先后创建了十八里长峡国家自然保护区、偏头山国家森林公园、龙湖国家湿地公园、八卦山省级自然保护区和十八里长峡省级地质公园五张"绿色名片"。

与此同时，他们建成茶叶基地 25 万亩、核桃基地 18 万亩、药材基地 10 万亩。年产茶叶 1100 多万斤、核桃 50 多万斤、药材 20 多万斤。全县林下产业总规模达到 15 万亩，年实现林业经济总收入 2 亿多元。

他们在 10 个乡镇、8 个林场建起楠木、珙桐、银杏、红豆杉、鹅掌楸等珍稀树种培育示范基地 1 万余亩，培育出珍贵苗木 300 万株，累计建设珍贵树种苗木基地 5 万亩……

还可以举一些。

今日之竹溪，已远非古代"三贡"所能比拟，"绿色生态之王"的桂冠终将名落竹溪。38 万溪城人将在这片绿色王国里尽享天年，古老的金丝楠木也定会在竹溪大地再次葳蕤成林。

2016 年 10 月 8 日于北京建西苑

访竹四题

聂鑫森

竹溪礼赞

未谒访湖北竹溪县之前，我早已为她魂牵梦萦。我的脑海里，总是哗哗地响着竹溪河清亮的涛声，总是凸现着终年云缠雾绕的翠峰丹崖，总是回荡着楚地情愫谱写的山歌俚曲……"竹溪"这个名字，诗一样灵秀、画一样逸美！

我之所以心仪竹溪，是因为同操文翰的老友野莽生于斯、长于斯，并从这里脱颖而出，展翅而驻停于京华。二十几度春风秋雨，我们多少次通函、打电话、上网聊天、笔会聚首，竹溪总会从他的话语里摇曳而出，然后光彩照人地嵌入我的记忆深处。我喝过他赠送的"龙王垭茶"和"梅子贡茶"，那一份清纯与飘逸，曾使我腑脏洁净、神思灵动。我读过他许多描写竹溪人物、风光的小说与随笔，那一种独特的文化内蕴，曾令我朝思暮想，心向往之。

何时能亲赴竹溪，好好地去领略她的风情万种？

戊子年盛夏，我与少功、方方、刘益善、阿成、李阳、刘书平、董玉清诸友，应邀从四面八方而来，踏上了这块神奇而美丽的土地。

我曾在史乘中、地图上，无数次地去观照过竹溪。她屹立在鄂、渝、陕三省市的交会处，是嵌在秦巴山腹地及大巴山东段北坡的一颗明珠。西周时隶属古庸国，东周时强楚灭庸而置上庸县，西汉时为武陵县，南北朝时为新丰县、上庸县。到明成化十二年（1476 年），因境内有竹溪河流经而命名为竹溪县。从史料上看，竹溪应是一个移民佳地，陕人、湘人、川人、鄂人，熙熙而居，造就了南北文化的交流与融合，也铸锻了竹溪人特有的生活理念与文化品格。而自然风貌，兼有北方的粗犷、雄浑、大器，南方的奇诡、神秘、精致。

我从湖南的腹地出发时，正是炎天暑地，气温已近 40 摄氏度。当我们到达十堰，乘汽车前往竹溪，山路盘旋，却是凉气袭人，宛如清秋。到达县城，已是华灯璀璨，清风扑面，毫无暑热之感。我们身着短袖衣衫，每个汗毛孔都急速地收缩。野莽说："辛弃疾的名句'却道天凉好个秋'，鑫森兄，以为如何？"我深深地吸了一口气，五脏六腑都清悠悠的，连声说："这地方无浮躁之气，称得上是避暑胜地。"

在此后的几天里，我们或住城中宾馆，或住向坝乡镇招待所，皆无须使用空调，即可酣然入睡，而我已年过花甲，睡时还得盖上被子。在白天的采风活动中，时晴时阴，凉风习习，很少有流汗的时候。

司机告诉我，竹溪的清润凉爽，源于她的海拔，县城为 500 多米，境内最高峰葱坪为 2740 米，属北亚热带季风气候，夏无酷暑，冬无严寒，呈现典型的南北过渡气候特征。

竹溪，群山烘托，林海拍击，天造地设，素洁清纯。汉江的最大支流堵河便发源于这里，于是这里成为国家南水北调中线工程水源保障区之一。

在竹溪的画图中，有许多精彩的画面与情节，十八里长峡岂可错过？它位于竹溪县之南，距县城200余千米。长峡中海拔2000米之上的高峰近50座，抬头望去，云来雾往，时隐时现，变幻万千。而在那云雾的高深处，掩藏着多少历史的寨堡，飘袅着多少神话与历史的传说，铺排着多少奇异的景观？同来的摄影家董玉清，曾到达2000多米的高山草甸，那里碧草连天，潮润的风尖峭雄劲，而自由自在的野牛群无人管束，自个儿嬉戏撒欢。他用镜头记录下这原生态的一幕，令我们艳羡不已。

长峡中时见素波荡漾、浪花飞溅，河、潭、塘、池、泉、瀑，冲洗和浸润着山、崖、洞、石、树、花。万绿丛中，水是那洁白的点、线、面，如同国画中的"布白"，使一切都张弛有度、疏密有致。我们时而在峡中的河边蹲下来，注目那些被岁月波涛"雕塑"出来的奇石，不禁心旌摇动；用手捧起河水洗脸，顿感清凉入骨。

十八里长峡拥有原始次森林6万余亩，衍生着许多珍贵的树种、草药、百年银杏、千载珙桐、红豆杉王、小勾儿茶、金钗、石米……简直就是一个硕大的植物园、草药圃。这里的一切都是原始本真的，生态达到高度的和谐与平衡，没有一丝一毫的污染。不衰的植被，滋养了山、谷、崖、洞的雄奇，激发了河、塘、泉、瀑的活力，纯正了风、雨、露、气的品格；反过来说，又是山形水势及气候，孕育了这些绿色的顽强生命。

我曾两次造访县城南郊的标湖林场，这里靠近海拔1500多米的偏头山，亦与武当山相邻，全场森林面积达4400多公顷。游人可登上孔家凸，观赏林海日出、峰卷云涛；可去辽叶湖、"倒淌水"泛舟垂钓，当一回隐士高人；可夜宿"巴山客舍"，听松风拍墙，看星光入窗……

我与阿成是在从向坝返回县城途中，于午后两点到达标湖林场的。年轻而热情的许场长，儒雅的孙世武先生，一直在等着我们用餐，这使我们感动而内疚。午餐后，我们一行散步去了一片山林之中，水杉、马尾松、榉木……郁郁葱葱，伸展着茂盛的绿荫。灼热的阳光被绿荫过滤，变得淡薄而凉爽。我们在幽静的林中坐下来，鸟声啁啾，恍然世外。许场长娓娓叙说标湖美好的未来，如何在保持原始生态中，发展林木、药物、茶叶经济，促进旅游事业兴旺。

竹溪虽地处偏僻，却挺立在地域与视域的高位。几天来，我接触了县里的各级领导，以及普通的民众，他们站得高，看得远，充满着开拓进取的精神，实为不易。

屹立在地域高峻处的竹溪，也同时傲矗于中国历史与文化的高峻处。

到了竹溪，不可不去关垭，不可不去触摸沾满2000多年历史风尘的楚长城，它比秦长城早了400多年。这个史称"白土关"的关垭子，是当时绵延3000余里、跨越五省市的楚长城中的雄关险隘之一。关垭的那一边，是陕西的安康地域，这一边则是竹溪境内。我们沿着石级逶迤而上，一直走到残存的土长城跟前，暗褐而泛黄的土色，棱面斑驳，它吞咽过多少硝烟战火，抵挡过多少箭矢刀锋？它向我们讲述着"朝秦暮楚"的频繁战事，以及生灵涂炭的悲惨场景。民间传说关垭土长城是以魔芋浆、杨桃藤汁搅拌三合土夯筑而成，它可以承受风霜雨雪的侵袭，可以抗御战争格杀的锋芒，却无法隔离苍生百姓渴望安定平和的意念，它最终在中国大一统的版图中，成为一段历史的记忆。

还有偏头山的祖师庙，仍回荡着李聃阐论《道德经》的声音；姜子牙调兵遣将的大营盘，滋生了《封神榜》长篇小说的奇玄；梅子垭遗留的宋代茶园，芬芳依旧；明嘉靖年间的"采皇木"摩崖石刻，铁画银钩；李先念率领中原部队五师突围时，曾留下足迹的张公桥……

竹溪就这样簇拥着历史的风云，一步步走到现实中的今天，于是她光芒四射，流光溢彩。

在竹溪的日子里，我听过名演员演唱的"山二黄"名段，遏云绕梁，腔调诡丽，使我想起了名震江湖的汉剧，而汉剧又是国粹京剧的源头之一。急板繁弦，唱、念、做、打的"山二黄"，就从这块土地上孕育成长，促进了汉剧与京剧的昌盛。

在向坝一所中学的篝火晚会上，我们聆听了众多的民间歌手演唱的原生态民歌。山歌、阳歌、情歌，呈现出以艳、贤、谐、哀、怨为主的五种格调。在熊熊燃烧的篝火旁，他们或独唱，或对唱，或合唱，劳动、爱情、希望、理想的题旨，在朴质的歌词与变化多端的曲调中倾泻而出。《那是一个好人家》《姐姐生得白》……我为向坝民歌的多姿多彩而惊叹而震动，在现代都市，哪里去寻觅这种原汁原味、朴茂深沉的歌声？

悠久的历史、深邃的文化，正是竹溪鲜活的灵魂与张扬的魅力，也天长地久地塑造了竹溪人顽强的性格、儒雅的情愫、开阔的眼界、远大的志向。我在与县领导的接触和交谈中，深深地感受到了这一点。他们对这块土地的眷恋与挚爱，深深地感染了我。

正如沈从文的故乡湖南凤凰县，正如汪曾祺的故乡江苏高邮市，竹溪县同样拥有那么多坚持文化品位、热衷于文化积淀的人。在我们与干部、老师、学生代表见面的报告会上，有多少人就文学创作、生活体验提出问题让我们回答；在采风活动的间隙里，有多少人请我们签名、题字，有多少人拿出文学作品让我们观赏……读书与思考，文化与文明，在这块土地上蔚然成风。

有一个夜晚，我去拜谒野莽已年过八旬的父母。彭伯父祖籍湖南，是一位资深的老干部，曾饱经磨难，但意志顽强，乐观处世，热爱生活。作为晚辈，我对彭伯父、彭伯母十分敬重。彭伯父在晚年以吟诗为娱，而且下力甚勤，于是我们书来信往，多有唱和。初访彭府，见两位老人身体健康，甚觉欣慰。稍坐片刻，彭伯父即出示他的诗歌新作，写的是他的日常生活场景，造句平易隽趣，充满着一种欣欣向上的精神。这位老诗翁，见有远客来访，给我看的是诗，与我谈的是诗，却只字不提平生苦难遭遇，其雅逸与豁达颇让我震撼，这就是竹溪人光芒四射的文化胸襟与秉性。

未到竹溪想竹溪，到了竹溪念竹溪。当我揖别回湘后，心里仍储存着竹溪的凉润、素洁、神奇与儒雅，在炎夏的酷热中，总觉得清风满袖，逸气盈室！

十八里长峡长相忆

在泱泱中华的湖北省，在瑰丽湖北的竹溪县，在神奇竹溪县的南部，横亘着"养在深闺人未识"的十八里长峡。

假如，竹溪是一本才气横溢的巨著，十八里长峡就是此中最摄人心魂的章节；假如，竹溪是一幅流光溢彩的丹青长卷，十八里长峡就是此中的得意片段；假如，竹溪是一部朴茂雄浑的乐章，十八里长峡就是此中高亢的乐句。

当我们站在长峡的入口处，溪河之波在身边咏叹，水汽清凉地弥漫，对面壁立的石崖上，著名老画家周韶华题写的"十八里长峡"一行大字，如此苍劲，如此钟情。我们相信他的眼力与心境，他看过多少奇异风光，画过多少山形水势，而此地的独特与卓越，一定令他刻骨铭心。后学的我们，怎能不步其后尘，作逍遥之游？！

时令正当盛夏，在许多车水马龙的南方城市，天上高悬着烈日，地上跳跃着火焰。当我们走进长峡，日影倏然淡去，云在脚边缠，雾在耳畔粘，野性的山风吹拂着衣襟，稀疏的凉雨点缀着脸颊。焦躁的心绪一刹那冷却了，是初春，还是深秋？是真实，还是梦幻？

云中的山，雾中的崖，云山雾崖保持着亿万年不变的容颜。那些人工斧凿的痕迹，一丝不见；那些伪仿假造的景观，半点难存。原生态的真与美，大自然的生与息，与悠长的岁月同在。"虎头山"的雄姿英发，"合欢壁"的情深意笃，"太极岩"的刚柔相济，"济公帽"的神秘莫测……还有那云雾深处的高山草甸，如此广阔，如此清凉，如此静穆，没有人烟，没有俗尘，只有鸟雀的翅影，只有野牛和其他走兽的欢鸣，让人顿感时光倒流，恍然进入亘古的岁月。

长峡是典型的喀斯特地貌，有峰有崖便有洞。假如峰崖是笛、是箫、是唢呐，这些洞穴便是奇妙的乐孔，洞穴里的风声、水声、气流声，便是一束束瑰丽的音符。"月儿甘霖""太极洞""九江洞""干龙洞"……数不胜数，小者如室，大者可容纳数千人。或生长亿万年来的钟乳石，令人目不暇接；或飞泻激情四溅的泉流，让人忍不住踏拍而歌；或有暗河蜿蜒，可借舟楫去探索神秘……哦，最让人叹为观止的，莫过于长峡中段的龙桥洞了，洞分三层，中、上层为干洞，下层乃暗河水洞。伫立洞中，涛声如鼓，回声不绝，壮人心志，激人情怀，慷慨如赴戎机。干洞中石笋茂密，暗河里古鲵巡游，又有美妙的传说飘袅萦缠：苍龙为治病救人的郎中殷勤搭桥以渡险滩！长峡中有多少峰、崖、谷、洞，而映衬与滋养它们的，又有多少河、溪、潭、塘、池、泉、瀑！无水，则峰无姿、崖无仪、谷无色、洞无声；无水，则石无棱、树无力、草无情、花无意。"怡情潭""隔鱼塘""天池""香汗瀑""流苏台""山漏""银河飞溅"……水的芳名，水的形态，水的声威，总让人感受到清凉世界的无穷趣味。

长峡中蜿蜒曲折的溪河，与我们结伴而行。我们会不时地停下来，听时缓时急、时低时高的涛声阵阵，观赏河中被波浪的刀锋雕凿出来的异石，棱角分明，形状各异，或是一只动物，或是一个物件，你尽可以展开联想，赋予它新的意义。正如一首朦胧诗、一件很前卫的雕塑，各人的理解都会成立。水，不但造就了石形石貌，也冲刷出一个个传诵不衰的故事，使长峡不仅具有本真的自然内质，而且闪耀着灿烂的人文色彩。长峡中段河谷中的巨石，名为"鲁班石"，那生长在水中大石上绿荫繁茂的"无根木"，萦绕着代娃和小仙女的坚贞爱情……

十八里长峡，哪里只是一条长峡？它是一个声名远播的自然保护区，总面积三万余公顷，几乎被勃生的森林所覆盖。深深浅浅的绿色拥抱着、烘托着高山峻岭、奇石素水，于是阳刚与阴柔和谐相融，显示出引人注目的独异风采。

老画家周韶华欣然为十八里长峡题签，他难道在游历之后，不会以水墨丹青画出山水巨制？我们期待着，渴望着一睹他笔下的诗情画意！

竹溪的僵桃与茶

"李代桃僵"的成语应是人人皆知的。僵者，枯死之意，即李树代替桃树而死，比喻兄弟间互爱互助。典出《乐府诗集·相和歌辞三·鸡鸣》："桃生露井上，李树生桃傍。虫来啮桃根，李树代桃僵。

树木身相代，兄弟还相忘。"此后，比喻以此代彼或代人受过，如梁启超《政治学学理摭言》中说："汉制，君主独裁于上，宰相不过出纳喉舌，及其叔季，且并此出纳之权，而移于尚书，移于中书，而三公犹李代桃僵焉，冤之至也。"

那么僵桃是什么呢？即桃树开花结的幼果，夭折干枯后，仍挂在树上。李时珍在《本草纲目》中，定义为"此是桃实着树径冬不落者，正月采之"。僵桃的别名不少，如"神桃""鬼骷髅""桃奴"。经冬而不落，自有神力相助；枯死而干瘪，宛若骷髅；而"奴者，言其不能成实也"。

因父亲生前一直供职于中药、中医界，常说起僵桃这一味中药的好处。长大后读《本草纲目》，方知前人多有阐述，治肺气、腰痛、心病、盗汗、妊娠下血，驱毒，散寒热，消疮疖……真有"神""鬼"之功。

在南方各地，哪里没有桃树？哪棵桃树上没有僵桃？但在我的印象中，父亲及他的同人总会说：竹溪的僵桃最优。至于竹溪何处，我没有细问。直到许多年后，与北京的作家野莽订交，才知竹溪就是他的家乡，属湖北省，位于鄂、渝、陕的交界处，海拔 600 米以上，属北亚热风气候。此地春气祥畅，夏风清凉，秋意生暖，冬景纯和，颇宜于桃树的生长。我曾在一个炎夏，叩访过竹溪的山山水水，空气凉得有点儿冷，所到之处，总能见到一片一片的桃林，见到枝丫上累挂的僵桃，像一个个古铜色的铃铛，似可闻发出细碎的清响。

作为湘人，好几次于春风拂拂中，去过常德的"桃花源"，桃树百余亩，桃花如海，蔚为壮观。典籍中记载，晋代的陶渊明所写的《桃花源记》原型便出自这里，这当然是传闻和巧合。但竹溪这块地方的学者，也引经据典，言之凿凿，说这里才是陶公所写的"桃花源"。我推测，竹溪自古桃树如此之多，作为中药僵桃的产量绝不会低。我的出生地湘潭，历史上曾是中国三大药都之一（另两处为安国、樟树），竹溪的僵桃在这里中转和扩散，亦是常理。

这里的僵桃，在树上经历春夏秋冬的雨雪风霜，吸取日月之精华，到第二年桃花盛开时，再饱吸花香后，选择晴天采摘下来，以无核小颗者为上品。

竹溪人最知僵桃的佳妙，除药用外，还用它泡茶，称之为香桃茶。他们往往把刚采下的僵桃，与开园春茶密封在一起，让桃香与茶香互为交融。待客时，抓一撮茶叶和一两枚僵桃放入茶杯，先用烧开后稍冷的水泡"茶卤子"，当茶条舒展叶片、僵桃变软而鼓胀，再用滚沸的水冲泡，其味香醇绵长，独具特色。

与名品僵桃密封在一起的茶，自然是竹溪的名茶。独特的地理环境和气候条件造就了种茶业的源远流长。在竹溪汇湾乡的梅子垭，还遗存着不少宋代的古茶树，便是一个明证。

我叩访过离县城十余公里外的龙王垭，海拔 1200 米，崛立着著名的"龙王垭茶场"。举目四望，云来雾往，山峦起伏，沟谷纵横，流泉飞瀑，溅玉泻银。茶园与茶园之间的路皆为混凝土浇筑，绝无飞扬之尘土；划行种植的茶树，亭亭玉立于层层梯面之上，并间种着果树和花草。而且在任何时候，绝不施用化肥和农药，称得上是真正的"有机茶之乡"。一年之中，春、夏、秋皆可采茶，清明时节所采为极品，谷雨前后所采为佳品。采茶纯用手工，雨天或露水未干时，皆严禁采茶。所采之茶，要经摊青、杀青、揉捻、初干、紧条、足干、精选七道工序，方能面世。这里出品的名茶为"龙峰茶"与"箭茶"。

"箭茶"我曾在一位友人家喝过，它外形似箭，周身暴毫，汤色嫩绿明亮，清香扑鼻。初沏时，茶叶浮于水面，再次冲泡后，茶叶飘飘荡荡，如群鱼窜动，尔后一根根直立于杯中，如待射之箭镞。

竹溪的地方戏，是被誉为"汉剧之母"的"山二黄"。那晚听戏，喝的是"龙峰茶"，全是精心采摘的一叶一芽，再经考究的工艺制作而成，外形紧细显毫，色泽嫩绿光润，醇厚中带着天然花香，喝一口，齿舌生津，五脏六腑顿时清清爽爽。戏到佳妙处，茶至痴迷时，众人叫"好"声一片。我看见竹溪主人皆忍不住笑了。

正如山东潍坊有风筝、湖南邵阳产铁锅，而使该地闻名遐迩，竹溪除奇山异水之外，还有名产僵桃和茶，岂可不让天下人共享？！

竹溪访彭府

我与真名彭兴国笔名野莽的这条汉子，称得上是多年故交，不但熟悉他的人品、文品，而且熟悉他的故乡湖北竹溪。那是陕、渝、鄂交会处，一道独具魅力的风景：山雄奇，水清纯，林密花繁，镶嵌着许多厚重的历史遗迹，还有汉剧之母的"山二黄"、向坝的原生态民歌飘袅其间……但我心目中的竹溪，是从野莽的口头和文章中得来的。我一直在等待谒访竹溪的机缘，看山赏水之外，还想去拜谒野莽的父母。

野莽的父亲是一位资深的老干部，经历了许多坎坷与磨难。这个家庭，由两位老人全力支撑，遮风挡雨，护卫着雏鹰似的儿女们顺利成长，情何切，意何深！野莽每每忆及，忍不住潸然泪下。粉碎"四人帮"后，老爷子平反昭雪，重新工作了数年便退休了。他是个喜欢读书和具有诗质的人，在闲适的心境中，开始了吟赏烟霞、推敲平仄的生涯。野莽便热情牵线，让我和老爷子建立了联系。

作为后辈，我对彭伯父十分敬重。鸿雁传书，我读过他许多诗作，或描绘竹溪的山川风物，或回忆平生难忘的人事，或阐述退休生活的种种快意……他很少提及那一段辛酸的岁月，心态如此平和、宁静和满足，难能可贵啊。有时，我向他提点用典和平仄上的小建议，老爷子毫不计较，斟酌后马上予以修改。

在河北教育出版社出版的《天地父母》一书中，就收有老爷子的《甲申祭母千言书》，所有的作家都是散文，独独他是短短引言后的五言古风长诗，达200行，一韵到底，叙事抒怀，情真意挚："人间有真情，最真是母亲。母去五十载，入梦闻其声……"我读后，心旌摇动，感慨系之。

鼠年盛夏，我终于去了竹溪，采风、开会的间隙里，由野莽领着去叩访彭府。登楼入室，彭伯父、彭伯母见我们来了，满面带笑。还有野莽的弟弟、妹夫等亲人，亦闻讯而来。看得出两位老人身体很好，动作利索，说话的声音沉宏有力。我们坐在客厅里喝茶、聊天，野莽指着墙上挂着的一幅中堂说："你写给我老爹的贺寿诗，还是拿到外省去装裱的。"

记得去岁彭伯父欣逢八十（古语称为"朝杖"之年），野莽将出京返乡去贺寿。我知道后，寻出猩红色宣纸，书写了我的两首贺寿诗寄呈老人乞正。其一云："彭祖巍巍八百龄，先生朝杖气豪雄。江波迭荡帆前急，心事斑斓雨后晴。诗兴还矜多丽句，儿孙最喜尽飞龙。夕阳红似春花灿，直待期颐寿酒倾。"我在诗中希望彭伯父寿过"期颐"（百岁），并像"彭祖"那样活得悠长而愉快！

我问彭伯父在读什么书，每天的生活如何安排？他笑着一一作答。还告诉我，这里爱好写旧体诗的人很多，谁有了新作，大家互相传阅、提意见，情如知己；家里的事也很称心，儿子、儿媳、女儿、女婿，还有孙辈们，不时地来看望，嘘寒问暖，孝顺得很。他似乎想起了什么，起身去取来打印好的几页诗稿，让我读读他的近作。

这一大组诗，描写的是他的日常生活场景，清新自然，而且化入了许多口语，洋溢着欢乐的气氛，给人一种亲切感。这样的诗，只有胸怀宽阔且恬和、虽经历磨砺而归于平淡的老人才写得出来。

彭伯父说："你看还有哪些地方需要修改？"

这一夜，聊得很尽兴。因明天还有采风任务，我们恋恋不舍地向老人道别后，登车而返。

我想：这两位老人，吃过大苦却从不记挂在怀，即便苦尽甘来亦具有平常心，努力去开掘和享用生活中的乐趣，这才是真正的长寿之道！

竹溪古关说秦楚

刘益善

成语"朝秦暮楚"在《辞海》中的解释是战国时秦楚两大强国经常打仗，其他国家根据自己的利益所在，时而助秦时而助楚，比喻反复无常。今年7月，我随中国作家竹溪行采风团到竹溪采风后，却对《辞海》的这种解释不以为然，觉得《辞海》的解释与这成语产生的原意相去甚远。

竹溪是鄂西北最边远的县，西与陕西的平利县接壤，南与重庆的巫溪县比邻。县委、县政府的领导说，新中国成立以来竹溪只来过作家碧野，后来写了散文《竹溪》。这次来了作家韩少功、方方、阿成、聂鑫森、野莽等，这是竹溪县志要记载的大事，希望作家们多写竹溪。

从竹溪县城乘车西行30千米，就到了横跨鄂、陕、渝、豫、皖五省市的楚长城雄关关垭。关垭史称白上关，当地人叫关垭子。关垭两山夹峙，一线中通，横亘南北，分割秦楚，自春秋以来长期为兵家必争的战略隘口。如今的关垭关城，钢筋混凝土浇筑，20世纪90年代重修，城门洞里一条国道由鄂通陕，人来车往，秦楚无阻隔。

舍车登关，我们先寻楚长城遗址。从关城的一侧爬一面小山坡，我看到那掩映在杂草树丛中的墙体，高有两丈余，朝北边的山林中蜿蜒而去。这就是筑于公元前7世纪的楚长城了，比秦长城早400年，比明长城早2000年。楚长城夯土而成，夯土里拌魔芋浆、杨桃藤汁作黏合剂，坚如铁壁，两千多年的风雨侵蚀战争摧打，如今还留有300多米的夯土城垣供后人观瞻，叹我楚人祖先的盛衰存亡。

登几十级台阶上到关垭城楼。站在城楼上，突然就感到自己高大起来。国道从我的脚下通过，身边山岭起伏，莽莽苍苍。我朝西站，就背楚面秦，我朝东站，就背秦面楚。关垭东是湖北的竹溪，关垭西是陕西的平利。关垭城楼的望台上，国务院勘立的省界碑屹立着，傍着界碑照相，你就脚踏鄂陕两省了。两千多年前，我若是楚国的守城将士，面对沿峪口而来的秦兵，马蹄嗒嗒，呐喊如雷，我会拔剑而起，带领我的士兵兄弟与秦兵厮杀，用我们的血肉捍卫楚国国土。"身既死兮神以灵，魂魄毅兮为鬼雄。"楚国诗人屈原的《九歌·国殇》不就是写的楚人浴血抗秦的英勇吗？战争残酷而激烈，血泊中，秦人早晨占领了关垭内的楚地，但是晚上，楚人又夺回了失地，反而占了秦国的领土。关垭内外的土地，早晨是秦国，晚上又可能成为楚国了。战争没有结束，朝秦暮楚的情况就不断出现。朝秦暮楚就这么流传下来，成了成语，其解释演变成反复无常，真没道理，但我们又不能说这是错误。

关垭是一个历经2000多年的古关，现在的关城是第几次重修，谁也说不清楚。当年的国界，今日成为供人凭吊游览的景点。筚路蓝缕曾经强大的楚国，终被秦灭掉，而秦最后又被楚人灭掉，"楚虽三户，亡秦必楚！"中华民族的大一统，这是历史的必然。今日的秦地楚土都是中华人民共和国的江山。而秦人楚人早已是同胞家人了。在关垭旁边有露水集市，陕鄂人民平等交易，互通有无，团结共振。

在关垭附近，时有农舍墙跨秦楚，一家人中，父秦母楚的或母秦父楚的多得很。只是关垭之外的陕西，享受的是国家西部开发的政策，而关垭内的竹溪，享受的是中部省份开发的政策。西部政策与中部政策据说有差别。陪同我们游览的竹溪干部说，这是因为这堵关墙所隔，所以政策不一样。但竹溪人民很有信心，中部崛起的口号会得到实现。湖北陕西在改革开放之后，都在一天天发展起来，鄂陕人民都在一天天富裕起来。

竹溪的关垭古关，留下了中国最古老的长城，留下了一个成语的出处，留下了秦楚人民由敌人变亲人的见证，留下了一道供游人休闲游览的亮丽风景线。来吧，海内外游客，此地不可不看。

原载《人民日报》2008年11月"大地"副刊

秦巴山里民歌乡

刘益善

　　向坝是湖北竹溪县最偏远的一个高山行政乡，深藏在大巴山与秦岭之中。从车城十堰到向坝有1000余里，从县城竹溪到向坝500余里。向坝20世纪80年代还没有公路，只有靠一条千百年来被背盐人踩出的古盐道与外界联络。向坝山高山大，最高海拔2700多米，最低海拔405米。土地坡度全是25度以上，有的达到40多度。向坝的土地似乎都悬挂在崇山峻岭上面。交通不便，这里的自然风光却十分美丽，山高峡深，大峡里面套小峡，峡峡相连，峡峡相通。气候好，雨量充沛，植物繁茂，瀑布溪流，纵横流泻，十八里长峡气势夺人。

　　2008年7月中旬，我随韩少功、方方、阿成、聂鑫森、野莽、李阳等一批作家，在已经通车的公路上颠簸了近一天，由竹溪县城进了向坝，夜宿乡政府简陋的客室。这次采风活动由竹溪县委、县政府组织，打出的牌子是"中国著名作家竹溪行"，我忝列其中，不敢称著名。

我的采风选题是向坝民歌。

向坝乡政府坐落在一道坝子的坡面上，县城过来的公路通过坝子中间，围着乡政府聚集着些房子，成一条小街。这里版图面积有205.2平方千米，人口8060人。农民们住房沿着公路两边稀稀拉拉地建着，农户与农户之间，相隔一里两里是常事，甚至相隔十里的都有。更多农民的房子建在岩坡上，远山里，独家独户的很多。乡政府所在地的村叫向坝村，据老人说，这里原本只有三户姓向的人家，后来由于战乱与灾荒，许多灾民逃到这里，陕西、江西及湖北的安陆、咸宁、黄冈人都有，四川人最多，这里就形成了一个中心。

离乡政府二里外的向坝中学，两棵高大挺拔的黄桷树立在操场边。入夜，人们从四处向这里集中，向坝篝火晚会在这里举行。

我们坐在操场的一排木凳上，操场边的大树间拉着横幅。旁边的当地朋友告诉我，这两棵大树是300年前附近的山头滑坡，被泥石流冲到这里来的小树苗长成的。高寿的黄桷老树，亲眼见过多少代人在这操场上载歌载舞？今夜这场篝火晚会，原汁原味的农民歌手唱山歌，让我们感受这秦巴山里的人民心中的追求与苦乐。

篝火烧起来了，歌手们上场了。男的女的，老的少的，有夫妻对唱的，有多小组唱的，有独唱的，那声音或淳厚或尖细，嘹亮的尾音在山间缭绕盘旋。那叙事的歌唱在向你动情地叙说，那缠绵的歌唱引起你初恋的回忆，那深情的倾诉直达你的心底。围在操场边和山坡上的听众近两千人，屏声静气地听着，热情地鼓掌或者和着民歌应和。

熊熊的篝火映亮深山的夜色，动人的民歌打破深山的宁静，火热的听众情绪如沸，啊，秦巴山中的向坝，山民们的一次狂欢。

唱歌的有一矮小的老头，嗓子尖亮，连唱三首；有一对50岁左右的夫妻，唱了一首叙事民歌。那意思是，丈夫对妻子不满意，要把妻子卖给一个人。妻子说，卖给他还好些，那人有很多好处，我跟他能享福。丈夫又说把妻子卖给另一个人，妻子又说了另一人的好处，跟另一人也享福。丈夫接连说了十个人，结果妻子都愿意，每一个人都比丈夫好。丈夫没辙了，最后说不卖，你还是给我当老婆。

诙谐的歌唱引得听众一阵阵笑声，而生活的某种哲理与女歌手的机智，也表现得十分精彩。晚会上，有向坝中学的学生与老师唱的几首新民歌，味道又不一样。而留给人们更深印象的是一位穿着打扮与民歌歌手不一样的20来岁的女孩，唱的是民歌，但那民歌显然是改造过的，有点类似经过音乐人整理过的《龙船调》的那种。女孩的气质与表演显然是经过一些训练的。

夜深了，篝火晚会最后的节目是把我们这些客人和县里来的同志请到篝火边，由向坝中学的一群女学生拉着大家的手，围着篝火跳圆圈舞。随着音乐的节奏，双脚踏步甩腿，围着篝火转，转出一阵阵的笑声与欢乐来。

篝火晚会结束了，听众从四面散去，打起火把的长龙，在山道上蜿蜒而行。也有的是开着农用车、骑着摩托车来的，那发动机轰鸣着沿公路朝夜色里奔去。乡政府的同志告诉我们，今夜来赶场的，最远的有50多里外的农民。

我们这群作家，也算是跑了不少地方，见多识广。东北作家阿成说，中央电视台搞的心连心节目，也不过如此吧！阿成的这话不过誉。

篝火晚会的第二天，吃过早饭，县里的朋友陪着我，去寻找昨夜那个矮小老头。车行半小时后停在公路边的一幢平房前，我们进屋，这是那小老头的家。小老头叫李明亮，66岁，初中文化，祖籍重庆巫山县。李明亮儿时在山上放牛羊就喜欢敲着石块唱民歌。成年后，当过民办教师和生产队会计。他经常参加乡村红白喜事歌场，通宵达旦唱歌。他能唱 400 多首民歌，以山歌、薅草锣鼓歌、丧鼓歌见长。他的歌声穿透力强，有很浓的峡山风味。可惜我们来时，李明亮上山打猪草去了，他的儿子去寻找了好久，也没找回来。我们只是与他的儿子聊了聊。李明亮全家 17 口人，人人都会唱民歌，都是受李明亮影响的。

篝火晚会上唱丈夫要卖妻子的夫妻歌手杨福凤与邵济生，家在金竹园村二组，夫妇二人均为向坝本地人。他们的家离乡政府近 50 里，我们车行一个多小时才到。他们家在一处石岩上，我们沿石级攀到他家门前，几间平房，房门上了锁。陪同的朋友到屋后朝坡地上一喊，两口子正在坡地上干活，很快回来。妻子杨福凤见是省里来的人，非要到屋里换了衣服、洗了脸、梳了头才陪着我们说话。杨福凤 55 岁，邵济生 58 岁，他们有两儿一女。两个在外地打工，一个在上学。这是一对勤劳善良且干练的夫妻。说到民歌，女主人羞涩地笑了笑，说唱得不好，她会唱 300 多首。小时候父母都会唱歌，他们也学着唱，他们是通过唱歌，唱成夫妻的。乡间邻里有喜事丧事，他们都去帮着唱歌，表达心意。

孩子们都不在家，这对夫妻有时略感寂寞，就经常对着唱民歌，自娱自乐。说到昨晚的篝火晚会，杨福凤说，是乡里派车来接他们去的，送回家后，还给了 50 元钱。这对秦巴山里的农民夫妇，已经把唱歌当作他们生活中的一项内容。离城镇那么远，独家独户住着，种坡地，养鸡养猪养羊，唱着民歌，那日子也就有了滋味。告别时，杨福凤推开另一间房门，那房里堆着一房子土豆，她非要给我们一人装一袋子土豆。实在不好拿，我们谢绝了，夫妻俩有点失落。我感觉出他们是诚心诚意的。当我们的车离去时，他们站在岩坝上向我们招手，我在心里祝福他们的日子过得更好、民歌唱得更好听。

我惦记着昨晚那穿着打扮与唱法不一般的女孩。那女孩叫李仲妮，家在乡政府旁边的向坝卫生院宿舍。回到乡政府，到她家很近。李仲妮的父母都是卫生院的医生，家在卫生院宿舍楼住，家里收拾得干干净净。李仲妮非常高兴我们的到来。她是向坝中学毕业的，后来考到长沙一所大学的音乐系学声乐，是大二的学生，暑假回家。

李仲妮告诉我们，她从小就受了向坝人唱民歌的熏陶，喜欢唱民歌，高中毕业时，她到武汉进修音乐，后来才考上音乐系。她的理想是：既然是从民歌之乡走出去的，到高等学校学好专业知识后，再回到家乡来，当个音乐教师，在向坝这个民歌之海里继续汲取营养，挖掘整理一批民歌，做提高工作，让家乡的民歌能够唱遍全国，唱遍世界。土生土长的民歌进行整理提高是非常重要的。

李仲妮还有个想法，她学成回来后，要办个小小培训班，先从娃娃抓起。

听完这个从向坝走出去的唯一一个学音乐的女大学生的话，我们几个当场就对她给予了鼓励与赞扬。这是个有理想也比较纯正的女孩子，向坝的民歌如果有更多像她这样愿意当作事业来追求的音乐工作者，那发展的前景将是远大而辉煌的。李仲妮，愿你的理想早日实现。

向坝是一个民歌之乡，我现在的感觉是名副其实了。在竹溪县城听介绍说，在国家启动"中国民间文化遗产抢救工程"中，湖北省民协的同志要为向坝申报"中国汉民族第一民歌乡"。这个"第一民歌乡"的申报是否能被国家某部门批准不去说了，但把向坝称作民歌乡是完全可行的。

在20世纪80年代全省民歌普查时，工作专班深入向坝乡各村落走访调查，得出的数据是：向坝民歌有山歌、阳歌、情歌等16种主要民歌形式，有艳、贤、谐、哀、怨五种主格调，161种民歌曲牌，

6100 首完整歌词。向坝乡有 2000 多名民歌歌手，60% 的成年人能随时随地熟练演唱民歌，200 多户祖孙三代能同台演唱。

由中国文联出版社出版的《向坝民歌集》，是在 6000 多首向坝民歌中挑选出来的优秀民歌，该书的责任编辑李相斌在谈向坝民歌时说：唱歌是向坝人最大的习俗。盖房要唱奠基歌、立门歌、上梁歌；生产劳动要唱插秧歌、薅草歌、请禾苗神歌；生活习俗中要唱生辰宴歌、杀猪宰羊歌、年节岁时歌、红白喜事歌。总之，有事就有歌，有歌必有事。每逢歌会歌节，人们更是夜以继日，歌声不断。向坝乡会唱歌的人占全乡总人口的 80%，全乡 14 个行政村，村村都有歌王歌后，他们大都能唱 300 多首歌。双桥村年逾古稀的王文海可以唱几天几夜不重歌，逾 500 首，人称老歌王。高泉村的任万美，刚过不惑之年，已是远近闻名的歌后，她在家排行老三，人称任三姐，要与刘三姐齐名。

我最后采访的一个人是向坝乡现任党委书记、乡长万克非。这是个 1971 年出生的年轻人，从湖北农学院毕业后在县植保站工作，1998 年 5 月到向坝乡当副乡长，后来又当乡长、副书记，最后书记、乡长一肩挑。万克非家在县城，与妻子两地分居 11 年了。谈过乡里的经济发展之后，我们谈起向坝的民歌，这个年轻的书记立即眉飞色舞，看来他是把向坝的民歌与向坝的经济放在同等重要的位置了。他说，乡里干部一直配合专班人员深入村户挖掘整理民歌，已出版了第一本民歌集，正准备出版第二本民歌集。为配合申报民歌乡，乡财政在有限的资金中拨出专款，修建了一批民歌楼、民歌亭，使得村民能有唱民歌聚会的场子。对民歌歌手进行培训，乡内每年组织民歌比赛，并将歌手送到县、市、省里参加比赛。让民歌进课堂，乡里的中小学教唱民歌，从小进行培养。有意识地进行一些新的创作，用民歌歌调填新词，唱廉政、文明创建等中心工作，同时配合十八里长峡的旅游开发，注入文化底蕴。万克非最后总结说，向坝民歌是新农村建设很好的教化载体，用喜闻乐见的形式提升了乡民的文化道德素养，像那些劝谕性的民歌，劝郎莫贪玩，劝郎莫抽烟，劝郎行正道，劝君莫贪花和柳等，有潜移默化的功效。向坝乡民风淳朴，人们热爱生活，很少有刑事案件发生，不能不说民歌起了不小的作用。

千里秦岭大巴山区，莽苍苍一片烟云。在这大山深处，有这么一个8000余人的乡镇，有这么多唱民歌的人，有几百上千年唱民歌的传统，不能不说是一个奇迹。向坝是一颗深藏在大山里的民俗文化明珠。这里山美水美景色美，这里的民歌堪称天籁之音。朋友们，请到这里来吧，领略这里的风光，听听这里的民歌，你会得到一次人生难得的享受。向坝人新创作的一首民歌叫《客到向坝不想家》，歌中唱道：

大巴山风光美如画　最美丽的风景在向坝！
大巴山山歌传天下　最好听的山歌在向坝！
大巴山好客名气大　最好客的人家在向坝哟……

我们一行人从向坝、从竹溪回到各自的省里去了，但我们是很难忘记向坝的，很难忘记向坝这个民歌之乡。

原载《海燕·美文》2009年、《黄河文学》2020年、
选入《2020年中国散文精选》

竹溪笔记

阿　成

一

　　和野莽先生认识有十几年了，我只知道野莽的家乡在湖北，有一次，我们在武汉分手，我回东北，他回他的家乡。在我的感觉里，在他的表情上，好像从武汉到他的家乡坐火车就有两三个小时的路程，而且我也不清楚他的家乡究竟在什么地方，好像是十堰。但事实上，我这一连串的猜想都是错误的。

　　第二天的下午3点我到了十堰，我以为到达了目的地，其实不是。另外几个作家已经等在那里了，我们还要到一个叫竹溪的地方去。我以为到竹溪至多是一个小时的路程，但很快清楚了，还要走五个小时的山路。那里才是我亲爱的兄弟、活动组织者——野莽先生的家乡。

　　司机将车开得飞快。正所谓艺高人胆大，坐车人胆小。我的左边就是秦岭，右边就是神农架。在秦巴山系里开吉普车就像一个小甲壳虫一样。我猛地想，野莽先生算这次，一共组织过三次活动，而每一次都和盘山道有关。也可能野莽先生自己没意识到这种盘山道情结——他只要是走在盘山道上，站在盘山道上，灵魂飞翔在盘山道上，就有许多甜蜜的幸福感和无与伦比的安全感。阿成老汉来自辽阔的东北大平原，那儿山不是太多，盘山道就少了。这一下子跑五个小时的山路，刺激啊！后来，野莽先生给我讲了一个小故事，他带着他的媳妇第一次回家省亲，也是夜间从十堰去竹溪的盘山道上。新媳妇给盘山道吓晕了。于是，他把媳妇的头搂在自己的怀里，不让她看，口中不断地说，宝贝儿宝贝儿别害怕。可此时此刻，并没有人把我的头搂在怀里，说，老汉老汉别害怕……

五个小时以后到达了竹溪。

竹溪是一个像古画一样的县城，宁静而清凉。资料上说，竹溪县地处秦巴山腹地，大巴山东段北坡，位于鄂、渝、陕三省交会处，西周属古庸国，西汉置武陵县。哦，这是一个文化名城呵。

我们下了车，纷纷进入自己的客房之后，洗脸，然后吃饭。这时就差不多已是半夜11点了。这时，有人通知我们去参加一个联欢会，演员们已经化好妆等了大半天。大家都爽快地去了。到的是一个歌厅，小城有如此现代的歌厅，说明小城人的文化生活是很丰富的，小城的群众文化发展也很迅速。另外从歌者的姿态和动作来看，也完全是港台的风度和派头，挺不错的。看来盘山路并没有阻碍现代传媒的迅速普及，人们在文化面前完全是平常的。这些节目当中，给我留下印象最深刻的是"山二黄"的戏剧片段表演。其唱腔非常悠扬、轻柔、古朴。为此，竹溪县委还专门给作家们安排了一个相关的座谈会。关于这一点，我会在另外一篇里谈我的个人感受，这里不赘。

二

第二天早餐之后（早餐基本上都是辣的，与贵阳、云南、陕西的风格颇为相似），我看到几位湖北和湖南籍的作家如归故里，个个吃得津津有味。东北也有很多人都能吃辣的。这一点我却很自卑。

吃过饭以后，我们全部改乘吉普车（上车后通过和司机聊天，我才知道，从十堰到竹溪，那只是万里长征走完了第一步，还有好长的山路等着我们呢），先到关垭。去那里并不远，十几分钟的路，中间还要经过野莽先生过去的故宅——野莽先生就诞生在这里，并度过了自己丰富多彩的、山道弯弯的童年。现在，他已经在另外一个地方给老爹买了新房子。

很快到了关垭，这个峪口关垭子，史称白上关，即古秦国和古楚国的关口。在湖北和陕西交界的地方，是长达3000多华里，横跨鄂、陕、渝、豫、皖五省市的楚长城关隘之一，已有2600多年沧桑的历史了。正像资料上介绍的那样，这个地方由"两山夹峙，横亘南北，分割秦楚，自春秋始，一直是兵家必争的战略隘口"。"秦楚争战后，刘邦、项羽曾在这里兵刃交锋；薛刚反唐时率部经此处打进长安；城垣里出土过南朝的刀枪箭矢；李自成、张献忠转战鄂川陕在此安营扎寨；抗战时冯玉祥、李宗仁率部过关垭作战略转移。"由于"竹溪县地处秦岭南麓、巴山北坡，东屏荆襄，西控川陕，南连渝蜀，北枕汉水，因此素有'朝秦暮楚'之称。而且竹溪长期以来就有与陕南地方民间通婚、商旅往来、特产交易的见习。每天都有许多楚长城那一边的'秦人'，来此贩货购物，如果不是那讨价还价的秦腔楚调，外人一时还难辨秦楚。"野莽先生和当地的领导也向我们介绍，"朝秦暮楚"并非患得患失，而是楚秦相争，早晨还是秦国的关口，到了晚上就变成楚国的了，所谓城头变幻大王旗。此外还有一说，就是楚国人早晨从这里出发到秦国去卖菜，卖山货，晚上再挑着空担子回到楚国来。将这一行为也称之为"朝秦暮楚"。就是现在，2008年7月，陕西那边的小贩仍然拉着自己的货物到湖北这边来卖。我们经过这里的时候，就看到路边有许多来自陕西的摊贩。看来这"朝秦暮楚"或者"朝楚暮秦"依旧在延续着。这也是成语当中不多见的人文现象。总之，城出有典，天下闻名，可以称之为游人必到之处也。于是，几位作家在这个曾经风云变幻的城头上拍照留念。

然后继续出发。

三

然后开始向龙王垭茶庄出发。资料上介绍，竹溪县龙王垭茶场始建于1966年。地处渝、陕、鄂结合部的大巴山南麓，距县城15千米（自然很近了）。区域内有山峰，名曰"龙王垭"，茶园就分布在这个海拔800～1200米的龙王垭山脉之中，这里雨量充沛，光照时间长，茶园四周群山环抱，林木苍翠，终年云雾缭绕。很适宜茶之生长。早在商、周时期，庸国人（竹溪人）就发明了茶叶和生漆，并将茶叶、生漆作为贡品。龙王垭是以龙得名，以茶闻名。龙王垭其所在的山状似一条巨龙，山腰上有龙洞，山顶上有龙泉，其泉凛冽甘甜，滋润着山上的茶园。而且用龙泉泡茶格外好喝。故此，朱元璋留下"长江三峡水，楚地竹溪茶"的绝句。据说，竹溪一带还有武则天饮茶解渴时欣赏并钦定的梅子贡茶。可惜未得一见。

我们到龙王垭茶庄参观，时在七月，早已过了采茶的最佳时节，采茶是看不到了，不过品茶当然没有问题。在茶场，我突然想起一个人来，这个人是我的老恩师，他就非常喜欢喝茶……

实际上我也是一个特别喜欢喝绿茶的人，因此，每值清明前后，南方的朋友都会寄一点新茶过来。年轻的时候，两袖清风，喝不起好茶，但是，并没有因此放弃。记得在只赚几十块钱的月工资的时候，就花了两块钱买了一两龙井茶回来品，即从此埋下了喝绿茶的情结。

在茶庄里，几位作家给茶庄题词的时候，我拿了一杯新泡的剑茶悄悄地走了出来，到了山崖边上，将茶汁款款地祭奠我那爱茶的老师，希望他的在天之灵能够品尝到这如此上好之茶，也算尽了我这个学生的心意。

四

品茶过后，车队继续前进，去一个标湖林场。标湖林场在偏头山，那里距竹溪县城西南方约 20 千米，海拔 1324 米，坐落在大巴山脉东段支脉上。据《府志通论》载：此山有祖师修行所处，至今，留有祖师庙的残垣。这一路上，车是在极窄的山林里穿行，感受十分别致。看到两边高高大大的树林，我不禁感慨起来，我们黑龙江已经很少有这样的林子了，而且我也有几十年没走过这样的山林之路了。过去我也曾经是一名卡车司机，在大小兴安岭转过，虽然那里没有如此的弯弯山道和不断盘旋的崖岭，但当年的黑龙江真是像鄂伦春人唱的那样，"高高的兴安岭，一片大森林"倒是真实的写照。而今，那里已经是光秃秃的山嵝，倒是种了一些新生林，整整齐齐，但是，横看竖看，已不是原始森林的气派与模样了。由此可见竹溪的原始森林之所以保护得这么好，与县上和人民的共同努力是分不开的，这不仅装扮了竹溪的山山水水，也给后代子孙留下了永续利用的宝贵财富。周恩来总理在世的时候曾经说过，青山常在，有序利用。竹溪可谓其中的佼佼者也。标湖林场的森林面积有4400多公顷，大部分以杉木为主，有马尾松、华山松、榉、栲、杜仲、生漆、红果、板栗、核桃、苹果等多种林木花果。还有全国最大的红豆杉群落、珙桐群落和全国稀有的小勾儿茶、陕西羽叶报春等重要保护植物。此外，这儿的偏头山森林公园还有水草茂密的辽叶湖、飞泉流瀑的"倒溪水"、"寺隐白云深处深"的寺庙遗址和泛舟垂钓的鹰嘴石水库等景点，是玩家的好去处。我也听说这里正在搞合作开发旅游项目。是啊，在这里的森林憩园里坐一坐，吸吸森林的氧气，品品龙王垭的妙茶，真的有一种神仙之感。这对一个普通人来说当真是莫大的享受啊。

我们是在这里吃的中饭，其中可称之为特色者有两款，麂子肉和家养野猪肉。味道不错。

继续前行。

这一带的海拔很高了，差不多有2000多米。盘山路不断地转来转去。路上的村庄不多，我听说要是在山路上贩货得用骡马来驮，一百斤的货物仅付几块钱，这样的价钱对于城里来人说太过便宜，但对于朴实的山民此已足矣。我当时在盘山路上还想，这里的山路如此之多，村乡之间距离如此之长，学生上课、村干部开会怎么办呢？车上的竹溪县的领导告诉我，现在这个问题已经解决了，村乡都配备了车子，很快就到了。学校都安排学生食宿，一切都不是问题。但过去还不行，乡干部要提前一天走山路去县城，聆听党中央的指示，学生参加初中升高中的统一考试也是如此。人间换了，好啊。

在这样的山路上差不多转了五个小时之后，到达了我们的目的地——向坝乡。

五

向坝是竹溪最偏远的乡，资料上介绍说，向坝乡位于竹溪县西南边陲、大巴山腹地，东望西陵、南邻巫山、西接巴蜀、北靠秦岭，是"一脚踏三省，放眼观十县"的好地方，也是省际的边界乡和长江大三峡旅游大循环的必经通道和驿站。在这个乡有一个地方可以一脚踏三省，可惜没得机会去。但是，从竹溪到向坝跑的这足足九个小时的山路，已将旋转着的山景享受了个够。

向坝乡是一个宁静的、充满着浓郁地方风情的乡，也是竹溪县最偏远的一个乡。

乡镇建在山坡上，不是很大，似乎这儿的人口也不是很多。我们就住在这儿的招待所里。向坝乡的领导干部对我们很热情。据说这里已经有半个多世纪没有来过作家了，也有人说，过去倒是来过一位叫碧野的老作家，还写过一篇《竹溪》的文章。再后来就没人来过，这里太偏远了，路也不好走。但现在一切都没有问题，而且，天南地北，一下子来了八九位作家。

大家吃过饭就休息了，住在向坝的招待所里，我感觉一下子就回到了那个纯朴的年代，一切都是那样清新，那样纯朴，并在轻轻地拨弄外乡人的心弦。外面的风在沙沙地响着，并带来阵阵暗香，月在云层里变幻着模样，我这个外乡人就在这样的环境中酣然入睡了。

六

翌日晨起，去参观"十八里长峡"。这是向坝的一个重要的风景区。资料上介绍，十八里长峡在鄂渝陕毗邻的巴山山脉东北地段纵横交错的山峦沟壑之中，蔽掩着一段幽深峻茂、妙境绝伦的峡谷，那里怪石兀立，古木参天，山泉连绵，瀑布叠岩，溶洞藏幽。十八里长峡有着典型的喀斯特地貌特征，峰转洞现，而且古洞成群，大者可容纳数千人，其洞延伸曲折，深不可测，兼有水洞，里容暗河流泉，舟伐可渡，且有千姿百态的钟乳石。十八里长峡有原始次生林 60000 余亩，生长着 591 种植物，以及金钗、石米等几百种名贵药材。主要景观有：独善其身、伟丈夫、千楸万椰、百年银杏、千年珙桐、红豆杉王、小勾儿茶。十八里长峡亦不乏古迹存焉，如张公桥，该桥据考证建于清道光年间，为一张姓大户所建，距今已有 300 年。此外还有樟木寨、秦王坟等。十八里长峡是一个"养在深闺人未识"的大家闺秀，是一片未遭破坏的原生态处女地。的确，十八里长峡风景区在全国的知名度还不高，还很少人知道它。不过，我可以负责任地说，这是天下最美的长峡，这里不仅是十八景，是步步美景，处处奇观，高山瀑布，珍树异花，比比皆是。而且这一带林深嶂远，有不少蟒蛇、豹子，很适合探险者之情怀。过去中国人喜欢文化游，很少有自然游。文化游就是寻找名寺名碑、名人故居，这里没有，这里是神仙的居所，自然人是这里最大的名人。在这里只要款款走上百步便有脱胎换骨之感，人即刻年轻十岁，老汉也有少年之心。可惜开发还尚待时日，如果能通一个森林小火车，想来也可以满足先行者之愿吧。不过，这个地方很快就要修高速公路了，那样可就便捷多了。

七

当天晚上，向坝乡举行了一个演唱地方民歌的篝火晚会，我称它是向坝乡的"心连心"。到了现场一看，真可谓人山人海，其声势就是央视的"心连心"也不能与之相比。演唱者全部是当地的农民，既没有化妆，也没有打扮，就是换一件新衣服上来唱山歌。我觉得他们唱的山歌肯定是幽默有趣的，因为在座的那些湖南籍和湖北籍作家听了之后都发出了开心的笑声，而我这个东北佬却一句也听不懂，只能陪着傻笑。资料上介绍，向坝民歌已被湖北省民间文艺家协会誉为中国汉民族文化中的一块活化石。其民歌不仅种类多，如号子、山歌、田歌、小调、风俗歌、生活歌等，而且调式和腔格也异彩纷呈。据悉，向坝民歌早在明清时期就颇为盛行，其古词与古乐中漫溢着浓郁的神秘色彩。

在晚会开始之前，野莽先生因为是当地人崇拜的大明星，由他代表我们上去讲话，他很激动，而且他一到他的家乡口音就变了，全都是当地的口音了，他一讲话，乡民们立刻发出了阵阵的欢呼声。整个晚会持续了一个小时，最后，作家们和当地村民们跳起手拉手的舞，很多作家都跳得非常高兴。只是阿成老汉心脏不行，但还是兴致勃勃地跳了一曲。

晚会结束了，许多当地的青年人把野莽等作家围了个水泄不通，请他们签名。这种场面，这种热情，这种毫无作秀的举动让我也十分感动。是啊，我们作家应当经常深入这些偏远的地方来呀。

2008 年 8 月于黑龙江

古调新韵"汉二黄"

阿　成

　　其实，我对戏剧是一个彻底的外行。倒不是说我不喜欢听戏，比如黄梅戏、河北梆子，我就很喜欢。尽管龙江戏是我的家乡剧我却不以为然。总之，即便是喜欢，但戏之奥妙，其一招一式也看不出个所以然来。

　　但是，这次竹溪之行却使我对戏剧产生了兴趣。下车伊始，竹溪县委宣传部就安排作家们去观看"汉二黄"的表演，其时已是夜半，兼一路上鞍马劳顿，但我却有了意外的收获。当我听到两位老艺术家以清唱的形式唱汉调的时候，便立刻被吸引了。那位男演员唱得是那样苍凉悠长，仿佛空谷来风，绕山梁缓缓行走，一直进入你的灵魂，进入你的心脾，让你为之动容，让你感到一种古调的魅力与震撼。而那位女演员的表演与演唱又是那样的轻柔，如同山溪之泉宛然流过，且余音不绝，让人有无穷的回味。顿时，疲倦全消，神态昂扬起来。

当时并不知此为何剧，我甚至觉得此调似歌非歌，似戏非戏，既悠远又亲切，既朴素又精致。于是蔼然相问，答曰："汉二黄。"我说，怎么这样的好听啊！

当活动将要结束前的一天晚上，县上安排了另两位作家和我与"汉二黄"老艺术家座谈一下。座谈中，我知道"汉二黄"的演员在竹溪是非常受人尊敬的。他们言传身教，一代一代传下来，以一种严谨的态度和历史的责任感，以文化艺人的良知、艺德，将"汉二黄"艺术保护与传承下来。时至今日已几百年矣。竹溪的"汉二黄"表演艺术家多年来一直以悠扬的曲调、丰富的戏剧内容、朴实的表演抚慰着众多普通山民的魂灵，丰富着他们平静的生活，"汉二黄"就是从民间走来的，并吸取了民歌的智慧、民歌的曲调、民歌的通俗易懂、民歌的某种优雅之处和汉剧的种种章法，进行了自然的融合，这不仅提高了民歌的品位，也提升了汉剧的艺术品格，使其表演更加自然、优美、感人，更加有影响力、感染力。

后来，我看了一下相关的资料，资料上介绍说，"汉二黄"又名汉调二黄，属汉剧的一个支派，是流行于鄂西北地区较古老的皮黄腔系剧种，迄今已有200多年的历史，是以历史题材为主的。据不完全统计，现在汇集的传统剧目约有400出，传统演出剧目以"列国戏""三国戏""唐宋红"居多，它的声腔以西皮、二黄为主。"汉二黄"角色分为十大行，即一末、二净（大净、三净）、三生（生、红生）、四旦、五丑、六外（架子花脸、武花脸）、七小、八贴、九老（旦）、十杂（缺啥顶啥）。"上自官绅富豪，下至平民学童，都以学汉二黄为荣，唱汉二黄为乐。"在老艺人中流传着这样的一种说法："常居二黄万字班，胜过一朝太史官。"是特殊的地理位置和多姿多彩的民风，造就了竹溪"汉二黄"独特的表演艺术，其清秀、甜美、祥和、委婉且不乏刚烈的音乐曲调和丰富多样的剧目，使得"汉二黄"成为我国戏剧宝库中的一件瑰宝。2008年6月，"汉二黄"被列为国家非物质文化遗产名录。

在我看来，"汉二黄"不仅仅是一种表演艺术，也是一种文化传播的别样手段。在"汉二黄"的表演当中，把中国人的民族精神、民族品格，对爱情的忠贞，对劳动的热爱，对生活的向往，一一地艺术地表达出来、灌输下去，对竹溪人的人文品德是一种很好的滋养和发扬。

在结束座谈的时候，我和竹溪的"汉二黄"艺术家们在一起合了影，很荣幸。作为一个外行我也冒昧地提了自己的希望，然而人家已经把我刚刚希望的事情，早早地开始做了，他们正在培养新的青年演员，创作新的"汉二黄"剧目。我希望有朝一日能在央视看到"汉二黄"的表演，让中国十几亿观众都来欣赏这样一种独特的、亦歌亦戏的新颖又古老的艺术。

竹溪的魅力

白　烨

　　湖北十堰市下辖的竹溪，以前只是听说过的一个地名，而且从位于鄂西北的偏远方位上来推测，会觉得那笃定是山高谷深，多半属于穷乡僻壤。

　　后来，在翻阅陕西一些党史资料书籍时，竹溪的地名不断跳将出来。原来，在 1949 年到 1950 年，湖北的竹溪作为两郧行政公署的属县，曾短暂地划归过陕南军区与地区，并在解放陕南的安康、汉中的过程中，曾起到过桥头堡的重要作用。那就是由活动在陕南的二野部队和陕南军区部队组建的第十九军在解放郧县之后，各路人马西进竹溪，发起"白（河）、竹（溪）、平（利）战役"，而在竹溪的鄂陕边界关垭子，经过两次激烈战斗终于全歼守敌，攻克关隘，由此打开了解放整个陕南的胜利通道。竹溪、关垭子，由此便格外深刻地留驻在了我的脑海里。

2016 年 9 月间，终有机会应梅洁大姐之邀随几位文友去了一趟竹溪，并实地踏访和考察了一些村镇，不仅大开眼界，而且大长见识，使我对竹溪有了切实的感觉和全新的认识。

位居鄂西北的竹溪，在这种远观与近察中，形成了明晰的概念，留下了深刻的印象。可以说，初识竹溪，就很让人有一种"养在深闺人未识"的惊喜，或令人有"天生丽质难自弃"的感叹。

如果概要地表述这些概念与印象，那就是八个字：山清水秀、民淳俗厚。

山清水秀、如锦似绣是如今的竹溪天然自在的特点。这既得益于地理环境的自然馈赠，又得力于人文历史的长期浸润。

地处秦巴山区腹地的竹溪，是鄂、陕、渝三省市交界之地，西接陕西省平利、镇坪、旬阳三县，南交重庆市巫溪县，东邻本省竹山县。山峦叠峰，河谷幽深，有着十分丰富的动植物资源、多样性的生态系统，被植物学家誉为"秦巴山区兼容东西部成分的动植物基因库"、包含南北植物和生态的"综合百科书"。

从安康方向进入竹溪，关垭子是必经之关口。经由 346 国道走过陕西平利的长安镇，便是属于竹溪蒋家堰镇的关垭子。抬头仰望，雄关依山，格外巍峨。几天之后，观览楚长城遗存，又来到关垭子，上关爬山，仰观俯瞰，觉得真是地势险要，形如马鞍，加上楚长城拱卫，擂鼓台守护，端的是易守难攻，天赐良关。如今的关垭子，只有残存的楚长城遗迹，向人们诉说着它悠久的阅历与不凡的经历，一边雄关耸立，周围葱翠一片，构成鄂陕边界绝无仅有的历史人文景观。关下是川流不息的来往车辆，关上是熙熙攘攘的参观人群，陕西与湖北在此交界，历史与现实于此交汇，观秦望楚，抚今追昔，不免令人流连忘返，浮想联翩。

在竹溪期间，我们一路走，一路看，总觉得处处有奇观，美景看不完。在泉溪镇八卦山林场小憩，一个纪实性的风光短片就让大家一饱眼福，为之惊叹不已。分阴阳两面的八卦山，重峦叠嶂，古木参天，实令人为大自然的奇妙造化而惊异。而在溪水潺潺、瀑布涟涟之间，林中不断跃过斑羚、猕猴等，水中不时浮现胭脂鱼、娃娃鱼。据林场负责人介绍，八卦山是湖北省最西边的一个自然保护区。该保护区地理位置特殊，物种资源丰富。现已查明，有维管束植物201科958属2796种。其中，国家一级重点保护植物有红豆杉、南方红豆杉、珙桐、光叶珙桐、银杏5种，国家二级重点保护植物有榉树、香果树、水青树、连香树、巴山榧树等17种，国家珍稀濒危保护植物25种，国家一级珍稀树种3种，国家二级珍稀树种8种，中国特有树种49种。有脊椎动物96科224属312种。其中，国家一级重点保护野生动物3种，二级重点保护野生动物35种，列于"极危"级动物的有大鲵、白头蝰2种，列于"濒危"级动物的有豹、林麝、脆蛇蜥、尖吻蝮、白冠长尾雉5种。可以说，竹溪境内可看的风景比比皆是，但八卦山因为其动植物的多样而特殊，自然是不可错过。

让人流连忘返又啧啧称奇的，还有位于新洲乡一座山上的野生楠木林。要去看楠木林，需要走水路乘坐两个多小时的汽艇，爬900多个台阶，但当你气喘吁吁地爬上来后，就会发现一片参天的楠木林，鳞次栉比，苍翠欲滴。据当地林业部门普查，这片林地共存活楠木144株，高15米至40米，粗10厘米至100厘米，占地面积约8亩，部分楠木生长时间超过400年。野生楠木在竹溪县被称为"贡木"，因木质坚硬、木纹细腻是十分珍贵的建筑材料，现已成为濒危树种。我国有22属约324种，其中以金丝楠木最为名贵。明代宫廷曾大量伐用楠木，现北京故宫及京城上乘古建筑多为楠木构筑。据考古资料表明，北京故宫午门、阙左右门、左右顺门和西六宫之一的永寿宫等处使用的木材，就有出自竹溪县的楠木。站在楠木寨上望去，望不到边的水库尽头水天一色，群山环绕中楠木林傲视群峰，你不得不在心里暗自赞叹，竹溪得天独厚，风景这边独好！

竹溪的民风朴实，民俗淳厚，使得她的人文遗存与文化气息格外独特而鲜明，这与她的美不胜收的自然风光桴鼓相应，相得益彰，同样令人为之叹服和难以忘怀。

竹溪的朴实民风跟竹溪历来流行慈孝文化，一直注重修宗祠、续家谱、立家规、传家训密切相关。历史上的竹溪，慈孝文化就源远流长，位于鄂坪乡的"慈孝沟摩崖石刻"被列为国家级非物质文化遗产，以劝孝为主要内容的"向坝山歌"，则是省级非物质文化遗产。因为讲究以德立身，孝德至上，竹溪人普遍讲求家教与家风，从而带动了社会风气的向善与向上。

在中峰镇同庆沟的实地踏访，就让人领略了竹溪的家风文化是如何落实到家庭，流动于村社，浸润到人心的。刚到村口，就能远远看见写在山墙上的"信、俭、勤、礼、善"等蕴含传统美德的大字。村里的刘家大院，门口罗列有"家规族训"十字：崇祀、孝悌、睦邻、耕读、赈济。刘家大院附近的路边，是村里张贴的2015年全村考上大学的几十名同学的照片与介绍。抬头看看有关慈孝的醒目标语，低头看看考上大学的学子面带微笑的照片，相映成趣中，让人更感到慈孝文化传承后代的累累硕果。在同庆沟，看着老乡们晒出的家规家训，听着老人们讲的家规故事，你会发现，那些传承多年，承载优秀传统文化，又与社会主义核心价值观相契合的家规家训，经过收集、传播，已经融入村民的生活，使同庆沟的自然环境美与道德风尚美、家风人文美，彼此相映生辉，相得益彰。

在竹溪，一直马不停蹄，走乡串镇，在临离别的一个上午，县里安排观看了一场"山二黄"小戏《带着公公改嫁》。原以为不一定听得懂、看得进去，但随着唱腔的优美婉转和剧情的跌宕起伏，竟被深深地吸引住了。这个小戏是以竹溪县丰溪镇带着公爹出嫁的农村妇女王大芝为原型创作的，作品通过人物的矛盾冲突和现场的氛围烘托，演绎了一位山里女人持守"真、善、美、孝"的人间大爱，反映了精准扶贫给贫困山乡带来的巨大变化，更阐释了精神脱贫重于物质脱贫的深刻内涵。

竹溪看不完，竹溪也说不完。远近驰名的"向坝民歌"，还未来得及近距离观看和欣赏，只是拿到了刻有向坝民歌演唱会的一张光盘，由此也留下了不尽的念想。

我想，竹溪，我还会再来。

2016 年 10 月 5 日于北京朝内

绿色王国里的寻觅

王必胜

　　竹溪，鄂西北山城小县，名字让人不由得想到生态景观和山水风景。在华夏版图上，竹溪地理位置近乎居中，经纬度大略交叉于中国地图的中心点。西北面的秦岭，挟汉水逶迤而来，西南与巴山交臂，东通荆楚，南抵神农架，秦、渝、鄂交界，三方四面，接壤互通，形成一个特殊的地理区位，遂有了山水自然的奇妙和人文风情的独特。

　　山因水而媚，水因山而丰。这里是南北气候区划过渡的分水岭，秦岭和大巴山在这里形成掎角之势，是汉江最大支流堵河的源头、国家南水北调中线工程的重要水源区。境内有大小河流 197 条，林地面积 390 万亩。绵延起伏的山脉、莽莽苍苍的森林、曲曲折折的溪流，玉成了一派生态自然的奇妙之地。竹溪所辖的 3300 多平方千米，森林覆盖率达到 76.8%，植被覆盖率达 83.9%。汉水泱泱，五河交汇。汇湾、泉河、竹溪河、柿河、堵河齐聚，在新洲镇一带形成"五水归一"的景象。竹溪有各类植物 204 科，被列入濒危国际贸易公约的野生植物有 62 种，珍稀的有桫椤、红豆杉、珙桐、小勾儿茶等，在拥有十八里长峡国家自然保护区等四个国家级和省级的森林公园、湿地公园中，可见它们身影。物华天宝，造化天成，山高水长，为竹溪生态的丰茂，添薪加柴。

生态为时下热门话题，人们衡量幸福指数也注重生态的考量。水泥丛林的人们关注生态，也就计算蓝天晴日多少，尘土雾霾大小，而竹溪一年 97% 的空气质量为"优"。置身这片绿色世界，没有生态的焦虑。明丽的蓝天、洁净的空气、养眼的绿色是这里最珍贵的生态福利和幸福指数。

行走在这片绿色世界，忽而路断林密，山重水复；忽而流水人家，柳暗花明。竹翠、溪清、万物生动，很好地诠释了"竹溪"二字的含义。那天在通往万江河的路上，时隐时现的小溪，崎岖蜿蜒的山道，板桥掩映，奇花生树，炊烟人家，稻禾清香，依稀感受到当年陶渊明笔下的桃源胜景。听说，不远处就有一镇名桃源，远古时期这里为古庸国，武陵、桃源曾为当时的地名，而桃源古镇的许多物象，可当作陶公笔下现实版的风景。夜宿新洲镇，山前碧波清澈的高山湖，秋月高悬，更发思古之幽情。唐代诗人在这秦巴山脉、汉水流域盘桓之地留下的不少名作恰是眼前的写照。"明月松间照，清泉石上流""野旷天低树，江清月近人"。古今相通，思接千载，诗意与现实同美。绿潭青草、修竹茂林，或隐或现的山居灯火，岚烟缥缈，宿鸟啾喁，交织成一幅生机盎然的图画。

当年的商贾从巴渝、荆襄之地，北通长安，走出了如今仍斑驳可见的鸡心岭古盐道，以盐茶为主的商道，蜿蜒千年，风雨沧桑，留下了不尽的人文话题，也为竹溪自然生态注入了神奇的内涵。

然而，人们津津乐道的是被称为楠木故里的地方。山中半日穿行，是为了这片珍稀的楠木而来。离县城 40 多千米的新洲镇烂泥湾村的高坡上，偌大树群形成绿色阵势，枝叶纷披，高者 30 余米，矮者也有两层楼高，树干修直，遒劲密匝，并不规则地生长在水汽氤氲的半坡中，静静地凝望着群峰。这是湖北省境内最大野生楠木群。被誉为国树的金丝楠木，为国家二类保护植物。其材质好，柔韧度上佳，防虫拒腐，历久不朽；透气性也高，尤其是纹理，呈各类图形花样，色泽高贵，暗香袭人。自古以来楠木在民间被誉为树中黄金，也被视为名贵林木的公主，是历朝历代的皇宫建材，也有皇帝的龙座、床榻，选用上好的楠木制作。

眼前这楠木丛，400多棵大小不一的树，集中在近8亩地上繁育。最大的一棵已有400多年历史，尊为树王，粗壮身躯要三四人合抱，四周专有栅木护卫。几棵稍细的老树，横七纵八，各自顶天立地般伫立，身躯黛青亮色，在秋阳中尽显勃勃英姿。"霜皮溜雨四十围，黛色参天二千尺"，杜甫的古柏诗作，庶几神韵相似。近看，躯干不同纹理，如衣料花纹，也如木耳状，大者似一幅抽象山水扇面，小的如硬币，因树龄不同，色泽各异，细腻与粗犷，平滑与粗糙，不一而足。有人称道楠木树纹的美，是树中极品，体现了大自然的鬼斧神工。楠木根部却有结痂，几乎树树不落，令人好奇。这痂块，好像受了什么重创，"创口"大小不一，大的长约一尺，宽有一拃，其形状像葫芦或柚子等。据说这是楠木自然生理现象，名为"满面葡萄"结瘿。楠木傍坡而生，枝叶多在顶端，形成宽大树冠，身子却光溜赤裸，经风沐雨，而长长的根系外露在石块与泥土间，交错缠绕，受山泉长年浸泡，根蒂泛绿，在杂草污泥中，如蛇蟒蛰伏，因此多了一些神奇传说。山泉、石块、泥草，还有水汽、阳坡，形成了她适宜的生存环境，阴湿，草稀，土少，却也顽强生长。要不是亲见，难以想象名贵如斯的黄金树、公主树，如此负重隐忍，令人敬畏，令人唏嘘。也许，当其成为板材有了实用价值时，她的雅致脱俗的品性才可显现。其实，楠木对生存环境要求高，多是在南方的高山密林和水源涵养优良的地方，生长期长，一般 60 年至 90 年成材，是林木中的寿星，最长者可逾千年。有资料称，贵州的一株楠木，专家鉴定已有 1300 年的历史。

竹溪古时为大庸国，公元前 611 年，楚庄王灭庸，大庸版图统一为楚。历史悠悠，风华赓续，遗存积淀，也风化消散。而楠木似乎也没有得到特别关照，在竹溪的植物王国，她始于何时，不得而知。至少，晚近才有竹溪楠木成为皇宫客人，如同公主出嫁，走出深闺的记录。清代同治年间修纂的县志《古迹》中说："慈孝沟距县城六十余里，地势幽狭，两岸峭削，水出柿河。其地昔年多大木，前明修宫殿，曾采皇木于此。"但是，这"皇木"的采伐、进贡的细节和场景，多年来人们在不断寻找史料依据。后来，一处石崖诗碑的发现，"皇木"开采之事得以确证。在竹溪南部鄂坪乡一个山沟，半个世纪前，村民偶然发现山头峭壁上字迹斑驳的石刻，考证出这与当年采"皇木"史实有关："采采皇木，入此幽谷，求之未得，于焉踯躅。采采皇木，入此幽谷，求之既得，奉之如玉。木既得矣，材既美矣，皇堂成矣，皇图巩矣。"此为明嘉靖三十七年（1558 年）光化县知县廖希夔所撰。当年，为修复故宫，皇宫下旨在南方找寻上好楠木，秦巴山区、汉水流域为其一选，近邻的光化县廖知县，受命一路西寻，在竹溪柿河一带的东湾村慈孝沟里找到。官差玉成，岂不快哉？欣喜之情，溢于言表，一则仿《诗经》的文字，赫然立于楠木的发现处，流传乡里。往事成了史迹，先民之功，后人敬仰，这诗，这石，不经意间留下了历史证词，也丰富了楠木故里景观的故事。而今这石刻已成为省级保护文物。

从那楠木丛林往下，有数百步陡峭的阶梯，缆车必不坐，徒步下去，正好体会自下而上瞻望的感觉。回头望，那片楠木林，高与天齐，而青黛如玉的树冠，在袅袅山风岚气中，如一片祥云，兀自飘然，无论春夏秋冬。

去向坝听歌

兰善清

去向坝听歌，那歌声与大山同在。

溯汉江支流堵水而上，群峰啸傲，丛壁如削。巴山当仁不让，高开高合，堵水小媳妇似的默然俯首低走，蜿蜒在窄不盈尺的谷底，迢迢向北。走着走着，长空里隐约一丝歌声，似在山色里、日光里、层叠的峰浪里、轻柔的云朵里……千萦百回，盘桓出没，忽的一绺人家，几丛山花在目，向家坝——鄂西北之南的竹溪向坝就在足下了。灰墙黛瓦，阁楼扇门，地势高峻，街似天街，车来人往，黄发垂髫，老少自乐。隔世的宁谧，恍似陶渊明笔下的世外!

据说，走进桃源的"武陵人"之武陵就在这附近，毗邻的竹山桃源乡即当初的避秦之乱的桃源人之所。其实，向坝直抵三皇五帝。《华阳国志·巴志》便记下了向坝人是古老的巴人后裔，巴国乃大禹之妻涂山氏娘家，堵水乃大禹治水区域。巫溪过来的向家人世居不移。向坝之名，由此沿用下来。

向坝自那时起就从人性本源升起一种歌声，散发着乐天知命的气息，那气息盘桓万古时空，响彻鄂渝川陕，为这方人精神果腹。

不虚歌乡之行，一踏上这山地，一阵悠扬的歌声便随风入耳：

"妹在呀的那个门前啊掐呀嘛掐菜薹儿，哎呀青菜萝卜缨缨盼哥来——""哥哥呀的那个唱的是梁呀嘛梁山伯呀，妹妹那个唱的六支莲花——"这是向坝镇上音箱里传出的名曰《掐菜薹》的歌声，清亮活泼，扑面火辣。

随而，我们被领到歌楼，电视画面里，那活泼的歌声荡漾在人们挥舞的镰刀上、秸垛上，旋律原始而诗。

接着又听了一段《五句子》："五句子歌五句子唱，五句子歌儿要帮腔。妹唱山歌哥来帮，你一板来我一腔，一板一腔才成双。"男声起句，女声跟随："百合花开满山白，情哥想妹妹晓得，你是男子不开口，我是女流脸儿羞，哪有河水倒起流！"

还是风情之歌，原生态的男女情怀，一派巴人原始古风，颇有"下里巴人"之流韵！

从已出版的《向坝民歌300首》（尚有6000多首有待整理汇集）可以看出，男女情歌是其中最为炽烈的流行曲。当然，仅言情是不够的，他们还唱劳动，表达生活仪式，唱古今传说。生活多面，歌声多类。

迎接出生第一缕曙光的便是接生婆唱的《接生歌》；三天"洗三"唱《洗三歌》；周岁抓周唱《抓周歌》；成人婚嫁唱《迎亲歌》《送亲歌》《哭嫁歌》《闹房歌》；砍柴唱《打杵歌》；下田唱《薅秧歌》；过日子有种种小调；终老唱《丧鼓歌》；另有关于为人处世、待人接物的《劝世歌》。

一首歌，一段岁月。歌声是生息，是朝朝暮暮的活法。

听这首《请禾苗神》："阳锣打得连声震，来了锣鼓两个人。今日主东把我请，为的五谷来丰登。纸马钱财安排妥，肉一方来酒一瓶。先请五谷禾苗神，再请风调雨顺大禹神。风伯雨公一路请，雷公电母两尊神，土地爷爷也要请，野兽耗子你担承，众位农友一起请，老幼尊卑听分明。我们大家要攒劲，都是帮忙感人情。"各路神灵被请到劳作时空里，与民同乐，与耕耘同在。

我们拜访了向坝村民歌大王王学龙，这位下地背着大背篓的男子从父亲及祖父那里继承了传统地道的向坝民歌100多首，在地头唱罢，那晚的篝火晚会上他又一气唱了40多首。在金竹园村7组拜访了村民杨福凤，她有一副金嗓子，可以接任何一个歌手的歌，倘若她即兴出歌，只有机智的王学龙接得上。胜丰村3组的民歌歌手张和平也有几分功夫，是典型的"歌袋子"，但应对杨福凤，常常力不从心，虽甘拜下风却乐不可支。向坝9个村万余人，有2000位民歌歌手，200多户祖孙三代能同台演唱；家庭、院落、村头都可以对歌、传歌。向坝筑歌楼5座，歌楼起歌声，游人挤游人。

向坝民歌已成为湖北非物质文化遗产，向坝名列湖北十大民歌之乡。而今，向坝孩子在学堂学歌，向坝人知道，只有进了课堂，歌声才会永远不断。

"向坝"油然而成品牌，高山蔬菜、向坝腊肉、传统刺绣——它们在向坝歌声中，随电商走天下。

不知今夕何夕，桃源可以再寻。

陶渊明若有知，定然欣悦为《桃花源记》补记：源中人踏歌而生，山外人闻声而往。

发表于2019年3月29日《光明日报》副刊，
2019年4月5日《湖北日报》东湖副刊转载

营盘山之奇

阚韶辉

一

在鄂西北，营盘山是一座有故事的高山，又是一座美丽的青山。它的故事迷人，它的风景醉人。当故事与美丽相遇，故事成为传说，美丽化作传奇。

那年秋天，我在营盘山就"醉"了一次。遥望营盘山，山高层林染，横看侧看，皆是美丽画卷。走进营盘山，就是走进画廊：秋山烂漫，秋水潺潺。岭上飏黄叶，瀑落云峰巅。深谷藏溪涧，落红石上流。秋风带霜入，人醉梦清凉……

沉醉之余，细细思量，我总觉得，营盘山有一种雄壮之美，神秘之气，苍莽之韵。它有铁血的战争历史，又有优美的自然风景；有久远的沧桑过去，又有崭新的现实生活；有卓越的创业历程，又有质朴的乡村烟火；有葱茏的原始生态，又有精心的现代营造；有奇崛苍翠的外表，又有幽深灵秀的内蕴……

这样的营盘山，真是一个含蕴丰富、耐人寻味的谜。而营盘山的谜底，是一部铁血历史的传奇，一种艰辛创业的神奇，以及无数自然大美的秀奇。

营盘山有久远的战争历史，是一座传奇之山。遥想3000多年前，公元前11世纪，商周争战，位于秦岭南麓的营盘山，山高而险，又据商之中原与周之关中之间的战争前沿的西南侧翼，成为关键战场，商周在此鏖战。闻太师于此山扎下营寨，防范周军偏师南出，侧击中原的商都朝歌。传说中的闻仲，文武双全，威仪并重，擅长行军打仗。然而商纣暴虐，商军式微。闻太师力战不敌，最终战败身死，葬于此山。此役，敲响了纣亡商灭的丧钟。

于是，此山得名营盘山。闻仲虽非帝王，却是位极人臣的托孤元老。他南征北战，以一己之力力挽狂澜，护卫衰落中的殷商社稷，连纣王都对他敬畏三分。故其葬身地，又名绝龙岭。营盘山、绝龙岭，一山两地名，记录下商周之交一段剧变而壮阔的历史。故而，营盘山是英雄的山，虽然闻仲是悲剧英雄。

至今，营盘山还有从泗水关（今竹溪县丰溪镇，古代秦岭南麓的险关重镇）北通秦岭、到达长安的车马故道的遗迹，另有车毂残件，半掩土中。山上古墓多，有格外高大者，用条石砌成，工艺精湛，至今完好，人道是闻仲之墓。

英雄战死沙场，是悲壮的，营盘山便从此有了壮美之气，也似乎因此总与军事相关，与英雄相连。相传唐朝名将薛刚，流放鄂西北，曾在营盘山习武练兵，垦荒屯军。薛刚习武之处，便叫作了习武基。另有地名传说，说的是清朝同治年间，营盘山附近住着张姓兄弟俩，分别为武进士和武秀才，二人功夫了得，教了数个武生，常带学徒到营盘山麓习武，故得名。你看，此山总与武事有关。

二

铁血营盘曾绝龙，硝烟散尽山青葱。商周争战、薛刚演武的铁血往事，早已成为传说。3000多年后，营盘山催生、磨砺出另一批英雄，他们以勇气、智慧与汗水书写的故事，真正改变了营盘山的命运，成就了营盘山的当代传奇。

营盘山有卓越的创业故事，是一座神奇之山。相对于营盘山，其所归属的竹溪县综合农场杨家机分场的名字，更为世人所熟知。该农场已有近70年的建场史，曾经创造声誉鹊起、享誉全省的"高山创业"奇迹。

营盘山山大人稀，山高谷深。曾经的营盘山，原始苍莽，野兽出没。20世纪五六十年代，竹溪县委号召"英雄儿女上高山，双手改造大自然"，成百上千的青年男女，攀上营盘，垦荒建场，辟出农田、菜畦、茶园，种药、割漆、栽茶、养牲畜。1960年，湖北省委书记王任重来到杨家机，跋山涉水，考察黄连生产，接见模范人物。不久，武汉电影制片厂的拍摄专班深入该场，拍摄纪录片《高山创业》……建场中后期，农场培植出高山生态茶园2000余亩，习武牌茶、高山腊肉、中药材，成为该场品牌产品……

前人栽树，后人乘凉；前辈创业，后辈得福泽。今天，抵达和攀登营盘山的人，或许并不知道，它像一片巨大的岁月光盘，记录下一段筚路蓝缕、以启山林的峥嵘岁月。今天营盘山的美丽风景和品牌产业，其厚实的基础，是一群热血青年用心血垒砌而成、用汗水浇灌而出的。

所以，营盘山是一部鄂西北山区开发的传奇史诗、一面竹溪人艰辛探索山区建设道路的旗帜，为今天的脱贫致富、乡村振兴和文旅开发奠定了基础，积累了经验，沉淀为营盘山的文化底蕴和精神财富。

营盘山，这个总有故事的地方，由此，从传说走向传奇，从莽荒走向美丽。有厚重人文历史与传奇创业故事的营盘山，更有美丽的自然风景，是一座秀奇之山。僻处鄂西北深山的营盘山，得到了大自然的另一种厚爱。

三

丰美秀奇的营盘山，是一座自然宝藏之山。营盘山具有良好的高山自然生态，植被丰茂、生物丰富。营盘山一带，平均海拔 1100 米，面积 30 余平方千米，树木茂盛，花草丛生，森林覆盖率达 86%。所以，营盘山一带的负氧离子含量高达 25000 个 / 立方厘米，堪称巨大的天然氧吧。广袤达 4 万余亩的密林深处，不乏金丝楠木、红豆杉、珙桐等珍稀树木，以及十几种野生动物。

山林荫蔽，溪流汤汤；山花缤纷，野果飘香。密林深处，棕熊出没，猕猴攀缘，麋鹿跃过，锦鸡飞翔，大鲵潜泳……听着杨家杋分场干部对营盘山生态资源的介绍，我的脑海中不由浮现出这些生动迷人的画面，想到花果山、洞天福地等神话中的祥瑞名词，感悟到生态美好则万类竞自由的道理。

生态美好，生灵自由，更会有自然奇观。摄影爱好者用无人机发现海拔 2000 多米以上的营盘山高处，有万亩原生海棠林。世人啧啧称奇、叹为观止之际，将之归功于大自然的馈赠。其实，这也是大自然的逻辑。

　　孕育生态奇观和自然美景的营盘山，得到了杨家枞分场干部职工的厚爱。他们一直精心呵护和用心经营着这片高山厚土。他们培育的众多成果之一——高山生态有机绿茶即习武茶，达到2000余亩，且品质独特，驰名省内外。

　　高山出好茶，也出好水。营盘山的自然之奇秀，还体现在它壁立千仞、主峰海拔达2375米的满目青山、葱茏植被，如一个巨大的立体的酒窖，"酿造"了一山好水，孕育和营造了幽美的山谷、灵秀的溪涧和奇异的瀑布。

　　营盘山下，有一条南北纵向、幽深狭长的山谷。谷涧涌泉汩汩，溪流潺潺。泉流时而奔走如泄玉，时而积渊如处子。两岸密林遮天蔽日，山花烂漫，百鸟鸣唱。溪流遇悬崖、高坎、巨石，化为瀑布，如晶帘、如悬帛、如飞纱。瀑布众多，既有单流，又有双流，更有依山就势的梯次飞瀑。其最高者，瀑高达30余米。其中有毗邻的双瀑，自一处高崖两侧飞泻，一道雄长而宣泄，一道委婉而安静，二者紧邻，人称"夫妻瀑"。真可谓，岭上双溪羡人间，牵手飞落幻彩虹。

四

　　那么，你最好春天到营盘山来踏春赏花、摘茶品茶。竹溪各处春色正浓，而这里山高坡阔，花品众多，可谓繁花无拘、百花争艳。有桃花、杏花、迎春花、金银花、合欢花、厚朴花、玄胡花等，以及无数山乡野花，竞相绽放。而从山麓到山腰的2000多亩的生态茶园，迎来一年之中最傲娇、最适宜采摘的时节。你可以从很远的地方就闻到高山绿茶的清香。

如果你运气好，还能在营盘山看到和采摘到名贵的中草药花草，如头顶一颗珠、金边一碗水、七叶一枝花、四大天王、云雾草、金钱草等。暮春时节，如果你有户外徒步的经验和爱好，跋涉三四个小时，攀上营盘山高处，除了一览众山小，更能一睹万亩海棠繁花怒放的奇美景象，那花海与云海融为一体，花沾云气，云带花香，幻若天界，又分明在人间……

你更应该夏天到营盘山。夏天，攀行在营盘山的高山和溪谷，会恍然进入一个清凉的梦境。营盘山年平均气温低，昼夜温差大，有霜期长，自然小气候独特。盛夏，营盘山平均气温比城区低5℃以上，加上高山植被的因素，体感温度更低，故此地空气除清新之外，更早晚凉爽宜人。夏季，人在营盘山休憩，不用电扇、空调，夜晚甚至需盖棉被。营盘山堪称夏季避暑的天然胜地。

我是在一个秋天攀登营盘山的。进入营盘山下老林中的溪涧，林木森森，霜气微微。林间红叶艳红，溪畔黄叶明黄。柯蔓交叠，清凉弥漫，更秋阳透射其间，谷中光影之魅，一时胜境无双。落叶如彩蝶，纷飞谷中，坠于林间，落在曲曲折折的栈道上，覆盖蜿蜒的山路。秋叶翻飞，难舍故林，但它们落在碧潭上、溪涧里，只能任那溪流载着，漂出山林，漂向烟火人间……

冬天的营盘山，也有别样的美的景致。纷纷扬扬的雪花，让营盘山一夜白头。雪山逶迤，玉峰峨起；岭头云似盖，岩上雪如尘。积雪浮于山头的云端，山越高峻，其色越白，在蓝天下闪着圣洁的光。那处平日秀美葱茏的山沟，被冰雪覆盖和雕塑之后，自山下远观，如琼山峥嵘、玉树林立的瑶台。只有溪流，依然要从瀑布上飞泻，而陡然看见铺天盖地的雪，愣住了，迟疑之间，就变成了一面巨大的玉璧。玉璧下是晶莹的冰柱群。其上下一体的，曾是顺流直下的水；如钟乳般悬在半空的，是来不及抵达溪潭的飞流……

如今，营盘山的传奇历史、神奇故事与秀奇风景，正被精心开发出来。近年来，竹溪县综合农场着力实施营盘山 3A 旅游景区项目建设，经湖北省农垦局立项和资金投入的支持，已建成连接省道、通往营盘山高山景区的三级水泥路，沿路栽植景观苗木。于景区范围内，在保护原生态植被的前提下，已建成登山游步道、栈道、栈桥、廊桥，以及观景亭、休闲桌椅等各种旅游观景设施，便于游客走进和攀登营盘山。进而，该农场将拟建高山景区旅游公路、休闲民宿旅馆，以新的"旅游 +"的模式，打造 4A 级景区，推进、提升营盘山旅游品牌开发。曾经藏在深闺的营盘山，其瑰丽而神秘的面纱，正逐渐向世人揭开。

这营盘山，一半天堂，一半人间。或攀高峰，或走林间，或涉溪流；或赏瀑布，或观花海，或采茶品茗，足慰你追逐诗与远方的岁月情怀。而它的历史传奇、创业故事，更能让你读出竹溪人的人文精神和鄂西北山水的大美深意。

那么，我就在营盘山等你，等你来此地，参悟山水之美的天机。而你在这里，所吸纳和欣赏到的清新与诗意，将伴你未来行走人间的每一次呼吸。

还乡三寻

野　莽

寻访一个古国的幽灵

奥运会前 22 天，一些人从一些地方出发，不是提前去看鸟巢和水立方，而是坐完飞机又坐火车，坐完火车又坐汽车，一路颠簸跳跃，傍晚时落脚在一座名叫竹溪的山城。这个如诗如画的名字，也如谜，蛊惑着远行者一意想来探个究竟，当天夜晚就急不可耐地看了一个陌生的剧种，已经濒临绝迹的"山二黄"。有专家论证它是汉剧之祖，而汉剧与昆曲又是京剧之母，如此说来，中国戏剧的老祖母大隐于山，居然就在竹溪。

睡过一觉，天亮上楚长城，登烽火台，又知道了这里的如诗如画，诗是一首古诗，画也是一幅古画。虽然残卷断轴，但昔日风韵犹存，历尽了三千年飘摇的风雨，因春秋战国为秦楚频仍相争，诞生了一个成语：朝秦暮楚。

次日去龙王垭、去梅子垭，饮苍茫云雾与清纯地泉孕生的香茗。再往南山无数垭子里走，探望那个据说是红尘世外的桃园、人间仙境的向坝。白天在满目青翠中听空山鸟鸣，穿游一条能通到重庆巫溪的十八里长峡，夜宿在被森林和雾气包围的乡政府里。乡政府的对面山坡有一所学校，操场的看台上长着两棵传奇的古树，一百年前因为一座山的滑坡，它们从山顶移居山底。

走下神坛的树，反倒成全了此后的人间风流。

天色向晚，山民在古树下燃起篝火，迎接轻易不来的远方客人，一些快活的男女稍事打扮，略含着几分娇羞，待开场锣鼓响过三通，就开始登台"咿儿呀儿喂"地唱起来，唱的是他们年轻时恋爱与调情唱过的歌。

进山的这一行人，差不多一人当着一个主席。韩少功是从天涯海角，聂鑫森是从湘江之畔，阿成是从白山黑水间夏日的冰城，从长江岸边走来的是方方正正的方方、多多益善的刘益善，还有京城出版家李阳，他出版过我的小说集《人活一世》、散文集《墨客》，还将出版我五卷本的方志小说《庸国》。这一行人，差不多又一人肩负着一个责任。

贾平凹五月就已说好要来，六月西安继四川之后余震不绝，临到七月，实在割舍不下无人捍卫的幼女娇妻。万般歉疚，这个担心得罪朋友的好人，从古都莲湖巷寄竹溪县宣传部，转给我一封乞求宽谅的信："野莽吾兄，明年如有什么活动我去，即便没有活动，咱两人也争取去去。竹溪与陕西并不远，那里的人文、风光，都是我向往的。"

梁晓声遇上了与奥运相关的不可抗拒的大事，也从他的雪城往竹溪寄来蓝色快递："野莽贤弟，我在哈尔滨给你写此信，我承诺，总是要去的，总是要用笔宣传竹溪的。这是我们文化人为地方发展、图强应尽的义务。"他一直不是专业作家，所在的电影制片厂被兼并之后，他成了北京语言大学的一名教授，每年一个暑假，奥运开幕前他得抢先回一次老家，看望亲人。

半个月前，聂鑫森老夫子第二次为四川灾区作画捐款，行至险路两车相撞，一根瘦长的身子"嗖"地一下射出窗外。佛心善举让他逢凶化吉，浑身纤毫未伤。医院里住完一周，脑中瘀血奇迹一般消散殆尽，在白色病床上赋诗一首，让老妻从网上给我传来。《车祸后呈野莽兄兼答诸友》：

> 未了才情鬼不收，人伤车毁此头留。
> 竹溪已许茗壶约，朋侣堪期海宇游。
> 偶与死神谋一面，更知生境少千愁。
> 京华吉语传湘楚，凉雨润风浸小楼。

为赴朋侣茗壶之约，与死神谋过一面的老夫子才出院门，又登车门。此行他有一个夙愿，要到我的深山小城，初会与他鱼雁经年的家翁。进得山去，那一件亡羊补牢的大红汗衫，给整个队伍带来威风和吉祥，犹如一杆半卷的红旗，穿行于竹溪的碧水绿岭和蓝天白雾之间。他还想去拜谒曾经在此隐居的老子，跃跃然，将这杆红旗插在比武当山只矮三尺三寸的偏头山上。

看罢吾乡山水城林，诗情复发，又作《初访竹溪》：

> 山重水复路回旋，酷夏风凉透两肩。
> 谒楚长城烽火杳，听歌向坝月儿圆。

云生草甸牛蹄静，雾拥茶园叶茎鲜。

日暮休闲人尽出，城中林下小河边。

城中林下的这条小河，从东北出发的阿成差点儿没能见到。因为飞机晚点，误了预订的火车，搁浅在北京的西客站，给我打来电话，是夜要去朋友家中投宿。此时我已卧进火车的软卧，发信给奥组委的女警官阿敏，让她采取侦破片里的做法，将阿成押上下一列火车，以确保他次日中午必须赶到十堰。

女警官阿敏没有持枪押他，而是把他隆重地交给一位乘警。将身子斜靠在走廊上，阿成婉转地给乘警讲起了小说。他说在那遥远的地方，有一座美丽的山城名叫竹溪，我就是在赶往那里的路上掉的队……

乘警问，你想怎么的吧？

阿成说，我不行了，我想睡个卧铺！

后半夜居然就睡上了卧铺，次日中午十堰相逢，这一条已经两年不见的东北壮汉，大白脸上还残留着若干熬夜的痕迹。又乘一天汽车，当晚听戏，他打着盹，还能从竹溪的"山二黄"里听出它不仅不山，它还有东北二人转中没有的阳春白雪。

韩少功原定在屈原投江处，也是他筑巢隐居的汨罗江上车，到株洲与聂老夫子会合共赴十堰，因海南省委召他回岛开会，给他文联主席的帽子上又撂一顶书记，转而再来的路线改从武汉，于是又意外地有了方方。

此日，我在北京天意商城为老母亲请一尊观音瓷像，讨价还价中接到方方打来的电话，自从20世纪末她来过我的京西家中，我已10年未见她的芳容，此行能陪少功前往，实在是好，连她自己也在博客里形容我是大喜过望，难道她不是吗？然而刚一见面，听我夸少功年轻的时候是个帅哥，她便对我发恼，问我何以要加一个定语"年轻的时候"，我慌忙又加一个补语，说是如今老了，也是个老帅哥喔。

她本是《清平山堂话本》中快嘴李翠莲投胎转世，此行为采风团增添了一道阳刚壮丽的风景。我欣赏她的刀子嘴，虽然她的心有一半也是刀子，那是对我们这个社会的恶人，另一半却是稀软的豆腐。同时她还喜欢把嘴里的刀子抽下来，插在自己小小的两肋。在竹溪行完一周，她又率湖北作家去汶川慰问震区的灾民，顺手带走一粒竹溪的文学种子。接着她从贵州给我发回一封短信，真是日行千里，马不停蹄。

看看，净是偏僻落后的地域，哪里有她门口的东湖好玩儿。

她的生命中不能承受劝酒的盛情，山人古道热肠过甚，竟逼得她站起身子发火，劝者方才撤兵归位，自语说从未见过这样不通世故的人。翻译过米兰·昆德拉《生命中不能承受之轻》的韩少功却能承受，少功者，童子功也，似乎从小就练就了对付劝酒高手的绝技，每见背后有人影移近，就以迅雷不及掩耳之势抓起酒杯，倒行逆施地杯底朝天，一个劲儿温柔摇头，人影也便虚晃一杯移走。

刘益善的光荣头衔像响亮的风铃挂满一身，诗人、散文家、小说家、书法家、省作协副主席、新中国第一刊《长江文艺》的社长和主编。这个多多益善的人最不可学之处还是善饮，他听曹操的话，对酒当歌，能来几何，回去要把竹溪的苞谷酒兑进向坝的民歌、洒进文章，让世上更多的人闻讯而来竹溪听歌饮酒。

风云际会的日子选在七月中旬，盖因阿成说了，除去赴长春几日，整个七月听我召唤。少功也说，选好时间你就下令。我背后的主墙上悬挂着一本香港友人寄赠的挂历，与40年前破过四旧的大陆不同，上面不仅有公历七月十五日是古历六月十三，而且还有繁体的朱字标示着这一天适宜祭祀和捕捉。"捕捉"二字吸引了我，此语或是对猎人和捕头而言，但又何尝不能针对我辈，用心中的猎枪和朴刀去捕捉可以写作的素材，不亦宜乎？七月十五日的日子就这么定了，当日下午，这一群捕捉者来到了竹溪。

这个 2600 多年前为一场战争所灭绝的古庸国的遗址，无论它有多么美丽和诗意，在中国的作家中，前有唐朝的时候来过一个李白，写过一首名叫《春陪商州裴使君游石娥溪》的 28 行的五言诗，后有新时期来过一个碧野，写过一篇名叫《竹溪》的 3000 字的散文。

从此再也没有留下一行异地文人的足迹，一些当了作家的农民坐火车到十堰，转汽车到竹溪，在盘旋起伏的山路上哎哟连天地叫着，说是屁股被颠疼了，牢骚如杜子美《茅屋为秋风所破歌》。他们要去西湖的画舫上体验生活，那里要什么，给什么。

西周末年，《诗经》最早的编辑兼作者，烽火一笑亡了江山的周幽王的老师尹吉甫，食邑在离竹溪 300 里的房陵，他歌咏过汉水，但只是衬托武夫："江汉浮浮，武夫滔滔。"他赞美过竹溪，但也只是比喻学子："溪水涓涓，学子莘莘。"

战国时期，贬官逐郢的屈原披发跣足，来到 600 里外的汉水，他叹息过"有鸟自南兮，来集汉北"，却也没有让那只痛哭流涕的鸟儿再往前飞，栖息在竹溪河，而不是汨罗江。

唐朝的风流道人吕洞宾倒是来了，还用佩剑在白云岩上刻下"古木丛林号白云"，但他只能算是一路爱好文学的神仙。

清朝有一个名叫廖希夔的知县，写了一首"采采皇木，入此幽谷"，请工匠斧凿在慈孝沟，他也只是作为邻邑的长官、郧籍的乡贤，真正的诗人仍未莅临。

现在来了。

七天。《旧约全书》说，上帝创造世界，连同放假也只用了七天。这七天里，竹溪以外的人看到的是竹溪人创造的另一个世界。这个世界是绿色的，山峦，溪流，空气，感觉。他们从来不舍得给自己放一天假，又觉得自己天天都游行在一个好看的度假公园。

竹溪的空气是天上的云、山间的雾，被温煦而有力气的阳光所蒸腾的地泉之水，清晨落在草叶花瓣上会立刻变成纯净的露珠。闭上双目，深吸一口进到肺腑，沉入丹田，再吐出一些另外的东西，杂念顿消。

故此，竹溪是清洁的，城里，乡下，城乡接合部的集镇，男人与女人，老人与孩子，一群群都长得灵醒，穿得干净。尤其一盘盘笑脸洋溢出的巨大热情，在当代冷漠社会几乎罕见，让山外心灵被铜锈腐蚀的人初时会生出些许的怀疑，继续交往，却奇怪他们绝无一星半点的功利，"礼失而求诸野"，远离都市的尘嚣，这一方山野之地对人的敬重与礼貌与生俱来。献罢了茶，敬完了酒，人又各就各位坐下，矢口不提修一个飞机场的事。他们嘴上不说，心中有数，文化人很适合给经济老板搭一个台子，如同向坝民歌的歌手，用情和爱，用春天的歌喉，鼓舞着壮汉们去种下秋天的苞谷。

十八里长峡边，竹溪最偏远的向坝境内，上学或放学的少年每见有汽车开往自己的家乡，必然驻足。随即会举起右手，并拢五指，敬一个标准的少先队员的礼，目送着一缕烟尘杳然逝去。这时候，除了车中相见却不曾相识的来客，身边没有另外的人。

美酒，腊肉，贡米，香茶，是世袭古风的竹溪人对远足者千年不变的接风和饯行。是惋惜他们此一去或许永远不会再来，甚至很快就会忘记自己方才的笑脸。唯其这样，临行之际，更得遵循祖先传下的仪式，请客人留下以后能长相忆的诗句。

固然我也是自远方来，但我不能算客，只是因我而招来了如许的才郎才女，"引郎入室"的人自己也得留下两语三言。今儿个我倒是真高兴，借此良机，跟老家人说句把话，当然，应该是埋在心里的话。

采风团到了龙王垭，这是30多年前我曾种过茶树的地方，我问了30多个熟识的老工友，其中20多个只剩下了一个名字。人虽走了，茶仍未凉，新的茶场主人真情迎我依旧。我没说今非昔比，也没说旧貌新颜，在留言簿上我为什么不能这样写？"三十年后回此山，绿涛已接白云天，日饮九杯碧玉水，愿做茶客懒做仙。"

至少在饮茶的这一刻，从我笔下流出的是一句真言，我在书上看到太多的神仙，他们喝酒，服丹，吃桃子，他们怎么不饮茶呢？

不饮茶活着有什么意思！

在梅子垭我偷了一个懒，将同样30年前流行中国的一首红色歌谣摇身一变，写在了另一本留言簿上："戴花要戴大红花，骑马要骑千里马，唱歌要唱向坝歌，喝茶要喝梅子茶。"

梅子茶是唐朝的贡品，在流传于鄂西北一带的民间故事中，曾救过被贬房州旅途中暑的卢陵王李显，这大概是中国最早的上山下乡。卢陵王将此茶进贡给则天母后，实在是他的聪明之举，日后重返长安，梅子贡应该是北岛所说的通行证吧。

竹溪的茶当用竹溪的水泡，陆羽说山水为上，卢仝说泉水最宜，竹溪之水便是山泉之水。一袭薄雾飘过，清香散处，比雀舌更细的明前箭茶在水中将窈窕的身子竖起来，像花样游泳的小女子在碧水中玩足尖向上的游戏，轻轻一晃，风姿绝世。暂且将玲珑饱满的小腹藏在水下，让天地灵气、日月精华含蓄绽放，切忌一次泄尽了天机。它是在告诉轻浮的世人，认识它的神奇与美妙须得三遍以上，如结交一位今生值得的知己，懂高山流水，辨绕舌余馨，徐徐离去，难忘终生。

酒是竹溪地里的苞谷酿造而成，自然也要用竹溪河中的水，若担心它醇如山人，未饮先醉，那就还有竹溪山上的猕猴桃，鲜摘煮酒，聊胜青梅。下酒的好菜居然也有竹溪的竹，一场春雨过后，刚要出人头地，立志长大成为编筐做篓之材，却不幸被好吃而眼尖者察觉了端倪。读过诗书的食客蓦然想起，雨后春笋，原来自己吃下的是一句成语。那是竹子的婴儿，尚未挣开两片笋壳的襁褓，经过一冬的怀孕，翌年春天诞生。扳笋人获取于竹丛，晾晒于石板，风干于屋檐，储藏于密室，不亦乐乎于远方客来。这一天，它将光荣地当选为沸水滚油中辅佐猪头和腊肉的首席大臣。

群臣中还有高山的天麻、在土中多怀三月的洋芋、一青二白的小葱、以色诱人的妖艳的红辣椒。腊肉的秘密出在山猪的身上，它不像都市的同类饱食精饲，安卧暖阁，如旧体制下无功受禄的高官和小吏，在贪婪与满足中本打算度过幸福的一生，时而却在隔壁的杀鸡声中心惊肉跳。竹溪的腊肉们，当它们还是山猪的时候，则可以像羊一样在山上吃草，像牛一样在河边饮水，像欢乐的单身汉一样在屋后哼哼唧唧地晒太阳，谈恋爱，散步，打滚，睡觉和蹭痒痒，自由而非人工地与情侣性交。

它们的一生是快活的，它们把一生的快活长进了肉里，因此它们一身好肉就好比一篇好文章，结构紧凑，筋肌密实，瘦而不肥，好咬耐嚼，有一种大路货的猪肉望尘莫及的好味道。食者的心中体内，自然就会滋生出被它传染的快活。

20世纪末，我写过一篇文章名叫《小城考》，对竹溪的诸般生态小有考证。此次阿成去到小城一息尚存的"山二黄"剧团采访，提及这一剧种的源流，此剧的坚守者们仍能记起这篇文章。文章中我以儿童和青年时代的记忆，深情地怀念着曾经滋养过我的剧团的老艺人，他们有的已经故去，有的也已离开这里，那些如雷贯耳的名字和千姿百态的戏妆却被我带到京城，而今我又带回了故乡。

真是令人欣喜不已，回故乡的当天晚上，这个幸存的剧团中的幸存者又为我们表演了两折幸存的剧目。卸妆之后，我对演老生的周毓成和演丑角的后起之秀杨建平，得意地背诵起了我尚记得的名角，老旦熊素敏、青衣杨东华、花旦李焕珍、沙嗓子的名丑灰德超、反串风流俊秀的小生梅礼屏……

想起《三国演义》的片尾曲，"眼前飞扬着一个个鲜活的面容"，小时候我最崇拜的一个面容又飞扬在了我的眼前，我问，还有一个演孙悟空的孙老师呢？身边闻声跑来一个袖珍老汉，他说我就是啊！我心狂喜，这个往年的节日之夜在竹溪县城的大礼堂里，单手耍一根金箍棒把木板搭的戏台蹦得震天响的齐天大圣，他没有翻跟头让我验明正身，我估计他如今已翻不动了。

接过最后一本留言簿，这是"7·15"行动总策划夏良胜的。他让我想起去冬的京城初见，今夏的竹溪重逢，心生愉悦，将他的名字留进言里："夏日良风不胜清凉之至。"风是良风，言自然是良言，如沐春风是古人做客礼仪之家的温暖感受，七月的盛夏，竹溪把绿色和凉爽送给了远方的嘉宾。

此行的名字叫竹溪行，许多含义的其中之一，是纪念27年前的春天来到竹溪并且写过《竹溪行》的、刚刚在武汉去世的受人尊敬的老作家碧野。沿着碧野高吊裤下结实的脚印走进竹溪的一片碧野，27年后的这个夏天，天南地北的更多作家行得更远。

竹溪的青年作家喻泉源，写了一本关于家乡的书，其中有一篇叫

《寻访一个古国的幽灵》，不是书名，却是书魂。这一次行行访访，寻寻觅觅，竹溪行的另一个名字，其实也可以叫寻访一个古国幽灵的竹溪之行，简称寻幽行。

——选自散文集《听风竹影》(地震出版社 2013 年)

寻饮一湾故乡的秋水

据说橡皮和时间能擦去印痕，这话恐怕不能应用于我儿时的记忆。小小一张白色透明的薄纸被染上了多彩的肥皂泡，要想擦去大约只能连纸一道。汇湾这个名词在我的童年中恰是如此，它像一粒水珠，洒上了便再也擦不下来。那个时候我还没有见过汇湾，我只是从我叫她嫲嫲的保姆的讲述中知道，很早以前那里有一个女人误吃了一颗龙蛋，后来生下一个孩儿，后来那孩儿长大了，再后来有天夜晚洪水泡天，那孩儿乘水而去，临别时回头望了那女人 24 眼，望过之处就有了 24 个回水湾。

那个时候，每到夏日的夜晚，一般少不了这几样好东西：蒲扇、星星，萤火虫，可以搬来搬去、上面只够放一个小屁股的木头板凳儿。小孩子们只需用双手撑着下巴，迷人的幸福生活也就来了，汇湾为什么叫汇湾，它到底汇了多少个湾，那些湾子是怎么汇成的，一个一个的故事不仅让我着迷，还成了我多少年后写作的资源。

嫲嫲挥舞手中的蒲扇动情地讲述着，过几日忘记了就又讲一遍，以至有一天被我朦胧地听懂了。她莫非是想在我年幼的心里种下一颗感恩的种子，当命运的洪水要把一对骨肉母子生生拆散的时候，哪怕儿子这一去就要变成蛟龙，搅动江洋河海，掀起惊涛骇浪，但是也别忘了回头再望一眼、再望一眼留在人间的母亲。

我无端地觉得，讲故事的嫲嫲就是故事中那个误食龙蛋的女人，龙蛋孕出的孩子会是谁呢？回水湾，望娘滩，总共24个，几百年来成了竹溪汇湾的美谈。这么说如果外乡人把汇湾错念成了回湾，本地人也可以不假思索地说出错的根据，还会将错就错地捎带出以上典故。不过将上游的多股水流汇合在一处，因两山之间的河床开阔而又平坦，故此形成迂回之势，名叫汇湾还是更象形的。

我见过从飞机上拍下的这24个湾子的全景，但没到过真实的滩边，直到去年秋天专程去了一趟汇湾，也只在其中一个滩边的金竹林里拍下几张照片。十月的微风从一竿竿颜色金黄、水杯一样粗细的竹株中吹拂过来，又在十月的阳光下悄然散去，此时温凉正宜，也该是人间最好的季节。我的身后就是蛟龙经过的河滩，而今已是一条浅溪，流水淙淙，清澈见底，参考两峡之间河水初出的地势，那个母亲吃龙蛋生下的儿子应该是在这里第一次回头望娘。依照民间故事的说法，那时它还没有化为龙形，直到望完生命中注定的24眼之后，它在滔天巨浪中腾空一跃，一条鳞光闪闪的蛟龙方才呼啸而去。

长大后我读书多了，曾认为这是一个寓言，是会编寓言的庄子的某一个信徒编的，这人住在古代的汇湾，有励志、感恩和爱乡的三重嫌疑。但再一想不像，老子和庄子都不主张有为，在庄子的寓言中，龙是一种凶猛而难以刺杀的水兽，"使骊龙而寤，子尚奚微之有哉"，说是有人手里攥着千金之珠，那东西本来藏在九重之渊的骊龙下巴颏儿里，你趁它睡着了把珠子偷来，等它醒了还能有你的小命吗？另一次又说，一个叫朱泙漫的向一个叫支离益的学习屠龙的本事，"殚千金之家，三年技成，而无所用其巧"。家里钱都花光了，学三年倒是学会了这个本事，可你到哪儿去屠那条龙呢？

我又怀疑作者是汇湾的吴温乎。民国年间，汇湾出了一个著名的乡绅，好学问，足智谋，多谐趣，家住法峪河边。盖因其颈脖上长有一个瘿包，便有人把以他为代表的此地厉害人物编成歌谣，四处传播："进了法峪河，净是瘿包砣，看着不打紧，一个都奈不何。"吴温乎是竹溪县参议院的参议员，他嫌这个机构装模作样，名存实亡，无非是国民政府伪装民主欺世骗人的一个形式主义的把戏，有一天他右手一痒，写了一副对联贴在门上。

上联：参进参出参断腿
下联：议来议去议个球
横批：眉毛之院

竹溪方言把走路不稳叫作"乱参"，此语是我们的祖宗对《诗经·小雅》的误读，"济济跄跄，絜尔牛羊"，原本是说步趋有节，刷洗牛羊以备祭祀，后又生出"跟跟跄跄"，反倒成了步履歪斜得难看的样子。"跄"与"枪"同音，竹溪人念成了"参"，"打个乱参"即险些摔倒之意。竹溪县的参议员用竹溪县的方言把攻击竹溪县参议院的对联贴在竹溪县参议院的大门上，就不怕真的"参"断他的腿。

次日一早，竹溪县县长进衙门办案，见了这副对联问是何人所写，衙役回答，除了县参议院的吴温乎还能有谁？县长遂差人把他请来，问他何为参断腿，何为议个球？吴温乎说："启禀县长大人，鄙人这个参议员都当了三年零八个月，头一回开参议会就让你们把那条看门的狗杀了，免得咬老百姓，可它至今还卧在那儿，鄙人岂不是白白地参议了这些年头？"县长又问何为眉毛之院？吴温乎说："眉毛这个东西，有它呢没得用，没得它呢又不好看，参议院可不就跟眉毛是球一个样子？"

吴温乎从汇湾出城，走到一条河边，一个富家子弟要过河又不愿脱鞋，看他衣着邋遢，提出让他来背，吴温乎弯腰弓背迎过去说："鄙人脊背上没得肉，你趴上去得拿手把卵包子捂好，切莫要摁坏了啵！"过到河岸，那人见他脖子上长的瘿包，请问那是何物，他长叹一口气说："我认得它，它不认得我。说它出水土吧，人有，狗子没得；说它出遗传吧，老子有，儿子没得。"那人走了一程，忽然明白过来，这个脖悬瘿包的丑人骂他是狗和儿子。传说此人第一次扬名乡里，是7岁时打败了70岁的教书先生，别家孩子提起先生都跷大拇指，唯有他伸出一根最小的指头。有人向先生举报，先生传他来问，为何我是这个？小吴温乎指着堂上供的"天地君亲师位"牌从容应答："先生是教我们算术的，没见'师'排在第五？"

我视此人为竹溪的东方朔。东方朔身长九尺三寸，上奏武帝要求给他涨工资，涨到三尺高侏儒弄臣的三倍，武帝大乐，喜其谐趣之才，封为金马门待诏，连太史公也将他写进"史家之绝唱，无韵之离骚"的《史记·滑稽列传》。若按此理，应该在《竹溪县志》里开辟一个奇人异事之类的栏目，把吴温乎的动人故事编撰进去。然而我回家花一天一夜的工夫，翻遍了那个五斤多重的大本头，从明朝的成化十二年到去年的年底，本县所有官、吏、僚、从乃至听差，凡几百例无不辑录在册，唯独没有参议院的参议的影子，那间房子不是"参进参出参断腿，议来议去议个球"的"眉毛之院"又是什么？那个姓吴的不是让人奈不何的瘿包砣又是什么？

法峪河是汇湾河的一条支流，我实在有点纳闷儿，蓝格莹莹的天，清格凌凌的水，这么好的一个地方，怎么走进去会"净是瘿包砣"呢？估计我想的这个问题吴温乎也曾想过，而且也未曾想通过，首先他否认了水土说，因为同是一方水土，"人有，狗子没得"；其次他又否认了遗传说，因为本是一脉相承，"老子有，儿子没得"。百思不得其解的时候他会不会认为那东西叫作智囊，聪明人有而蠢猪没得呢？

我从明朝乡贤张懋勋撰写的《竹溪志稿》中，又发现了一个长瘿包的智者，他叫徐成楚，竹溪彭峪沟人，万历乙酉年中的解元。旧志《仕官》有载："字守岳，中万丙戌进士，授内黄令，多异政，擢礼科给事中，历兵部给事。守正不阿，弹劾不避权贵，京师谓之语曰：'行行且止，避瘿瘤子。'"是说，这个姓徐的性情耿倔，朝中大臣都怕他三分，私下告诫说走路得小心点，可别遇上那个可恨的瘿包砣。举个例子，竹溪彭峪沟出好米，名播四海，岁贡皇宫，却因路远山高，挑夫苦不堪言。徐成楚遂大胆与县令沈元壮密谋，于县境内选拔一百名巨瘿者，驮米进京，面见皇上，皇上若问其脖上何物，便答瘿包是也，食此米者十有九长。果不其然皇上中招，一问一答，吓得慌忙下旨，从此不许给朕和娘娘妃子们吃这米了！

这且不算，翌年皇城失火，乾清、坤宁二宫皆成煨烬，宫中遍查原因不得，皇上让礼部传谕自责："今偶尔灾变，实上天警惕，乃朕失德所致……"瘿包砣徐成楚闻谕而出，趁机给皇上献《遇火灾进谏疏》一道："臣不识忌讳，披沥丹悃，所愿为今日修省者，则宜宽之政有六，宜严之政有二……；六曰：宽灾疲之征以苏民困……"趁火上疏，将竹溪贡米之事再说一遍，劝皇上对全国的老百姓要放好些，不然还得失火。

我怀疑这个徐成楚是从汇湾法峪河搬到中峰彭峪沟的，接着又怀疑那一行送贡米进京的巨瘿者，也是经过全县瘿包大赛选出的前一百名，大多为汇湾法峪河的人。

20 世纪 60 年代的最后一年，我去看望我保姆的丈夫和儿子一家，

雁过留痕 **349**

一路还能见到长着瘿包的山民，男女皆有，老少不论，当然还是以老男人为多，脖上之物的大小长短以及形状，并非千篇一律，但与主人其他部位的肤色一致，结构一体，给人以浑然天成不可分割的感觉。有时候我明明想问一下路，嘴张开了又给闭上，心口狂跳，害怕他们瘿包一抖，脱口而出吴温乎那样把人一句哽死的话。

给我讲述24个望娘滩的保姆叫周建仙，我称嫲嫲，她的丈夫叫彭少安，我称伯伯，她的儿子叫彭润波，我称哥哥，童年时我们像一家人，后来也像，只是分开了吃饭。少安伯伯早先是国民党部队的军官，国军兵败，他留在大陆成了历史不清白的伪职，以至嫲嫲弥留之际，竟不能从沙洋农场赶回来夫妻见上最后一面。嫲嫲死后他才摘帽回家，无业谋生，从城关一条由东门街改名胜利街的街道，失败地被流放到汇湾，那地方正好是嫲嫲生前反复对我讲述的蛟龙别母处，也正好是吴温乎当年背人蹚过的法峪河，这一点她可实在没有想到。

我花大半天的时间，徒步去看望少安伯伯和润波哥哥，那是我平生第一次走进汇湾，记忆中也是一个秋天。那年我好像有17岁。

少安伯伯精中医，擅诗词，会琴棋，通音律，迁居汇湾之后以行医为业，活人颇多。润波哥哥也懂诗文，象棋下得比少安伯伯还好，住在城关老东门街时，我用水果刀把他家一副木质的茶盘刻成棋盘，父子偶有闲暇也苦中作乐，促膝而坐，用四条腿支成一张肉桌，放棋盘于腿面之上，对弈起来往往子胜父负。不久润波哥哥在法峪河的一所小学做了民师，每月领五块钱，余下便是工分，年底到生产队里兑换口粮，谷子、小麦、苞谷、绿豆，也有五斤算一斤的红薯和洋芋。

这对父子的学问与才艺在我看来，不亚于县参议员吴温乎，那次润波哥哥与我兄弟重逢，登上他家石板瓦房背后的一面山坡，站在一棵桐子树下，一人做了一阕《浣溪沙》，他唱我和，此词至今还在我当年的日记之中，开句是"兄弟幸会桐子山"。少安伯伯吟诗犹多，行医归来，每有新诗。70寿诞酒酣兴起，回想自己一生多舛，万般感慨，曾提笔作了一首七言：

> 年不逾矩今说昔，错举一棋满枰非。
> 正立男儿南冠戴，轻掸纵泪道心遂。

不知为何，少安伯伯如此重要的节日，润波哥哥居然没有与父唱和，倒是多年以后我到了北京，他将此诗抄在一张纸上，用一个信封给我寄来。我仿佛理解了这位一生颠沛的老人那天晚上是怎么想的，于是在回信中附上我步韵迟和的诗：

> 七旬正壮不说稀，帅遣车卒枰未非。
> 南冠压头身乃在，途长后笑是心遂。

从少安伯伯的诗中我读到了他的悔恨，然而让他满盘皆输的事，又岂能怨他举错了一枚棋子，我以诗慰他，是劝他活好70岁后的晚年。大喜不禁的少安伯伯亲自写信给我："终于有人读懂我的诗了！"这话既是赞我，也是批评我的润波哥哥。我又为我的润波哥哥感到委屈，一个诚实谦虚而又任重道远的亲儿子，他不能如我一样，也不能如他的父亲一样，在这样的窘境就轻松道出"心遂"二字。

为了让70老翁每日都能面对我的诗句，我请家乡一位名叫杜明亮的书法家朋友，将我们的两首诗写成一对条幅，并且代为装裱，挂号寄到汇湾区法峪河乡幸福大队第九生产队，我的润波哥哥收。真是可惜得很，这两幅字如今已不复在，少安伯伯死后，润波哥哥迁返城关，老东门街是回不去了，先在康家岭，再到西关街，又搬进城边的一处廉租房里，数次辗转，当年的旧物极少有留下的。更加让人唏嘘的是，我的朋友杜明亮也英年早逝了。

回想那次我去汇湾，少安伯伯为我杀了一只鸡，母的，正在下蛋期。我继续前进着，又去少安伯伯的妹妹，我叫孃孃的少兰姑姑家，她又为我杀了一只鸡，这次是公的。她说我是个男孩儿，长大了要叫鸣，并且要一鸣惊人。其实那年秋天我17岁，已经长成大人了。现在想来颇费思量，少兰姑姑的学问远不如少安伯伯和润波哥哥，她如何能这样地想，如何能说出这样的话来。

走出汇湾，走出法峪河，再往里走是泉溪，再往里走是王家河，再往里走是天宝的龙滩和葛洞。那个17岁的秋天，我就一直这么往南山里面走着，再次走到我小时住过的母亲的身边，走进孃孃讲过的故事里。我看见两岸青山之间，一条长长的河水时而绿如碧玉，时而白如银链，时而清浅透明如轻轻流动的玻璃。全都是溪和河，全都是湾和滩，龙滩是那条蛟龙留下的24个望娘滩之外的一个大滩，它在这里潜伏爪牙小憩片刻，然后纵身而去，葛洞就是它曾经暂且栖身的洞穴。那一瞬间，我怀疑竹溪所有的水域，都是因为那一条龙。

在汇湾，终生在渊而未曾腾空的潜龙还多的是，吴温乎的许多故事便是一位名叫高仲文的老者补讲给我的。高仲文恰是汇湾法峪河人，小时还曾见过吴温乎，少安伯伯流放异地行医之日，也正是他回归原籍务农之时。此人赤面长眉，目光如炬，双唇间有一粒门牙略微前倾，仿佛总想打开话匣，急于说出后辈不晓的事。他是我父亲早年的同窗和晚岁的挚友。父亲82寿辰，我从京城赶回，是夜在我家客厅的主壁上见到一个大大的"寿"字，左右是一副26字贺联：

寿齐梁灏看精神矍铄不输彭祖

名立燕山睹玉树峥嵘岂让陈公

联中用典频频，落款为仲文撰书，我暗自一惊，一喜，知是高士。明日寿宴在教育宾馆举行，我率先到寿星安坐的主桌敬酒，拜会了为父撰联并亲书的高仲文先生，知其小父亲一岁，遂称高叔。当晚宴罢，先生乘着酒兴用毛笔写下一笺赐我："兴国贤契：燕迎文豪荣归，虽身干青云，而情深故园。忠文敬颂。"笺中用语，令我耳热心跳，愧不能言。但我尚能懂得这是旧时文人初见的客气，并不以为虚情假意，相反那"情深故园"四字，让我一颗故园之情至少不浅地心动了许久。

我用一支自带的电烙笔，在一个自种的小葫芦上，烙了一首自作的五言诗，班门弄斧地赠给了他：

竹溪有高士，忠言惹杀身。

文不事权贵，琴台谢知音。

事过很久我再次羞愧，因为忽然间想起写错了高士的名字。仲文先生行二，应是"伯仲"之"仲"，我不慎以"忠"字入诗，身为晚辈真是罪莫大焉。尤其葫芦已送出去，又不能收回改了再送，何况烙在葫芦上的字是不好改的。下一次还乡为父亲拜寿，我本记着向他请罪，及至见面还是忘了，这次仲文先生的年龄已超过父亲的前年，八十有三，依然赤面长眉，明目健齿如故。他又用毛笔写了一笺赐我，几乎是一封信：

兴国贤世：

久闻君名，未获识荆，常怀瞻韩慕蔺之诚。前岁令尊寿诞，贤世归省，方有缘拜晤，幸甚。未识贤世之初，以贤世必为激厉奋扬，才华煊赫，克矜克傲之人。及见之，乃渊深静穆，温文尔雅，所谓和神当春，清节为秋者，海纳百川，从不矜满之谦谦君子也。吾为吾邑有此奇才而骄傲之，吾于贤世有厚望尔，希贤世再穷千里目，更上一层楼，愿共勉旃。

愚　高仲文　敬上

我为信中的最后一句感动并惶恐着，"吾于贤世有厚望尔"让我胆战心惊，唯恐天分太薄，难承其厚。又念及他与王之涣先生的一片好心，很指望哪怕目光再远一里，楼房再上半层，回老家去对寄厚望于我的前辈也好有个交代。万没料到，等我再一次还乡为父亲拜寿，84岁与孟子同龄的仲文叔叔竟也驾鹤西去，不肯为我写下第三副字了！

但我有了一个机会拜谒他的家乡，新任的文体局局长喻泉源一定邀我去看新汇湾，说汇湾自从用24个望娘滩的水，造了本县最大的发电站，就不再是区和乡，而已成为一个镇了。又说那里有个古寨，寨上有个木楼，高高的寨楼上趴着一个美人，怀里抱着一个红绣球往下抛打，打中谁的脑壳，谁就成了她的新郎，立刻拜天地入洞房然后再去扯结婚证。我便在猜想着，那趴在楼顶的美人莫非姓吴，这么精彩的一个节目，也只有往县参议院门上贴对联的瘿包砣吴温乎那样的人才编得出来。

陪我的是诗人孟正圣，迎我的是女镇长李芳，来到寨上，方知在一步一个传说的汇湾，这个曾家寨更有传说。传说此地又叫双竹园，从前有户姓曾的员外，十里庄园有一片竹林，某年春天，雨后生出一株竹笋，迎风眨眼盈尺，单枝变成一双。是日曾员外遇一异人，告知他此乃宝山一座，天生双竹，即上苍赐他打开宝山的钥匙。曾员外答，宝山乃家家之宝山，非曾家之宝山，取之不义。孰料路上说话，草里有人，草里人入夜砍去双竹，打开山门进去取宝，进去后再也出不来了。

我像那人一样心生了贪念，一心想取走汇湾的宝物，将它带到京城朝朝暮暮地看，而且那宝物得是活的，它还得是个活宝。鸡鸭小鸟，牛羊老狗，飞机火车都不能带，我的眼睛转向蛟龙离家出走时的第一个望娘滩，滩边的麻柳树、金竹林。清清静静、淙淙潺潺的流水滋润和喂养着它们，倒映着它们蓬松和标致的形影，岸上丛丛，水中株株，可惜我同样也带不走。

最后我看中了一棵草，它长在河岸边，竹丛里，沙土上，野花中，有兰草的气韵，有巴茅的野性，有韭菜的模样，墨绿，茂密，活泼，坚挺，每一匹弧形下垂的叶子的二分之一处，都有一条贯彻到底的白色丝线，像蛟龙唇边缭绕的银须。这棵草叫什么名字，问者惊叹，应者不知，原来它是一棵无人知道的小草，野草，无名之草。我望一眼河滩，擅自做主，既然生在望娘滩边，那就叫它望娘草吧。

年轻的女镇长李芳慧眼芳心，竟然懂我心意，当日派人把这株草挖来，带着湿泥和水汽，送进小城我父亲的住处，令我惊喜而又感动。此时我已买好回京的车票，亲友的赠物多得装在了行李箱外，我只能丢下几件在家，把这棵草植于一只陶盆，拖泥带水地随身提着，像北京人提鸟笼，潮州人提鱼篓，50年前走出大山的竹溪人提着活命的干粮。因是李芳镇长所赠，我又为它取了一个小名以作纪念，叫作芳草。

我提着它坐汽车，乘火车，一日一夜返回北京，转地铁，打出租，再回城南我的竹影居，一个种着翠竹、月季、牡丹、葡萄、石榴、樱桃、杏、枣和家乡的花椒树的小院。想象中我手里提着童年的汇湾，梦中的旧事，故人在我心中的幻影。到家我换了一只刻有"兰"字的陶盆，把它正式地养起来，初来乍到，我让它融入一个新的世界，像30年前我以移民的身份从南到北。春天我摆它在墙根下，冬天我搬它进暖室里，夏秋之际，它与北方的小草一样试着接受有别于南国的骄阳和金风。

　　在它长得最好的那个冬天，我因事要去美国马里兰州大约住三个月，其中包括中国的春节。临行前我把它放在一楼有地暖的大客厅里，壁挂炉开启到低温运行，心想着等我回来，春天也回来了，正好搬出去淋淋春雨，晒晒太阳。孰料一百天后我走进家门，第一眼就发现它已经死了，不因为冷，是因为旱。三个月没人浇水，原来冬眠的草如同睡着的人，做梦也会梦见一片水泽。

　　绝望中我想起白居易的诗和鲁迅的散文，相信了草是不会死的，它会以死而复生的形式永远地活下去。我重新有了希望，把这棵暂时死去的草理发一般梳去枯叶，留下根须，埋在院墙下一个通风向阳的湿地，又灌饱了水，然后等着奇迹的发生。奇迹发生了，清明节前，在这棵草的坟地上长出了几芽新草，它的颜色是嫩绿、鹅黄，比起从我家乡汇湾带来的那棵老草柔弱多了。但我知道，很快这个儿子就会复制出它不幸遇难的父亲，并且把它的家族发扬光大。

　　家乡的望娘草，汇湾的芳草，果然它比死前长得更绿，更多，更高，它几乎各样都是前世的两倍。我突发了一个奇想，想把这一棵复活的草变成一百棵，沿着我的小院一条砖铺的曲径，站成一排绿衣的卫士。我的愿望立刻就实现了，院中小路有了三种颜色，青砖、红砖、绿草，它像一根凌空飘下的彩带，从前院弯弯地伸向后院。

然而它的故事并没有完，因为回乡陪护病中的父亲，又因为碰上疫情，我离别小院三年，直到父亲辞世，疫情过去，"田园芜兮胡不归"，我才重回荒园。至此方知，去年八月邻居胡女士家失了一场大火，消防队员灭火时踏坏了我后院的木栅栏和前院的路边草，我再一次地心疼不已。

我也再一次地救起它们，扶正，培土，浇水，抚摸着它们的伤口暗自祈祷。

两千里外，一条名叫汇湾的河边，还记得当年那一棵草吗？

——选自散文集《记得》（中国言实出版社 2018 年）

寻楠奇遇记

父亲自母亲走后突然多病，85 岁以前他像高僧，大家都断定他会在 100 周岁的那一天直接羽化，省去还要生病这个讨厌的程序。十年前母亲意外丧生，他的高僧形象大打折扣，从此我视他为双亲的合体，开始警觉，以至于风声鹤唳，草木皆兵。父亲也迷信我，说我一回去他准能好，想起来事情还真是这样。有一年我从北京回去，下车直奔医院，看见他的鼻子插着吸氧管，胳膊连着输液瓶，像条肚皮翻白的章鱼。我没学电视剧里的那种搞法，大哭一声说我来晚了，而是笑道，启功先生的住院诗写得好哇，父亲问他咋写的？我给他念了一首《西江月》的上阕："七节颈椎生刺，六斤铁饼拴牢。长绳牵系两三条，头上几根活套……"父亲说："嗯，比我厉害！"他说的是病，或者也包括诗。我说那是。当晚我在陪床上安营扎寨，半夜开电脑时惊动了护士，天亮后罗娟护士给我多搬了一个床头柜来，教我和本来的一个进行合并，组成一张波浪边的写字台，左边放笔记本电脑，右边放移动的鼠标，右上角还能放一只茶杯。

我回家带电脑已多年成性，不仅未改，反而日臻完善，竟至于连移动硬盘也一并带上，便于打持久战。休说我不英明，横扫全球的新冠君事先不打招呼，困我在老家180日，照看父亲的保姆被禁在自己家，我就在手机里学习做饭，从楼房的阳台上吊一只竹筐下去，放长线钓大鱼，把托人代买的瓜果蔬菜钓将上来，要付的钱装在竹筐里。米饭我是本来就会做的，刀功更是无师自通，土豆丝切得比三星级饭店的一级厨师略微细些，这个已有人做过验证。疫情中新学的是包饺子、包汤圆、炒菜、炖肉，还有工序相对复杂的用香菇、木耳、黄花、板栗、熏豆腐干、酸辣椒焖刚会叫明的童子鸡。大年三十，我和父亲喝了酒，划了拳，自拍了一张双人的团年照发到朋友圈里，有朋友在评论区发表评论，哎哟喂，不会炖猪蹄子的秀才不是好鲤鱼。

这位朋友是学国学的，引用了二十四孝中王祥卧冰求鲤的典故。

180天后疫情假装退去，我趁机逃回北京，行前去了母亲的墓地，保姆的墓地，与父亲惺惺惜别，望着他老眼里的泪光我有些不忍，说无非是再过三个月，他的93岁大寿我又回来便是了。我做梦一般相信，如此疯狂地往返奔走，与他的94岁以至更多寿诞有着重大关联，有我在，他断不会成为冤逝的母亲。我家是彭祖的后裔，我要把他培养成百岁寿翁的伟大理想，大于自己写百卷书。疫情果然卷土重来，十年前代表北京市政府颁发我孝星奖章的巴立丹女士打来电话，告诉我暂时不能回大兴区，暂栖京西旧居的妻子也发来微信，再不回去石景山也回不去了。我决定马上回京，其战略思想是早回早再回，30年来我已习惯了这样语法欠通地说话，来去都是一个"回"字。张文宏医生善良地说，新冠的最后一个冬天就要过去了。

去江西柴桑的陶渊明家乡，是我家乡梅洁大姐春天的邀约，初夏成行。我对这一天的到来望穿了秋水，因为查过长征的线路图，又名九江的柴桑背倚庐山，有直达十堰的火车，无须回到北京再回竹溪，上车一日一夜又能见到父亲，这是一次划算的旅行。这次见到父亲是在家里，但很快又在医院了，病房、陪床，并列的床头柜们，都"久别新婚"地看着我，用眼睛背诵晏殊的诗，"似曾相识燕归来"。父亲在这里住完五月，出来过端午节，七月又进去，出来过中秋节，九月再进去，在里面过重阳节，过国庆节，从一个科转到另一个科，我们父子在里面度过了没有生日宴会的他的生日，和我的生日。我们父子二人的生日相差八天。

这一次他历经了生与死，正是节日的七天假中，他高烧、胸闷、咳嗽、气喘、吐不出痰、呼吸困难，几近窒息。灯火通明的午夜，医生和护士被我叫来，雾化、吸痰器、中华传统的空心拳头捶背，以及所有的救生绝活一窝蜂全上，只差没请道士念咒。这条涸辙里的鱼儿，终于又能够摆动了，我也从丹田那里抽出一口长气。正好天亮以后，我接到县文体局局长喻泉源的通知，到35里外鄂坪镇的一条山谷，去见一棵我至今没有见过的金丝楠木，这日子是上个月就订好了的，不好更改，何况父亲已缓过气来，打了针，吃了药，这一觉会从早睡到午，万一中途醒了，身边也有护士和医生，我答应了速去速回。

10年前我为家乡写了五卷本的《庸国》，其中有一章是明太祖朱元璋驾崩以后，燕王朱棣起兵赶走建文帝朱允炆，在南京登基改年号为永乐，只争朝夕地尽干大事：修《永乐大典》，建武当山金顶，派郑和下西洋，此外还有一件与我的家乡息息相关，就是派一位姓裴的工部侍郎统领十万人夫，来南方砍伐金丝楠木，运到北京建造奉天殿和承天门。

　　37 年前我离开家乡，当时的县委书记陈永贵送我一套清同治版秦人张懋勋撰的《竹溪志稿》，书中有载，裴侍郎带人进竹溪慈孝沟，因猛兽、毒蛇、蚊虫、瘴气、瘟疫，以及水土不服和劳累病痛，"进山十万，出山三千"。所伐金丝楠木，筑黄泥为滑道，制翘板为旱船，沿途洒水，运木者以长绳肩拉背拽，如峡江逆水纤夫一般，自竹溪柿河，至竹山堵河，至郧阳汉水，至汉口长江，至隋炀帝开掘的大运河，最终至当年称天下第一州的北京通州，再用车马人力运至紫禁城，"辗转一木，三年乃达"。

　　金丝楠木的通州集结地，今日仍叫皇木厂，位于通州土桥。因与我老家有一线牵，10 多年前我差点儿在那里买了小院子，听说是小产权，又没通地铁，也就作罢。我为家乡叫屈，97000 条人命换来的稀世奇木，皇家用它修建宫殿，活着与嫔妃在里面合欢也就罢了，死了还用它做成棺椁，装进尸体，以图千载不腐，遗香万年。

　　奉天殿即今日的故宫，承天门即今日的天安门。山高皇帝远的竹溪的邻邦，后称均州又称丹江口的光化，有一位名叫廖希夔的县令，手捧皇碗，把孟子的民贵君轻社稷次之的公式颠倒过来，效仿黄鹤楼上的崔颢，将他的马屁诗刻在石壁上。此时工部裴侍郎已因公殉职，葬在竹溪城外，廖县令想把他的阴魂带回北京，便给紫禁城的皇上念道：

　　　　采采皇木，入此幽谷，
　　　　求之未得，于焉踟蹰。

　　　　采采皇木，入此幽谷，

求之既得，奉之如玉。

木既得矣，材既美矣，
皇堂成矣，皇图巩矣。

实可惜矣，没料到矣，堂成图巩的第二年故宫就失了火，《明史》
有载，明成祖朱棣又花三年重修，过些年又被大火烧了，迄今不知是
天火、地火还是人火。是巡夜的宫女，敲梆的更夫，太子的炮仗，公
主的花灯，碰翻烛台的窃贼和老鼠，偷情事发的工匠或假太监，盗宝
灭迹的宦官，贪赃受刑的罪臣，还是隐藏在皇宫大内骠骑禁卫军里的
阶级敌人？迄今是谜，而我宁可梦见是一场天火，五颗炸雷，97000
个伐木工人不散的冤魂，他们干的。

在我五卷本《庸国》第三卷里，慈孝沟的山民世世代代视金丝楠
木为保佑苍生的神木，10万人夫来伐，家家儿子挺身护树，裴侍郎下
令连儿子一起砍，个个母亲挺身护子，裴侍郎又下令连母亲一起砍。
于是慈孝沟血流一沟，红浪汩汩，被砍倒的金丝楠木与母子的尸体相
互纠结，漂浮在映日的鲜血上行完千里水路，蜿蜒流到一个命中注定
要被大火焚烧的地方。明永乐年间的慈孝沟遭此浩劫，人尽木绝，已
成空谷，历经几朝数代，近年才又栽下金丝楠木的幼苗，以期匡复旧
貌，称廖知县题诗处为摩崖石刻，沟边城堡箭楼为楠木寨。

然而今天，要带我去的并非此地，喻泉源是家乡的文化官员，也
是竹溪的写作者，曾出版由我作序的散文集《我从天堂走过》。10年
前我写《庸国》五卷，我写到哪里他走到哪里，把那里的山川形貌拍
摄给我，寻访金丝楠木遗址，他在雪地开车差点遇险；陪我此行的孟
正圣是留守家乡的中学教师、地域文化学者和写作大户，曾出版过由

我作总序的《竹溪词典》人物分卷，还撰文称我是文侠。柯美新是美术馆的馆长、写意山水画家，清新淡美的画作恰如其人，也曾画《竹溪图》一幅赠我，解我千里之外的思乡情。另还有两位文化界的年轻朋友，一位担任向导的鄂坪镇的副镇长，他以地主的姿态备足了干粮和水，要在金丝楠木的冠盖之下露餐野炊。

前天晚上下了一场小雨，王摩诘说"空山新雨后，天气晚来秋"，雨后的天气还真是不冷不热，正好走长路。车到鄂坪镇开不动了，我们就改用脚，翻山过涧，有时走在无路的荒草和烂泥之中，正要牢骚，想起鲁迅的话，就有了开路先锋的光荣，情愿用皮鞋的牺牲交换猎奇的快乐，横竖前面还有鄂坪的向导。穿过一路的野树枯藤，时而仰头，可见几枚幸存的果子，山楂、吊柿、毛栗，还有官名猕猴桃的阳桃之类，正猜想是鸟儿们啄剩下的，树丛中果然发出鸟叫，只是看不见鸟儿的身影。又有牛的叫声传来，苍老遒劲，但也亲切厚道，我不大相信这里会有野牛，倒有可能是牛主把牛放在野外，假以自由的名义，让其肌肉更有嚼头。沿途有几处狭路口，由树棒和木板钉成栅栏，一夫当关地把它挡着，需得手脚并用方能攀越过去。这就更加证明，这是为荣誉野牛们设置的规则。

走完 35 里路我们到了，有人带头说好像闻到一阵异香，另外的人就吸着鼻子进行赞同，唯有我的嗅觉从小失灵，但我愿意相信大家。同时我的眼睛虽患有飞蚊症和玻璃体混浊，两丈开外一棵高耸入云的大树还是能够看得见的，目前挡住我们的是一道山溪，护城河似的把它护着。溪上无桥，也没有野渡，几尊奇形怪状的礁石抹了香油一般光滑，若以此为跳石，跳不好会跳进水里。此时正好就有一棵助人为乐的河柳俯下身子，从山溪的此岸抵达彼岸，我们高兴地认为这是上苍安排，不客气地手抓树枝，踏石而过。

的确是它，除了它还有谁呢？仰脸翘望罢了又横目打量，所谓百丈，所谓十围，统统都不是汉语的夸张，所谓冠盖如伞，世上哪有这么大的伞，完全是鲲鹏之翼，垂天之云。它的身上系着一块涂了红漆的腰牌，其实那不是它的腰，以它的身高那里只不过是在它的脚螺丝骨上，牌子上写着它的姓名和年龄："金丝楠木，1580年。"再看下面的挂牌之日，距今已逾七年，哎呀呀，它今年的最新年龄应该是1587岁。

我忽然又感到惊讶，燕王朱棣起兵夺位，南京登基是1402年，距今619年，清同治版《竹溪志稿》载，工部裘侍郎率10万人夫来竹溪伐木，只说永乐年间，以他急于迁都北京的雄心壮志和心急如火，纵使不会立刻下旨，最迟也不会超过第二年，那就是当这支浩浩荡荡的伐木大军开到我们竹溪的时候，我们竹溪的这棵金丝楠木已经长了986年，可谓同类树中的千岁爷。裘侍郎是没有发现它，还是故意留着它，留着它又是为何要留，如是后者回京如何复命，要想隐瞒又怎生隐瞒得住？明朝，10万人里难道就没有一个举报者？

除此还有一个可能，那就是这棵树长得歪头揪脑，弯腰弓背，伐木人提着斧锯走到它的面前，朝手心"呸"地吐口唾沫，瞅过来，瞅过去，却嫌它不是盖宫殿的料，骂骂咧咧走了。昔日惠子对庄子说："吾有大树，人谓之樗。其大本臃肿而不中绳墨，其小枝卷曲而不中规矩立之涂，匠者不顾……"庄子拍手说，那不正好？没人砍它，免得它受那个罪！"今子有大树，患其无用；何不树之于无何有之乡、广莫之野？彷徨乎无为其侧，逍遥乎寝卧其下。不夭斤斧，物无害者；无所可用，安所困苦哉？"无缘也无意补天，于是就变成一个贾宝玉，生在这里招蜂引蝶。

但目前的情况不是这样，我们的这棵金丝楠木，1587岁了还挺拔伟岸，不佝不偻，不镂不空，可想在它 986 岁正当壮年与裴侍郎迎面相遇的那一天，它该有多么的标致。惊讶的事情还在后面，而且已经不是惊讶，而是惊奇和惊喜了，我在这棵"不夭斤斧"的金丝楠木身上惊喜地发现了一朵褐色的奇葩，它像一个巨大的蟹壳，又像一把展开的折扇，还像一只斑斓的蝴蝶，安静地趴在树下。接着我又在与它平行的右侧发现了第二朵，彼此好比一对有夫妻相的树上同居者，几乎是一样的颜色、体积和形状。再接着，在它俩的上方不远处还有第三朵，个子要小一些，颜色要嫩一些，形状没有那么圆滑和规整，貌似是它们还在成长的孩儿。我自以为认识这个，多年以前，中国的候鸟县，世界的长寿之乡广西巴马邀我采风，那里的山水竹木美丽动人，尤其还有这种美丽的仙草。

不错，它叫仙草，京剧《盗仙草》中，白素贞把被她吓死的许相公交给侍女小青，自己冒死上山，唱西皮快板："含悲忍泪托故交，为姐仙山把草盗，你护住官人莫辞劳。为姐若是回来早，救得官人命一条；倘若是为姐回不了，你把官人遗体葬荒郊。坟前种上同心草，坟边栽起相思苗。为姐化作杜鹃鸟，飞到坟前也要哭几遭……"小时候，我的京剧迷保姆带我看过此剧，看得她眼里泪水涟涟，这词儿也被我记在了心中，每听有人骂谁心如蛇蝎，便心想要是蛇会骂人，会不会骂谁心如法海。

仙草是它的笔名或外号，我却大声叫着它的身份证名，把它们夫妻和父子三位全都摘了下来，双手举着，向我的朋友们展示奇迹。有人绝不相信，有人终于信了，孟正圣说，真是灵芝！柯美新说，太传奇了！喻泉源以有功之臣的资格口出吉言，听来像白话版的《卧冰求鲤》，说是上天为我的孝心感动，专门派它来等着我，老爷子这回有救了！说得我竟有 90% 的相信，且不说当年裴侍郎为何独独不砍这棵金丝楠木，就说近些年县、市、省里一批一批来人参观，竟无一人发现这三朵灵芝！而且还有牛，这群野养的牛每天在树边吃草，每晚在树下睡觉，河边喝水，它们为什么不吃灵芝，是没听人讲过《盗仙草》吗？

要不就是，这三朵灵芝听说我来，昨天夜里长出来的。

俗话说的"说曹操，曹操到"，这群牛里就有一个是魏武帝，只听得"哞"的一声大叫，从这棵金丝楠木的阴面冲出一头黄牛，身后还跟着十多头，火牛陷阵一般直奔我们。它们用没有被人穿上纤绳的自由之鼻，闻到了我们的向导挎包里萨其马的香味，浑然不顾那是我们的午餐。我们给了它们一点，但不能全给它们，自己还得就着矿泉水嚼上几块，坚持从原路走回镇上，吃了晚饭驱车再回县城。我还要继续回到医院的住院部，争分夺秒把三朵灵芝拿给我病榻上的父亲过目，笑着告诉他，白娘子用它救夫，我要用它救父。

护士对我说，父亲已经醒了，熬过昨天的危机，今天又重回到前天，不过还有些咳嗽、吐痰、喘气，刚才又吃过药。我快速奔到他的床边，给他看我亲手采来的宝贝，说这可不是迷信，东晋葛洪的《神仙传》中，我们彭祖服侍皇帝的养生之术，第一味水桂就是灵芝的一种。父亲伸出双手，把灵芝捧在胸前，脸上现出一个唯愿如此的笑。从次日清晨开始，我便亲手给他熬灵芝汤。灵芝味苦，又不宜加糖，我放一只海参进去，使之苦味冲淡，并能增加一些嚼头。父亲配合得好极了，最多时能喝一碗，另吃六根汤里的海参。

我用从1587岁高龄的金丝楠木身上采得的灵芝熬汤，一次一片，一片三遍，《盗仙草》中的许仙是一口见效，我保守地计划父亲喝一百口。中医仍然嘱我不可性急，也不可过量，如此我就初步计算，大小三朵灵芝，能吃三个多月，百日期满，灵芝它就应该显灵了，心中窃喜，将这次寻楠奇遇的故事拍出图片，发在朋友圈里，让我的朋友与我分享。万没料到这个做法形同广告，先是与我仅在郧阳匆匆一面的珠海汪小红，给我寄来一包西藏的野灵芝；接着我回家倒腾，又从父亲房里找出他在 80 岁时湘人聂鑫森寄给他的灵芝精品；11 月初，家乡的梅洁大姐带成伟小侄驱车来到竹溪，专程看望我的父亲，又送他早晚各服一支的灵芝口服液。我把这四面八方的灵芝归总，初步算了一下，能够喝上一年之久。

　　一抹夕阳潜进窗口，悄悄驻扎在父亲的脸上，使它有了灵芝的褐色。我的野心又大起来，估摸着等他喝完这一拨灵芝，他就有了 95 岁。往下再来 5 年，关于我要培养一个百岁寿翁的伟大理想，就一定能实现了。

——选自《北京文学》2014 年第 4 期